А. И. ГЕРЦЕН

[俄] 赫尔岑—著 项星耀—译

БЫЛОЕ И ДУМЫ
往事与随想

上

四川人民出版社

目 录

第一卷

育儿室和大学 (1812—1834)

第二卷

监狱与流放（1834—1838）

第三卷

克利亚济马河上的弗拉基米尔（1838—1839）

译者前言

　　赫尔岑是俄国伟大的文学家和革命家，他的作品影响了整整几代人的思想和生活。

　　亚历山大·伊万诺维奇·赫尔岑于 1812 年 4 月出生在莫斯科一个贵族家庭中，那是拿破仑大军压境，侵入莫斯科的前夕。因此可以说，他在襁褓中便经历了战争的烽火，他的童年是在关于这次战争的传说中度过的。1825 年 12 月他十三岁的时候，在彼得堡的参政院广场上发生了十二月党人的起义，起义被残酷镇压，但在少年赫尔岑的心中却留下了不可磨灭的印象，正如列宁所说："十二月党人唤醒了赫尔岑。"不久，他便与一位同伴和远亲，后来成为他的终生战友的诗人奥加辽夫，在莫斯科郊外的麻雀山上发出了庄严的誓言：为反抗沙皇专制暴政献出自己的一生。1829 年他进入莫斯科大学数理系，接着，奥加辽夫也到了那里，他们周围形成了一个小组，大家共同研究圣西门和傅立叶的空想社会主义学说，探讨俄国的发展道路。

　　1833 年赫尔岑大学毕业，正打算展开广泛的社会活动时，沙皇政府突然把他和其他进步青年一起逮捕了。他被关押了九个月，然后在 1835 年春被流放到了当时的边远地区彼尔姆和维亚特卡，并按照规定，在维亚特卡省政府当小官员。但是流放生活没有使赫尔岑屈服，他在这里看到了俄国最黑暗的现实，从而更坚定了斗争的信念。1837年底，由于诗人茹科夫斯基的斡旋，他被调到离莫斯科较近的弗拉基米尔。1838年他在那里与伯父的私生女纳塔利娅·亚历山德罗夫娜结婚。1840年他回到了莫斯科，但不久又因一件小事（在给父亲的信中偶然提到了一个警察的暴行）被再度流放到诺夫哥罗德城，直到1842年夏才获准回莫斯科居住。

在莫斯科的几年是赫尔岑才华显露锋芒的时期，这时他与以别林斯基为首的俄国进步知识界建立了密切的联系，并努力研究哲学、历史和自然科学，发表了哲学论文集《科学中的一知半解态度》和《关于研究自然的信》，优秀的长篇小说《谁之罪》，中篇小说《克鲁波夫医生》和《偷东西的喜鹊》等。

1846年5月，赫尔岑的父亲死了，留给了他大宗遗产，使他可以在经济上完全独立，于是他立即着手实现他摆脱沙皇黑暗统治的计划。他以给妻子治病为理由申请出国，期限是六个月。1847年1月赫尔岑离开俄国，3月到达巴黎。法国七月王朝的现实当然不能令他满意，他于这年年底到了意大利，在那里迎接了意大利民族解放运动的开始。法国二月革命爆发后，赫尔岑又赶回巴黎。他于5月初到达那里，但迎接他的是5月15日的群众示威和六月起义的遭到镇压。他在这里吸取了1848年革命失败的血的教训。

这段经历便反映在他的《法意书简》和《来自彼岸》（又译《彼岸书》）中，这些书信本来是为了向俄国人民报道西欧的民族民主运动的，它们的开端部分原系寄回俄国准备发表。但随着沙皇反动统治的加强，俄国的报刊甚至不能提到赫尔岑的名字，因此后来它们只得用法文和德文在国外发表。为了向西欧介绍俄国，他还在这时期写了《论俄国革命思想的发展》一书，在 1854 年首先用德文本发表。

但是，尽管赫尔岑到了国外，沙皇政府并没有放松对他的迫害。它通过驻外机构命令他回国，甚至扣留了他的一部分财产对他施加压力，企图迫使他就范。但是赫尔岑作出了坚定的回答，他移居到当时属于意大利的尼斯城，并取得了瑞士的公民权。与此同时，他的家庭又发生了悲剧，他的母亲和一个儿子于 1851 年 11 月因轮船失事遇难，他的妻子也在次年 5 月病故，这使赫尔岑几乎精神崩溃。

但是赫尔岑没有从此消沉下去，他于 1852 年 8 月来到伦敦这个国际流亡者集中的地方，开始了新的战斗。他为了促进俄国的解放运动，在伦敦创办了"自由俄罗斯印刷所"，出版了年刊《北极星》文集和周刊《警钟》，通过各种地下渠道发往俄国。它们对在俄国传播进步思想和进行宣传鼓动，起了十分重大的作用。普希金、莱蒙托夫和十二月党人雷列耶夫等的许多禁诗，都是首先在这里发表，然后传回俄国的。《警钟》还在俄国联系了不少秘密通信员，沙皇政府的许多暴行便是通过这刊物在俄国公之于众的。但是到了60 年代中期，在沙皇的高压政策下，革命形势进入了低潮，《警钟》和《北极星》也相继停刊了。

60 年代末，赫尔岑又移居日内瓦和巴黎，他意识到了新的革命高潮的到来，但是在 1870 年 1 月由于偶然感冒引起的肺炎而病逝于巴黎，他的遗体后来运到尼斯，葬在他妻子的墓旁。

《往事与随想》是赫尔岑用血和泪写成的回忆录，它不仅忠实而真诚地记载了他的一生，而且正如他所说，这是"历史在一个偶然走上它的道路的人身上的反映"。全书的覆盖面相当广，从 1812

年的卫国战争，十二月党人的起义，40年代俄国先进知识分子的生活和思想，1848年欧洲的革命风云，反动的资产阶级政权对人民的血腥镇压，直到50年代伦敦各国流亡者的活动和宗派斗争，60年代俄国的社会政治面貌和新一代革命者——赫尔岑所说的"未来风暴的年轻舵手"的成长，几乎包括了19世纪初叶至巴黎公社前夕的整个历史时期。赫尔岑在俄国的经历使他接触了上自王公大臣，下至贩夫走卒的形形色色的人们，他的描绘构成了一部"俄罗斯生活的百科全书"。他来到西欧后，又碰到了1848年的革命高潮，目睹了欧洲民族民主运动波澜壮阔的群众场面，也经历了斗争失败后的惨痛景象。他是作为历史见证人写他的回忆录的，它的一个最显著的特点，便在于他不是从个人的角度，而是从社会发展的角度来描绘一切，评价一切。按照他自己的说法，这不是简单的编年史或大事记；它有统一的出发点，那就是对人民解放事业的深切关怀和对进步社会思想的热情探索。

赫尔岑不仅是艺术家，也是政论家。早在40年代别林斯基即已指出，赫尔岑的艺术作品的最大特点在于"思想的威力"。他的回忆录也是这样。赫尔岑总是站在维护进步事业的高度，评价一切历史事件和人物的活动。在赫尔岑看来，一个作家的社会责任是首要的，这规定了他的写作意图和目的，写作不是作家个人的事，而是人类整个社会事业的一部分，因此在他的回忆录中，政论性和哲理性插话几乎随处可见，这也构成了本书的一个基本特点。他把书名定为"往事与随想"，便是这个道理。

屠格涅夫曾指出，赫尔岑"在刻画他所遇到的人物的性格方面是没有敌手的"。《往事与随想》艺术地再现了19世纪欧洲解放运动的许多历史人物，如马志尼、加里波第、科苏特、蒲鲁东、路易·勃朗等，思想界和文学界的一些知名人士，如罗伯特·欧文、雨果、密茨凯维奇等，40年代俄国知识分子的优秀代表，如别林斯基、恰达耶夫和许多十二月党人。赫尔岑的人物画像从来不着重外表，他总是选择具有典型意义的事件或细节，在适当的场合刻画他们的精神面貌，因此有时寥寥数笔，便能使人物栩栩如生，给读者留下深刻的印象。

赫尔岑一向反对以所谓"客观主义"为标榜的写作方法，他对他所写的任何事件，任何人物，都有鲜明的态度，以爱憎分明的笔触描绘一切，这使他的文字带有明显的抒情色彩，有时热情洋溢，有时嬉笑怒骂。在《往事与随想》中，他对人民的苦难始终充满同情，对一切非正义的事则表现了强烈的憎恨。赫尔岑从不掩饰自己的感情，从不讲违心之言，在本书中他对自己进行了严格的解剖，也对别人的缺点和错误作了毫不留情的批判，他对伦敦的一些流亡者的描写便是这样。但他对无私的、忘我的革命志士则不遗余力地加以讴歌，如他对波兰民族解放运动领导人沃尔采尔在伦敦病故前后的那些血泪斑斑的描写，便扣人心弦，成了本书许多光辉的篇章之一。

《往事与随想》还表现了赫尔岑作为一个伟大艺术家的讽刺才能。俄罗斯的许多大官僚，暗无天日的西伯利亚的统治者，各种胡作非为的大地主和大贵族，都在赫尔岑的笔下现出了原形。赫尔岑的描写总是能触及要害，给这些人以致命的打击。他有时用对照等手法，让沙皇反动官僚的丑恶面目在读者面前自动曝光；有时则利用一些小故事，揭露沙皇专制统治的荒谬可笑，如第二卷关于一个女孩被教士灌醉以后，胡乱取了个男孩的名字，以致开始了长达数年的交涉和调查。这看似不可信，然而却是俄罗斯的活生生的现实。赫尔岑对俄罗斯黑暗社会的抨击，表现了他作为一个革命家的正直的良心。

赫尔岑也是一个伟大的文体家，他在《往事与随想》中运用了种种表现手法，这里有诗的语言，也有抒情独白，有书信，也有日记，有描绘自然风景的美丽篇章，也有逻辑严谨的说理文字。屠格涅夫称赫尔岑是一位"天生的文体家"，高尔基在《俄国文学史》中谈到赫尔岑时，也赞扬"他的语言特别优美和光辉"。

赫尔岑经历了错综复杂的一生，他的回忆录包含着十分丰富的内容，它的艺术感染力更使它不仅成为俄罗斯文学中，也成为世界文学中一份珍贵的遗产。我们今天阅读这样一部书，除了它在文学写作上的卓越成就外，还可以了解到许多东西。他坚持正义、坚持进步的一生，他尽管长期流亡国外，对俄国仍充满挚爱和信心的深刻的爱国主义精神，他不屈不挠维护民族的自由和发展的坚定意志，他追求真理、爱憎分明、不讲假话的真诚坦率的作风，他对人民的热爱和同情，对丑恶现象的至死不渝的憎恨，都是值得我们学习的。

赫尔岑从 1852 年开始动笔写《往事与随想》，历时达十五年之久。作家生前曾亲自编定了一至五卷（除《家庭悲剧》等少数部分外），第六至八卷大多由后人根据他的遗稿陆续发表，但直至 1956 年，全书才由苏联科学院高尔基世界文学研究所编定，列入《赫尔岑三十卷集》。中译本系根据莫斯科国家文学出版社出版的《赫尔岑九卷集》译出。

项星耀

1992 年 4 月于上海

致尼·普·奥加辽夫 [1]

本书主要是谈两个人，其中一人已经去世[2]，而你还健在，因此，朋友，本书按理是属于你的。

伊斯坎德尔[3]

1860 年 7 月 1 日于伯恩默思鹰巢[4]

---

① 尼古拉·普拉托诺维奇·奥加辽夫 (1813—1877)，俄国诗人，赫尔岑终生不渝的亲密朋友。这几句题词刊登在 1861 年赫尔岑出版的《往事与随想》单行本第一册的卷首。
② 指赫尔岑的妻子纳塔利娅·亚历山德罗夫娜·赫尔岑 (1817—1852)。
③ 赫尔岑的笔名。他本名亚历山大，伊斯坎德尔是阿拉伯语的发音。
④ 伯恩默思在英格兰南部海边，赫尔岑于 1852 年后侨居英国。

序　言

不少朋友劝我全文印行《往事与随想》,这事并不困难,至少前两卷是这样。但是他们说,刊载在《北极星》上的一些片断系信笔写成,缺乏完整性,时断时续,忽前忽后。我觉得这都是事实,但我无法改正。做些补充,按年月顺序排列章节,这不难办到;但是彻底修订,我暂时还没有这个打算。

《往事与随想》不是接连不断写成的,有几章前后隔了整整几年。它们留下了写作时间和不同心情的痕迹,而我不想抹去这一切。

本书与其名为见闻录,不如说是自白书。正因为这个缘故,来自往事的片段回忆与出自内心的随想,交替出现,混杂难分。然而,总的说来,在这些厢房、顶楼和附属建筑物之间,还是有内在联系的,至少我认为这样。

我做这类笔记并非头一次。早在二十五岁左右,我已开始写作近乎回忆录的东西。事情是这样的:我从维亚特卡给调到了弗拉基米尔,心里闷得发慌。莫斯科已近在咫尺,我却不得不停留在这里,这使我心烦意乱,感到委屈;我像一个旅客到了最后一个驿站,却找不到马!

其实，这差不多是"行将告终的青年时代中最纯洁最重要的一个时期"①。我当时虽则苦闷，但觉得前途光明，幸福，这是孩子在生辰或节日前夕的苦闷。字迹娟秀细小的信②每天寄来，我为此沾沾自喜，引以为荣，并从中汲取生命的养料。然而离别终究是痛苦的，我不知怎样才能尽快打发这"盼不到头的岁月"——这四个来月的时间③……于是我听从别人的劝告：开始在闲暇中记下了我在克鲁季茨和维亚特卡的经历。我写了三本笔记……这以后往事就湮没在现实生活中了。

1840年别林斯基读了它们，感到满意，便在《祖国纪事》上发表了其中的两本（第一本和第三本）。④至于剩下的那本，如果还没成为引火物，应该至今仍放在莫斯科我家中的什么地方。

过了十五年⑤，"我住在伦敦樱草丘附近一个偏僻所在，这里与世隔绝，雾影笼罩，正合我的心愿。

"在伦敦我举目无亲。有的只是我所尊敬的和尊敬我的人，但是没有一个亲近的人。大家来来往往，见了面无非谈些共同关心的问题，全人类、至少全民族的大事。与他们的交往可以说是毫不涉及个人感情的。几个月过去了，往往没有谈到一句我想一吐为快的话。

---

① 见《监狱与流放》。——作者注

  按：这是指1854年作者在伦敦出版的《监狱与流放》，在本书中文字已略有改动。

② 指赫尔岑的未婚妻的来信。

③ 赫尔岑于1838年1月从维亚特卡给调到弗拉基米尔，同年5月与纳塔利娅·亚历山德罗夫娜在弗拉基米尔私自结婚，这间共四个来月时间。

④ 指赫尔岑发表的第一部作品《一个青年人的笔记》，它登载在1840年和1841年的《祖国纪事》上。

⑤ 《监狱与流放》的导言写于1854年5月。——作者注

"……那时节在一连串骇人的遭遇、不幸和错误之后，我还惊魂甫定，刚恢复正常。最近几年的生活情景仍历历在目，我看到，除我以外，无人知晓这一切，而随着我的辞世，真相将湮灭无闻，便不免感到惶恐。

"我决定写下来；但是一个回忆唤起千百个别的回忆；一切接近遗忘的旧事复活了：少年时代的理想，青年时期的憧憬，豪迈的青春岁月，监禁和流放——这些早年的厄运没有在我心头留下一丝阴影，倒像穿越长空的春雷，以它们的巨响唤醒和激励了年轻的生命。"①

这次我提起笔来可不是为了消磨时间——我已经没有地方急于要去了。

我动手写这新作品时，根本没有想到《一个青年人的笔记》的存在，只是有一次在大英博物馆披阅俄文杂志，偶然看到了它。我央人抄录下来，重读了一遍。它引起的印象是奇怪的：我深深意识到，十五年来，我已老了许多，起先这甚至使我震惊不已。那时我还在领受生活的乐趣和幸福，仿佛它们是永无止境的。《一个青年人的笔记》情调如此不同，以致我无法从中汲取片言只语；它属于青年时代，它应该是一个独立的整体。它那清晨的光辉无助于我晚年的著作。它包含着许多真理，但也有不少游戏笔墨。此外，对我说来，它显然留下了海涅的痕迹，因为在维亚特卡那个时期，我正陶醉在海涅的作品中。至于《往事与随想》，它有的只是生活的痕迹，除此以外，别无其他。

---

① 这几节文字引自《监狱与流放》初版导言。原文开头是："1852 年底，我住在伦敦樱草丘附近……"根据现有资料，赫尔岑正是在这时开始写《往事与随想》，离 1838 年恰好是十五年。

我的写作进展极慢……有些往事需要经历相当久的时间，才能形成一个清晰的观念——一种无可奈何、令人伤感，但又能获得谅解的观念。不经过这一步，写成的东西可能是真诚的，但不可能是真实的！

有些部分我写得并不成功，我把它们丢了。今年夏天，我终于给我青年时期的一位朋友①念了最后的稿本；通过我的朗读，我看到了我所熟悉的事物，这才罢手……我的工作总算完成了！

很可能，我对它的评价远远超过了实际，在这些隐约刻画出事物面貌的笔记中，不少地方仅对我个人具有意义；也可能我从我写下的一切中，看到了多得多的东西，它们在我心头唤起梦境，成为唯有我才能解答的象形文字。也可能只有我一个人能从它们的字里行间听到心灵的跳跃……尽管这样，这书对我依然是宝贵的。多年来，它代替了我的亲人和失去的一切。但现在它也要离我而去了。

个人的一切转瞬即逝，对这种消逝除了顺从别无他法。这不是绝望，不是衰老，不是冷漠，也不是无动于衷；这是暮年的青春，生命活力恢复的形态之一，或者不如说，即是这个过程本身。有些创伤，人是只有通过这样的途径才能忍受的。

一个僧侣，不论他多大年纪，总同时既是老人又是少年。他由于埋葬了个人的一切而重返于青春，变得超然物外，心胸开阔……有时甚至过于开阔……确实，在个性泯灭的普遍性之间，在历史发展的诸元素，以及云影一般在它们表面飘忽移动的未来诸形象之间，人难免感到空虚和孤独。但这又算得什么呢？人是但愿一切都

---

① 指尼古拉·米哈伊洛维奇·萨京（1814—1873），诗人，翻译家，赫尔岑在莫斯科大学的同学和好友。

保存的：他既要玫瑰，也要冰雪；在枯焦的葡萄藤旁边，他希望缠络着五月的鲜花！在忧伤的时刻，僧侣靠祈祷获得解脱；我们不能祈祷，我们可以写作。写作就是我们的祈祷。看来，前者与后者的效果并无不同，但是此刻我们且不谈这个。

是的，反复的节奏，重现的旋律，人生对此是有所偏爱的。谁不知道，童年与老年多么近似。生活中有桂冠也有荆棘，有摇床也有棺木，而在生命全盛时期的两端，只要仔细观察，就不难发现，往往是两个在主要之点上相仿的时期。那在青年尚未获致的东西，在老年则已经丧失。青年不计个人得失、梦寐以求的，到了老年，在乌云和夕阳的衬托下，将显得更为光辉灿烂，庄严肃穆，而且同样无关乎个人的得失。

……每当我想起，我们两人此刻在将近五十高龄的时候，如何站在俄国自由论坛的第一架印刷机旁边，我就依稀觉得，麻雀山上我们童年的格琉特利①离今天不是三十三年，而是至多——三年！

人生……不同的生活场景，不同的民族，革命，亲友的面容，在麻雀山和樱草丘之间相继出现、变换和消失了；事变像无情的旋风，几乎已把它们的踪迹一扫而光。周围一切都变了：泰晤士河代替了莫斯科河，我处在异乡客地……我们通向祖国的道路已被切断……只有两个孩子（一个十三岁，一个十四岁）的憧憬依然如故！

让《往事与随想》来总结我个人的一生，作为它的纲目吧。而

---

① 据传说，1307 年，在瑞士中部的格琉特利草原上，乌利州、施维茨州和下瓦尔登州的代表一起宣誓，要为祖国的解放而斗争到底，史称"永久同盟"。它奠定了瑞士国家独立的基础。赫尔岑用这传说的宣誓比拟他与奥加辽夫在莫斯科麻雀山上的宣誓。

我其余的思想将诉之于行动，其余的精力将付之于斗争。

　　　　我们仍然同心同德……

　　　　并将再度踏上孤独而忧伤的征途，

　　　　不倦地呼号真理——

　　　　哪怕希望扬长而去，人们毫不眷顾！ ①

---

① 奥加辽夫的诗《致伊斯坎德尔》（《我行走在空旷的平原上》）的最后几行。

第一卷

育儿室和大学

（1812—1834）

每逢回首往事，

重温昔日的经历，

当年的种种感觉，

便又在心头渐次苏醒，

喜怒哀乐一如既往，

也同样惊恐不安，

同样心烦意乱，

同样想发一声长叹。

尼·奥加辽夫（《感怀》）[1]

---

① 引自《感怀》第二卷。《感怀》是奥加辽夫的一部长诗，但全诗并无统一的、固定的情节，其中既有抒情，也有叙事，既有政治讽刺，也有书信、日记，既有内心的自白，也有与友人的谈话，贯穿全诗的是个人对各种事物的感受。《感怀》共三卷，包括青年时代到晚年的各种诗篇。本书曾多次引用该诗。

第一章

我的保姆与"伟大的军队"^①——莫斯科大火——我的父亲
觐见拿破仑——伊洛瓦伊斯基将军——与法国战俘一起
旅行——爱国主义——卡·卡洛——共同管理家业——析
产——参政官

"喂，薇拉·阿尔达莫诺夫娜，再给我讲一遍吧，法国佬是怎
么进莫斯科的？"我躺在小床上常常这么说，一边裹在纤过的棉被
里，伸伸懒腰。小床四周围着一幅粗麻布，免得我摔到地上。

"咳！还讲什么哟，已经听过多少回了，况且也该睡啦，还是
明天早些起床的好。"老婆子总这么回答，其实这是她心爱的话题，
我乐意听，她也同样乐意讲。

"您就讲一点吧，比如，您怎么知道……噢，开头是怎
样的？"

"开头是这样的。您爸爸（您知道他是怎么一个人）总是磨磨蹭
蹭的，收拾这收拾那，最后总算拾掇好了！大家说，该走啦，还等

---

① 原文是法文，指拿破仑的军队。

3

什么，看来城里已经跑空了。他不听，还跟帕维尔·伊万诺维奇说个没完，商量怎么一起走，一会儿这个没准备好，一会儿那个没准备好。好不容易一切安排妥当，马车也停在门口了；老爷们坐下去用早饭，蓦地我们的厨师跑进饭厅，脸色煞白的，报告道：'敌人已经进了德拉古米洛夫门。'大家一怔，心都凉了；我的天，上帝保佑吧！这时人人慌了手脚，乱糟糟的，正在唉声叹气，一看，龙骑兵已在满街奔驰，戴着那种钢盔，后面扬起一根马尾巴。城门全关闭了。这下子您爸爸只得听天由命，您也跟着倒了霉。那时您还由奶娘达里娅在喂奶呢，生得又虚弱又瘦小。"

我露出了骄傲的微笑，为自己参与了这次战争而扬扬得意。

"起先还马马虎虎，这是指开头几天，有时进来两三个兵，做做手势，意思是有没有酒；我们照例给他们一人斟一杯，他们喝完就走了，临走还敬礼呢。可后来起了火，火越烧越旺，城里变得大乱，抢劫和各种灾祸都出现了。我们当时住在公爵小姐①家的厢房中，屋子也着了火。于是帕维尔·伊万诺维奇②劝我们：'还是到我家去吧，我的房子是石造的，院子进深，围墙也坚固。'我们去了，主人仆人都一起步行，那时也分不得尊卑上下啦。我们走到特维尔林荫大道，那里的树木已经着火。最后总算到了戈洛赫瓦斯托夫家，一看，屋子已浓烟弥漫，火舌正从所有的窗口蹿出。帕维尔·伊万诺维奇愣住了，不相信自己的眼睛。这屋子背后有个大花园，我们拐到了那儿，以为那里安全一些。我们坐在长凳上发愁，突然不知打哪儿闯来了一群大兵，喝得醉醺醺的。帕维尔·伊万诺

---

① 指梅谢尔斯卡娅公爵小姐，赫尔岑的祖母的妹妹。
② 戈洛赫瓦斯托夫，我父亲较小一个姐姐的丈夫。——作者注

维奇穿一件旅行用的大皮袍，一个兵扑过去，要剥他的皮袍，老头儿不给，那个兵猛然拔出短剑朝他脸上砍去，以致他老人家归天的时候，脸上还留下一条伤疤。其他几个兵动手对付我们，一个兵把您从奶妈手中夺去，解开襁褓，看里面有没有钞票或者钻石，一看啥也没有，这天杀的，就故意把包布撕破，扔在地上。他们刚走，又出了大乱子。您记得我们的普拉东，后来给送去当兵的，他非常贪杯，这一天也实在胡闹，腰里挂了把军刀，到处游荡。原来，敌人进城前一天，罗斯托普钦伯爵①打开军械库，把武器分发给大家，普拉东捞到了一把军刀。那天傍晚，他看见一个龙骑兵骑马闯进院子；马厩旁边有一匹马，龙骑兵想把它牵走。哪知普拉东一个箭步跳到他跟前，抓住缰绳说道：'马是我家的，我们不给你。'龙骑兵举起手枪吓唬他，可是枪里显然没装子弹。老爷当时也在，看到这情形，向他吆喝：'放开马，这不关你的事。'可哪成！普拉东抽出军刀，对准龙骑兵的脑瓜就是一刀，龙骑兵的身子晃了晃，但他又狠狠干了几下。我们心想，这下我们的末日到了，龙骑兵的伙伴一发现这事，我们非完蛋不可。普拉东倒满不在乎，等龙骑兵一倒下，就抓住他的脚，把这倒霉鬼拖进了污水坑，丢在那里，这家伙当时还没断气呢。他的马站在一旁，一动不动，用蹄子踢泥土，仿佛知道这是怎么回事。我们把它关进了马厩，后来大约就在那儿给烧死了。大家赶紧逃出院子，火也越烧越可怕。我们筋疲力尽，饿着肚子，发现一幢房屋还没着火，便躲进去歇息。谁知还不到一个小时，我们的人又从街上嚷嚷了：'快出来，出来，起火啦！'我马上从台球桌上撕了一块粗帆布，把您裹在里边，免得夜里着凉。这

---

① 罗斯托普钦（1763—1826），1812 至 1814 年间的莫斯科总督。

5

样，我们到了特维尔广场，法国佬正在那儿救火，因为他们的长官住在总督府里。我们只得干脆坐在街头，只见到处是来来往往的巡逻兵，有的步行，有的骑马。您呢，拼命哭啊，闹啊，因为奶妈没有奶了，也找不到一块面包。那时纳塔利娅·康斯坦丁诺夫娜①还跟我们在一起，您知道，这姑娘啥也不怕，她看见一群兵在墙角边吃东西，便抱了您去找他们，指指您说，小孩儿要'蛮食'②。起先他们可凶呢，冲着她直吆喝：'阿来，阿来！'③她就骂他们：你们这些杀头的；还杂七杂八讲了不少话。这些大兵啥也不懂，听了乐得哈哈大笑，给了您一点浸水的面包，也给了她一块。第二天一早，一个军官跑来，把所有的男人都带走了，您爸爸也在里边，只留下了女人和受伤的帕维尔·伊万诺维奇。他们是给带到周围的房屋去救火的，我们就这么单独待到傍晚，光知道坐在那儿啼哭。到了黄昏，老爷回来了，还有一个军官跟他在一起……"

现在让我代替老婆子，把她的故事讲下去吧。我的父亲完成了消防队长的职务以后，在基督受难修道院附近遇到一队意大利骑兵。他便找他们的队长，用意大利语向他讲了他家庭的处境。意大利人听到亲切的祖国语言④，答应报告特列维茨公爵⑤，并决定派一名卫兵保护我们，以免戈洛赫瓦斯托夫家花园中发生的野蛮事件重演。那个军官便是奉命前来执行这任务的。军官听说我们已两天没吃东西，便带我们走进一家洗劫过的店铺，那里花茶和近东地方的

----

① 赫尔岑幼年的保姆之一。
② 法语"吃"的发音。
③ 法语"滚开"的发音。
④ 原文是意大利文。
⑤ 即莫蒂埃（1768—1835），法军元帅。拿破仑攻占莫斯科时，莫蒂埃任莫斯科总督。

咖啡丢了一地，还有大量海枣、无花果和扁桃仁。我们把口袋塞得鼓鼓的，已足够做一顿甜食了。事实证明，卫兵是大有用处的：十来伙士兵曾先后来到特维尔广场拐角上，跟这些露宿街头的不幸的妇人孩子找麻烦，但当场都在卫兵的命令下离开了。

莫蒂埃记得在巴黎与我父亲会过面，因而呈报了拿破仑。拿破仑命我父亲次日早晨前去见他。我的父亲一向注重仪表，严格遵守礼节，可是这一天他应法国皇帝之召，到克里姆林宫金銮殿觐见的时候，穿的是破旧的蓝色短燕尾服，铜纽扣，这本是打猎穿的，也没戴假发，衬衣肮脏，皮靴已几天没刷，胡须也没剃。

他们的谈话我听到过多次，在凡男爵①和米哈伊洛夫斯基－丹尼列夫斯基②等的历史著作中，都有相当忠实的记载。

起先是一些普通的套语，不连贯的句子和简单的议论，这些话一直被赋予深刻的含义，直到三十五年之后，大家才看清楚，它们只是些庸俗无聊的废话。接着拿破仑便为火灾大骂罗斯托普钦，声称这是野蛮行为。他像平时一样，竭力要使人相信，他是无限爱好和平的。他解释道，他的战场是在英国，不在俄国，还吹嘘他派兵保护了孤儿院和圣母升天大教堂③。他埋怨亚历山大④受了坏人蒙蔽，不了解他的和平意愿。

我的父亲指出，提议和平应该是战胜者的责任。

"我已尽力而为。我曾派人去见库图佐夫⑤，他不愿进行任何谈

---

① 指阿加东·让·弗朗索瓦 (1778—1837)，法国历史学家，曾任拿破仑的秘书，著有《1812 年纪事》等书。

② 米哈伊洛夫斯基－丹尼列夫斯基 (1790—1848)，俄国将军，军事历史家，著有《记 1812 年卫国战争》一书。

③ 克里姆林宫的主要寺院之一，在俄国建筑史上具有重大意义。

④ 指当时的沙皇亚历山大一世。

⑤ 库图佐夫 (1745—1813)，俄国著名将领，1812 年卫国战争中的俄军统帅。

判，也不让沙皇陛下知道我的建议。他们希望战争，这不是我的过错，我只得被迫应战。"

等这出喜剧演完之后，我的父亲要求发给我们通行证，好让我们离开莫斯科。

"我曾下令不给任何人发通行证。您为什么要走？您怕什么呢？我已命令开放市场了。"

法国皇帝这时似乎已经忘记，除了开放市场，人们还需要住房，何况在特维尔广场的敌军士兵中间过日子，也不是一件愉快的事。

我的父亲向他说明了这一点。拿破仑略一思忖，蓦地问道：

"我有一封信要送交沙皇陛下，足下能否代劳？在这条件下，我可以下令给您和您的家属签发出境证。"

"我愿意接受陛下的建议，"我的父亲回答他，"但我很难保证完成使命。"

"您能保证利用一切办法，亲自呈递信件吗？"

"我用我的荣誉保证，皇上。"①

"这就够了。以后我会派人去找您。您还有什么要求吗？"

"在我动身以前，我希望我的家有一个安身之处，此外别无他求了。"

"特列维茨公爵会尽力帮助您的。"

确实，莫蒂埃在总督官邸拨给了我们住房，并下令供应我们食物；他的总管甚至送了酒来。这样过了几日，一天早晨四点钟，莫蒂埃派了副官来通知我父亲，要他立即赴克里姆林宫觐见皇上。

几天来大火已达到骇人的程度，到处烈焰腾天，烟雾弥漫，叫

————————
① 原文是法文。

8

人忍受不了。拿破仑穿戴整齐，在室内踱来踱去，显得忧虑重重，火气很大；他开始感到，他那顶炙手可热的桂冠即将迅速冷却，在这儿他不可能像在埃及一样轻易脱身。作战计划之荒谬，除了拿破仑，所有的人，从内伊、纳博内、贝尔蒂埃①到普通军官，都一清二楚。然而他在一切反对意见面前，只是像着了魔似的一个劲儿地叫嚷："莫斯科！"现在到了莫斯科，他也清醒了。

我的父亲进屋时，拿破仑从桌上拿起一封已封口的信，一边递给他，一边弯一弯腰说："我信赖阁下的保证。"信封上写的是："致我的兄弟亚历山大皇帝"②。

我父亲领到的通行证至今仍保存着，这是由特列维茨公爵签署的，下面还有"莫斯科警察总监"莱塞普斯的副署。有些外人得悉通行证的事，纷纷来找我父亲，求他带他们一起走，就算是他的仆役或亲属。负伤的老人，我的母亲和奶娘，坐一辆敞篷马车，其余的人全都步行。几名枪骑兵骑了马护送我们，直到望见俄军后卫部队，才与我们道了平安，转身折回。过不多久，我们这群古怪的旅客，便由哥萨克簇拥着，给送到了后卫部队司令部。这儿的军队是由温岑格罗杰和伊洛瓦伊斯基第四③指挥的。

温岑格罗杰获知信件的事，便对我父亲说，他可以立即派两名龙骑兵送他前往彼得堡觐见皇上。

"不过阁下的家属如何处置？"哥萨克将军伊洛瓦伊斯基问。"留下是不成的，这儿在炮弹的射程内，随时可能发生严重的

---

① 内伊和贝尔蒂埃都是法军元帅，拿破仑的亲信，贝尔蒂埃当时任法军参谋总长。纳博内是法国外交家，当时任拿破仑的副官。
② 原文是法文。
③ 1812 年俄国卫国战争中的两个哥萨克将领。

情况。"

我的父亲要求，如果可能的话，把我们送往雅罗斯拉夫尔省他的领地，同时声明，他身边已囊空如洗。

"账以后再算，"伊洛瓦伊斯基说，"请放心，我保证把他们送到。"

我的父亲照当时的方式，以军中特使的身份，被护送出发了。我们则由伊洛瓦伊斯基拨给了一辆破旧的大马车，与法军俘虏一起，由哥萨克护送到附近城关。伊洛瓦伊斯基发给了我们抵达雅罗斯拉夫尔所需的路费。一般说来，在这兵荒马乱的日子，他已尽了他的力量。

这便是我在俄罗斯的第一次旅行；第二次便不同了，没有法国的枪骑兵，没有乌拉尔的哥萨克，也没有被俘的敌兵，我是一个人，坐在我身旁的只有一名醉醺醺的宪兵。

我的父亲被直接送到阿拉克切耶夫①的官邸，软禁在那里。伯爵向我父亲要信。父亲说，他作过保证，要亲自呈交皇上。伯爵答应请示沙皇，次日书面通知我父亲：皇上派他立即收信转呈。收信后，他写了收据（这收据也还保存着）。我的父亲给拘禁在阿拉克切耶夫官邸大约有一个月；谁也不准见他，只有希什科夫②奉皇上命令，前来查询过莫斯科大火、敌军入城以及与拿破仑会见的详细情形；他是第一个来到彼得堡的这一切的目击者。最后，阿拉克切耶夫向我父亲宣布，皇上命令释放他，不归罪于他，因为他从敌军领取通行证是由于身处绝境的缘故。阿拉克切耶夫又说，他获释

---

① 阿拉克切耶夫（1769—1834），沙皇亚历山大一世最亲信的大臣。

② 希什科夫（1754—1841），俄国作家，反动官僚，当时任亚历山大一世的国务大臣。

后，应立即离开彼得堡，不得会见任何人，只有他的大哥可来与他话别。

我的父亲抵达雅罗斯拉夫尔省的小村庄时，已近黑夜。那时我们寄居在农家（因为村中没有主人的住宅），我睡在靠窗的长凳上，窗关不严密，雪花穿过隙缝，盖没了一部分板凳，窗台上也积满了没融化的雪。

一切显得困难重重，尤其是我的母亲。父亲到达前几天的一个早上，村长带了几个奴仆，急匆匆赶到她住的农舍，用手比画着，要她跟他们去。我母亲那时一句俄语都不懂[①]，只明白他们是在讲帕维尔·伊万诺维奇；她不知道这是怎么回事，只是头脑中闪过了一个思想：他被人杀死了，或者有人要谋害他，然后来杀她。她吓得半死，抱了我，浑身哆嗦着，跟在村长背后。戈洛赫瓦斯托夫住另一个农舍，他们到了那里；老头儿真的死了，倒在桌子旁边；他是想在那儿刮脸时，突然中风，当场结束了生命的。

可以想象我母亲的处境（她当时才十七岁）：住在熏黑的小农舍里，周围尽是这些胡子拉碴的"半野蛮"人，他们穿着光板儿老皮袄，讲着她一句不懂的语言，而这一切又是在1812年可怕的冬季11月间。她唯一的依靠是戈洛赫瓦斯托夫；他死后，她只得日夜啼哭。可这些"野蛮人"却衷心怜悯她，他们怀着最纯朴的感情亲切地对待她，村长还几次派儿子进城，为她采购葡萄干、蜜糖饼干、苹果和小圆面包。

十五六年以后，这位村长还活着。他有时也到莫斯科来，但头

---

① 赫尔岑的母亲是德国人，原名路易莎·哈格（1795—1851），出生在斯图加特，是赫尔岑的父亲最后一次出国时（1811年）认识的，当时她才十六岁，而赫尔岑的父亲已四十四岁。

发已经雪白，而且秃了。他一来，我母亲总要招待他喝茶，与他一起回忆1812年冬季的经历：她怎样怕他，他们怎样彼此不了解，怎样为帕维尔·伊万诺维奇的丧事奔忙。老头子还像当年一样，管我母亲叫尤莉莎·伊万诺夫娜，不叫她路易莎，还讲我当时怎样一点不怕他的大胡子，常要他抱我。

后来我们从雅罗斯拉夫尔省迁至特维尔省，过了一年，又终于搬回了莫斯科。这时，我的伯父①从瑞典回来了，他本来在威斯特伐利亚②任公使，后来不知怎么投奔了贝纳多特③。他与我们住的是一幢房子。

大火的遗迹，我至今仍依稀记得一些，它们一直保留到20年代初期。不少深宅大院成了一片废墟，没有窗框，没有屋顶，墙坍壁倒，围墙中间空空荡荡，只剩下一些炉灶和烟囱。

莫斯科大火，博罗季诺战役④，别列津纳⑤，攻占巴黎，这一切便是我的摇篮曲，我的童话，我的《伊利亚特》和《奥德赛》。我的母亲和我家的仆人，我的父亲和薇拉·阿尔达莫诺夫娜，经常想起这个恐怖的时代，不但记忆犹新，又来得这么近，这么猝不及防，给他们留下了深刻的印象。后来，战罢归来的将领和军官逐渐汇集莫斯科。我父亲在伊斯梅洛夫团的老同事，现在作为刚刚收场的血战的参与者，满载着荣誉，时常光临我家。他们经过一番搏斗之后，

---

① 指赫尔岑的三伯父列·阿·雅科夫列夫，当时帝俄的外交官，回国后在参政院任参政官。

② 拿破仑为其弟热罗姆·波拿巴建立的王国（1807—1813），在今德国西南部。

③ 贝纳多特（1763—1844），法军元帅，1810年被选为瑞典王储，在瑞典建立了贝纳多特王朝，直至今日。

④ 1812年拿破仑的大军入侵俄国时，俄军在莫斯科以西一百多公里的博罗季诺与法军展开激战，这次战役成为后来法军败退的转折点。

⑤ 第聂伯河的一条支流，1812年11月法军后撤时，曾在这里遭到俄军围歼。

坐下来谈论自己的丰功伟绩了。这确实是彼得堡时期最光辉灿烂的一页；力量的觉醒带来了新的生活，工作和操劳似乎都被推到了明天，它们那么单调乏味，今天大家只想痛饮胜利的美酒。

这时期除了薇拉·阿尔达莫诺夫娜讲的以外，我还听到不少战争的故事。米洛拉多维奇伯爵[①]讲的，我最爱听。他谈话娓娓动人，表情鲜明，不时发出爽朗的笑声。不止一次我是躺在他背后的沙发上，听着他的故事入睡的。

处在这样的环境中，不言而喻，我成了狂热的爱国者，立志当一名军人。但是单一的民族主义感情，从来不会不出纰漏，它就使我犯了下述错误。经常出入我家的客人中，有一位坎索纳伯爵，他是法国流亡者，在俄军服役，担任中将。作为极端保皇党分子，他参加过著名的庆典[②]，这一天法王的走卒践踏了人民的帽徽，而玛丽-安托瓦内特[③]举杯祝贺革命的覆亡。坎索纳伯爵生得高高瘦瘦的，身材匀称，头发花白，是个彬彬有礼、温文尔雅的老人。在巴黎，爵位等待着他，他已经去祝贺过路易十八[④]的登基典礼，现在回到俄国来出售领地。不幸得很，我只得承认，这全体俄国将领中最令人尊敬的一位，在我面前谈到了战争。

"这么说，您是跟我们打过仗的？"我天真地问他。

---

① 米洛拉多维奇（1771—1825），俄国将军，曾在博罗季诺战役中担任右翼指挥官。

② 指 1790 年 7 月 14 日，法国革命一周年时在巴黎战神广场举行的庆典。这时由于革命力量的右翼已被国王收买，大会宣布法国实行有限制的君权制，路易十六也在会上宣誓效忠宪法，这使王党分子重又猖獗一时。

③ 法国王后，路易十六之妻，法国革命后成为反革命力量的核心，策划了一系列阴谋，并发动叛乱，因而被革命法庭判处死刑，送上了断头台。

④ 法王路易十六之弟。拿破仑失败后，法国波旁王朝复辟，路易十八于 1814 年 5 月登基。

"不，好孩子，不，我是在俄军中服务。"①

"怎么，"我说，"您是法国人，却在我们的军队中干事？这不可能！"

我的父亲严厉地瞪了我一眼，我没敢再讲。伯爵英勇地挽回了这个僵局，回头对我父亲说，他"很赞赏这种爱国主义感情"。但是我的父亲不赞赏，伯爵走后，他狠狠训斥了我："你就是这么冒失，乱讲话，这种事你不懂，目前也不可能懂得。伯爵是出于对自己的皇上的忠诚，才为我们的皇上打仗的。"确实，我不理解这一点。

我的父亲曾旅居国外十二年，他的三哥更久。他们企图按照西欧方式建立一种生活，既要所费不多，又足以保持一切俄国式的舒适条件。这种生活没有建立成功，原因可能是他们安排不善，也可能是俄国地主的天性占了上风，压倒了外国的生活习惯。我们是个大家庭，产业没有分开，大批的家仆住在底层，因而具备了混乱的一切条件。

照料我的有两个保姆，一个俄国人，一个德国人。薇拉·阿尔达莫诺夫娜和普罗沃太太都是非常善良的女人，但是我不能整天看她们织袜子，或者彼此挖苦揶揄，我感到寂寞，因此一有机会便溜进参政官（过去的公使）住的那半边屋子，找我唯一的朋友、他的听差卡洛。

比卡洛更和善、更亲切、更随和的人，我还很少见到。他在俄国孑然一身，举目无亲，又讲不好俄语，因此对我怀着女性的温情。我在他屋中常常一玩就是几个小时，我纠缠他，捉弄他，跟他

---

① 原文是法文。

淘气，但他总是露出忠厚的微笑忍受这一切，为我用硬纸板剪种种美妙的图形，用木头雕刻形形色色的小玩意儿（我正是因此才多么喜欢他啊！）。到了晚上，他便从藏书室带一些图画书上楼，拿给我看，例如格麦林和帕拉斯的游记①，还有一本厚厚的书，名叫《世界图像》②，它叫我百看不厌，后来读得连它的皮封面都磨破了。卡洛往往接连一两个小时指着同样几幅画，把同样几句解释翻来覆去讲千百遍。

我的生日和命名日快到了，卡洛忽然躲进自己的房间，锁上了门，从那里传出锤子和其他工具的声音。他离开房间时，总随手把门锁上，从走廊上匆匆走过，有时提一锅胶水，有时拿一包不知什么东西。可以想象，我多么盼望知道他在制作什么，我派仆人的孩子去探听消息，但卡洛守口如瓶，非常警惕。一天我们发现楼梯上有个小窟窿，正对他的房间，但这也无济于事，我们只能望见上半扇窗和一幅腓特烈二世③的画像，他那个大鼻子，那枚大宝星勋章，那副干瘦的鸢鹰似的凶相。过了两天，噪音停止了，房门打开了，屋里一切照旧，只是地上留下了一些金纸和花边的碎屑。我被好奇心折腾得满脸通红，卡洛却装得若无其事，故意回避这个使我苦恼的问题。

在那庄严的一天到来之前，我始终生活在烦恼中。到了那天，清早五点我已经醒来，琢磨卡洛给我准备了什么礼物。到了八点钟，他来了，穿着蓝燕尾服，白坎肩，打着白领结，可是两手空空

---

① 格麦林是德国自然科学家和旅行家，著有《俄国旅行记》。帕拉斯是俄国博物学家，曾在西伯利亚和乌拉尔一带进行考察。

② 一种通俗的图画读物，目的在于表现上帝创造的世界多么丰富多彩，奥妙复杂。

③ 1740 至 1786 年的普鲁士国王。他在位期间，国势盛极一时，因而被称为腓特烈大帝。

的。"这要到什么时候才了结啊？会不会他搞坏了？"时间在过去，普通的礼物送来了，戈洛赫瓦斯托娃姑姑的听差已经带着包在餐巾里的贵重玩具来了，参政官也已把一些小玩意儿送来，但是对那件神秘的礼品的不安的期待，使我丧失了对这一切的兴趣。

突然，到了饭后或茶后，保姆仿佛毫不在意似的对我说道：

"您请下去一会儿，有一个人找您。"

我想："这就是了。"马上用双手撑在楼梯扶手上，滑了下去。大厅的门吱吱轧轧地打开，乐声响了，屋中间挂着一幅透明画，灯点亮了，画上是用我姓名的第一个字母组成的花字。仆人的孩子们穿了土耳其服装，向我呈上糖果，接着是木偶表演或者室内焰火。卡洛忙得满头大汗，一切都是他亲自指挥，他的高兴也不亚于我。

什么礼物比得上这样的庆贺呢——我从来不希罕物品，私有观念和贪得无厌的结节 ① 在我一生的任何年纪，从未得到发展——那种由于意外的乐趣引起的疲倦感，那大量的蜡烛、金箔和火药味，是多么妙啊！美中不足的可能只是缺少一位同伴，但是我整个童年都是在孤独中度过的 ②，我对此已习以为常了。

我的父亲还有一位哥哥，比参政官更大一些，是他们的二哥 ③，他们与他处在公开不和的状态。他们名义上是在共同管理领地，实

---

① 这是骨相学中的用语。按照骨相学，人的一切个性都是由颅骨的结节决定的。赫尔岑当然不相信这些，是出于讽刺用这个词的。

② 除了我，我的父亲还有一个儿子，比我大十来岁。我始终爱他，但是他不可能做我的游伴。从十二岁到三十岁，他是在外科医生的手术刀下度过的。他非常勇敢地忍受了一连串的折磨，这使他的整个生活变成了间断性的外科手术过程。但是在这一切之后，医生们宣称，他的病已无法治愈。他的健康毁了；环境和性情又火上加油，彻底断送了他的一生。我谈到他孤独而忧郁的生活的那些篇页，被我删除了，我不能不得到他的同意，印行这些东西。——作者注
按：作者提到的这个哥哥名叫叶戈尔。

③ 赫尔岑的父亲共有弟兄四人，长兄彼得·雅科夫列夫已于 1813 年去世。

际上却在共同破坏领地。三个弟兄争争吵吵，共掌大权，其杂乱可想而知。两位弟弟干什么都与哥哥相反，哥哥也这样。结果村长和农民给弄得无所适从：一个要大车，另一个要干草，第三个要木柴，每人都可发号施令，每人都有自己的代理人。哥哥派了个村长，还不到一个月，弟弟就找个借口，撤换了他，另派别人，可是哥哥又不承认这回事。这样，理所当然，造谣生事、搬弄是非、挑拨离间、奉承拍马的勾当层出不穷，而处在这一切底层的则是贫苦无告的农民，他们找不到正义，也找不到庇护，到处受欺压，负担着双重的劳动和漫无止境的勒索。

弟兄失和后，第一个使他们大吃一惊的恶果，便是与德维叶尔伯爵家的大讼案以败诉告终，尽管从案情看，他们是有理的。他们有共同的利益，但从来不能和衷共济，采取一致的行动，对方自然有机可乘。除了失去一个美丽的大庄园，最高法院还判处三弟兄赔偿全部讼费和损失，每人计三万卢布纸币。这个教训使他们睁开了眼睛，他们决定分家。经过了将近一年的准备和磋商，他们把领地分成了相当平均的三份，然后由命运来决定谁得到哪一份。参政官和我父亲与他们的二哥已几年不曾见面，现在为了谈判与和解，他们登门拜访了他；后来又传说，他要亲自前来我家了结这桩公案。关于二伯父来访的消息，在我们家引起了恐怖和不安。

我的二伯父是一个畸形的怪物，只有在畸形的、反常的俄国才可能出现。他具有得天独厚的禀赋，但一生胡作非为，常常达到犯罪的程度。他受过正规的法国式教育，博览群书，然而终生过着荒淫无耻、灯红酒绿的生活。他也是从伊斯梅洛夫团开始踏上宦途的，曾在波将金①身边当过副官之类，后来在一个使馆任职，回彼得

---

① 波将金 (1739—1791)，俄军元帅，叶卡捷琳娜二世的宠臣。

堡后被任命为东正教教务总监。无论外交界还是宗教界都不能约束他狂放不羁的性格。由于跟主教们吵架，他被免职了，又由于在总督的一次正式宴会上，他企图或者已经打了一位绅士的耳光，他被驱逐出彼得堡。以后他移居坦波夫省的领地，又由于调戏妇女，野蛮暴虐，几乎被当地的农民打死，多亏他的车夫和几匹快马救了他的性命。

这以后他寓居莫斯科，凡是亲戚朋友都与他断绝了来往。他一个人孤零零的，住在特维尔林荫大道一幢大公馆里，折磨仆人，把农民弄得倾家荡产。他大量搜罗藏书，霸占女农奴，而这两者都是严禁他人问津的。他饱食终日，无所事事，而惊人的虚荣心又达到可笑的程度，为了掩饰这一点，他到处收购无用的小玩物，消磨光阴，毫无必要地与人争讼不休。为了一只阿马蒂^①小提琴，他跟人打了三十年官司，最后赢得了它。为了两幢房屋共有的一堵墙壁，他费尽周折，与对方展开诉讼，争到了毫无实际意义的所有权。退职之后，他从报上看到老同事升迁的消息，就自怨自艾，把他们得到的勋章买来，陈列在案头，作为哀悼的纪念品，似乎表示：我本来也是可以得到这样的荣誉的呀！

兄弟姊妹们都怕他，不敢与他有任何接触。我家的仆人为了回避他，不从他的屋前经过，万一碰到他，就急得脸色发白。妇女们担心他的无耻追逐，仆人们祷告上帝，别落进他的手掌。

就是这样一个可怕的人，现在要光临我家了。一家人从早上起就惶惶不安，提心吊胆。我虽然出生在他的家（因为我父亲从国外回来时曾在那里暂住），但从未见过这位冤家对头似的神秘兄

---

① 意大利的一个家族，以制造小提琴闻名。

长。我很想见他，同时又感到害怕——我不知道怕什么，但非常害怕。

在他到达前两个来小时，父亲的大外甥，两位老朋友，一个负责处理这事的虚胖而忠厚的官员先到了。大家一声不吭，坐在那儿等待。突然管事走进屋子，用不自然的嗓音通报道：

"二老爷驾到！"

"请。"参政官说，声调显然有些紧张。父亲开始嗅鼻烟，外甥整了整领带，官员咳嗽几声，清了清嗓门。本来命令我上楼，但我溜进隔壁一间屋子，浑身哆嗦着待在那儿。

"二老爷"迈着平静威严的步子进屋了，参政官与我父亲迎上前去。他像参加婚礼或者葬仪一样，当胸捧着一个圣像，用略带鼻音的声调，慢条斯理地向两位兄弟发表了下面一席话：

"先父弥留之际，用这圣像祝福过我，嘱托我与故世的长兄彼得保护你们，代替他行使父亲的责任……如果先父在天之灵得知你们与兄长悖逆不和……"

"得了，亲爱的哥哥[①]，"父亲用经过琢磨的冷漠口气说道，"您行使先父的遗愿也够好的啦。这些不愉快的回忆，不论是您还是我们，都不如忘记了的好。"

"怎么？什么？"虔诚的兄长突然吼叫起来，"你们请我来却这么对待我……"随手把圣像往地上一扔，弄得那些银质衣饰箔片叮当直响。这时参政官也大发雷霆，声音比他更凶。我一溜烟往楼上跑，只看到官员和外甥也像我一样害怕，退到了阳台上。

后来情形怎样，我说不上；仆人们吓得躲在墙旮旯里，谁也

[①] 原文是法文。

不了解事态的发展，参政官和我父亲也从未向我谈起过这幕趣剧。接着吵闹声逐渐平息了，分家的事是当天还是下一天办的，我不记得了。

我父亲分到了瓦西里耶夫庄园，它很大，在离莫斯科不远的鲁兹县。次年，我们便去那里过了一个夏天。这期间，参政官已在阿尔巴特街新买了一幢房子，因此只有我们一家回到那空空荡荡、死气沉沉的大公馆里。不久，我父亲也在老马厩街添置了一幢住宅。

参政官的离开，首先，带走了卡洛，其次，使这大公馆中一切生动活泼的因素消失了。本来只有他能够抑制我父亲忧郁多疑的性格，现在这种约束力没有了。新房子是阴沉的，令人想起监牢或医院。底层有不少大拱门，厚实的墙壁使窗洞显得像堡垒的炮眼，屋子四周是大得不太相称的院子。

说真的，参政官怎么会跟我父亲在同一幢房子里生活这么多年，没有分开，这倒是奇迹。像他们那样截然相反的人，我还很少见到。

从性格上看，参政官和蔼可亲，喜爱玩乐。他一生都是在辉煌灿烂的世界，在外交官和朝廷大臣中间度过的，他从未想过，此外还有其他的天地，更严峻的天地。虽然 1789 年至 1815 年间一切重大事变，他不仅熟知内情，而且亲临其境。沃龙佐夫伯爵①曾派他面谒格伦维尔勋爵②，了解波拿巴将军③撤下埃及的军队以后，将采取什么步骤。拿破仑称帝时，他在巴黎。1811 年，拿破仑下令要他

① 沃龙佐夫（1744—1832），俄国外交家，曾任俄国驻英国大使。
② 格伦维尔（1759—1834），英国外交家，曾任英国外交大臣及首相。
③ 即拿破仑。拿破仑于 1798 年攻占埃及，因战争失利，只得抛下军队，逃回法国，当时他还没有登基做皇帝。

留居卡塞尔①，做"热罗姆沙皇"（这是我父亲发牢骚时的说法）治下的使节。总之，他经历过近代史上许多重大事件，奇怪的是，这一切都没有在他身上留下痕迹。

他是伊斯梅洛夫团的近卫军大尉，却被派驻伦敦大使馆。保罗②从花名册上看到他的名字，下诏要他立即赶回彼得堡觐见，这位军人外交官马上搭船回国，准备交卸职务。

"你希望留在伦敦吗？"保罗用沙哑的嗓音问。

"如果陛下准许我这么做的话，"在使馆供职的大尉回答。

"回去吧，不要浪费时间，"保罗用那口哑嗓子回答。于是他又立即返回任所，甚至没有与住在莫斯科的亲人会面。

在外交问题要靠刺刀和子弹来解决的时期，他担任过公使，他的外交资历是在外交史上光辉的节日——维也纳会议期间结束的。回国后，他被提升为宫廷高级侍从，却住在没有宫廷的莫斯科。他不懂法律和俄国的诉讼程序，却进了参政院，还当了监护人公会理事，马利恩医院院长，亚历山大学院院长等。他做任何事都热心得几乎过头，执拗得常常坏事，而他的正直却没有得到任何人的赏识。

他在家中从来待不住，每天驱车外出。他有八匹骏马，四四一套，一共两套，早晨外出用一套，饭后用另一套。除了他经常挂在心上的参政院，一周必去两趟的监护人公会，以及医院和学院之外，他从未错过一次法国的戏剧演出，还每周要去英吉利俱乐部三次。他没有时间发闲愁，总是忙忙碌碌，兴致勃勃，跑东走西，他

---

① 拿破仑为其弟热罗姆·波拿巴建立的威斯特伐利亚王国的首都。

② 即保罗一世。

的一生就是坐着弹簧马车，在光滑平坦的世界上轻快地飞驰。

正因为如此，他到了七十五岁高龄，仍然精神矍铄，像青年人一样出席一切盛大的酒宴和舞会，一切庆典和年会——不论是农业科学或医学界的集会，火险保险公司或自然科学家协会开会，他一律参加。看来直到晚年，这个人还保留着一部分人性和一定程度的热情。

与这位一贯生龙活虎、精力充沛的参政官相比，我父亲可说是截然相反。参政官难得回家一次，我的父亲却几乎天天足不离户，厌恶一切官场应酬，生性怪僻，与人落落寡合。我家虽然也有八匹马（都是极坏的），但马厩无疑是驽马的养老院，父亲养这些马一半是为了排场，一半也是为了使两个马车夫和两名前导马驭者多少有些事情可干，免得他们除了去取《莫斯科新闻》外，成天在马车房和相邻的院子之间的空地上玩斗鸡游戏。

我的父亲几乎没有担任过官职。他是在笃信上帝、皈依宗教的姨妈①府上，由法籍家庭教师培育长大的。他十六岁进伊斯梅洛夫团当中士，到保罗一世登基时已以近卫军大尉的身份退伍了。1810年后，他出国游历，旅居异邦，到1811年底，才带了我的母亲回国，那时离我出生已只有三个月。莫斯科大火后，他在特维尔省领地住了一年，然后重返莫斯科，尽量不问世事，日子过得孤单而寂寥。他活跃的三哥扰乱了他平静的生活。

参政官搬走后，我的一切变得越发阴沉暗淡了。墙壁，家具，仆役，似乎都愁眉不展，露出了不满的神色。理所当然，最不满的还是父亲本人。人为的宁静，仆役们小声的谈话，谨慎的脚步

---

① 即前面提到的梅谢尔斯卡娅公爵小姐。

声，不是出于关心，而是一种压抑感和恐怖感的流露。屋子里一切都固定不变，五六年中同样的一些书，放在同样一些地方，书中夹着同样几条标签。父亲的卧室和书房，多年来没有移动过一件家具，没有打开过一扇窗户。下乡时，他随身带着房门钥匙，免得别人乘他不在，进屋去洗刷地板或粉饰墙壁。

第二章

保姆的议论和将军的谈话——尴尬的地位——俄国百科全书派——苦闷——女仆和男仆的住所——两个德国人——上课和读书——教义问答和福音书

十岁以前，我没发觉我的处境有什么与众不同的地方。我觉得一切都很自然，很平常：我住在我父亲的家里，在他这半边屋子我总是循规蹈矩，而在我母亲那边，我可以喊叫，淘气，爱怎么就怎么；大法官宠我，给我玩具；卡洛抱我，薇拉·阿尔达莫诺夫娜替我穿衣服，安排我睡觉，给我洗澡；普罗沃太太带我散步，跟我讲德语。一切都很正常，可就在这时，我开始了思索。

零星的议论，人们脱口而出的片言只语，引起了我的注意。老妇人普罗沃和全体仆役都毫无保留地敬重我的母亲，惧怕我的父亲，也根本不喜欢他。他们之间有时发生的家庭争执，往往成为普罗沃太太和薇拉·阿尔达莫诺夫娜议论的话题，她们总站在我母亲一边。

我母亲的烦恼确实够多的。她是非常善良的妇人，但缺乏坚强的意志，完全处在我父亲的压制下，只能在一些无关紧要的琐事上做些无望的反抗，像生性懦弱的人常有的那样。不幸的是，正是在这些小事上，我父亲往往是正确的，因此争执总是以他的胜利结束。

例如，普罗沃太太常常这么说："真的，我要是太太的话，干脆一走了事，回斯图加特；老是闹意气，争争吵吵，厌烦死了，有什么乐趣。"

薇拉·阿尔达莫诺夫娜便接着道："话是这么说，可被这个缚住了手脚呢，"于是用织袜针指指我。"带走吧，上哪儿去？以后怎么办？丢他一个人在这儿吧，这个家又这副样子，旁人看了也不免心酸呢！"

孩子们的敏感往往是大人想象不到的。他们在惊讶之余立即释然，暂时忘记了，然而会一再想起它，特别是一切神秘或可怕的事，他们总会以惊人的毅力和机灵探听个水落石出。

自从引起注意之后，我在几星期内便了解到了父亲与母亲结识的一切细节，她怎样决心离开娘家，躲在卡塞尔的俄国大使馆中参政官那儿，然后女扮男装越过国境。我了解到了这一切，尽管从未向任何人提过一个问题。

这些发现的第一个后果是我疏远了父亲，这是由于我上面谈到的那些口角。以前我虽然看到他们争吵，却认为这是完全正常的。家中所有的人，参政官也不例外，都怕我的父亲，对此我已经习惯，因此看见他训斥别人，也不以为怪。现在我对事情有了另一种看法，我觉得，一部分不幸是我造成的；这思想有时像浓密的乌云，笼罩了我童年明朗的想象力。

从那时起，另一个思想也在我头脑中扎了根，这就是我跟一般的儿童不同，与父亲很少瓜葛。这种我自己想象出来的独立性，使我感到扬扬自得。

又过了两三年，一天晚上，我父亲团里的两位老同事来看我父亲，一位是奥伦堡省省长彼·基·埃森，另一位是曾任比萨拉比亚总督的阿·尼·巴赫梅捷夫将军，他曾在波罗金诺战役中打断了一条大腿。他们坐在客厅里，我的房间就在客厅隔壁。闲谈中我的父亲顺便提到，他跟尤苏波夫公爵谈过，请他为我安排一份差事。

"不应再耽搁了，"他补充道，"你们明白，他得干上好几年才能捞到一官半职。"

"老兄，你要他去当一名小文书，这又何苦呢，"埃森好心地说，"你把这事交给我，我安排他在乌拉尔哥萨克中入伍，栽培他当一名军官——这是首要的，以后他就可以像我们大家一样逐步高升了。"

父亲不以为然，说所有的军职他都不中意，他希望我以后能在一个气候温和的地方当外交官，他也可以在那儿安度晚年。

巴赫梅捷夫很少插话，这时拄着拐棍儿站起来开口了：

"我认为彼得·基里洛维奇的劝告，值得您郑重考虑。您不肯让他去奥伦堡，那就在这儿入伍吧。我跟您是老朋友了，我不妨对您直说：当文官，念大学，对您这位少爷既一无好处，对社会也不利。不必讳言，他的处境有些尴尬，① 只有军职可以一举为他打开仕途的大门，让他走上正常的道路。到他升任连长之前，一切危险思想都会烟消云散。军队的纪律是所大学校，此后的一切全凭他的努

---

① 赫尔岑的父母回国后没有办理正式结婚手续（这主要是由于他的父亲疏懒成性，不愿找这些"麻烦"，而他的母亲又生性懦弱，处处迁就他的父亲），因此赫尔岑在家庭中身份不明，往往被当作"私生子"，父亲又用赫尔岑（德文：心）称呼他，后来便成为他的姓，不用他父亲的姓雅科夫列夫。这里所谓"尴尬的处境"即指那种容易造成误解的、暧昧的身份。

力了。您说他有才华，难道只有蠢货才当军官不成！我跟您，还有我们这些人，不全是这么过来的吗？您只有一点可以反对，这就是他要取得军官官衔，必须花更多时间。但在这件事上，我们可以帮助您。"

这场谈话跟普罗沃太太和薇拉·阿尔达莫诺夫娜的议论，发生了同样大的作用。我那时已经十三岁[①]，这堂课经过我在完全孤独的环境中多方面推敲琢磨，日复一日地反复思索，终于产生了它的后果。本来，我像所有的儿童一样，幻想当军官，穿制服，为了父亲希望我当文官，我几乎痛哭流涕，现在，这场谈话之后，我对军队的向往突然冷却，那种对肩章、穗带和彩色镶条的仰慕和眷恋，尽管不是一下子，却终于逐渐淡漠了。当然，对军装的正在熄灭的热情仍复燃过一次。我家有一个亲戚，原本在莫斯科寄宿中学读书，每逢节日常上我家玩儿，后来他进了扬堡枪骑兵团。1825年他来莫斯科，成了枪骑兵士官，在我家住了几天。我看到他身上粗粗细细的各色带子，看到他的军刀和稍微歪戴、用一根带子系住的四角高筒军帽，心便怦怦跳动。他当时十七岁，身材矮小。第二天早晨，我穿起他的军装，挂上军刀，戴上军帽，对着镜子顾影自怜。我的天哪，这套短小的蓝制服，配上红镶边，穿在我身上多么漂亮啊！还有帽穗，绒球，子弹带……我日常穿的那种粗呢上装和黄布裤子，相比之下实在太寒酸了！

亲戚的到来，几乎动摇了将军们谈话的作用，但是不久，环境又终于使我弃绝了对军官制服的羡慕心理。

关于"尴尬的处境的思考"，其内在结果和我从两位保姆的议

---

① 其实这时作者至多八岁，这里可能是记忆错误。

论中所引出的结论，是相当接近的。我觉得我与这个社会更少关系了，虽然当时我对它还一无所知；我还觉得，实质上我的命运只能由我自己掌握。我怀着带一点孩子气的高傲感这么想：我要让阿列克谢·尼古拉耶维奇① 这批家伙看看，我是怎样一个人。

我父亲的家是一所特殊的修道院，我在这儿的日子过得多么单调而沉闷，看了上述一切就可了然。我得不到奖励，得不到欢乐，父亲对我几乎始终心怀不满，我只在十岁以前得到过他的宠爱。我没有同伴，教师来后便走了，我一送走他们，就悄悄溜进院子，跟仆人们的孩子玩儿，而这是严格禁止的。其余时间，我就在那些白天紧闭窗户，晚上很少点灯的黑暗的大房间里游荡，什么也不干，或者阅读五花八门的图书。

前室② 和女仆房于是成了我生活中唯一的乐园。在那里我无拘无束，赞成一些人，反对另一些人，与我的伙伴们一起商量和安排他们的事务；我了解他们的一切秘密，但从未在客厅中泄露过一句话。

关于这个问题，我不能不说几句。我是根本不回避节外生枝和插话的，因为一切谈话本来如此，生活本身也是如此。

孩子们大多喜欢与仆人做伴，但父母禁止他们互相接近，特别在俄国。孩子们不听父母的训导，因为客厅中太枯燥，而女仆室却愉快活泼。这件事正如千百件别的事一样，叫父母束手无策。我怎么也想不明白，为什么前室对儿童有害，而"茶室"与"起居室"却不然。在前室，孩子们学会粗鲁的谈吐，沾染不良的习气，这诚然

---

① 即巴赫梅捷夫。

② 即男仆们居住的房间，因它们一般位于屋子前部，与位于屋子后部的女仆室互相隔绝。

不错，但在客厅中，他们接受的却是污秽的思想和恶劣的感情。

强迫孩子们跟他们不断接触的人疏远，这要求本身就是不合情理的。

我们经常谈论仆人，特别是农奴的道德严重败坏。确实，严格地说，他们的行为不足为训，他们的精神堕落也很明显，只要看他们对一切都逆来顺受，很少反抗，就知道了。但问题不在这里。我倒想请教，俄国哪一个阶层比他们高尚？难道是贵族或官僚吗？或者是教士吗？

你们笑什么啊？

也许只有农民才有权利……

贵族与奴仆的区别如此微不足道，正如他们的名称之相似一样①。我憎恨（特别是在 1848 年的灾难②之后）花言巧语奉承群众，但贵族老爷们对人民的诬蔑，更令我发指。剥削者把仆人与奴隶描摹成放荡的野兽，是为了转移别人的视线，扼杀自己良心的呼声。我们不见得比老百姓高明，只是表现方式比较温和，更善于掩盖自己的私心杂念罢了。我们的欲望轻易就能得到满足，经常不受约束，因此看来才不那么粗野，那么刺目。我们不过因为有钱，度着温饱的生活，这才可以自命清高。阿勒马维华伯爵向塞维勒的理发师罗列过他对仆人的要求，费加罗听后，叹了口气，指出："如果仆人必须具备这一切优良品质，老爷中间恐怕也找不出几个人配当仆人吧？"③

一般说来，俄国人的堕落并不深，与其说深，不如说是野蛮和

---

① 在俄语中，"贵族"与"奴仆"两字发音相近。

② 指 1848 年法国资产阶级革命时期对人民的种种欺骗和镇压。

③ 见法国剧作家博马舍的著名喜剧《塞维勒的理发师》第一幕第二场。

猥亵，嚣张和粗俗，放肆和无耻。僧侣躲在家中与商人饮酒作乐，大吃大喝。贵族是公开喝酒，通宵打牌，殴打仆人，调戏使女，把家务搞得乱七八糟，家庭生活更弄得乌烟瘴气。官吏照此行事，只是更加下流，而且在上司面前奴颜婢膝，东偷西摸。贵族虽然较少偷盗行为，但他们是公然掠夺，一有机会决不放手。

所有这一切可爱的弱点，在第十四等以下的小官吏身上，在不隶属沙皇，而隶属于地主的大臣们身上[1]，只是表现得更粗俗一些。但是作为一个阶层，我看不出他们比别的阶层究竟坏多少。

我不仅对我家和参政官家的仆人，也对两三户近亲家的仆役逐一作了回忆，我没有发现，在漫长的二十五年中，他们的行为有什么特别的罪恶。充其量不过是些小偷小摸……但在这场合，概念已因地位而改变，作为私有财产的人对同为私有财产的物不太客气，有时要顺手牵羊，捞些主人的财物，似乎未可厚非，当然，为公正起见，这里不应包括那些亲信，那些得宠的男女仆役、老爷的情妇和谗佞者在内。首先，这些人已属例外，他们是马厩里的克莱恩米赫尔[2]们，管地窖的本肯多夫[3]们，穿粗布衣服的彼列库西希娜[4]，光脚板的蓬巴杜尔[5]们。其次，他们循规蹈矩，只在夜间酗酒，也不必把衣服押在酒店里。

---

[1] 俄国文官共分十四等，因此所谓"十四等以下的小官吏"、"隶属于地主的大臣们"，均指地主贵族的家仆而言。

[2] 克莱恩米赫尔 (1793—1869)，俄国反动官僚，阿拉克切耶夫的亲信，在尼古拉一世时期任交通大臣。

[3] 本肯多夫 (1783—1844)，伯爵，俄国最反动的大官僚之一，尼古拉一世的亲信，曾任宪兵司令和第三厅长官等要职。

[4] 俄国叶卡捷琳娜女皇的心腹和宫中女官。

[5] 法王路易十五的情妇，曾在宫中掌握大权，左右朝政。

其他人的所谓堕落其实很单纯，无非是一杯浊酒，一瓶啤酒，几句戏谑的闲话和几筒烟而已，此外就是擅自外出，吵嘴，有时发展到打架，以及主人强迫他们干办不到的非人勾当时，跟主人耍花招等等。理所当然，一方面由于他们没有受过任何教育，另一方面又不如农民那么忠厚，不能安于奴隶地位，他们的精神境界中含有不少变态的、畸形的东西。尽管这样，他们还是像美国的黑人一样稚气十足，一点小事就足以使他们欣慰不已，一点小事也能使他们伤心落泪；他们的要求如此微小，与其说有碍道德，不如说天真无邪，合乎人情。

酒和茶，小酒店和小饭馆，这是俄国仆人两项固定的嗜好。他为它们偷盗，为它们贫困潦倒，也为了它们忍受迫害和责骂，以至使自己的家庭沦落到无衣无食的境地。从陶醉于戒酒运动的马修神父①的高度来谴责酗酒，是最简便不过的，他们端坐在茶桌后面，看见仆人去小饭店喝茶，便大惑不解，心想在家喝茶岂不价廉物美，何必多此一举。

酒使人沉醉，使人有可能忘却一切，造成虚假的欢乐，亢奋的情绪。一个人愈是不开化，愈是被迫过狭隘和空虚的生活，这种麻醉和刺激对他也愈是必要。仆人注定了永远在前室供使唤，永远贫穷、受奴役和被出卖，叫他怎么不嗜酒呢？也正因为他不能每天喝酒，他才一有机会，便要大喝特喝。早在十五年前，先科夫斯基②已在《读书文库》上指出过这一点。意大利和法国南部之所以没有酒徒，便因为那些地方酒很多。英国工人的疯狂纵酒，可以用同样

---

① 马修（1798—1873），爱尔兰天主教神父，终生提倡戒酒。

② 先科夫斯基（1800—1858），俄国批评家，《读书文库》的编者。《读书文库》是一份带有保守色彩的大型月刊，在当时十分畅销。

的原因作解释。这些人与饥饿和贫困作着无望的、力量悬殊的搏斗，并被制服了。无论他们怎样挣扎，总是到处碰壁，无情的打击把他们抛到了社会生活阴暗的底层，毫无目标地终生从事着摧残身心的苦役。当一个人在杠杆、齿轮、弹簧和螺丝钉旁边操劳了六天之后，在星期六晚上，从工业劳动的枷锁下疯狂地冲出来，不满半个小时便喝得酩酊大醉，这又有什么值得大惊小怪的呢。何况他们已经精疲力竭，不胜酒力了。由此看来，那些正人君子不如安心喝自己的爱尔兰或苏格兰威士忌，免开尊口的好，否则，他们那种违反人情的博爱，那种苦口婆心，只能招来可怕的回答。

对于仆人，在小饭馆喝茶有不同的意义。在家中，对他说来，茶不是茶；一切都使他想起他是仆人。在家中，他住的是肮脏的下房，他必须自己煮茶炊，他用的是断了柄的茶杯，而且主人随时可能按铃召唤。在小饭馆里，他自由自在，他便是主人，茶室是为他开设的，灯是为他点的，伙计为他托盘送茶，茶碗闪闪发亮，茶壶熠熠生光，他可以支使别人，而不是被别人支使，也可以逍遥自在地喝茶，给自己叫一客爱吃的黑咸鱼子酱或大馅饼配茶。

所有这一切与其说违反道德，不如说是童心的流露。印象可以很快控制他们，但不能在他们心中生根，经常占有，或者不如说扰乱他们头脑的，是一些琐碎的事物、微小的心愿和无望的憧憬。对一切奇迹的孩子般的信仰，使这些成年人变得战战兢兢，但也正是这种信仰使他们在最困难的时刻得到了安慰。我父亲的两三个仆人临终时，我曾经在场，我惊奇地发现，只有在这时才能清楚地看到，他们对自己度过的一生是心安理得的，他们良心清白，没有犯过大罪，即使有点过错，那也已随着临终的忏悔，由"神父老爷"了结了。

仆人和孩子相互之间的好感，便建立在这种近似上。孩子讨厌大人的老爷作风，那种高高在上、妄自尊大的态度，因为他们很聪明，他们明白，对于大人，他们只是孩子，而对于仆人，他们是人。正因为这样，他们宁可与侍女打纸牌，玩罗托①，却不愿与客人玩。客人是为他们打牌，因而迁就他们，对他们让步，逗他们，想停止便停止。侍女打牌通常是既为自己，也为孩子；这样打牌才有味道。

仆人非常喜欢跟孩子做伴，这完全不是奴性的奉承，这是弱者与普通人的互相依恋。

从前，地主与农奴之间存在过宗法制的、君臣式的爱，正如今天的土耳其一样。现在，俄国已没有忠于主子全家和几代人的所谓义仆了。这是可以理解的，因为地主丧失了对自己权力的信念，不再相信在基督的最后审判面前，他能为仆人承担一切罪责，只是运用这权力为自己榨取利益。仆人也不相信自己天生应受人统治，他之忍受欺压并非因为这是上帝的惩罚，是一种考验，不过因为他是弱者；弱肉强食，如此而已。

那种奴隶制度的盲目崇拜者的典型，我年轻时还见过两三个。八十高龄的地主提到他们，总是感慨万端，说他们如何忠心耿耿，不辞辛劳地供主人驱使，却闭口不谈，这些地主老爷和他们的祖祖辈辈，对这种自我牺牲是怎么酬谢的。

参政官的一座庄园里，住着一个名为安度晚年，实则苟延残喘的衰弱老头儿安德烈·斯捷潘诺夫。

他是参政官和我父亲在近卫军任职时的侍从，一个忠厚老实、

---

① 一种赌博游戏。

33

从不喝酒的人。照我父亲和参政官的话说，他看到两位少爷的眼色，就猜得到他们的心思；我想这是不容易的。后来他去管理莫斯科近郊的庄园。起先，1812年的战争使他与我们失去了一切联系，随后村子烧毁了，成了一片废墟，他独自守在那里，没有一个钱，为了不致饿死，只能出卖一些木柴度日。参政官回到俄国后，着手整顿领地，最后，查出了木柴的事。老头儿受了处分，解除了职务，从此被打入冷宫。家庭负担使他度日如年，寄人篱下。我们有时路过安德烈·斯捷潘诺夫居住的村庄，就在那里逗留一两天。这个风烛残年、已经瘫痪的老头儿总要拄着拐棍，赶来向我父亲请安，问候。

他那种忠诚亲切的声调，那副不幸的外表，秃顶两旁那一绺绺微黄的白发，深深打动了我。

有一次他说："老爷，我听说，三老爷又得到了一枚勋章。可惜我老啦，快见上帝去了，看来天父不会让我再看到三老爷戴上勋章的英姿啦，可我多想在临死前，看一眼他老系上绶带，戴上全部勋章的模样啊！"

我望望老头儿：他那充满稚气的坦率神情，那哈腰曲背的身子，那病得口眼㖞斜的面容，那暗淡无光的眼睛，那微弱的声音，一切都不由得你不相信他的真诚；他不会撒谎，不会奉承拍马，他确实盼望临死前看一眼那位"挂满勋章和绶带"的老爷，而这位老爷却为了几根木柴，十五年来一直不肯宽恕他。这是什么？是神圣还是疯癫？然而，不正是疯癫才能使人达到神圣的境界吗？

这样的偶像崇拜，在新的一代身上消失了。如果现在还有农奴不想得到自由，那么这只是出于懒惰和物质上的考虑。我不否认这更加可耻，然而离终点也更近了。假如他们也希望在老爷们的脖子上看到什么，那就决不会是弗拉基米尔绶带了。

我在这里顺便讲一下我家仆人的一般状况。

参政官和我父亲对仆人的压迫不算特别严重，这就是说，并不对他们滥施体罚。参政官性子急躁，缺少耐性，因此往往显得粗暴，不讲道理。但是他与他们极少接触，也极少过问他们的事，几乎可以说，他们是互不认识的。我父亲便不同了，他的乖戾任性弄得他们叫苦不迭，他们的一个眼神，一句话，一个动作，他都不放过，总是喋喋不休地教训他们。对于俄国人，这往往是比打骂更不好受的。

在我家，体罚几乎已经绝迹。只有两三次，参政官和我父亲利用过警察所的恶劣做法①，但这是很不寻常的，以致事后所有的仆人议论了整整几个月；并且这是由重大的过错引起的。

常用的办法是把仆人送去当兵，年轻人都害怕这种惩罚。尽管无家无室，他们还是宁可留下来当奴隶，不愿去做二十年的苦工②。这些可怕的场面给我留下了深刻的印象……地主一声召唤，两名警察便来了，他们像贼一样，偷偷摸摸、出其不意地捉住了指定的人；村长当即宣布，老爷昨晚已下令将该人送交征兵当局。这人含着眼泪，强作镇静，但妇女们哭哭啼啼，大家便纷纷赠送纪念品，我也拿出了我所有的东西，那就是一个二十戈比的钱币或者一条围巾。

我还记得，一个村长由于花掉了收到的代役金，我父亲下令要剃光他的胡髭。这样的惩罚我一点不懂，但是看了六十岁的老头

---

① 指鞭打，当时在俄国，农奴有了过错，地主可以把他们送往警察所受鞭打。
② 当时服兵役的期限是二十五年。

儿的表现，我不由得吃了一惊。他放声大哭，趴在地上叩头求饶，除了退还租金以外，他情愿再付一百卢布罚款，只要能免除这种耻辱。

当参政官和我们一起居住的时候，我家共有三十名男仆和大约同样多的女仆。不过已婚妇女并不担负任何工作，她们只管自己的家务；五六个女仆负责打扫屋子和洗衣服，是不准上楼的。此外还有一些男孩和女孩，他们名义上是学习干活，实际上是在培养游手好闲、懒惰、撒谎和喝酒等等恶习。

为了说明当时俄国生活的特点，谈几句仆役的生活费，应该不是多余的。起先一个人每月领五卢布纸币的伙食费，后来增为六卢布。妇女少一个卢布，十岁以上的孩子领一半。他们自己合办伙食，没有诉说过不足，由此可见当时的食物十分便宜。最高的工资是一年一百纸卢布，另一些人能拿到一半，也有些人只有三十卢布。十八岁以下的小厮没有工钱。除了工资，仆人还能领到衣服、外套、衬衫、床单、被子、毛巾和帆布褥子。不拿工资的孩子能领到一些钱，以便保持身体和精神的整洁，这是指洗澡和斋戒的费用。把一切计算在内，一个仆人一年大约需要三百纸卢布；如果加上每人吃药、看病的费用，以及有时从乡下运来大批食物，由于无处贮藏而分给大家的东西，也不致超过三百五十卢布。这数目不过相当于巴黎或伦敦的仆人工资的四分之一。

剥削阶级一般把奴隶制度的保险费也算在开支内，这就是地主得为奴仆的老婆孩子提供生活费，得为年老之后住在乡间的奴仆提供仅能糊口的伙食费。当然，这是应该计算在内的，但是跟体罚的恐怖、无从改变的地位和极端恶劣的生活条件相比，这些费用实在毫不足道。

身为农奴并意识到自己的农奴地位，这是可怕的；它如何扼杀和摧残仆役的一生，压制和麻痹他们的灵魂，我见得多了。农夫，特别是付代役租的佃农，对自己缺乏人身自由感受不深，他们虽然完全处在被奴役的地位，却往往并不意识到这一点。但从早到晚坐在门厅肮脏的长板凳上，或者手托菜盘站在餐桌旁边，就没有怀疑的余地了。

当然，有的人在前室中生活，却如鱼得水。这些人，他们的灵魂从来没有苏醒过，他们爱上了自己的生活方式，已善于别具匠心地行使自己的职务。

就这方面说，我家有一个仆人是非常有趣的，那便是老听差巴凯。这家伙体格强壮，身材高大，面部的线条粗犷而威严，带有一种高深莫测的神气。他活到很大年纪，一直认为听差是一项神圣的职务。

这位令人敬畏的老头儿，终日不是训人骂人，就是喝酒，或者一边喝酒一边骂人。他执行任务时总要摆出一副自命不凡的架势，赋予它庄严神圣的性质；放下马车的踏镫时便把它弄得轧轧作响，声音很大，关车门也砰的一声，像开枪一样。一站上马车背后的脚镫，他就绷紧了脸，把身子挺得笔直。每逢车子在车辙上颠簸一下，他就用重浊的嗓音不满地吆喝车夫："轻一些！"尽管那段坎坷不平的路面已落在五六步以外了。

除了随马车外出，他主要便是教训童仆，向他们灌输在贵族家庭当差的规矩，这是他自己主动干的。不喝醉的时候，他这么做还没什么，但一旦喝得晕头转向，他便变得像冬烘先生和暴君一样，叫人无法忍受。我有时不免袒护我的小朋友们，然而我的威望对巴凯的罗马气质不起多大作用，他给我打开客厅的门，说道：

"少爷，这不是您玩儿的地方，请您走开，要不，我把您抱走啦。"

童仆们的一言一行都在他的眼里，他决不放过辱骂的机会。除了骂，还往往举拳殴打或"刮脑壳"，那就是用大拇指和小指像弹簧般熟练地、巧妙地弹脑瓜。

最后，他把所有的童仆都赶走了事，只剩下他一人，于是他的迫害转向了他唯一的朋友马克别特，这是由他饲养的一只高大的纽芬兰狗。他爱它，为它梳毛，照料它。巴凯独自坐了两三分钟，就会走进院子，把马克别特叫到长凳旁边，与它攀谈起来：

"傻瓜，你干吗待在院子里，怪冷的，不到暖和的屋子里来？这畜生！你瞪眼睛干吗——嗯？你回答啊！"

通常接着是一记耳光。马克别特有时不免对自己的恩人张牙舞爪，于是巴凯便责骂它，既不让步也不再表示温存。

"真的，你喂它吃，可狗总是狗，龇牙咧嘴的，也不想想这是对谁……没有我，跳蚤早把你咬死了！"

这位朋友的忘恩负义使他满肚子委屈，他气愤地吸了撮鼻烟，把手指上剩下的烟末扔在马克别特的鼻子上，弄得它连连打喷嚏，拼命用爪子笨拙地抓眼皮，想扒掉落在鼻子上的烟末儿，然后怒冲冲地离开长凳去抓门。巴凯替它开了门，一边直骂它"坏蛋"，一边又给了它一脚。这时，那些童仆往往都已回来，于是他又可以拿他们"刮脑壳"了。

马克别特之前，我家还养过一头猎狗别尔塔。它病得很厉害，巴凯把它抱在自己的褥子上，护理了两三个礼拜。一天一大清早，我走进门厅，巴凯想对我说什么，但是他的声音变了，大颗的泪珠流下面颊——狗死了。这又为研究人的心理提供了一件事实。我根本不认为他憎恨那些童仆；这不过是一种严峻的性格，经过烧酒强化之后，不自觉地给卷进了门厅的诗情画意中。

除了这些奴隶制度的无知宣扬者，还有一些阴沉的殉难者的形象，一些饱经忧患的绝望者的容貌，也在我的记忆中郁郁寡欢地浮动。

参政官有一个手艺出众的厨师，这人勤勤恳恳，从不喝酒，境况也蒸蒸日上。参政官亲自设法，把他安插进御膳房学习烹饪技艺——当时有一位法国名厨师在御膳房工作。从那儿学习之后，他被安排在英吉利俱乐部，挣了一份家私，结了婚，生活过得像老爷一样。但是农奴身份的绳索使他不能安睡，也无法享受自己的财富。

一天，阿列克谢鼓足勇气，在伊维尔圣母大教堂做了祷告之后，去见参政官，要求以五千纸卢布的代价替自己赎身。参政官一向以他的厨师自豪，正如以他的画师自豪一样，因此金钱打不倒他；他对厨师说，他去世之后，厨师便可获得自由，不必付钱。

这对厨师无异是当头一棒；从此他闷闷不乐，脸色憔悴，头发也白了，并且……作为一个俄国人，他开始酗酒了；对自己的职务也马马虎虎，敷衍塞责，以致英吉利俱乐部辞退了他。后来公爵夫人特鲁别茨卡娅雇用了他，但公爵夫人视钱如命，使他受尽折磨。有一次，阿列克谢实在气不过，他一向喜欢表现口才，于是露出不可侮辱的神色，操着鼻音对她道：

"在您光辉灿烂的躯壳中隐藏着一颗多么阴暗的心灵啊！"

公爵夫人勃然大怒，撵走了厨师，并以俄国贵族夫人的身份，写信向参政官诉说。参政官本不想怎样，但作为一位彬彬有礼的绅士，只得把厨师叫来骂了一顿，命令他去向公爵夫人赔礼道歉。

厨师没有去见公爵夫人，却拐进了酒店。一年中间他任意挥霍，从准备赎身的那笔款子到最后一条围裙，都花光了。妻子尽力拦阻，与他争吵，最后只得出外当保姆，从此不知下落。以后过了好久，厨师杳无音讯，直到有一天，警察忽然把他送来了。他衣衫褴褛，形容枯槁，是在街上给找到的。他已经没有住所，只是在小酒店游荡。警察要求他的主人收留他。参政官感到痛心，也可能是良心发现，所以对他相当亲热，给了他一间屋子。阿列克谢继续酗酒，喝醉了吵吵闹闹，自以为在写诗——他确实具有一种想入非非的才能。那时我家住在瓦西里耶夫庄园，参政官对厨师束手无策，就把他送到我家，以为我父亲能开导他。然而这人已不可救药。在他身上，我看到农奴心坎中蕴积的对主人的憎恨和愤懑有多么深。他说话时咬牙切齿，这表情在一个厨子身上，可能特别可怕。他喜欢我，在我面前什么话都敢讲，常常亲热地拍拍我的肩膀，把我称作"枯树上的一根健康的树枝"。

参政官故世后，父亲立即给了他自由证；但已经太迟，实际上等于是摆脱他。从此他就不知去向。

除了他，我不能不回忆起农奴制下另一位牺牲者。参政官有一个家仆，大约三十五岁，可能是他的文牍员。我的大伯父是1813年去世的，他生前曾打算创办一所乡村医院，当时这家仆还小，就给送到一个熟识的医师那儿学习医疗技术。医师为他申请到了上医科大学听课的许可。这青年很有才华，学会了拉丁文和德文，医术也还可以。到了二十五岁，他爱上一个军官的女儿，隐瞒了身份，与她结了婚。欺骗是不能持久的，老爷死后，妻子发现自己成了农奴，大吃一惊。参政官这位新主人待他们很和气，甚至还挺喜欢年轻的托洛恰诺夫。但他们夫妇仍不断口角，她不能宽恕他骗了她，跟人私奔了。托洛恰诺夫一定非常爱她，从此变得沉默寡言，似乎得了精神病，每到夜间就出外游荡。他没有积蓄，因此用光了主人的钱。当他发现不可能偿还这笔亏空时，便于 1821 年 12 月 31 日服毒自尽了。

那天，参政官不在家，我看见托洛恰诺夫上楼找我父亲，对他说，他是来向他告别的，请他转告参政官，那些短少的钱是他花掉的。

"你喝醉了，"我父亲对他说，"去睡吧。"

"我马上要长眠了，"医生说，"请老爷们宽恕我的过错。"

托洛恰诺夫的安详态度使我父亲害怕了，他仔细打量着他，问道：

"你怎么啦，在胡言乱语吧？"

"没什么，老爷，我只是喝了一小杯砒霜。"

我们马上去请医生，报告警察，给他灌催吐剂，喝牛奶……开始要呕吐的时候，他还强忍着，嘟哝道：

"别动，待在那儿，我可不是为了呕吐才吞下你的。"

后来毒性开始发作，我听到他哼哼哧哧，用痛苦的声音反复念叨：

"着火了，着火了！火！"

有人要为他请神父，他不肯，对卡洛说，死后不可能有生命，他是懂得解剖学的。午夜十二时，他用德语问军医几点钟，接着说道："新年到了，祝大家愉快。"说完便死了。

早上我闯进小小的厢房，这原来是作洗澡间的，托洛恰诺夫的尸体已抬进那儿，放在桌上，与刚死的时候一样，穿着燕尾服，没系领结，胸口敞开着；但脸已经变形，有些发黑了，很可怕。这是我看到的第一具尸体。我几乎晕倒，立即逃出屋子。新年中我收到的礼物，无论是玩具还是画片，都不能使我快乐；发黑的托洛恰诺夫一直在我眼前浮动，耳边也一直响着他的声音："着火了——火！"

在结束这悲惨的叙述之前，我只想再说一句话：前室没有对我产生任何真正的坏影响。相反，从我早年起，它就在我心头培植了对一切奴役和一切暴政的不可克制的憎恨。有一次当我还是小孩的时候，薇拉·阿尔达莫诺夫娜为了我调皮，想狠狠气我一下，对我说道："等着吧，等您长大了，还不是跟别的老爷一样！"这句话大大伤害了我的自尊心。现在老婆子可能满意了，最低限度，我没有变得"与别的老爷一样"。

除了前室和女仆房，还有一处地方可供我消遣的，在那里我至少不会受到干扰。我喜欢阅读，正如我不喜欢上课一样。热衷于没有系统的阅读，大概正是认真读书的主要障碍之一。例如，我从前和以后，都不能忍受语言的理论研究，但理解和讲话我却学得很快，总能勉强凑合。我也满足于这一点，因为对我的博览群书而言，这已经够了。

我父亲和参政官有一个共同的图书室，藏书相当丰富，大多是上世纪的法文书。它们堆在参政官家底层一间无人居住的潮湿屋子中，钥匙由卡洛保管。这个文学宝库，我可以任意出入，不受限制，爱读什么就读什么。父亲认为这有双重好处：首先，我可以较快学会法文；其次，让我有事可干，就是说我可以安安静静坐在家里，不致出外胡闹。再说，我并不把所有的书放在案头，让人看见——有些书我是藏在小衣柜中的。

我读了些什么呢？长篇小说和喜剧是不用说的。我还读了五十来册法国的《剧目》和俄国的《戏剧》①，每册有三个或四个剧本。除了法国作品，我母亲还有拉方登②的小说和科策布③的喜剧，这些书我都读过两遍。长篇小说对我的影响不能说很大，我像所有的孩子一样，喜欢找那些含有轻薄意味的、不正经的场面看，然而它们没有引起我的特别兴趣。有一个剧本使我着了迷，它对我的影响大得多，我曾反复读过二十来遍，不过我读的是《戏剧》中的俄译本，这就是《费加罗的婚礼》④。我爱上了薛侣班和伯爵夫人，不仅如此，我自己就成了薛侣班；阅读时，我的心都收缩了，我感到了一种新的体验，虽然我还不清楚这是什么。这位少年侍从男扮女装的场面，叫我多么陶醉，我真想把那位夫人的丝带也藏在怀里，偷偷吻它。实际上，在这样的年纪，我跟一切女性社会还离得很远。

我只记得，到了星期日，Б⑤家两个小姐有时会从寄宿学校到我家来玩。小的那个十六岁，生得花容月貌。她一进屋，我便慌了手脚，从来不敢对她讲一句话，只是偷偷窥视她那对美丽的黑眼睛，那一绺绺深色鬈发。这事我从未向任何人透露过，爱情的第一次消息便这么过去了，没有谁知道，甚至包括她本人在内。

几年之后，我又遇到她，我的心还是跳个不住，我记起了十二岁时怎样拜倒在她的美貌面前。

---

① 指《法国上演剧目大全》和《俄国戏剧剧本全集》。
② 拉方登（1758—1831），德国感伤主义作家。
③ 科策布（1761—1819），德国剧作家，擅长喜剧。
④ 法国剧作家博马舍的著名剧本。下面提到的薛侣班是伯爵的少年侍从，他曾乔装改扮，帮助费加罗。
⑤ 据说是指巴赫梅捷夫。

我忘记提到《维特》①，它也像《费加罗的婚礼》一样，使我沉醉。这小说有一半我不能理解，跳过去了，急着看那可怕的结局，看完，我发疯似的哭了。1839 年，我无意之中又看到了《维特》，这是在弗拉基米尔。我告诉我的妻，我小时候如何为它哭泣，并把最后几封信念给她听……念到那个地方，我的眼泪又夺眶而出，我只得停止诵读。

我十四岁以前，父亲对我的管教不能说十分严厉，只不过我家的整个气氛，一个活泼的孩子是万难忍受的。对身体健康的固执而不必要的关心，加上对精神健康的完全忽视，叫我万分厌恶。老是提防感冒，怕吃的东西不消化，有了一点伤风咳嗽便小题大做。到了冬季，整整几个星期不准我外出，有时侥幸出门一次，也得穿厚皮靴，裹大围巾等等。家中的炉火总是烧得热气腾腾，叫人受不了。如果我的母亲没有遗传给我战胜一切的健康体魄，这种环境必然使我成为娇生惯养、弱不禁风的孩子。不过我的母亲完全没有那些偏见，我在她屋中，可以做在我父亲屋中不能做的一切。

我书念得不好，没有人跟我竞赛，也没有人鼓励我，表扬我。我得过且过，敷衍了事，单凭强记和活跃的想象力代替辛勤的劳动，没有系统，也无人督促。不言而喻，也没有任何人去督促我的教师们；薪水讲定以后，只要他们按时上课，按时下课，就可以接连几年这么干下去，不必对教学情况做任何汇报。

我当时的学习中，最奇怪的一件事，便是请了一个法国演员达勒斯来教我朗诵。

"如今大家不重视这个，"父亲对我说道，"但我的二哥亚历山大

---

① 指歌德的小说《少年维特的烦恼》。

每晚跟奥弗莱纳^①念特拉梅的叙述^②，念了六个月，还是没有念好，不符合奥弗莱纳的要求。"

"达勒斯先生，"有一次我父亲问他，"我想，您可能会教舞蹈吧？"

达勒斯是六十开外的胖老头儿，听了这话，露出明知自己多才多艺，但又完全懂得谦逊的必要性的神色，回答说，他不能判断自己的才能，但大歌剧院^③经常请他为芭蕾舞的演出提供意见！

"我也这么想。"父亲说，把打开的鼻烟壶送到了他面前，这是俄籍教师或德籍教师从未得到过的荣誉。"如果在朗诵课后，您能让他稍微轻松一下^④，教他一点舞蹈，我看是很好的。"

"我听凭伯爵的支配。"^⑤

我父亲非常留恋巴黎，他开始回忆1810年歌剧院的休息室，回忆乔治的青年时代和马尔丝的晚年时期^⑥，详细探询咖啡馆和戏院的消息。

现在读者可以想象我那小小的书房，那冬日的凄凉夜晚了：窗户紧闭着，水一行行从窗上往下挂，桌上点着两支油脂蜡烛，而我与达勒斯就在这儿"促膝谈心"。达勒斯在舞台上讲话是相当自然的，但在教课时他却认为，他的责任是把说白念得越不自然越好。他念拉辛的台词跟唱歌似的，把每行诗的停顿弄得像英国人后脑勺

---

① 法国演员，1785年后住在俄国。
② 原文是法文。这是法国古典主义剧作家拉辛的诗体悲剧《费德尔》中一段著名的台词。
③ 原文为法文，指巴黎大歌剧院。
④ 原文是法文。
⑤ 原文是法文。
⑥ 乔治和马尔丝是当时两个法国女演员的艺名，前者擅演悲剧，后者擅演喜剧。

上的分缝那么泾渭分明，结果诗句变得与折断的手杖差不多。

他念的时候挥舞着手，好像一个不会游泳的人掉进了水里。每行诗他都要我重念几遍，但还是直摇头。

"不对，根本不对！注意！'我怕上帝，亲爱的阿布奈尔'，这里是一顿，"他闭上眼睛，微微摇着头，一边用手向前轻轻推开水波，又说道："'别的我什么也不怕'①。"

接着，这位"除了上帝什么也不怕"的老头儿看了看表，合上书本，给了我一把椅子——这便是我的舞伴。

由此可见，我之从来不会跳舞，这是毫不奇怪的。

这样的课没有继续多久，大约两个星期以后，便悲剧式地结束了。

一天我随参政官去看法国歌剧，序曲奏了一遍又一遍，幕仍没有升起。前座观众想表示他们懂得自己的巴黎，开始啸叫，像巴黎的后座观众一样。这时一位导演走到台口，向右一鞠躬，向左一鞠躬，又向前一鞠躬，说道：

"请各位观众原谅，我们发生了一件万分不幸的事：我们的同事达勒斯……"说到这里，导演的嗓音真的被眼泪打断了，"刚才发现，已因煤气中毒，在卧室中去世了。"

就这样，俄国的煤气以自己强有力的手段，使我脱离了苦海，与朗诵，独白，以及那位有四条硬木细腿的女舞伴分手了。

十二岁时，我从女人手中给转到了男人手中。那时前后，父亲曾打算配备一个德国人照顾我，试了两次都未能成功。

带孩子的德国人既不像老师，又不像仆人，这完全是一项特殊

---

① 原文是法文。这是拉辛的悲剧《阿达莉》中的台词。

的职业。他不教孩子读书，也不给他们穿衣服，但是要监督他们的学习和衣着，关心他们的健康，陪他们散步，与他们谈天，谈什么废话都成，只要是德语。如果有家庭教师，德国人得服从家庭教师；如果只有照管孩子的老家人，老家人便得服从德国人。教师无非虚应故事，有时由于意外原因难免迟到，又由于不以自己意志为转移的客观情况有时需要早退，他们不得不讨好德国人，德国人虽然不学无术，便因此以大学者自居。至于家庭女教师，她们往往要利用德国人替她们跑腿，买这买那，不过，除非身体有严重缺陷，又无别人拜倒在她们面前，她们才会允许德国人追求她们。十三四岁的小学生背着父母，溜进德国人的房间吸烟，他也不加干预，因为他要留在公馆里，就得掌握一些有力的辅助手段。确实，大部分带孩子的德国人这时都受到主人的恩宠，离职时还能拿到钟表等等礼物。一旦他厌倦了这种生涯，不想再陪孩子在街上溜达，为他们的伤风和衣帽上的污迹接受申斥，那么带孩子的德国人便可以成为普通的德国人，开一家小铺子，把琥珀烟嘴、花露水、雪茄烟等等出售给自己从前培育的人，为他们作另一种秘密服务了。①

　　第一个雇来照管我的德国人，出生在西里西亚，大家叫他约基希；单凭这个古里古怪的姓，我认为就不该雇他。这人身材高大，秃顶，非常腌臜。他自称懂得园艺，我想，父亲正是因此才看上了他。这位西里西亚巨人，我一点不喜欢，我之所以容忍他，只因他陪我在杰维奇广场和普列斯尼池塘散步时，会给我讲各种猥亵的故事，让我搬到前室中去传播。他在我家干了不满一年，把庄园

----

① 《一个青年人的笔记》中提到的风琴师和音乐教师伊·伊·埃克，除了教音乐，对我没有任何影响。——作者注

上的花草糟蹋得不像个样子，园丁要用镰刀砍死他，父亲这才叫他滚蛋。

接替他的是一个不伦瑞克－沃尔芬比特尔人，他当过兵（多半是逃兵），名叫费奥多尔·卡尔洛维奇。这人擅长书法，但头脑极端迟钝。他曾在两家公馆照料过孩子，有一些经验，就是说能装出一副家庭教师的样子。此外，他讲法语带"咝"音，总是把重音念颠倒。①

我根本瞧不起这个家伙，也不让他得到片刻的安静。特别是后来，我发现有两件事，不论我怎么解释，他还是不明白，这就是小数和三重法则，从此我更不把他放在眼里。儿童的心大抵是无情甚至残忍的。我追根究底，问他比例是怎么回事，弄得这个沃尔芬比特尔猎骑兵走投无路。这事使我很得意，我就把费奥多尔·卡尔洛维奇的不学无术，正式向父亲提出，而以前我是很少与他进行这类谈话的。

费奥多尔·卡尔洛维奇还向我吹嘘，说他有一件崭新的燕尾服，天蓝颜色，金纽扣。有一次，我的确看见他穿了一件燕尾服去参加婚礼，衣服虽然大一些，但纽扣真是金的。侍候他的小厮偷偷告诉我，他认识一个化妆品商店的掌柜，这件燕尾服便是向他借的。于是我毫不放松地追问这个可怜虫：你说清楚，燕尾服在哪儿？

"您家中蛾子太多，我把它交给一个熟识的裁缝保管了。"

"这个裁缝住在哪儿？"

---

① 英国人讲法语不如德国人，但他们只是歪曲了语音，德国人却使它变得不堪入耳。——作者注

"您问这干吗？"

"为什么你不敢回答？"

"不要过问与己无关的事。"

"好吧，这件事就算了，不过一星期后是我的命名日，你要从裁缝那儿把蓝燕尾服拿来穿上，让我高兴一下。"

"不成，我不穿，您不配，因为您太没有礼貌。"

我便伸出一根手指恐吓他。

对费奥多尔·卡尔洛维奇的最后一击，应该说还是这么回事：有一次他当着法国教师布肖的面吹牛，说他是滑铁卢战役 [①] 前夕应征入伍的，那时法国人给德国人打得狼狈不堪。布肖只是瞪了他一眼，狠狠嗅了一撮鼻烟，使这个拿破仑的战胜者有些不好意思。布肖气呼呼的，拄着多节的拐棍走了，从此不叫他的名字，只称他 le soldat de Vilain-ton [②]。我那时还不知道，这双关语来自贝朗瑞，因此对布肖的发明佩服得五体投地。

最后，布吕歇尔 [③] 的部下与我父亲发生了争执，离开了我的家。这以后，父亲再没有用德国人来管束我。

不伦瑞克－沃尔芬比特尔的战士有个朋友，也在一家公馆担任"德国人"的职务，我常跟他去找他，与那家的孩子一起上远处游玩。他走后，我又成了孤零零一个人。我百无聊赖，竭力想摆脱这

---

① 在 1815 年的滑铁卢战役中，威灵顿公爵指挥的英荷联军和布吕歇尔指挥的普鲁士军队战胜了拿破仑军队。

② 法文：下流人的士兵。法国诗人贝朗瑞曾在一首诗中把威灵顿讽刺地称为"维兰顿"(Vilain-ton)，即"下流人"。这里借用此词，把"威灵顿的士兵"故意说成"下流人的士兵"。

③ 布吕歇尔 (1742—1819)，普鲁士陆军元帅，在滑铁卢战役中指挥普鲁士军队，对战胜拿破仑发挥了重要作用。

种处境，但找不到出路。我没有力量战胜父亲的意志，因此很可能就此葬送在这样的环境中，然而不久，新的思想活动和我将在下一章中叙述的两次会晤，挽救了我。我相信，我父亲从未想过，他为我安排的是怎么一种生活，要不，他应该是不致拒绝我那些最无辜的愿望，那些最自然的要求的。

有时他让我随参政官上法国剧院看戏，这对我是最大的享受。我非常爱好戏剧演出，但即使这种娱乐，它带给我的痛苦也不比喜悦少。参政官带我到达剧院时，戏已演了一半，而且他每晚都有应酬，总是不到剧终又把我带走了。剧院在阿尔巴特门附近，阿普拉克辛①的房子里，我家在马厩街，两处近在咫尺，但父亲还是严格禁止我单独回家。

我将近十五岁时，父亲聘请了一位教士教我神学，这是为了应付进大学的需要。于是在伏尔泰②之后，《教义问答》出现在我面前了。宗教在整个教育中的地位，在任何国家都不如在俄国那么低，这无疑是我们的一大幸运。教士教神学总是只能领到半薪，而且这同一位教士，如果他也能教拉丁文，他为这门课得到的报酬，就比教《教义问答》多。

我的父亲认为，宗教对受过良好教育的人是不可缺少的。他说，必须无条件信仰《圣经》，因为人的理智在这方面无能为力，一切推理徒然把问题弄得更加糊涂；对生来接受的信仰，我们应该奉行它的仪式，然而不能陷入多余的迷信，那只对老太婆才合适，对男子是不相称的。他自己信教吗？我认为他有些信，这是习惯，

---

① 当时莫斯科的一个大官僚。

② 伏尔泰是自然神论者，终身反对宗教偏见。

也是考虑到体面，为了防备万一。但是教会的任何规定，他以健康欠佳为借口，从不履行。他几乎从不接待神父，至多请他在没有人的客厅里唱些圣诗，然后用一张五卢布的钞票打发他。冬天他推说神父和教堂执事会带来大量寒气，每次都使他因而感冒。在乡下，他上教堂，也接见神父，但这主要是出于世俗的目的，为了管理庄园的需要，不是真正敬畏上帝。

我的母亲是路德派教徒，因而虔信程度较深。她每月上自己的教堂，或者如巴凯所固执地说的，"上自己的德国教会"做一两次礼拜。我因为无事可做，也随她一起去。我在那里学会了模仿德国牧师的姿态，他们的朗诵和废话，我的模仿惟妙惟肖——这种才能我一直保持到了成年。

每年复活节，父亲都要命我守斋。我怕忏悔，一般说来，教堂的表演①使我感到迷惘和畏惧；我走去领圣餐的时候，心里真是害怕；但我不认为这是宗教的虔诚感，那只是一切不可理解的神秘事物，特别是当人们赋予它以庄严肃穆的气氛时，所引起的一种恐惧感。占卜符咒之类就是这样。复活节一过，做了晨祷，开了戒，吃了红蛋、甜奶渣糕和圆柱面包以后，我就整整一年不会再想到宗教了。

然而福音书②我却百读不厌，斯拉夫文本和路德的译本我都读。我没有人指导，也不完全理解，但读过的一切都引起我由衷的、深刻的敬意。青年时代初期，我常为伏尔泰主义所吸引，喜爱讽刺和嘲笑，但我不记得我曾经用冷漠的态度对待过福音书，终我的一生

---

① 原文是法文。
② 指《新约全书》中的四福音书:《马太福音》《马可福音》《路加福音》和《约翰福音》。

莫不如此。尽管年龄增长，境况变化不定，我仍时常重读福音书，每次它的内容都给我的心灵带来和平与温煦。

教士一开始给我上课便大为惊讶，他发现，我不但具备了福音书的一般知识，而且能逐字逐句引用经文。然而他说："上帝打开了你的智慧，还没有打开你的灵魂。"我的神学家耸耸肩膀，为我的"两重性"啧啧称奇，不过他对我还是满意的，认为我可以通过捷尔诺夫斯基① 的考查。

不久另一种宗教便占领了我的心灵。

---

① 当时莫斯科大学的神学教授。

第三章

亚历山大一世之死和 12 月 14 日——精神觉醒——恐怖分子布肖——柯尔切瓦的表姐

一个冬天的早晨，参政官突然出乎意外地来了。他心事重重，迈着快步，径直走进父亲的书房，向我扬了扬手，表示不让我进屋，然后把门闩上了。

幸好我不必多费脑筋，猜测这是怎么回事，通往前室的门打开了一点，一张红通通的脸，给仆役制服大衣的狼皮领子遮没了一半，探出了门口，小声招呼我过去，这是参政官的听差，我赶紧跑到门口。

"您听见没有？"他问。

"听见什么？"

"皇上①在塔甘罗格驾崩了。"

这消息使我吃了一惊，我从没想到他会死。我是在对亚历山大的无限崇敬中长大的，因此立即怀着忧伤的心情，想起前不久在莫

① 指亚历山大一世，他于 1825 年 11 月在亚速海边的塔甘罗格去世。

斯科见到他的情形。那时我在特维尔城门外面散步，正巧遇上了他。他安详地骑在马上，旁边有两三个将军。他们刚从霍登广场阅兵回来。他的面色和蔼可亲，脸圆圆的，线条柔和，表情显得疲惫而伤感。等他来到我们旁边时，我摘下帽子，举了起来。他微微含笑，向我点头致意。这与尼古拉①是多么不同啊！尼古拉始终像头发剪短、秃了两鬓、带胡髭的墨杜萨②。不论在街头，在宫内，在子女和大臣中间，或者传令兵和宫廷女官中间，尼古拉无时无刻不在试探，他的目光能不能产生响尾蛇的效果——使血管中的血停止流动。③如果说，亚历山大的亲切外表只是假面具，这种伪善总比赤裸裸的、公然表现的专制暴虐好一些吧？

　　……正当混乱的思想在我头脑中翻腾，店铺中竞相出售康斯坦丁皇帝④画像的时候，正当要求宣誓忠诚的通告发往各地，善良的人们忙于准备誓词的时候，传来了皇储放弃皇位的消息。紧接着，参政官的那个听差（他是政治新闻的大猎奇家，成天在参政官们的前室和各种衙门中转游，探听消息，尽管他并无午后换马的权利）

---

① 指亚历山大死后继承皇位的尼古拉一世。

② 希腊神话中的女怪，头发都是毒蛇，谁看她一眼，就会变成石头。

③ 据说，有一次尼古拉在自己宫中，即在两三个秘密警察头目，两三个御前女官和御前将军的伴同下，在他的女儿玛丽亚身上试探过自己的目光。这位女儿酷肖乃父，她的眼神完全足以使人想起他那可怕的目光。对父亲的注视，她毫无惧色。父亲的面色发白了，两颊颤动，眼睛变得更凶；但女儿用同样的目光回敬了他。周围的人全都吓得脸色煞白，身子哆嗦着。御前女官和御前将军们给这场残忍的皇家眼睛大决斗（像拜伦在《唐璜》中所描写的）吓得噤若寒蝉，不敢出声。尼古拉站了起来。他发现了旗鼓相当的敌手。——作者注

　　按：这里提到的《唐璜》中的类似描写，见该书第四章第四十四节。

④ 保罗一世之子。保罗共有子三人：亚历山大，康斯坦丁，尼古拉。亚历山大死后无子，按照俄国皇位继承法，应由其弟康斯坦丁继位。但康斯坦丁宣布放弃皇位，后来便由尼古拉接位，称尼古拉一世。

又告诉我，彼得堡发生了叛乱，加列拉大街遭到了炮击。

第二天晚上，宪兵将军科马罗夫斯基伯爵来到我家，谈起了伊萨基耶夫广场上的方阵，近卫军骑兵的进攻和米洛拉多维奇伯爵之死。[1]

接着开始了大逮捕："某某人被捕了"，"某某人被捉住了"，"某某人被从乡下押来了"；做父母的为孩子提心吊胆。乌云布满了天空。

亚历山大统治时期，政治迫害并不常见。确实，他为了几首诗流放过普希金，也流放过拉布津，因为后者担任艺术学院院务会议秘书时，提议把马车夫伊利亚·拜科夫选为院士[2]。但这种迫害不是一贯的。秘密警察还没有发展成专横暴虐的宪兵团，只是由德桑格伦[3]的办公厅管辖的机构，德桑格伦是个老伏尔泰主义者，幽默饶舌，爱说俏皮话，有点像茹依[4]。但到了尼古拉时期，德桑格伦本人

---

[1] 1825年12月14日，俄国一些贵族军官率部起义，在彼得堡的参政院广场和伊萨基耶夫广场布列方阵，要求沙皇废除农奴制度和君主专制制度，建立君主立宪制度。尼古拉一世调近卫军骑兵进行镇压，但未能得手。于是彼得堡总督米洛拉多维奇伯爵企图劝说起义者投降，为起义者所杀。

[2] 艺术学院院长提议选阿拉克切耶夫为名誉院士。拉布津问，在艺术方面，伯爵有何贡献。院长一时语塞，只得答道："阿拉克切耶夫是皇上最接近的人。"秘书当即指出："如果这个理由成立的话，那么我提议选马车夫伊利亚·拜科夫为院士。因为他不仅接近皇上，而且坐在他的前面。"拉布津是神秘主义者，《郇山通报》的发行人，亚历山大也是同样的神秘主义者，但是在戈利岑的部撤销以后，他把他从前的"基督和灵魂的弟兄们"出卖给阿拉克切耶夫了。拉布津给放逐到了辛比尔斯克。——作者注

　按：拉布津（1766—1825）是俄国作家，《郇山通报》是他主编的神秘主义刊物。戈利岑（1773—1844），神秘主义者的首领，曾任宗教事务及教育部大臣。由于阿拉克切耶夫等人的反对，该部于1824年被裁撤。

[3] 德桑格伦（1776—1864），亚历山大一世的亲信大臣，曾任秘密警察的头目。

[4] 茹依（1764—1846），法国作家及政治活动家。

已被当作自由思想者，落在警察的监视下了，尽管他还是原来的德桑格伦。单凭这一点，就足以清楚地衡量出两个皇朝的不同。

尼古拉登基前，根本没有人知道他。在亚历山大统治时期，他无足轻重，没有地位。现在大家却竞相打听他的消息。然而可以提供材料的，只有近卫军军官；他们恨他，因为他冷酷无情，吹毛求疵，报复心重。在全城最早传播的一些小道消息中，有一件事足以证实近卫军的意见。据说在一次操练时，这位亲王竟然忘乎所以，想揪一位军官的衣领。这位军官回答他："殿下，别忘了佩剑在我手中。"尼古拉退后一步，没有吭声，然而并未忘记报复。12月14日之后，他两次查问，这位军官有无牵连在内。幸好他毫无牵连。①

社会的论调发生了显著的变化；精神的急剧堕落可悲地证明，在俄国贵族间，个人的尊严感已衰退到何等地步。除了妇女，没有一个人敢表示同情，为昨天还曾握手言欢、今天已被拘捕的亲友讲一句公正的话。相反，出现了疯狂的奴隶制保卫者，有些人是出于卑鄙的动机，另一些人则并无个人动机，但这更糟。

---

① 如果我没有记错，这位军官便是萨莫伊洛夫伯爵，他退伍后，平静地住在莫斯科。

有一次，尼古拉在剧院中认出了他，认为他的衣着华丽而又别致，就下令要演员在舞台上嘲笑这种服饰。戏院经理、"爱国者"扎戈斯金指派一个演员，在一出滑稽剧中扮演萨莫伊洛夫。这件事传遍了全城。戏演完后，真正的萨莫伊洛夫走进经理的包厢，要求向自己的扮演者讲几句话。经理有些胆怯，然而又怕对方闹事，把丑角叫来了。伯爵对丑角说："蒙您扮演我的角色，演得不坏，但是要真的像我，您还缺少一件东西，这就是我经常戴在手上的钻戒。现在我把它送给您，万一以后再有人命令您扮演我的时候，您可以把它戴上。"说完，萨莫伊洛夫从容地走回了自己的座位。平凡的恶作剧就这样落了个自讨没趣的下场，正如宣布恰达耶夫为疯子，以及其他一切圣上的戏谑一样。——作者注

按：萨莫伊洛夫曾任亚历山大一世的侍从武官。扎戈斯金（1789—1852），俄国作家，以写历史小说著名。恰达耶夫（1793—1856），俄国著名的贵族革命思想家，因写《哲学书简》一书，被沙皇宣布为疯子。

唯有妇女没有参与这场背叛亲人的丑剧……她们屹立在十字架旁边，面对血腥的绞刑架而毫无惧色——柳瑟尔·德穆兰[①]，这革命的奥菲利娅[②]，曾徘徊在刀斧手左右，等候着轮到自己；当狂热的青年阿利波[③]走上断头台时，向他伸出友谊和同情之手的是乔治·桑。

流放苦役犯的妻子们跟着丈夫远赴西伯利亚东部边陲，甘心丧失一切公民权利，放弃财产和社会地位，在严酷的气候中，在更为严酷的当地警察的迫害下，忍受终生的奴役。姊妹们无权随同前往，但她们从此远离宫廷，不少人还离开了俄国；她们心头几乎全都蕴藏着对受难者的不灭的爱。然而男子们没有这种感情，恐惧吞噬了他们的心灵，谁也不敢为不幸者讲一句话。

接触到这问题，我不能不为这些英雄史迹中的一件事讲几句，它还很少有人知道。

在古老的伊瓦舍夫家，有一个年轻的法籍家庭女教师。伊瓦舍夫的独生子[④]打算娶她，这引起了轩然大波，全家人惊慌失措，痛哭流涕。这个法国姑娘没有在决斗中杀死了诺沃西利采夫，自己也为后者杀死的切尔诺夫这样的弟兄，[⑤]她被迫离开彼得堡，他也在大家的劝说下暂缓实现自己的意愿。后来他成了阴谋叛乱的一个重要

---

① 法国资产阶级革命家卡米尔·德穆兰 (1760—1794) 之妻。卡米尔·德穆兰在革命中属右翼雅各宾党人，1794 年因罗伯斯庇尔的提议，被革命法庭判处死刑。柳瑟尔对此提出了抗议，因而以同情死者的罪名，于八天后亦被处死。

② 莎士比亚的悲剧《哈姆雷特》的女主人公。

③ 阿利波 (1810—1836)，法国青年，因行刺法王路易－菲力普而被处死。

④ 指俄国陆军少将彼得·伊瓦舍夫的儿子瓦西里·伊瓦舍夫，近卫军骑兵大尉，十二月党人。

⑤ 切尔诺夫是陆军少尉，十二月党北社成员。为了捍卫自己姊妹的荣誉，与诺沃西利采夫 (亚历山大一世的侍从武官) 决斗，在决斗中两人都受伤而死。

人物，被判处终身苦役。他的亲属还是未能从门第不相当的婚姻[①]中挽救他。骇人的消息一传到巴黎，那位少女立即启程奔赴彼得堡，要求批准她前往伊尔库茨克省，跟随她的未婚夫伊瓦舍夫。本肯多夫劝她放弃这个犯罪的意图，没有成功，报告了尼古拉。尼古拉令人向她说明了不愿背弃苦役流放犯丈夫的妻子的命运，同时表示，他可以成全她，然而她应该明白，如果妻子追随丈夫是出于对他的忠诚，因而可以获得某些照顾，那么她丝毫没有这种权利，因为她是自愿要与罪犯结婚的。

她与尼古拉都履行了诺言：她去了西伯利亚，而他没有采取任何措施减轻她的命运。

皇上是严厉的，但也是公正的。[②]

但要塞还没收到批准的公文，可怜的姑娘到了那里，只得等候官长向彼得堡查询。她住的地方，到处是从前的囚犯，形形色色，人数很多，根本无法打听伊瓦舍夫的下落，或把自己的消息通知他。

后来她逐渐认识了一些新伙伴，其中有一个流放的抢劫犯在要塞做工，她把自己的经历告诉了他。第二天，抢劫犯给她捎来了伊瓦舍夫的便条。过了一天，他建议为她和伊瓦舍夫传递书信。他在要塞干活，从早到晚不得休息，但到了晚间仍不顾疲劳，冒着暴风雪，带了伊瓦舍夫的信，连夜赶路，在清晨返回要塞。[③]

---

① 原文是法文。

② 引自普希金的诗《沙皇尼基达和他的四十个女儿》。

③ 熟知伊瓦舍夫一家情况的人后来对我说，他们不相信抢劫犯的事是真的；还说，

最后，批准的公文到了，他们结了婚。过了几年，苦役改成了终身流放。他们的境况有了若干改善，但精力已消耗殆尽。在历尽艰难困苦之后，妻子首先倒下。正如南国的花朵在西伯利亚的冰雪中必然枯萎，她也衰老而死了。伊瓦舍夫没有比她活得多久，她死后刚一年，他也与世长辞。实际上，这一年中，他已经不在人世。他那些使第三厅①大为震惊的信，带有无限的哀愁，他像圣洁的梦游者在信上抒发着忧伤的诗情。严格地说，她死后，他不是活着，而是在悄悄地、庄严地走向死亡。

这篇"传记"并没有随着他们的去世而结束。儿子流放之后，伊瓦舍夫的父亲把家产传给了私生子，要求他切莫忘记可怜的哥哥，并接济后者。伊瓦舍夫夫妇身后留下两个孩子，两个没有姓名的儿童，两个未来的世袭兵②和西伯利亚移民。他们没有依靠，没有权利，没有父母。伊瓦舍夫的弟弟向尼古拉申请允许他收养这两个孩子。尼古拉允许了。过了几年，他再一次冒险提出申请，要求让他们取得父亲的姓；这一次他居然也成功了。

既然我谈到了伊瓦舍夫的孩子们的归来和他的弟弟对他的同情，就不应忘记他的妹妹们的高尚行为。伊瓦舍夫的妹妹亚济科娃曾去西伯利亚探望哥哥，不少细节就是她告诉我的。但抢劫犯的事是不是她讲的，我不记得了。也许我把伊瓦舍娃和特鲁别茨卡娅公爵夫人的事混为一谈了，后者曾通过一个不认识的分离派教徒，把信和钱带给奥博连斯基公爵。伊瓦舍夫的信还保存着吗？我们似乎有权过问这事。——作者注

按：特鲁别茨卡娅是特鲁别茨科伊公爵的妻子。特鲁别茨科伊是著名的十二月党人，起义失败后被判处死刑，后改为终身苦役。奥博连斯基也是著名的十二月党人，起义的主要领导人之一，后被判终身苦役。

① 沙皇办公厅第三厅，沙皇的特务机关。

② 19世纪初，阿拉克切耶夫在俄国实行军屯制度，把不属于地主的村庄划为军屯区，这里的孩子一出生即被军事机关登记入册，于八岁起接受军事训练，终生当兵，他们的孩子也是这样，这便称为世袭兵。

关于叛乱和审讯的消息，莫斯科扰攘不安的气氛，给了我强烈的印象。一个新世界在我眼前展开了，它日复一日地成为我整个精神生活的中心。我不知道这是怎么形成的，但是尽管我还不理解它的意义，或者还很模糊，我已感到，我生来不是属于霰弹和胜利，监狱和锁链一边的。佩斯捷利 ① 及其同志们的被处决，终于从童年的迷梦中惊醒了我的灵魂。

大家期待着被定罪者的刑罚得以减轻，因为宫中即将举行加冕典礼。我的父亲虽然一向谨慎小心，对事物持怀疑态度，也认为死刑不致执行，判决不过是为了震慑人心。但是他与其他人一样，并不了解年轻的皇上。尼古拉离开了彼得堡，也没有进莫斯科，而是驻跸彼得罗夫宫……当莫斯科的居民从《莫斯科新闻》上读到 7 月 14 日的可怕消息 ② 时，几乎不相信自己的眼睛。

俄罗斯民族早已不习惯死刑了：自从米罗维奇 ③ 发动政变失败，反被叶卡捷琳娜二世斩首之后；自从普加乔夫 ④ 及其同伙被处决之后，还不曾判过死刑。人民死在皮鞭下，士兵被强迫通过队列，被非法打死 ⑤。但是从法律上说，死刑是不存在的。据说，保罗一世统治时期，顿河流域的一部分哥萨克发动叛乱，有两名军官牵连在内。保罗降旨，由军事法庭审讯他们，并委派哥萨克首领或将军全

---

① 佩斯捷利 (1793—1826)，十二月党人的领袖之一，代表激进的一派。起义失败后，与其他四人一起被处绞刑。

② 指五个十二月党人被处决。

③ 米罗维奇是陆军少尉，1764 年发动政变，企图处死女皇叶卡捷琳娜，拥立被废黜的伊万六世，失败后被斩首。

④ 普加乔夫 (1742—1775)，俄国历史上最伟大的农民起义领袖之一，战败后被叶卡捷琳娜女皇判处绞刑。

⑤ 沙皇军队中的一种刑罚：士兵们手持桦树棒，排成相对的两行，受罚者被驱赶着从队列中间通过，因而被打死。参与十二月党起义的不少士兵均因此致死。

权处理此案。法庭判了他们死刑，但没有人敢批准执行。哥萨克首领奏请沙皇裁夺。保罗说："这些人统统是老娘们，他们想把死刑的责任推给我，这很好，谢谢他们。"他用苦役代替了死刑。

尼古拉把死刑引进了俄国刑法，起先这是非法的，后来才在法典中肯定了它的地位。

可怕的消息传来后隔了一天，克里姆林宫举行了祈祷大典①，庆祝死刑的执行。这以后，尼古拉的銮驾才浩浩荡荡开进莫斯科。我这是第一次看到他，他骑在马上，旁边是一辆轿式马车，里面坐着皇太后和皇后。他很漂亮，但这种漂亮给人以阴森的感觉；没有一张脸会像他的脸那样无情地暴露一个人的性格，前额急速地向后伸展，下颌发达，补偿了顶骨的不足，这一切表现了坚强不屈的意志和贫乏的思想，以及麻木不仁的残忍。但主要是那双眼睛，它们没有一点温情，没有一点慈祥，那是一对冬天的眼睛。我不相信，他曾热恋过任何一个少女，像保罗之于洛普欣娜②，亚历山大之于一切女人（除了他的妻子）那样；他只是"对她们略施恩泽"，如此

---

① 为了庆祝尼古拉对五人的胜利，莫斯科举行了祈祷典礼。总主教菲拉列特在克里姆林宫为这场屠杀的成功向上帝谢恩。全体皇亲国戚参与了祈祷，参政院参政和各部大臣站在他们旁边。在宽广的场地周围是密密麻麻的近卫军，他们跪在地上，脱下军帽，也参加了祈祷。大炮在克里姆林宫高处鸣响。

"绞刑架从来没有取得过这么辉煌的胜利，尼古拉明白胜利的重要性！

"我那时是十四岁的孩子，混在人群中，也参加了这场祈祷。就是在这里，在这被血腥的祈祷所玷污的圣坛前面，我立誓要为死难者报仇，把自己的一生献给反对这帝位、这圣坛、这大炮的斗争。我的复仇没有成功，近卫军和皇位，圣坛和大炮——一切照旧存在。但是三十年之后的今天，我仍站在这面旗子下，没有一刻离开过它。"（摘自 1855 年的《北极星》）——作者注

按：《北极星》是赫尔岑在伦敦创办的不定期刊物，带有文集性质，1855 年出了第一集。这里摘录的是赫尔岑发表在该集上的一篇文章：《给我们的人》。

② 洛普欣娜（1777—1805），保罗一世的情妇，加加林公爵的妻子。

而已。

梵蒂冈有一个新辟的画廊，陈列着大量全身和半身雕像，以及一些小型塑像，听说都是在罗马及其近郊发掘出土，而由庇护七世①收藏的。罗马帝国衰亡的全部历史，都反映在这里的眉毛、额角和嘴唇上了。从奥古斯都的女儿②到帕贝娅③，这些贵妇人全被塑造成了娼妓，神态栩栩如生；娼妓的典型压倒一切，保存在那里。男性的典型出现了两种情况，一种可以说已超越自身的界限，正向安提诺乌斯④和赫耳玛佛洛狄忒⑤转化：肉体衰退，精神萎靡，荒淫无耻和沉湎酒色的生活败坏了面貌，有的像"情妇"赫利奥加巴卢斯⑥那样前额低陷，庸俗猥琐，有的像加尔巴⑦那样面颊松垂；后面这类人如今在那不勒斯王⑧身上得到了惟妙惟肖的反映。另一种是军阀头子的典型，在这种人身上，作为普通公民、作为人的一切，都已泯灭无遗，剩下的只是一种欲望——权力欲；他们思想狭隘，心肠冷酷，这是皈依权力的僧侣，在他们脸上显示出力量和残

---

① 1800 至 1823 年间的罗马教皇。

② 奥古斯都（公元前 63—公元 14），古罗马帝国的第一代皇帝，本名盖乌斯·屋大维。屋大维雄才大略，但一生结婚三次，只生了一个女儿朱莉亚，而朱莉亚以放荡著称，被屋大维逐出罗马。

③ 罗马帝国的暴君尼禄的第二个妻子，尼禄曾为她处死了原来的妻子屋大维娅。帕贝娅放荡淫逸，参与了尼禄的许多暴政。

④ 罗马皇帝哈德良的嬖人，以美貌著称，曾陪同哈德良出游各地，据说古代雕塑常以他为原型。

⑤ 古希腊神话中牧神赫尔默斯和美神阿佛洛狄忒的儿子，系雌雄同体。

⑥ 又名埃拉加巴卢斯，古罗马皇帝，在位期间在宫廷中大搞同性恋，做别人的"情妇"。

⑦ 在尼禄之后登上皇位的罗马皇帝，在位仅数月即被近卫军杀死。

⑧ 指两西西里王国国王斐迪南二世，此人以残暴闻名。两西西里王国的首都是那不勒斯。

忍的意志。那种近卫军和三军统帅的皇上，靠军人拥立成为帝国守卫者的人，就是这样。正是在这些人中间，我发现了不少相貌，可以使我想起还没留唇髭的尼古拉。我明白，这种阴森、严峻的守卫者，对于正在疯狂中死去的事物是必要的，但是对于正在兴起的新事物，他们有什么必要呢？

尽管我日日夜夜沉浸在政治理想中，我的认识还是非常肤浅的。它们往往自相矛盾，以致我确实认为，彼得堡的骚乱的目的之一，就是要把皇储扶上皇位，同时限制他的权力。正因为这样，我对这个怪人崇拜了整整一年。那时他比尼古拉得人心，原因何在，我不知道。他没有为人民做过一件好事，他对士兵只做过坏事，可是人民和士兵爱戴他。我记得很清楚，在加冕典礼上，他走在苍白的尼古拉旁边，蹙紧了淡黄色的浓密眉毛，穿一身黄领子的立陶宛近卫军制服，伛偻着背，肩膀耸到了耳边。他以主婚人的身份，为尼古拉与俄罗斯的结合祝福之后，便去继续蹂躏华沙了 ①。直到 1830 年 11 月 29 日 ②，没听到过他的消息。

我的主人公其貌不扬，这样的典型在梵蒂冈也不易找到，要是我没有见过撒丁国王 ③，我会把这称作加特契纳 ④ 型。

不言而喻，如今孤独对我说来比以前更难忍受了。我总想找人

---

① 康斯坦丁本来在波兰担任总督，亚历山大一世死后，他才临时返回彼得堡，宣布放弃皇位，然后又到华沙去了。他在华沙实行的严厉统治，是造成 1830 年波兰起义的导火线。

② 1830 至 1831 年波兰起义开始的一天。根据维也纳会议的决议，俄国在波兰建立了波兰王国，由沙皇兼任国王，指派总督进行日常统治，这导致波兰不断爆发民族解放运动。

③ 指撒丁王国的国王查理·阿尔贝特 (1798—1849)，当时意大利四分五裂，撒丁王国是包括意大利西北部和撒丁岛等地的一个国家。

④ 加特契纳在彼得堡西南，是保罗一世的封地。

谈谈我的思想和憧憬，听听别人的意见，得到别人的赞许。我认为我是一个"阴谋作乱分子"，并为此感到自豪，我不能缄默不语，也不能不加选择地与任何人谈论这些事。

我的第一个选择落在俄文教师身上。

伊·叶·普罗托波波夫充满着那种高尚而不明确的自由主义思想，这种思想往往随着第一丝白发，随着自己的成家立业而逐渐消逝，然而它终究能提高一个人的精神境界。伊万·叶夫多基莫维奇听了我的话很感动，临走时抱着我说："但愿这些感情能在您身上发芽生根。"他的同情使我非常兴奋。这以后他时常带一些磨得破破烂烂的小本子给我，本子上用小字抄录着普希金的《自由颂》《短剑》和雷列耶夫 [1] 的《沉思》等诗。我偷偷把它们抄了下来……（而现在我把它们公开付印了！）[2]

可想而知，我的阅读范围也改变了。政治占了首位，这主要是法国革命史；以前我只是从普罗沃太太的谈话中了解了它的一些情况。在地下室的藏书中，我找到了一部关于 90 年代的历史，这是一个保王党人写的。它的偏见如此显著，连我这个十四岁的孩子也难以相信。我偶然听老布肖讲过，法国革命时期他在巴黎，我非常想向他问个究竟。但布肖是严峻阴沉的人，鼻子很大，戴副眼镜，从来不跟我讲一句多余的话，只谈动词变位，举些例子让我听写，骂我几句，然后拄着粗大多节的拐杖走了。

一天上课中间，我问他："为什么要处死路易十六？"

老头儿看了看我，垂下一条灰白色眉毛，扬起另一条，把眼镜

---

① 雷列耶夫（1795—1826），诗人，十二月党左翼的领袖。

② 《往事与随想》第一卷发表于 1856 年的《北极星》，与此同时，该刊首次刊载了普希金和雷列耶夫的诗篇。这些诗当时在俄国都是禁止印行的。

像脸甲一般推到额上，掏出一方大蓝手帕，一边擦鼻子，一边郑重其事地说道：

"因为他背叛了祖国。"①

"如果您当时也是法官的话，您会在判决书上签字吗？"

"毫无疑问。"

这一堂课比任何虚拟法则更重要。对我说来已经够了：很清楚，处死国王是他罪有应得。

老布肖不喜欢我，把我看作没有头脑的顽皮孩子，因为我不好好做功课。他常说："您成不了大器。"但他一旦发现我同情他的"弑君"思想，便变愤怒为和蔼，宽恕我的错误了；他向我讲述 93 年②的各种故事，以及在"淫乱者和骗子们"当道后③他如何离开了法国。下课时，他依然一本正经，没有笑容，但已能体谅地说：

"我确实认为您成不了大器，但是您的高尚情操将会挽救您。"

除了教师的鼓励和同情，不久又出现了另一种同情，它更加温暖，对我的影响更大。

我的大伯父有个外孙女，住在特维尔省一个小城④里。我从小认识她，但见面不多；每年圣诞节或谢肉节，她随她的姨母到莫斯科来一次。尽管这样，我们还是成了好朋友。她比我大五岁，但身材矮小，生得年轻，看上去跟我年纪差不多。我喜欢她，特别因为她是第一个把我当大人看待的，例如，她从不因为我长高了，便

---

① 原文是法文。

② 指 1793 年。这年 1 月处死了法王路易十六，6 月颁布了共和国宪法，接着革命民主派雅各宾派开始执政。这是法国革命中斗争最激烈的一个时期。

③ 指 1794 年 7 月热月政变后的时期，这时反动的大资产阶级篡夺了政权。

④ 指柯尔切瓦，伏尔加河边的小城市。下面谈的即是所谓"柯尔切瓦的表姐"，她是赫尔岑童年时期最好的朋友。

动不动表示惊讶，也从不打听我在读什么书，用功不用功，是不是打算进军队，要进哪个团等等。她与我谈话，就像人们平常交谈一样，不过还保留着一点老气横秋的教训口吻，这是姑娘们在年轻一点的男孩面前喜欢扮演的姿态。

我们时常通信，1824 年后更为频繁。但写信——这既得有笔，又得有纸，还得伏在沾满墨水污点、用削笔刀刻满图画的课桌上；我还是希望与她见面，谈谈我的新思想。因此当我听说，表姐①在 2 月（1826 年）要到我家做客，住几个月时我的兴奋是可以想象的。我在课桌上画了一些数字，表示离她到达的天数，每过一天便抹掉一个数字，有时故意三四天不抹，以便一下子痛痛快快多抹掉一些。尽管这样，日子还是过得很慢，后来，指定的日期过去了，又定了新的日子，但好事多磨，新的日子也过去了。

一天傍晚，我与伊万·叶夫多基莫维奇坐在书房里，伊万·叶夫多基莫维奇像平时一样，教一句喝一口克瓦斯，正向我讲解"六音步诗"。他把格涅季奇②译的《伊利亚特》中的每一行诗，都用强烈的声调和手势砍成了几段。这时突然从院子传来一阵沙沙声，是橇板滑过冰雪的声音，可又不像城里的雪橇。系在车上的小铃铛还余音未绝，院子中已人声嘈杂……我脸色发亮了，再也无心听"珀琉斯之子阿喀琉斯"那被砍断的愤怒，一溜烟跑出书房，奔进门厅。特维尔省的表姐已在那儿，她裹在皮外套、披肩和围巾中间、戴着风帽，穿着毛茸茸的白皮靴，可能由于冷，也可能由于兴奋，脸红通通的，一见我，便扑过来跟我拥抱。

---

① 实际上赫尔岑比她长一辈，不应称表姐，这可能只是习惯的称呼，因此作者在别处也称她"柯尔切瓦的外甥女"。

② 格涅季奇（1784—1833），俄国诗人与翻译家。

人们通常回忆到少年时期，回忆到那时的悲欢离合，总不免要流露出一丝宽容的微笑，他们与《聪明误》①中的索菲娅·帕夫洛夫娜一样装模作样，似乎想说："多么孩子气！"仿佛这以后他们已大有长进，感情变得丰富或灵敏了。孩子羞于提及两三年前的玩具，这是可以理解的，他们想成为大人，他们长得很快，变得很快，他们从自己的短大衣和一页页翻过去的课本上，意识到了这一点。但是成年人似乎应该懂得，童年和少年时代的头两三年，正是我们一生中最完满、最优美的部分，它是真正属于我们的，也几乎可说是最重要的；它在不知不觉中规定了我们的未来。

一个人不知停顿地、毫无顾虑地快步前进时，在他遇到沟壑，或者碰破头皮以前，总以为他的一生还在前面，他高傲地看待过去，也不能正确地评价现在。但是当经验摧残了春天的鲜花，吹凉了夏日的红霞，当他醒悟到生活实际上已经过去，剩下的只是尾声，这时，他对少年时期那光辉的、温暖的、美好的回忆，就会改变态度了。

大自然以自己永恒的狡计和简练的手法，把青春赋予人，又把发育成熟的人据为己有，将他安插到、编织到那张四分之三不取决于他本人的、社会和家庭关系的大网中，诚然，他会使自己的行为带上个人的色彩，但是他的绝大部分不是属于自己的，个性中的抒情因素削弱了，因此情感和乐趣也愈来愈贫乏，只有智慧和意志依然如故。

表姐的一生不是在玫瑰丛中度过的。她从小失去了母亲。父亲是不顾死活的赌徒，正如一切嗜赌如命的人一样，他十次赤贫，十

---

① 俄国剧作家格里鲍耶陀夫（1795—1829）的著名喜剧。

次暴富，最终仍不免于破产了事。剩下的一点家私，他献给了养马场，把全部希望和爱好倾注在这上面。他的儿子在枪骑兵中当一名士官，这是表姐的唯一弟兄，一位非常善良的青年，但正在迅速走向毁灭：年方十九岁的他，已嗜赌成性，胜过乃父了。

她的父亲在五十岁上，毫无必要地娶了一个从小在斯莫尔尼修道院①长大的老小姐。据我看，她是彼得堡贵族女子中学学生中最富有代表性的典型。在学校中，她属于品学兼优的女学生，后来在修道院担任训导员。她生得瘦小，头发是淡黄的，眼睛高度近视，外表上就带有一些书卷气和道学气。她决不愚蠢，但言谈间冷若冰霜，用的是仁义道德、忠孝节义之类的陈词滥调。她熟谙史地，讲法语准确到令人讨厌的程度；内心隐藏的自尊心表现为矫揉造作，伪装谦逊。除了这些"围黄披肩的女学究"②的一般特征外，她还有一种纯粹涅夫斯基③或斯莫尔尼的气质。每逢谈到她们"共同的母亲"玛丽亚·费奥多罗夫娜太后④的访问，她总要噙着眼泪，抬头仰望天空。她热爱着亚历山大皇帝；我记得，她戴的颈饰或戒指上，刻着摘自伊丽莎白女皇⑤信中的一句话："他的嘴唇上又出现了和悦的笑容！"⑥

可以想象这和谐的三重奏：一个是好赌成癖的父亲，沉醉于声色犬马、吃喝玩乐的浪荡子，一个是在完全无人管束的环境中长大的女儿，从小爱干什么就干什么，还有一个是从半老的女教师一变

---

① 彼得堡的斯莫尔尼修道院内附设斯莫尔尼贵族女子中学。
② 引自普希金的长诗《叶夫根尼·奥涅金》第三章第二十八节。
③ 指亚历山大·涅夫斯基修道院，也在彼得堡。
④ 保罗一世之妻。
⑤ 伊丽莎白（1709—1761），彼得大帝之女，1741 至 1761 年的俄国女皇。
⑥ 原文是法文。

而为年轻夫人的女学究。理所当然，她不爱前妻所生的女儿，前妻所生的女儿也不爱她。一般说来，在三十五岁的妇人和十七岁的姑娘之间，只有当前者决心自我牺牲，放弃婚姻生活的时候，她们之间才可能有真挚的友谊。

前妻所生的女儿和继母之间，通常存在着敌对情绪，我对此丝毫不以为奇，它倒是自然的，合乎情理的。一位新人突然取代了母亲的地位，这必然引起子女们的不满。在他们看来，第二次婚礼不是婚礼，而是葬仪。这种感情鲜明地表现了孩子的爱心，它向孤儿们小声叮咛："你父亲的妻子根本不是你的母亲。"基督教本来了解，根据它所倡导的婚姻观念，根据它所宣扬的灵魂不灭观念，第二次婚姻总之是荒谬的。但教会不得不向世俗让步，想方设法应付生活的不可抗拒的逻辑，骗取单纯的童心。然而，把父亲的女伴认作自己的母亲，这件荒谬的事虽然得到教会认可，孩子们实际上是抱敌对态度的。

从妇人方面说，婚礼刚过，她便遇到了现成的家庭和子女，这处境也确实尴尬。她对他们无可奈何，只得强装出她不可能有的感情，竭力使自己和别人相信，她爱前妻的孩子像爱自己的一样。

因此，我对女修道士和表姐之间的不和睦，根本不想归罪于前者，也不想归罪于后者。但是我明白，一个不习惯受人管束的年轻姑娘，多么想冲出家庭的樊笼，奔向自由，不管去哪里都成。父亲开始老了，日复一日地屈服于学究夫人之前；哥哥枪骑兵的胡作非为也愈来愈甚；一句话，家庭生活是沉重的。最后，她征得继母同意，让她到我家来住几个月，也可能是一年。

表姐到来的第二天，我除上课外，整个生活秩序都给打乱了。

她自作主张，规定了我们一起看书的时间。她反对读小说，向我推荐塞居尔①的世界史和《阿纳卡西斯游记》②。她从禁欲主义观点出发，攻击我用纸卷着烟草（当时还没有卷烟）偷偷吸烟的强烈嗜好。她老喜欢向我说教，我呢，哪怕不打算实行，也规规矩矩洗耳恭听。幸亏她缺少坚持到底的精神，常常忘记自己的规定，跟我一起读楚克③的小说，而不是读考古学家的旅行记，还背着大人打发小厮去买零食——冬天是荞麦饼和素油豌豆羹，夏天是水葡萄和醋栗。

我想，表姐对我的影响是很好的；她给我少年时期的隐士生活带来了温暖，使刚刚萌芽的感情获得了阳光，甚至保护，否则，它们很可能经不住我父亲的冷嘲热讽而全部夭折。我学会了仔细思考，为一句话伤心，关心和爱护朋友；也学会了表达自己的感情。她支持我的政治理想，预言我将有不平凡的前途和荣誉，我怀着孩子的虚荣心相信了她的话，认为我是未来的"布鲁图或法布里齐乌斯"④。

她爱上了亚历山大骠骑兵团一个穿黑披肩和黑上装的军官，这个秘密她只向我一人透露过。这确实是一个秘密，因为连骠骑兵军官本人也从未想到，在他指挥连队的时候，有一位十八岁的少女为了他，在心头迸发了爱情的纯洁火花。我不知道，我是否羡慕他的命运（应该是有一些），我自豪的是，她选择我作她的知心人。我

---

① 塞居尔（1753—1830），法国外交官及作家，著有《古代及现代世界史纲》等。
② 指《青年阿纳卡西斯漫游希腊记》，法国作家及考古学家巴泰勒米（1716—1795）所著。
③ 楚克（1771—1848），德国作家，所写小说及剧本在19世纪上半叶曾风行一时。
④ 引自俄国诗人达维多夫的政治诗《当代之歌》。布鲁图和法布里齐乌斯都是古罗马的著名将领和政治家，也是该诗中的人物。

把这事想象成（按照维特①的方式）一出情场悲剧，它将随着自杀、服毒和匕首而产生一个伟大的结局。我甚至想去找他，向他公开这一切。

表姐从柯尔切瓦带来一些羽毛球，一个球上插了一只别针。她从来不玩别的羽毛球，每逢它落在我或别人手中，她总要把它收回，说她已经用惯了它。恶作剧②这魔鬼永远是我的不祥的引诱者，它唆使我偷换别针，就是说把它扎在另一只羽毛球上。恶作剧完全没被发觉，表姐始终用有别针的羽毛球。过了大约两星期，我告诉了她。她脸色陡然一变，流下眼泪，走回房中去了。我吃了一惊，心里很难过，等了半个小时，我去找她。房门锁上了，我恳求她开门，她不肯，说她不舒服，说我不是她的朋友，只是一个没心肝的孩子。我写了一张字条给她，请求她宽恕。茶后，我们和解了，我吻了她的手，她拥抱了我，向我说明了事情的全部重要性。一年前，那个骠骑兵在她家用膳，饭后与她打羽毛球，他用的羽毛球就给标上了记号。我受到良心的谴责，认为我确实犯了亵渎圣物的错误。

表姐在我家住到了 10 月。她父亲叫她回去，答应明年再让她上我们的瓦西里耶夫庄园玩儿。我们心神不定，等待着分离，终于在秋季的一天，一辆马车来接她了。她的使女忙着搬箱笼杂物，我家的仆人把各色食品装上马车，多得足够她吃一个礼拜。然后大家聚集在台阶旁边，与她道别。我们紧紧拥抱着——她哭了，我也哭了。马车驶到街上，就在那个出售荞麦饼和豌豆羹的地点，拐进另

① 指《少年维特的烦恼》中的维特。
② 原文是法文。

一条胡同消失了。我在院子中徘徊，心情寂寞而苦闷；我走回楼上的卧室，然而那里也似乎变得空虚和寒冷了。我动手做伊万·叶夫多基莫维奇布置的作业，但心中还在不断琢磨：马车现在到了哪儿，是不是已经出城了呢？

我的唯一安慰，只是明年6月在瓦西里耶夫的重新会面！

对我说来，农村便是节日，我热爱乡村生活。森林，原野，广阔自由的天地——一切都使我感到新鲜，因为我从小关在深宅大院内，受到严密的监护，未经许可和没有仆人陪同，在任何借口下都不准走出大门一步……

"我们今年去不去瓦西里耶夫呢？"这疑问从开春起一直牢牢盘踞在我的心中。父亲每年都说，今年他得早一点去，他想看看树木怎么长出叶子，然而从来没能在7月以前动身。有一年甚至拖得太迟，结果只得作罢。每到冬季，他就往乡下发信，要那里打扫房屋，生上炉火，但这不是真的，主要只是出于他的深谋远虑，好让村长和乡丁随时盼望主人到达，因而认真办事，不敢偷懒。

似乎就要动身了。我父亲对参政官说，他非常想到乡下休息几天，庄上也有些事需要料理。但一晃又是几个星期过去了。

事情逐渐变得可靠了，食物已开始运出：糖，茶叶，各种谷物，酒等等，但接着又停顿了；最后总算给村长发了命令，要他在某一天派多少农民的马车来。这么说，我们真的要动身了，要动身了！

我那时没有想过，在大忙季节，要农民损失四五天时间是多么严重的事。我只是沉浸在欢乐中，忙着收拾练习簿和课本。马车到了，我怀着满意的心情，听马在院子里嚼干草和打响鼻；兴致勃勃地看车夫们干活，听仆人们议论：谁坐哪一辆车，谁的东西放在哪里等等。仆人的房间中灯火通宵达旦，一切都要收拾，大大小小的袋子从这儿拖到那儿，人们换上了旅途装束——虽然距离不过八十来俄里！父亲的听差脾气最大，认为装载行李是件大事，把别人放好的东西气呼呼地往外扔，烦恼得直搔头皮，弄得谁也不敢挨近他。

第二天，父亲起身完全不比平时早，甚至似乎还迟了一些。他像往常一样，慢条斯理地喝咖啡，最后，到了十一点钟，他才吩咐套车。主人的轿式马车共四个座位，套六匹马，它后面跟着三辆、有时四辆车子：一辆弹簧马车，一辆简便马车，一辆带篷货车或者两辆农家大车，所有这些车上都坐满仆役或者堆满行李。尽管几辆货车已先期出发，现在每辆车仍装得满满的，谁也没法舒舒服服坐下。

到了半路，我们得停车吃饭和喂马，这是个大村庄，名叫彼尔霍什科沃，拿破仑在公报中提到过它。它属于我在分家中谈到过的那位"二哥"的儿子①。荒凉的地主住宅位在大路旁边，周围是空旷萧条的田野，但是在刚离开闹市的我看来，这一片辽阔的灰土也是悦目的。屋子里，弯曲的地板和楼梯时时摇晃，人们走过便发出尖厉的吱吱声，墙壁仿佛惊讶地重复着它们的音响。古老的家具来自从前主人的收藏室，正在流放中度过自己的残年。我怀着好奇心，从一间屋子走到另一间，楼上楼下乱闯，跑进了厨房。我们的厨子在那儿给我们准备一份旅行快餐，脸上露出不满和讥讽的神色。村长照例坐在那儿，这是个脑门上长疙瘩的白发老头儿。厨子正向他发表关于炉灶的意见。村长听着，不时简单地应几句："那个……

① 指阿列克谢·雅科夫列夫（1795—1868），赫尔岑的堂兄，绰号"化学家"。

确实……是这样的。"然后闷闷不乐地打量一下周围扰攘不安的情景，心想："这些家伙多咱才走啊！"

午餐用一套特制的英国餐具，由白铁或别的金属制成，是专为这种旅行购置的。午膳后，马已套好，门厅和过道中挤满了热心接送贵宾的人们：那些靠面包和新鲜空气苟延残喘的仆役，那些三十年前也曾风流一时的老使女——所有这些地主家庭的蝗虫像真的蝗虫一样，吃光了农民的劳动果实，而他们本身又是无辜的。他们身旁围着一群淡黄头发的孩子，光着脚板，肮脏不堪，使劲向前挤，老婆子们便使劲把他们往后拖。孩子们嚷嚷，老婆子们又向他们嚷嚷。大家争先恐后打量我，每年都要发出惊奇的叹息声：我又长这么高了。我的父亲跟他们搭讪几句；有的人鞠躬，有的人走上前来吻他那可爱的手，但那可爱的手却从未伸出去过。就在这一片奉承声中，我们出发了。

离戈利岑公爵的维亚泽马庄园几俄里的地方，瓦西里耶夫村的村长骑了马，在一片森林旁边迎接我们，领我们从小路前往庄园。村中我家的大住宅前面，有一条漫长的椴树林荫道，神父夫妇、教堂执事、仆役和几个农民已在那儿恭候。所有这些人中，只有白痴普罗尼卡保持着人的尊严，没有摘下油腻的帽子，站在远处傻笑，看到我们有人走过去，便转身跑了。

比瓦西里耶夫村更优美的所在，我还很少见到。谁要是知道尤苏波夫家的库恩采沃和阿尔罕格尔村，或者沙维恩修道院对面洛普欣家的领地，他就不难想象瓦西里耶夫村的风光，它与它们都在同一岸边，紧挨着莫斯科河，离沙维恩修道院大约三十俄里。河这边是缓缓倾斜的平原，村庄、教堂和原来的主人住宅便分布在这一带。对岸是山，山边有一个小村庄，我父亲在这儿新盖了一幢房屋。从屋中远眺，周围十五俄里的景物尽收眼底：一片片庄稼临风飘拂，一望无际；一个个不同的庄园和村落，一幢幢灰白的教堂，点缀在各处。五色缤纷的树林构成了半圆形的边框，而莫斯科河像一条蓝莹莹的缎带从这一切中穿过。我的卧室在楼上，每天清晨，我总要开窗眺望和谛听，呼吸新鲜空气。

尽管有这一切，我还是怀恋那幢古老的砖石房子，也许这是因为我是在那里第一次见到农村的。我多么爱宅前那条绿叶覆盖的、漫长的林荫道，宅旁那个荒芜了的花园。房屋已开始倒塌，从过道的一个裂隙中生出了一棵细长匀称的小白桦。左边有一条垂柳披拂的小径沿着河岸蜿蜒，小径外面是一片芦苇和白沙，它们一直伸展到水边；我的整个早晨往往便消磨在这片沙滩和芦苇中，这是十一二岁的事。驼背的老园丁几乎每天坐在屋前蒸薄荷水，煮野果子，偷偷给我吃各种蔬菜。园子里乌鸦很多，它们在树顶上到处做窝，又经常绕着窝盘旋，呱呱啼叫。有时，特别是到了黄昏，老鸹成群结队飞到空中，吵吵闹闹，也惊起了别的鸟。有时，一只老鸹突然从一棵树飞到另一棵树，然后又一切归于沉寂……每到夜间，鸱鸮在远处时而如婴孩啼泣，时而发出一阵霍霍笑声……这些凄凉的哀鸣声使我心惊胆战，然而我还是喜欢听它们。

每年，或者至多隔一年，我们总要去瓦西里耶夫村一次。临走时，我在阳台旁边墙上做个记号，标明我的身高，一到那里便去检查我又长高了多少。但是我不仅在乡下量出了我身体的增长，同样事物的周期性反复也清楚地表明了我内心发展的差异。我随身携带的书籍不同了，关心的事物也不同了。在1823年我还完全是个孩子，我随身带的是儿童读物，即使这些书，我也没有阅读，我最感兴趣的还是兔子和松鼠，它们住在我房间旁边的贮藏室中。我的主要乐趣之一，是我父亲允许我每天傍晚放一次鹰炮①，这是使全体仆人都高兴的事，连头发斑白、五十多岁的老人也像我一样兴致勃勃。在1827年，我随身带的已是普卢塔克②和席勒的著作；每天清晨，我走进森林，躲进树丛，越远越好，躺在树下朗读剧本，仿佛这儿就是波希米亚森林③。然而另一方面，我得到一个小厮的帮助，在小溪中筑了一道堤坝，这类事还很能吸引我，我一天要跑去看它十来次，不断加以修补。到了1829年和1830年，我却在写一篇"哲学论文"，论述席勒的《华伦斯坦》了；以前的各种游戏，只剩下鹰炮还对我保持着魅力。

然而除了打炮，还有一种乐趣是我始终不变的，这就是对乡村晚景的爱好。即使现在，它们对我说来仍像当初一样，是虔诚、安谧和诗意的时刻。近来我生活中一段光辉可爱的经历，也使我想起乡村的黄昏。太阳庄严地、灿烂地落进火红的海洋，终于溶化在它中间……突然，深青色取代了浓重的紫红色，一切蒙上了一层朦胧的烟雾——在意大利黄昏是来得很快的。我们骑在骡背上，从弗拉斯卡蒂去罗马，④必须经过一个不大的村庄，有些地方已出现了点点灯火，一切静悄悄的，骡蹄踩着石子发出清脆的声响，新鲜而有些潮湿的风从亚平宁山吹来；村口的壁龛中供着一尊小小的圣母像，像前点着一盏灯；农村姑娘们收工之后，还没摘下白头巾，便跪在像前祷告；行乞的山民吹着木笛经过这儿，也随着她们一起祈祷。

---

① 古代的一种小口径炮。

② 普卢塔克（约45—约127），古代世界最重要的历史学家之一，所著《希腊罗马名人传》对后世有重大影响。

③ 席勒的重要剧作《强盗》中的强盗聚居之处。

④ 指1848年初赫尔岑夫妇在意大利的旅行。

我深有感触，也深为激动。我们互相看了一眼……静静地走向饭店——马车在那里等我们。在回家的路上，我讲了瓦西里耶夫村的黄昏。可是讲什么呢？

> 花园中树木寂然不动，
> 山坡上村篱蜿蜒曲折，
> 大路上牛羊没精打采，
> 一群群各自缓步回家。
>
> （《感怀》）[1]

……牧人挥动长鞭，吹响木笛。牛的哞哞声，羊的咩咩声，归来的畜群行经小桥的嗒嗒蹄声，交织在一起。狗汪汪吠叫，赶拢走散的绵羊，而羊迈着细腿，向前疾奔。这时，农家姑娘的歌声越来越近——她们正从田野回来；但是小路向右一拐，歌声重又远了。门吱吱响着，男女孩子从屋里纷纷出来，迎接自己的牛羊。一天的辛劳结束了，儿童们在街头、在岸边嬉戏，他们的声音嘹亮清脆，荡漾在河面上，传播到暮霭中。空气混合着烘谷房中燎焦的气味；露水开始像烟雾一样逐步向田野伸展；森林上空，风在徘徊，发出窸窸窣窣的声音，仿佛树叶沸腾了；远处的闪光颤抖着，向周围射出浅蓝的光泽，然后忽闪忽闪地逐渐消失。就在这时，薇拉·阿尔达莫诺夫娜来了，她发现我躺在一棵白杨树下，便装出气忿的样子，唠叨起来：

"少爷，您叫我找得好苦，茶早已放在桌上，大家都到了。我

---

[1] 引自奥加辽夫的长诗《感怀》的第二卷。

到处找您，脚都跑断了，我这把年纪跑不动啦。这草地湿湿的，干吗躺在这儿？赶明儿又得伤风啦，不伤风才怪呢。"

"够啦，够啦，"我笑笑，对老婆子说，"我既不会伤风，也不想喝茶，只想请您给我偷些奶油，要好的，最上面的。"

"说真的，瞧您这样儿，叫人没法生气……好吃的东西多着呢！不等您吩咐，我早给您把奶油预备好啦。瞧，闪电……这很好！对谷物有好处。"

于是我吹着口哨，跳跳蹦蹦跑回家了。

1832年后，我们不再去瓦西里耶夫庄园。我流放期间，父亲把它卖了。1843年，我们住在莫斯科附近另一村庄，它在兹韦尼哥罗德县，离瓦西里耶夫村二十来俄里。这时我情不自禁，又去访问了一次故居。我们的车子仍走那一条乡村小道，一切都照旧：熟悉的松林，遍布榛树的山岗，过河的浅滩，那二十年前曾使我流连忘返的浅滩。河水汩汩流动，小石子窸窣作响，赶车的吆喝着，马逡巡不前……不久村庄出现了，我又看到了神父的住宅，从前神父总是穿着褐色长袍坐在长凳上，他纯朴，善良，浅红色的皮肤长年流汗，嘴里老是在咬着什么，不断打嗝儿。接着便是办事处，那个从来没有清醒过的乡干事瓦西里·叶皮凡诺夫总在这里扑在纸上写字，手几乎握到了笔尖上，中指像折断似的弯曲着。现在神父死了，瓦西里·叶皮凡诺夫也到另一个村子去记账和喝酒了。我们在村长老婆那儿逗留了一会儿，她的男人还在田里。

这十年中也出现了一些陌生的东西。山上，代替我们的家的是另一幢房屋，屋旁有一个新辟的花园。我们回去时，经过教堂和墓地，忽然看到一个畸形的怪物，几乎四肢着地在走路。这东西向我招招手，我走上前，原来这是一个瘫痪的、半疯癫的驼背老婆子，从前在神父的菜园中干点活，主要靠周济度日。这时她已将近七十岁，但正是对这种人，死神偏偏不肯光临。她认出了我，哭哭啼啼地直摇头，向我念叨："唉，你也这么老啦，我从你走路的样子才认出你。我已经……唉，我……嗬，嗬，嗬……什么都甭提啦！"

　　坐车回转时，我在远处田野中望见了村长，那个曾经侍候过我们的老人。起先他认不出我，但是我们经过后，他好像蓦地记起来了，摘下了帽子，低低鞠躬。又过了一段路，我回头瞧瞧，老村长格里戈里·戈尔斯基仍站在原地眺望我们的背影。他满面胡髭，弯下高大的身子，正从一片庄稼中亲切地目送我们离开那已非我们所有的瓦西里耶夫村。

第四章

尼克和麻雀山

"那么你就写吧，写我们的一生，也就是我的一生和你的一生，是怎样从这地点（麻雀山）发展起来的。"

——摘自 1833 年的信[1]

开始之前，我得先谈一下三年前的一件事。我们在卢日尼基沿着莫斯科河散步，对岸就是麻雀山。在河畔，我们碰到了我们认识的一个法国家庭教师，他光穿一件内衣，慌慌张张地在嚷嚷："有人落水啦！有人落水啦！"但是我们的朋友还没来得及脱下内衣或者系好衬裤，一个乌拉尔哥萨克已从麻雀山上直奔而下，跳进水中不见了，一眨眼，他挽了一个奄奄一息的人，又浮出了水面，那人的脑袋和胳臂像晾在风中的衣服一样，晃晃荡荡的。哥萨克把他放在岸上，一边说："还能醒过来，只要摇他几下就成了。"

---

① 指 1833 年 6 月 7 日奥加辽夫给赫尔岑的信。

周围的人凑了五十来个卢布，送给哥萨克。哥萨克没有做作，非常爽直地说："为这种事拿钱是造孽，再说，这毫不费力，你们瞧，他不过像一只猫。"接着又道："不过，话说回来，咱们是穷人，要我向人伸手我不干，若是给我，为什么不拿呢，我多谢各位啦。"说罢，用手帕裹好钱，又上山放马去了。我父亲问了他的姓名，第二天把这事写信告诉了埃森①。埃森提升他当了军士。几个月后，哥萨克带了个德国人到我家来玩。德国人麻脸，秃顶，身上洒了香水，头上戴着拳曲的淡黄假发。他就是那个落水的人，现在是为哥萨克来向我们道谢的。从那时起，这人常来我家。

卡尔·伊万诺维奇·佐年贝格本来在给两个纨袴子弟教德语，这时已快结束，不久转到了一个辛比尔斯克地主家执教，后来又受雇于我父亲的一位远亲②。佐年贝格负责管一个孩子的身体健康和德语发音，他称这个孩子为尼克。我喜欢尼克，他有一种亲切的、温柔的、耽于幻想的气质。他与我见过的其他孩子截然不同，然而我们还是成了难分难舍的朋友。他沉默寡言，喜欢思考；我生性好动，只是并不敢打搅他。

特维尔省的表姐回柯尔切瓦后不久，尼克的祖母死了。他从小没有母亲，现在家中乱作一团，佐年贝格由于无事可做，只得帮忙照应，装出不得空闲的样子，一早就把尼克送到我家，要他整天待在这儿。尼克又伤心又害怕；看来，他爱他的祖母。后来他在诗中曾这样回忆她：

---

① 即第二章中提到的彼·基·埃森，当时任彼得堡总督。
② 指奥加辽夫之父普拉东·波格丹诺维奇·奥加辽夫。

此刻时已黄昏，
晚霞长映大地，
我想起我家的古老风俗：
每逢主日前夕，
神父总要带着助手光临，
他的举动彬彬有礼，
低垂着满头白发，
面对圣像诚心祈祷。

我的祖母年已苍老，
她手扶圈椅站立，
小声喃喃祝告，
手指不停地拨动念珠。
仆役们齐集门前，
静静聆听教士诵经，
他们稽首伏地祝祷，
请求上帝赐予长寿。

夕阳照在窗上，
室中灯火齐明，
…………
香炉中升起袅袅青烟，
在屋内弥漫缭绕。

周围万籁俱寂，

但闻经声朗朗；

我的心中思潮起伏，

汇集成一个秘密的憧憬，

尽管这童年的梦想，

已在不知不觉中，

蒙上一层模糊的忧思，

我依然没有丧失希望。

《感怀》①

……坐了不多一会儿，我便提议读席勒的作品。我们的趣味之相近令我惊奇；他能背诵的比我多得多，而且都是我心爱的片段。于是我们合拢书本，促膝谈心，彼此寻求同情了。

从袖中暗藏短剑，"要从暴君手下解放城市"的墨罗斯②，从在吉斯纳特隘道上伏击总督的威廉·退尔③，联系到12月14日和尼古拉，这是容易的。这些思想和比较对尼克并不陌生，他也熟知普希金和雷列耶夫那些尚未发表的诗篇。我不时遇到的一些头脑空虚的孩子，他们与尼克的差异是显而易见的。

那以前不久，我在普列斯尼池塘散步时，心头充满布肖的恐怖主义情绪，我向与我同年的一个孩子解释，处死路易十六是正义的。

"一切确实这样，"那位少年公爵说，"然而他是受命于天的君主啊！"

---

① 引自奥加辽夫的长诗《感怀》的第二卷。

② 希腊传说中反抗暴君的英雄。席勒曾根据这个传说写成叙事诗《人质》，"要从暴君手下解放城市"一句即引自该诗。

③ 见席勒的剧本《威廉·退尔》第四幕第三场。

我怀着怜悯瞪了他一眼，失去了对他的兴趣，从此再也不想找他了。

我与尼克之间就不存在这样的隔阂。他的心是像我的一样跳动的，他也已离开保守主义的阴森海岸，我们只想齐心协力，把船撑得更远。几乎从头一天起，我们就下定决心，要全力拥戴皇储康斯坦丁了。

起先，我们很少长谈。卡尔·伊万诺维奇像秋天的苍蝇，老是钉住我们，妨碍了我们的谈话。他什么也不懂，却一切都要过问，妄加评议，然后给尼克整整衣领，催他回家，总之，非常讨厌。过了一个月，我们已经不能两天不见面，或者不通信了。我的狂热天性使我愈来愈倾倒在尼克面前，而他也悄悄地、深情地爱上了我。

应该说，我们的友谊一开始就带有严肃的性质。我不记得嬉戏曾在我们中间占主导地位，尤其是当我们单独在一起的时候。当然，我们不会老坐在一个地方，年龄总要起作用，我们也嘻嘻哈哈，逗笑取乐，挖苦佐年贝格，在院子里射弹弓；但这一切的基础与空虚的友谊距离非常之远。除了年龄相仿，除了我们的"化学亲和性"，把我们联系在一起的是我们的共同信仰。世上没有任何东西，能像崇高的全人类利益那样，激发一个少年的良知和正义，保护他不受邪恶的侵蚀。我们珍重蕴藏在我们身上的未来，彼此把对方看成为完成某种使命来到世上的"选民"。

我和尼克常去城外，我们心爱的地点是麻雀山和德拉戈米罗夫门外的田野。早晨六七点钟，他与佐年贝格一起来叫我，如果我还睡着，他便朝我的窗上扔沙土或石子。我醒来了，笑了笑，赶紧出去。

这些清晨的散步是不知疲倦的卡尔·伊万诺维奇规定的。

在奥加辽夫所受的宗法制地主教育中，佐年贝格起了比龙 ① 的作用。随着他的到来，老家人 ② 的影响消除了。那位前室的寡头虽然不满，也只得忍气吞声，保持沉默；他明白，该死的德国佬在老爷的餐桌上占有一席位置，他不是他的对手。佐年贝格大刀阔斧改革了从前的规矩；老家人得知德国佬把小少爷带往店铺买现成皮鞋后，伤心得甚至流了眼泪。佐年贝格的改革大有彼得大帝的气派，它的特点是使一切最和平的事物带上军事色彩。这当然并不是说，卡尔·伊万诺维奇那消瘦的肩膀上佩带过肩章或穗带，只是说，大自然天生赋予了德国人这种气质，哪怕他没有发展到肆无忌惮地糟蹋文学和神学的程度，也不管他如何文质彬彬，他依然是一名军人。正由于此，卡尔·伊万诺维奇爱穿多纽扣的、窄腰的紧身衣服，也由于此，他严格遵守他自己规定的作息制度。他规定早上六点起身，便在五点五十九分叫醒尼克，从不拖到六点零一分，然后便带领尼克出外呼吸新鲜空气。

麻雀山麓本是卡尔·伊万诺维奇溺水的地点，不久它便成了我们的"圣山"。

一天饭后，我父亲打算出城。奥加辽夫正在我家，他便邀他与佐年贝格同行。这次旅行真是活受罪。我家的四座轿式马车虽然是"约希姆制造"③ 的，但服务了十五年，尽管是平静的十五年，早已老态龙钟，何况车身照旧比攻城臼炮更重，驶到城门要花一个多小时。四匹马大小不同，毛色也参差不齐，但都在闲适的生活中变

---

① 比龙（1690—1772），原为德国人，来到俄国后，成为安娜·伊万诺夫娜女皇（1730 至 1740 年在位）的宠臣，以专横暴虐闻名。

② 指专门照料孩子的老仆人。

③ 约希姆是当地著名的马车制造商。

懒、发胖了，走不上一刻钟便会汗流浃背，而这是不准许的，因此车夫阿夫杰伊只得让它们慢慢行走。车窗照例是拉上的，不管天气如何闷热。除了这一切，还有我父亲那种从容不迫、威严可怕的监视，以及卡尔·伊万诺维奇那种大惊小怪、不胜其烦的监视；然而我们还是乐于忍受这一切，只要能待在一起。

到了卢日尼基，就在从前哥萨克从水中救过卡尔·伊万诺维奇的地方，我们乘船渡过了莫斯科河。我父亲像平常一样，走路时愁眉苦脸，弯腰曲背的，卡尔·伊万诺维奇则蹀躞着跟随在后，给他讲些小道消息和无稽之谈。我们离开他们，走到了前面，等离他们相当远之后，便一溜烟跑上麻雀山，到了维特贝格 [①] 的神庙奠基的地点。

我们气喘吁吁，满脸通红，站在那里擦汗。太阳快落山了，圆屋顶闪闪发光，城市铺展在山脚下一望无际的平原上，清新的微风迎面吹拂。我们站了一会儿，又站了一会儿，身子靠着身子，突然，我们互相拥抱在一起，面对着整个莫斯科，发出了誓言：我们要为我们所选择的斗争献出我们的一生。

这个场面可能显得太不自然，太富于戏剧性，然而即使相隔二十六年之久，我一想起它，依然感动得热泪盈眶。它是神圣的，也是真诚的，我们的整个一生都可证实这一点。但是看来，从这地点发出的一切誓言，都敌不过同一命运。当亚历山大 [②] 为神庙放下第一块石头的时候，他也是真诚的，正如新俄罗斯 [③] 一个城市奠基的时候，约瑟夫二世 [④] 说的话一样，然而他说错了，那块石头成了

---

① 维特贝格 (1787—1855)，俄国建筑师。

② 指沙皇亚历山大一世，维特贝格的神庙是由他主持奠基的。

③ 俄国南部靠近黑海和亚述海一带，在帝俄时称新俄罗斯。

④ 约瑟夫二世 (1741—1790)，神圣罗马帝国皇帝，曾两度访问俄国，与叶卡捷琳娜二世订立盟约，鼓励她向南发展，与土耳其争霸。

最后一块。

我们还不理解，我们要与之战斗的是怎样一个庞然大物，但是我们决心战斗。这怪物使我们历尽艰辛，但是不能摧毁我们，我们也不会向它屈膝投降，不论它的打击多么沉重。它使我们蒙受的创伤是光荣的，正如雅各的瘸腿是他与上帝夜战的证据[①]。

从这天起，麻雀山成了我们朝圣的地点，我们一年要去一两次，而且始终是单独去的。五年后，奥加辽夫曾在那里胆怯而羞涩地问我，我是否相信他有写诗的天才。到了1833年，他从乡下写信给我："我离开了，我感到忧郁，从来没有过的忧郁。总是想起麻雀山。好久以来，我一直把欣喜隐藏在心底。羞涩或者别的什么我自己还不明白的原因，妨碍我把它说出口。但是在麻雀山上，这种欣喜不致被孤独所窒息，因为你和我在一起。这些时刻是不能忘怀的，它们像幸福的往事一样深印在脑海中，一路上追随着我，虽然在周围我看到的只是森林；一切那么碧绿、碧绿的，我的心中却这么阴暗，这么阴暗。"[②]

最后他写道："那么你就写吧，写我们的一生，也就是我的一生和你的一生，是怎样从这地点（麻雀山）发展起来的。"

又过了五年，我已经远离了麻雀山[③]，但我的身旁忧郁而苦闷地站着它的普罗米修斯[④]——亚·拉·维特贝格。1842年，我终于

[①] 雅各是《圣经》中的人物。关于雅各与上帝的使者角力的事，见《创世记》第三十二章。

[②] 奥加辽夫于1833年离开了莫斯科大学，这段话与下面那段话一样，均录自他在该年6月写给赫尔岑的信。

[③] 指赫尔岑的流放。

[④] 希腊神话中的英雄，曾从天上盗取神火赐给人类，因而触怒天神，被锁在高加索悬崖上。

回到莫斯科，我重游了麻雀山，我们又站在奠基处，眺望那同一景色，而且也是两个人——不过不是与尼克在一起①。

从 1827 年起，我们没有分开。那时期的每一回忆，不论是单独的或共同的，他和他那少年的面容，那对我的挚爱，始终占着首要地位。在他身上早已显露出那种很少人具备的献身精神，这是幸是不幸，我不知道，但可以断言，他不是一个平凡的人。在他父亲家中，这以后很久一直挂着奥加辽夫当年（1827 至 1828 年）的一幅油画大肖像。后来我常常站在它前面久久凝望。在画中，他穿着翻领衬衫；画家栩栩如生地勾画出了那浓密的栗色头发，那由脸上不规则的线条构成的少年时期尚未定型的美，以及那略带黝黑的肤色。从画布上可以看到那种显示强大思维力的默默沉思的神色。无名的忧郁和极端的温和从灰色的大眼睛中流露出来，预示了一颗伟大的心灵在未来的发展；他长大后也正是这样的。这幅画像赠给了我，后来又被一个陌生女人②拿走了，但愿她看到这几行字会把它送还我。

我不明白，为什么青年的友谊不能像初恋那样，独占回忆的天地。初恋之所以馨香可爱，正在于它忘却了性的差别，在于它是一种热烈的友谊。青年间的友谊，就其本身而言，便具有爱情的全部炽烈性和它的一切特点：那种不敢用言语吐露感情的羞涩感，那种对自己的不信任，那种无条件的忠诚，那种离别时的凄恻惆怅，那种充满嫉妒的独占欲。

我很早就爱尼克，而且热烈地爱着他，但从未下决心称他"朋友"。一年夏天，他住在库恩采沃，我给他写信时在结尾写道："我算不算您的朋友，我还不知道。"是他首先用"你"称呼我，并把我

---

① 这时赫尔岑是与他的夫人纳塔利娅一起登上麻雀山。
② 指女作家图尔涅米尔。

称作卡拉姆津的阿格东①，而我根据席勒的作品，称他拉法依尔②。

你们要笑就笑吧，只是要亲切地、善意地笑，正如人们回想到十五岁的自己时那样。或者不如思考一下："难道盛年的我竟是这样？"③如果你也有过青春（单单年轻还是不够的），那么应该感谢命运；如果你那时有过一个朋友，那就应该加倍感谢它了。

在我们看来，那个时期的语言是不自然的，带有书卷气；我们不习惯它那种跳跃不定的狂热情绪，那种有时温情脉脉、有时出现孩提笑声的不调和的感情色彩。这对于三十岁的人是可笑的，正如著名的"贝蒂娜要睡觉了"④一样；然而在适当的时候，这种少年人的口气，这种成年人的不规范语言⑤，这种流露心理变化的声音，是十分真诚的；即使书卷气，对于只有理论知识、缺乏实际经验的年龄，也是自然的。

席勒仍是我们心爱的作家⑥，他的剧中人对我们是现实的人，我们分析他们，爱他们，恨他们，不把他们当作诗中的人物，而是看作活的人。不仅如此，我们还在他们身上看到了我们自己。我写信给尼克，有些担心他太爱斐艾斯柯，对他说，每个斐艾斯柯背后

---

① 卡拉姆津（1766—1826），俄国著名诗人和历史学家。阿格东是他的诗《我的阿格东墓上之花》的主人公。

② 见《哲学书简》。——作者注
  拉法依尔是席勒的《哲学书简》中两个通信人之一。

③ 引自普希金的《叶夫根尼·奥涅金》中《奥涅金的旅行》一章。

④ 原文是德文。这句话出自德国女作家贝蒂娜的《歌德与一个孩子的通信集》。贝蒂娜于1806年认识歌德，并热恋歌德，但那时歌德已五十七岁，因此她常用孩子的口吻与他通信。

⑤ 原文是法文。

⑥ 席勒的诗歌对我没有丧失影响：几个月前我还给我的儿子读了《华伦斯坦》这部巨著！任何人，凡是对席勒失去趣味的，不是衰老了，便是成了迂夫子，不是感情僵化，便是麻木不仁。至于那些早熟的老成少年，他们在十七岁已熟知了他的"缺点"，对于这些人有什么好说的呢？……——作者注

都站着他的凡里纳。^① 我的理想人物是卡尔·穆尔，但不久我又背弃了他，皈依了波查侯爵^②。我设想过千百遍，我怎样与尼古拉^③谈话，后来他怎样把我放逐到矿山上处死。奇怪的是，我们所有的幻想几乎都以西伯利亚或死刑告终，从没有过胜利的结局；莫非这是想象力的俄国气质，或者是彼得堡的魔影，那五座绞刑架^④和苦役流放，在年轻一代人身上的反映？

奥加辽夫，我与你正是这样手挽着手跨进生活的！我们毫不畏缩地、高傲地前进，慷慨地回答一切召唤，真诚地献身于我们所向往的事业。我们选择了一条不平坦的道路，但从未抛弃过它。我们受伤，失败，可是始终站在一切人的前头。现在我走到了……不是到了目的地，是到了下坡路开始的地点，我不禁想寻找你的手，与你一起走完这条路，我要握住它，带着苦笑说："我们毕竟走完啦！"

目前，在形势的逼迫下我过着寂寞闲暇的生活，我没有力量也没有精神从事新的活动，于是我开始记录我们的回忆。这些纸上留下了许多曾把我们紧密联系在一起的东西，我把它们赠送给你。对于你，它们还有另一重意义——墓碑的意义，我们可以在这里看到一些熟悉的名字^⑤。

---

① 斐艾斯柯和凡里纳都是席勒的剧本《斐艾斯柯在热那亚的谋叛》中的人物。斐艾斯柯是热情洋溢的青年，反抗暴君的勇士，但企图在夺取政权后实行独裁，自己成为暴君。凡里纳则是真正的共和主义者，仇恨王权原则本身。最后，凡里纳杀死了斐艾斯柯。

② 卡尔·穆尔是席勒的剧本《强盗》的主人公。波查侯爵是席勒的剧本《唐·卡洛斯》的主人公。二者都是反抗专制暴政的战士，波查为人民而活着，更是席勒的理想人物。

③ 指沙皇尼古拉一世。

④ 指绞死五个十二月党人的绞刑架。

⑤ 写于 1853 年。——作者注（按：这是指作者遇到一系列不幸事故之后，见本书第五卷《家庭悲剧》。）

……我有时不免奇怪，心想，如果佐年贝格能够游水，如果他当时淹死在莫斯科河里，如果搭救他的不是乌拉尔哥萨克，而是什么亚普歇伦①的步兵，那么我就不会遇见尼克，或者得以后在别的场合遇见他，我们也不会一起坐在我家旧居的小房间里偷吸雪茄，彼此如此深远地影响对方的命运并从对方汲取力量。

　　他没有忘记它——我们的"老房子"②。

> 故居，老友！在满目荒凉中
> 我终于又把你造访；
> 往事历历又从心底浮起，
> 我在怅惘中向你凝望。
>
> 庭院寂寂无人打扫，
> 枯井坍毁腐草丛生；
> 园中不闻绿叶的瑟瑟声，
> 但见它们在泥泞中发黄、霉烂。
>
> 房屋年久失修，一片凄凉，
> 墙上的泥灰剥落殆尽；
> 乌云在上空徘徊，
> 俯视故园也该悲从中来。

---

① 俄国高加索一带的地名。
② 指赫尔岑家 1824 至 1830 年间居住的房子，在莫斯科市内。下面是奥加辽夫后来重游旧地后写的诗，题为《故居》。

我走进屋子。照旧是那些房间，
一位老人曾在这里喋喋不休，
我们不爱听他的牢骚不满，
更怕他那冰冷的语言。

我到了那个房间，我的朋友
曾在这里与我促膝谈心；
许多金光闪闪的思想，
就是在这小屋中诞生。

星光悄悄射进窗户，
墙头的字迹还依稀可辨；
当年青春在心头沸腾，
是我们亲手把它们刻写。

这屋子曾充满往日的欢乐，
光辉的友谊也在这里成长；
现在成了寂寞凄恻的天地，
墙角边挂满了蛛网游丝。

我突然感到惊恐，打一寒颤，
仿佛我是站在墓地，
要召唤亡故的亲友，
却没有一人从泉下醒来。

第五章

家庭生活细节——俄国的 18 世纪人物——我家的一天——客人与常来的人 [①]——佐年贝格——听差及其他人

我的家死气沉沉，一年年越来越无法忍受了。如果不是快进大学，不是新的友谊，不是醉心于政治，不是性格活跃，我不闷死，也得离家出走。

我的父亲心情舒畅的时候极少，他总是对一切不满。他天生绝顶聪明，观察力敏锐，又博闻强记，见多识广；作为一位"完美的"绅士，他本来可以成为非常可爱和有趣的人，但他偏不愿这样，以致日益陷入了孤僻、任性、与世隔绝的状态。

很难说，究竟是什么把忧郁和愤怒带进了他的血液。他一生不曾有过热情奔放的时期，不曾有过重大的不幸、错误和挫折。他那种恶意的嘲笑，那种充满在灵魂深处的恚恨，那种对人的猜疑和疏远，那种折磨着他的烦恼，根源在哪里，我始终想不明白。莫非他藏着从未向人透露过的某种回忆，进入了坟墓，或者这不过是 18 世纪和俄罗斯生活这两种截然对立的事物互相渗透的结果，而作为

---

① 原文是法文。

媒介的第三者又是好逸恶劳的地主习性，它也大大助长了那种违反常情的发展。

上世纪在西方，特别在法国，产生过一批杰出的人才，他们既带有摄政时期^①的一切弱点，又具备斯巴达和罗马的全部力量。这些集福布拉斯^②和雷古卢斯^③于一身的人物，打开了革命的大门，首先冲了进去，争先恐后、你推我挤地奔向断头台的"窗洞"。在我们这个世纪，这种完整、刚强的性格已如凤毛麟角，相反，在上个世纪这种人却到处都是，甚至在不需要他们的地方也出现了他们，以致除了变成畸形怪物，他们没有其他出路。在俄国，受到这股强大的西方风气侵袭的人，没有成为叱咤风云的俊杰，却成了别开生面的怪人。在国内，他们是外国人，在国外，他们还是外国人。这些游手好闲的旁观者，对俄国说来已被西方的偏见所败坏，对西方说来又已被俄国习俗所腐蚀。他们成了一种无用的智力，终于在反常的生活、感官的享乐和极端的利己主义中葬送了一生。

在莫斯科，属于这类人的，首先是以智慧和财富著称的俄国大贵人和欧洲大阔佬，鞑靼公爵尼·包·尤苏波夫^④。在他周围聚集了一大群白发的老风流和"自由思想家"，那一切马萨利斯基、桑季^⑤

---

① 指 1715 至 1723 年法国奥尔良王室的腓力摄政的时期（法王路易十五继位时才五岁）。这时期朝政腐败，风俗糜烂。

② 法国政治活动家和作家柯弗莱所著小说《福布拉斯骑士冒险记》的主人公，一个冒险家。

③ 雷古卢斯（卒于公元前 248 年），古罗马的将领及政治家，以正直骁勇著称。

④ 即第二章和第三章中两次提到过的尤苏波夫公爵，他是沙皇的大官僚，大庄园主，后来任克里姆林宫管理处总管。

⑤ 都是当时的名流，马萨利斯基（死于 1839 年）曾是亚历山大一世的国务大臣斯佩兰斯基的亲密好友；桑季（1769—1838）是俄军中将，伯爵，曾任基辅省长。

和其他人。他们全都相当聪明而有学问，然而却无所事事，只能纵情声色，优游岁月，自我陶醉，认为一切罪孽不过是逢场作戏，并把口腹之欲夸张为精神需要，又把男女之情归结为官能之乐。

老怀疑主义者和享乐主义者尤苏波夫是伏尔泰和博马舍、狄德罗和卡斯蒂 [1] 的朋友，他确实是富有艺术鉴赏力的。为了证实这一点，只要到阿尔罕格尔庄园走一趟，看看他收藏的美术品就行了——如果他的继承人还没有把它们胡乱变卖的话。他是在大理石雕像、画中的和活的美人中间，度过他八十年的豪华生涯的。在他市郊的府邸中，普希金与他谈过话，写过一首美妙的书翰诗献给他 [2]；贡扎加 [3] 在那里作过画——尤苏波夫把自己的剧场献给了他。

根据我父亲所受的教育，他在近卫军服役的经历，他的生活和社会关系，他也属于这类人。但是无论他的性情还是他的健康，都不允许他把轻浮生活过到七十高龄，于是他只得转向相反的极端。他想为自己建立一种与世隔绝的生活，在这里等待他的是死一般的沉寂，因为他这种安排主要考虑的只是他自己。于是坚强的意志一变而为顽固的怪癖，无所事事的精力损害了性格，使它成了别人的负担。

他受教育的时候，欧洲文明在俄国还是个时髦的玩意儿，以致所谓受教育便是尽量摆脱俄国的一切。他终生写法文比写俄文熟练而准确。他名副其实没有读过一本俄文书，包括《圣经》在内。当然，其他文字的《圣经》，他也从不想读，关于福音书的内容，他

---

[1] 卡斯蒂（1724—1803），意大利诗人和讽刺作家。

[2] 指普希金的诗《致某显贵》，该诗原题为《寄给尼·尤公爵》。

[3] 贡扎加（1751—1831），意大利画家及舞台美术家，曾在俄国工作多年。阿尔罕格尔剧场的设计和绘画很多出自他的手笔。

只是零零星星听到一点梗概，从来不想作进一步的涉猎。不错，他敬重杰尔查文和克雷洛夫[①]，因为前者写过一首颂诗，纪念他的舅父梅谢尔斯基公爵的逝世；后者曾与他一起为尼·尼·巴赫梅捷夫[②]的决斗作过公证人。有一次我的父亲打算拜读卡拉姆津的《俄国通史》，因为他听说亚历山大皇上正在阅读此书，但结果仍半途而废，轻蔑地说："老是谈那些伊谢斯拉维奇和奥尔戈维奇[③]，谁有兴趣管这类闲事呢？"

他直言不讳，公开鄙视人——所有的人。在任何场合，他都不想依靠别人；我不记得，他曾低声下气向别人恳求过什么，他自己也从不为别人做任何事。在与外人的交往中，他只要求一点：遵守礼节；外表，礼貌[④]便是他的道德标准。不少事他可以原谅，或者不如说，不加理会，唯独违反规矩和礼节的事，往往使他怒不可遏，当即失去一切耐心，决不宽恕和谅解。对这种不合理现象，我一直感到不平，最后才弄明白，原来他抱有一个成见，认为凡是人一切坏事都干得出，其所以不干，不是由于没有必要，便是由于尚无适当机会；他把违背礼节看作人身侮辱，看作对他的不敬，或者"小市民习气"，照他的意见，这种习气是与人类的正常交际格格不入的。

他常说："人心难测，谁知道别人心里在想什么；我自己的事已经够多了，哪有闲工夫管别人，反复推敲他们的心思；但是没有

---

① 杰尔查文（1743—1816），俄国著名的古典主义诗人。《梅谢尔斯基公爵之死》是他的一首重要的颂诗。克雷洛夫（1769—1844），俄国著名的寓言作家。

② 即第二章中提到的阿·尼·巴赫梅捷夫的哥哥，曾任奥伦堡省省长。

③ 古俄罗斯一些大公的名字。

④ 原文是法文。

修养、不懂礼貌的人，我羞于与他待在一间屋子里，他对我是个侮辱，是一种冒犯。他可能是世上最善良的人，死后可以超升天国，然而我不需要他。生活中最要紧的莫过于礼数，这比超人的智慧和一切学问更重要。立身处世必须合乎身份，不可锋芒毕露，待人接物也得谦恭有礼，切勿不拘形迹。"

一切放任不羁的行为，开诚布公的作风，我父亲都不以为然，称之为不拘形迹，正如他把一切感情称为感伤一样。他一向把自己表现为一个超脱这一切琐事的人；但这是为什么，目的何在？他的最高利益是什么，为什么甘愿为它牺牲内心的感受？——我不知道。这位通晓人情世故的老人，打心眼里鄙视人们，把自己打扮成冷酷无情的法官，又是为了谁呢？为了一个女人，这个女人尽管有时也对他反唇相讥，却是被他所征服的；为了一个病夫，这个病夫常年在外科手术刀下讨生活；为了一个孩子，这个孩子本来天真活泼，在他的压力下却滋长了反抗精神；①此外，就是为了十来个他不当人看待的奴仆！

这需要多大的毅力与耐心，多么顽强的意志才能办到啊！然而他不顾年老多病，还是一丝不苟地演完了这个角色。确实，人心深不可测。

后来我被捕的时候，以及接着被押送流放的时候，我看到老人的心与爱，甚至与慈祥，也并非像我设想的那样毫无因缘。但我从未为此感谢他，因为我不知道他会怎样接受我的感谢。

理所当然，他不是幸福的：时刻提防别人、对一切都不满的他，怀着一颗不自在的心，目睹的是他在全体家人身上引起的不快

---

① 这几句分别指赫尔岑的母亲，他在第一章中提到过的那个哥哥，以及他本人。

和敌意。他看到，他一来，笑容怎样从人们脸上消失，谈话怎样突然中止。他为此烦恼，曾带着冷笑提到这事，但没有作任何让步，仍以最大的坚韧我行我素。冷嘲热讽，那种刻毒而充满蔑视的讥刺，是他运用自如的武器，他用它对付仆人，也用它对付我们。但是一个少年什么都能忍受，唯独受不了挖苦。事实上，早在入狱之前，我已与父亲貌合神离，站在男女仆人一边，对他展开小小的战斗了。

此外，他使自己相信，他身罹重病，需要长期服药治疗。除了家庭医生，还有两三位大夫为他治病，一年至少有三次会诊。客人看见他老是愁眉苦脸，抱怨体弱多病，啰啰唆唆总那么几句话，实际上他的健康又根本不那么坏，便逐渐不再登门了。父亲为此怄气，但从未责怪一个人，也不邀请任何人。可怕的寂寥统治了整个屋子，特别是在漫长的冬夜，一排穿廊房间空空荡荡，只有两盏灯孤零零地点在那儿。老头子弯着腰，反剪双手，穿了像毡鞋的羔皮或呢子靴子，戴着丝绒小帽，裹紧白羔羊皮袄，踱来踱去，一言不发，陪伴他的只有两三只棕毛狗。

随着忧郁症的发展，他对微不足道的物品也越来越吝啬了。他的领地经营得杂乱无章，害了他，也害了农民。村长和派往各地的代理人，掠夺种田的，也掠夺老爷；然而眼前看到的一切，却受到了加倍严格的管理，蜡烛被当成了宝贝，和醇的法国葡萄酒换成了发酸的克里米亚酒。可是与此同时，在一个村庄里，整片的树林被人砍伐一空；在另一个村庄里，人家又把他自己的燕麦卖给他。他手下豢养了一批享受特权的窃贼；有一个农民，他提拔当了莫斯科的收租人，每年夏季给派去监督村长，检查菜圃、森林和各种农活，过了十来年，这个农民便在莫斯科购置了房产。我从小讨厌这位不拿皮包的大臣，有一次他竟然当我的面，在院子里鞭打一个老农，我一怒之下，揪住他的胡须，气得几乎昏倒。这以后，我一看见他就冒火，直至 1845 年他死了为止。我曾不止一次对父亲说：

"希库恩从哪里来的钱买房子？"

"这就是不喝酒的好处啊，"老头子回答我，"他是从来滴酒不入的。"

每年快到谢肉节时，奔萨省的农民从克伦斯克县运来实物地租。一辆辆破旧的大车跋涉了两个来星期，满载着猪胴、小猪、鹅、鸡、谷子、黑麦、蛋、黄油，以至手织粗麻布等等。克伦斯克农民的到达对全体仆人说来，无异是一个节日，他们掠夺农民，任意勒索，尽管他们毫无这种权利。车夫要向农民收井水费，不出钱就不准汲水喂马；婆娘们要收屋内的取暖费。他们必须向前室的显贵进贡，这人一只小猪、一块毛巾，那人一只鹅、一罐黄油。他们待在老爷家中的时期，仆役们一直在大吃大喝，煮鱼汤，烤猪肉，前室中不断送来洋葱、炸肉和刚喝下的烧酒的香味。到了最后两天，巴凯干脆不再在前厅露面，他衣冠不整，只披一件旧仆役大衣，不穿坎肩和上装，坐在厨房的过道里。尼基塔·安德烈耶维奇[①]显然变瘦了，老了，脸也黑了些。我父亲对这一切都处之泰然，不以为意，他知道这是不可避免的，无法改变的。

父亲点收了冰冻的家禽之后，便出现了一幕滑稽剧，奇怪的是它每年照例要重演一遍。父亲把厨师斯皮里东叫来，打发他上禽畜市场和斯摩棱斯克市场打听价钱。厨师带回的是神话般的价格，比实际少一半以上。父亲骂他是饭桶，又派人去叫希库恩或斯列普什

---

① 即第三章及后面谈到的那个听差。

金。斯列普什金是在伊林斯基门附近开水果店的。两人都说厨子的价格太低，重新去做调查，带回了较高的价钱。最后，斯列普什金提议由他收购全部物品：鸡蛋、小猪、黄油、黑麦，等等，"免得老爷操心，影响健康"。他出的价钱当然比厨子的高一些。父亲同意了，斯列普什金便给他送来一些橙子和姜饼，表示感谢，而厨子却从他那儿拿到了二百卢布钞票。

这个斯列普什金是我父亲十分信任的，他常来向他借钱，在这方面很有独到之处，因为他摸透了老头儿的脾气。

有一次，他要求借给他五百卢布，期限为两个月，到期前一天，他托了个盘子，里边盛一个复活节大圆面包，面包上放着五百卢布，来到前厅。父亲收了钱，斯列普什金作了个九十度的鞠躬，要吻老爷那只从不伸给他的手。但是过了三天，斯列普什金又来借钱了，这次是一千五百卢布。父亲又给了他，他又如期归还了；父亲便拿他作榜样，教训别人。可过了一个星期，他又扩大了借款数目，这样，他一年就有五千卢布周转，利息微不足道，只是两三个圆面包，几磅无花果和核桃，百把个橙子和克里米亚苹果。

最后我得谈一下，诺沃谢耶村几百俄亩建筑木材丢失的情形。这是在40年代，我记得，那时安娜·阿列克谢耶夫娜伯爵夫人送了一笔钱给米·费·奥尔洛夫[①]，让他给他的孩子们购置一份产业。奥尔洛夫看中了特维尔省的一块田地，它是参政官传给我父亲的[②]。双方谈妥了价钱，事情似乎结束了。奥尔洛夫去查看田地，查看后写信给我父亲说，在地图上他指给他看过一片树林，可是这片树林根

---

① 奥尔洛夫 (1788—1842)，十二月党人，被捕前是俄军少将。安娜·阿列克谢耶夫娜伯爵夫人是他的堂姐。

② 参政官已于1839年去世。

本没有。

"瞧，这个聪明人，"我的父亲说，"干过阴谋勾当，写过论财政金融的书，可一接触到实际，就什么也不懂……这些个内克[1]！我要请格里戈里·伊万诺维奇[2]去一趟，他不是秘密活动家，但为人正直，办事能干。"

格里戈里·伊万诺维奇到了诺沃谢耶，带回的消息是：没有树林，只有一幅画着森林的布景，这样，无论从主人的住宅或大路上，都看不到盗伐树林的情景。分家之后，参政官至少到诺沃谢耶去过五回，但从未发现这个秘密。

为了使读者对我家的日常生活有个全面的了解，我得描述一下我家从早到晚的生活。单调是最叫人受不了的事物之一，我家的一天正如调慢了速度的英国时钟——平静地、准确地、响亮地报道着每一秒钟的过去。

早上九点多钟，坐在卧室隔壁屋中的听差，通知当过我的保姆的薇拉·阿尔达莫诺夫娜：老爷起身了。她便去准备咖啡，他是照例单独在书房中喝咖啡的。这时屋里一切都变了样，仆人开始打扫各个房间，至少装得在做什么。本来空空荡荡的前厅，现在也挤满了人，甚至那只大纽芬兰狗马克别特也蹲在壁炉前，一眼不眨地注视着炉火。

老人一边喝咖啡，一边看《莫斯科新闻》和《圣彼得堡日报》[3]。

---

[1] 内克（1732—1804），瑞士银行家，写过《论法国财政》等书，由于在财政金融上的独到见解，被法王路易十六任命为财政大臣。但他所执行的方针因遭到贵族等的反对，终于宣告失败。

[2] 莫斯科的一位官员，姓克柳恰廖夫，长期为赫尔岑家代理经济事务。

[3] 原文是法文，这是一份在彼得堡出版的法文报纸。

不妨提一下，《莫斯科新闻》是奉命用火烤过的，免得报纸的潮气冻坏了老爷的手指；关于政治新闻，我父亲是要读法文报的，他嫌俄文不明确。有个时期，他不知从哪里弄来一份汉堡报纸，对德国人用德文字母印报大为不满，指给我看法文印刷字体与德文印刷字体的不同，说这些带尾巴的哥特式怪字伤害视力。后来他订了一份《法兰克福日报》①，不过最后他只看本国报纸了。

看完报，他发现卡尔·伊万诺维奇·佐年贝格已站在他屋里。尼克十五岁时，卡尔·伊万诺维奇打算开店做买卖，但既无货物，又无顾客，他把勉强积攒的几个钱在这有利可图的买卖上花光之后，只得带着"莱伐尔②批发商人"的尊号停业。那时他已将近五十岁，本应安度晚年了，却仍得过无拘无束的飞鸟或十四岁的儿童的生活，这就是不知明天睡在哪里，吃什么。多亏我父亲对他有些好感，他便投奔了他；现在让我们看看这是怎么回事。

1830 年，父亲又买了一幢住宅，它就在我家隔壁，比原来的大一些，好一些，还有花园。这房子本来属于罗斯托普钦娜伯爵夫人，即著名的费奥多尔·瓦西里耶维奇③的遗孀。我们迁居了。接着他又买了第三幢房子，虽然完全没有必要，但它们是毗连的。这两幢房屋都空关着，没有出租，因为怕失火（尽管房子是保了火险的），也怕房客吵闹；而且它们年久失修，将来总有一天非倒坍不可。无家可归的卡尔·伊万诺维奇得到我父亲同意，住进了其中一幢房子，但有一个条件：晚上十时以后不准开启大门——这是很

---

① 原文是法文，这是一份在德国出版的法文报纸。

② 即爱沙尼亚首都塔林，它在沙俄时代称为莱伐尔。

③ 即第一章中提到过的罗斯托普钦伯爵（1763—1826），1812 年卫国战争中的莫斯科总督。

容易遵守的，因为大门从来不关。木柴是买的，不是从我家的储藏室拿的（不过确实是向我家的马车夫买的）。他在我父亲手下担任一种特殊的差事，就是说早晨来一次，问一声有没有事要办，中午来吃饭，晚上没有宾客的时候再来一下，讲些故事和新闻供我父亲解闷。

卡尔·伊万诺维奇的任务虽然看来十分简单，我的父亲却把他捉弄得叫苦连天，以致这个可怜的莱伐尔人，尽管已习惯了一个没有钱、没头脑、生得瘦小的麻脸德国佬可能遭遇的一切灾难，还是不能始终处之泰然。每隔一两年，受尽侮辱的卡尔·伊万诺维奇便宣称，他"绝对不能再忍受下去"，于是卷起铺盖走了。他购买和换进了各种小杂货，前往高加索，那些货物的完好和质量都是值得怀疑的。然而失败总是残忍地跟踪着他。有时在离顿河哥萨克区域不远的地方，他那匹瘦马倒毙了——他是驾了自己的马去梯弗里斯和列杜特-卡列的；有时他的货物失窃了一半；有时他的双轮板车翻了，倒在厄尔布鲁士山麓，车轮也断了，翻车时法国香水打破了瓶子，变得分文不值；有时又丢失了什么，等到他没有东西可丢的时候，他丢了自己的护照。通常过了十来个月，卡尔·伊万诺维奇又回来了，他老了些，憔悴了些，也更穷了，牙齿少了几颗，头发也更稀了。他带着一些杀臭虫和跳蚤的波斯药粉，褪色的丝绸，生锈的契尔克斯短剑，低声下气向我父亲求情，然后重新住进了那栋空房子，条件也照旧：替我父亲打杂，用自己的木柴生炉子。

卡尔·伊万诺维奇一来，父亲便要在一些小事上向他发动攻击。卡尔·伊万诺维奇向他请安，他欠欠身子，道了谢，便眉头一皱，想出了如下的问话：

"您这发蜡在哪儿买的？"

必须说明一下，卡尔·伊万诺维奇虽然是上帝创造的最丑陋的俗物，却风流多情，自命为洛弗莱斯[1]，穿得花花绿绿，戴着拳曲的金黄色假发。这一切当然早已成为我父亲评议讽刺的题材。

"在铁匠桥旁边包依斯店中买的。"卡尔·伊万诺维奇支支吾吾回答，身子俯前一些，把一条腿搁到另一条上，像准备自卫的人一样。

"这香味叫什么？"

"夜紫罗兰香。"卡尔·伊万诺维奇回答。

"您受骗了，紫罗兰的香味是柔和的，是一种清香；这个却有些刺鼻，不好闻，像涂在尸体上的防腐剂味道；我的神经太脆弱，受不了这种气味。劳驾叫人给我把花露水拿来。"

卡尔·伊万诺维奇赶紧亲自去拿花露水。

"别动，您还是叫别人拿为好，免得走得更近；我有些恶心，头都快晕了。"

卡尔·伊万诺维奇本来指望发蜡在女仆房中发挥作用的，现在不禁大为伤心。

房间里洒过花露水以后，父亲想起要办的事了：买法国的鼻烟，英国的泻盐，去看登报出售的马车（其实他并不想买）。卡尔·伊万诺维奇欣然从命，哈一哈腰走了，庆幸自己终于脱离苦海，可以等到吃午饭时再来领教了。

他走后，厨子来了。不论他买了什么，订了什么，父亲照例觉

---

① 英国著名感伤主义小说家理查逊的小说《克拉丽莎》的男主人公，一个玩弄女性的公子哥儿。

得太贵。

"唷，这么贵！是运到的货太少吗？"

"不错，老爷，"厨子回答，"路太坏了。"

"那么你应该知道，路没修好以前，我们就少买一些。"

这以后，他就在写字台前坐下，给庄园发通知和指示，算账，顺便骂我几句，接待大夫，但主要是跟他的听差吵嘴。这是全家首当其冲的受难者。他生得矮小，容易激动，性子急躁，肝火很旺，似乎是特地生来惹我父亲生气，让他教训的。他们之间每天重演的那些场面，可以编进任何一本喜剧，然而那都是一本正经进行的。我父亲完全知道，这个人他少不了，因此对他的粗鲁回答，常常不加理会，但也不放松对他的教训，尽管三十五年的努力并没有收效。从听差方面说，他本受不了这种生活，多亏他有办法自寻乐趣：午饭前他大多已有了醉意。这我父亲是知道的，但只限于转弯抹角规劝几句，例如劝他用黑面包蘸盐下酒，免得嘴里带伏特加酒味。尼基塔·安德烈耶维奇有个习惯，喝了酒上菜时，总要怪模怪样地立正行礼。父亲一看到这姿势，马上设法把他打发走，例如派他去问"理发师安东是不是已经搬了家"，同时用法语对我说道：

"我知道他没有搬家，不过这个人喝过酒了，他会失手打碎汤碗，把汤泼在桌布上，吓我一大跳。还是让他出去透透风吧，新鲜空气对他有好处。"

听差对这种把戏通常要回敬几句，即使当场不知如何回答，临走时也得从牙齿缝中嘀咕一下。于是老爷叫他回来，声音同样平静，问他想说什么。

"我没有向您禀告什么。"

"那么你在同谁讲话呢？除了我与你，这屋子和对面屋子都没有别人。"

"我是对自己说话。"

"这非常危险，疯癫就是这样开始的。"

听差满腹牢骚，回到老爷卧室旁边的房间，在那里读《莫斯科新闻》，给预备出售的假发编辫子。大概为了解闷，他拼命吸鼻烟，可能他的烟太冲，也可能他的嗅神经太脆弱，总之，他一闻鼻烟，便要接连打六七个喷嚏。

老爷打铃了。听差丢下一束头发，走进了屋子。

"这是你在打喷嚏？"

"是的，老爷。"

"我祝你健康。"① 老爷做了个手势，叫听差走开。

谢肉节最后一天晚上，按照古老的风俗，全体仆人得向主人请求宽恕。在这庄严的时刻，我父亲便由听差陪同走进大厅。这时，他装得好像不是所有的人都认识似的。

"那儿墙旮旯见站的可敬的老爷子是谁？"他问听差。

"马车夫达尼洛。"听差慢条斯理回答，心知这不过是演戏。

"真的，他变得都快不认识啦！我相信，人老得这么快，都是喝酒的缘故。他现在干什么？"

"给炉子搬木柴。"

老人做出不耐烦的痛苦神色。

"你怎么搞的，三十年还没学会讲话？……搬，怎么是搬柴？柴是抱进来的，不是搬进来的。哦，达尼洛，多谢上帝，今年我还

---

① 在西方一些国家，打喷嚏被认为是不祥之兆，因此有人打喷嚏时，旁边的人便得说："上帝保佑你。"

能见到你。我宽恕你的一切罪过，这一年你浪费了不少燕麦，还常常忘记给马刷毛；也请你宽恕我。趁你还有一点力气的时候，继续搬你的木柴吧。嗯，现在大斋期到了^①，酒要少喝一些，你这把年纪，喝酒是有害的，也是有罪的。”

就这样，他对全体仆役作了一次检阅。

我们在三四点钟用膳。用膳时间很长，也非常枯燥。斯皮里东是手艺不坏的厨师，但我父亲的节俭，以及厨师本人的节俭，使食物变得相当单调乏味，尽管菜有好几道。父亲旁边放一只红土瓦盆，他亲手把各种吃剩的东西放在盆里，预备喂狗；此外，他还用自己的餐叉直接喂狗，这使仆人非常生气，也使我非常生气。为什么？我说不清……

我家平常客人不多，来吃饭的更少。我记得，来客中有一个人，他在我家餐桌旁出现，有时能使父亲脸上的皱纹消失，这就是尼·尼·巴赫梅捷夫。他是瘸腿将军^②的哥哥，自己也是将军，但早已退伍。他与我父亲早在伊斯梅洛夫团中即已相识；叶卡捷琳娜女皇时期，他们一起吃喝玩乐；保罗在位时期，两人一起受军法审判：巴赫梅捷夫是因为与人决斗，父亲是因为在决斗中当公证人。后来，一人到外国旅行，一人去乌法当了省长。他们没有相似之处。巴赫梅捷夫是个高大、健康、漂亮的老人，讲究吃，也爱喝一点酒，喜欢高谈阔论，还有许多其他嗜好。他夸口说，有个时期，他能接连吃一百个烤馅饼，到了六十岁，一顿吃十二个油炸荞麦薄饼，还满不在乎；这样的事，我确实见过不止一次。

---

① 谢肉节后紧接着便是大斋期。

② 即第二章中提到的阿·尼·巴赫梅捷夫。

巴赫梅捷夫对我父亲有些影响，至少有些约束力。他一旦发觉父亲心情不好，立刻戴上帽子，像军人那样碰一下脚后跟，说道：

"再见，你今天病了，有些糊涂；我本想留在这儿吃饭，但饭后看到发愁的脸，我受不了！祝你愉快！

父亲解释似的对我说道：

"精力多么旺盛！尼·尼居然还这么活跃！多谢上帝，他身强力壮，不可能了解我们这些多灾多难的约伯[1]；零下二十度的大冷天，他还坐了雪橇跑东跑西，满不在乎，从波克罗夫卡赶来……可我每天醒来，总要感谢上帝，我总算还活着，还能呼吸。哎哟……唉！有句俗话说得不错：饱汉不知饿汉饥！"

这在他是最大限度的宽容了。

我们有时也举行家族宴会，出席的有参政官、戈洛赫瓦斯托夫一家和其他亲戚。这些宴会不是为了寻欢作乐，也不是毫无目的，它是出于经济和策略上的周密考虑。例如，2月20日是列夫·卡坦斯克日，即参政官的命名日，我家举办一次宴会；6月24日是伊万日[2]，参政官家举办一次宴会。这除了表示手足之情，道德上足资标榜外，也是为了免得双方在自己府上大办筵席。

此外还有形形色色常来的人[3]，其中包括"职务在身"的卡尔·伊万诺维奇·佐年贝格，他总要先在家中喝一杯伏特加，吃一点莱伐尔鳁鱼，到了酒席上，连小小一杯特制的果汁酒也不喝；有时还有我的最后一位法文教师，这是个老吝啬鬼，满脸横肉，喜欢

---

[1] 《圣经》中的人物，希伯来族长，上帝为了考验他，使他一生历尽艰难，见《旧约全书·约伯记》。
[2] 赫尔岑的父亲名伊万，这一天是他的命名日。
[3] 原文是法文。

搬弄是非。用膳时，梯里耶先生总是弄错，往自己的玻璃杯中斟葡萄酒，不斟啤酒，然后一边喝酒一边道歉，后来我父亲只得提醒他：

"您右首放的是葡萄酒，别再弄错了。"梯里耶还总是抓了一大撮鼻烟，往他那个歪在一边的大鼻子里乱塞，把鼻烟洒了不少在菜盆上。

这些常客中，有一位高度喜剧性的人物。这是个矮小的秃顶老头儿，经常穿一件又短又窄的燕尾服，坎肩短到现时一般坎肩开始的地方，手里经常拿一根细手杖，他的整个外形都落伍了二十年，即在 1830 年是 1810 年的装束，在 1840 年是 1820 年的打扮。德米特里·伊万诺维奇·皮缅诺夫是五等文官，舍列梅捷夫救济院①的一个主管人，也搞搞文学写作。由于生来缺少天赋，又是在卡拉姆津的感伤主义辞藻，以及马蒙泰尔和马里沃②的作品的熏陶下长大的，皮缅诺夫终于成了介乎沙利科夫和弗·帕纳耶夫③之间的一流人物。这个可敬的阵营，它的伏尔泰便是亚历山大皇朝的秘密警察头子雅科夫·伊万诺维奇·德桑格伦④，它的富有希望的年轻人则是皮缅·阿拉波夫⑤。这些人都追随一个共同的族长伊万·伊万

---

① 舍列梅捷夫是俄国大官僚，1810 年在莫斯科创办了一个慈善机关，包括医院、养老院等。
② 马蒙泰尔 (1723—1799)，法国作家，作品用感伤情调进行道德说教，曾风行一时。马里沃 (1688—1763)，法国剧作家，剧作富有感情，语言隽永，被认为浪漫主义先驱。
③ 沙利科夫 (1768—1852) 和帕纳耶夫 (1792—1859) 都是俄国感伤主义诗人。
④ 即第三章中提到过的德桑格伦。
⑤ 阿拉波夫 (1796—1861)，俄国大官僚和剧作家。

诺维奇·德米特里耶夫 [①]；除了瓦西里·利沃维奇·普希金 [②]，没有人能与他匹敌。皮缅诺夫每星期二到花园街德米特里耶夫府上，拜见"老前辈"，讨论文体之美及新语言之堕落。德米特里·伊万诺维奇在祖国语文的光滑道路上行走自如，先是发表了《拉罗什富科公爵论道德》[③]，继而又写了文章《论女性美及其魅力》。我十六岁以后，再没碰过这篇文章，只记得那些连篇累牍的比较——像普卢塔克 [④] 拿英雄作比较一样，他把淡黄头发的女子与黑发女郎互相比较："虽然淡黄头发的女子那样那样那样，但是黑发女郎这样这样这样……"但皮缅诺夫的主要成就不在于他出版过几本从来没人阅读的书，而在于他一旦发笑，便欲罢不能，以致笑声变成了百日咳似的痉挛性发作，时而像爆炸声，时而像滚滚而来的闷雷声。他知道自己这个毛病，因此一旦预感到什么可笑的事，便得未雨绸缪，采取预防措施：掏出手帕，看钟，扣上燕尾服的纽扣，用双手捂住脸；危机一到，便霍然起立，面向墙壁，靠在那里，度过痛苦的半个多小时，然后涨红了脸，带着发作后的疲惫，一边擦秃头上的汗，一边坐下，但它的余波还会保持很久。

当然，我父亲不把他放在眼里，他安静，善良，笨拙，是文学家，又是穷人，不具备值得重视的任何条件。但是他那痉挛性的笑却大得我父亲的欢心。他往往借一件事引得他大笑不止，终于其他人在他的影响下也莫名其妙地哄堂大笑。于是这场嘲弄的始作俑者

---

① 德米特里耶夫 (1760—1837)，俄国感伤主义的代表作家之一，与卡拉姆津齐名。

② 瓦西里·普希金 (1767—1830)，诗人普希金的伯父，也属于感伤主义作家，曾与卡拉姆津、德米特里耶夫等一起展开对俄国古典主义文学的进攻。

③ 拉罗什富科公爵 (1613—1680) 是法国的伦理作家。这本书与下一本书实际上都是翻译的。

④ 古罗马最伟大的历史学家。

露出微笑，望着我们，正如一个人在观看一群小狗猖猖狂吠一样。

有时，我父亲对这位女性美及其魅力的鉴赏者的捉弄是可怕的。

"工程师某某上校到。"仆人通报道。

"请。"我父亲说，又转身对皮缅诺夫道："德米特里·伊万诺维奇，在他面前您可得留神啊，他有不幸的抽搐症，讲话结结巴巴的，很古怪，好像成天在打嗝儿。"于是他模仿上校的样子，做得很像。"我知道，您是喜欢笑的，要当心克制一下才好。"

这就够了。工程师刚讲两句话，皮缅诺夫已掏出手帕，把双手合拢掩在嘴上，最后跑了出去。

工程师看了有些惊讶，父亲却若无其事地对我说：

"德米特里·伊万诺维奇怎么啦？他有病，现在突然发作了，赶快叫人给他拿一杯冷水，再带瓶花露水来。"

在这种场合，皮缅诺夫会拿了帽子，一直笑到阿尔巴特门，停在十字路口，把身子扑在路灯杆上。

整整几年中，他每隔一个礼拜日总要在我家吃一顿饭。他的准时到达和不准时到达（如果他忘了）同样使我父亲生气，他便捉弄他。可是老实的皮缅诺夫照旧从克拉斯诺门步行到老马厩街来，直到他死去，完全不再发笑的时候为止。这位孤独的单身老人病了很久，临死前眼睁睁看着他的女管家拿走他的一切物品、衣服，甚至床上的被单，丢下他无人照料。

然而餐桌上真正的嘲弄对象[1]是各种各样的老太婆，马·阿·霍

---

① 原文是法文。

万斯卡娅公爵夫人 [①]（我父亲的姐姐）府上那些穷困潦倒、寄人篱下的食客。每逢节日，她们有时上我家来待一天，这是为了调剂生活，也是为了打听我家的内情：主人间有没有争吵，厨子有没有与他的老婆打架，老爷知道不知道帕拉莎或乌利亚沙赚了钱。应当指出，早在四五十年前这些未亡人还未出嫁的时候，已经常出入公爵夫人和梅谢尔斯卡娅公爵小姐 [②] 的家，认识我的父亲了。从到处转游的青年时代到无家可归的老年时代，这中间的二十来年，她们无非是跟男人拌嘴，阻挡他们酗酒，在他们瘫痪之后侍候他们，然后把他们抬进坟墓。她们有的跟着驻防军的军官，带了一群孩子在比萨拉比亚跑来跑去，有的跟丈夫打了一辈子官司。这一切生活经历在她们身上留下了外省县城和衙门的影响，对世上有财有势者的畏惧，忍气吞声和愚昧残忍的习性。

她们一来，便会出现一些叫人纳闷的场面。

"你怎么啦，安娜·亚基莫夫娜，身体不舒服吗？为什么不吃东西啊？"我父亲问。

这个弯腰曲背的老婆子，脸色憔悴，满面皱纹，是克列缅丘格地方一位官吏的寡妇，身上老是有一股刺鼻的膏药味。她垂下眼皮，装得毕恭毕敬，回答道：

"请原谅，伊万·阿列克谢耶维奇老爷，说真的，我实在不好意思，不过我是老派人，哎，哎，眼下是圣母升天节的斋期呢。"

"啊，多么没趣儿！你总是惦记着教规！老妈妈，祸从口出，不是祸从口入；吃什么，这都一样；只有从嘴里出来的东西才应该

---

① 赫尔岑的姑母，他的妻子便是在她家中长大的。
② 即第一章中提到的赫尔岑的祖母的妹妹，与霍万斯卡娅公爵夫人住在一起。

多加小心……免得说长道短，议论别人。这种日子你其实最好在自己家里吃饭，要不，如果来一个土耳其人，我还得为他煮羊肉饭不成。我这儿不是饭馆，不能点菜。"

老婆子本想要求另外给她点麦饼和粗粉，吓得不敢吱声，赶紧拿起克瓦斯和凉拌菜，装出吃得津津有味的样子。

奇怪的是，一旦她或她们中间哪一位在斋期吃了荤食，我的父亲（他是从来不守斋的）马上一边伤心地摇头，一边说道：

"安娜·亚基莫夫娜，一生到了这最后几年，还违背祖宗的规矩，真不值得。我有罪，吃了荤食，这是因为我多病；唉，可你呢，这么多年，感谢上帝，你一生都遵守斋期，到了现在突然……这让他们看了多不好啊。"

他指指仆役们。可怜的老婆子只得重又喝克瓦斯，吃凉拌菜了。

这些场面使我很生气，有一次我竟插了嘴，指出他的意见互相矛盾。于是父亲欠起身子，抓住丝绒小帽的穗子，把它脱下，托在空中，感谢我提醒了他，请我原谅他的健忘，然后对老婆子说道：

"可怕的时代！既然儿子能教训老子，你在斋期吃荤食又有什么奇怪！我们今后会变得怎样？简直叫人不敢想象！幸好我和你都见不到了。"

饭后父亲要睡一两个小时。仆人马上走散了，有的去酒店，有的上饭馆。七点钟开始喝茶，有时也来一两个客人，主要是参政官；这是我们休息的时候。参政官往往带来各种消息，讲得兴高采烈。父亲一边听，一边装出漠不关心的样子：他哥哥认为他要捧腹大笑的时候，他却一本正经；明明是惊心动魄的新闻，他却仿佛没有听见，反问是怎么回事。

参政官与弟弟意见相反，或者不很一致的时候，他的遭遇更坏，不过这是很罕见的；有时我父亲情绪特别低落，他便懒得与他争吵了。在这种悲喜剧场面中，最有趣的是参政官那种自然流露的气愤情绪和我父亲那种强装的、人为的冷漠外表。

　　"得啦，你今天病了。"参政官不耐烦地说，拿起帽子便往外走。

　　有一次他气得竟不知开门，却拼命推它，用脚踢它，口中嘟哝："该死的门，怎么这样！"

　　我父亲心平气和走过去，朝相反的方向开了门，故意用相当安详的口气说道：

　　"门并不该死，它是朝那边开的，您却要它向这边开，生它的气。"

　　这里应说明一下，参政官比我父亲大两岁，对我父亲称"你"，而我父亲因是弟弟，对参政官总是称"您"。

　　参政官走后，父亲回卧室了。每天他都要查问一下，大门关上没有，得到肯定的回答以后，还要表示一点怀疑，又从未亲自去检查过。在卧室中他还有一大串事要办：洗脸，热水罨敷，服药；床边的小桌上，听差已给他准备好各种各样的东西：药瓶，小夜灯，小盒子。老人通常要读一小时书，读的是布里埃内[①]的作品，《圣赫勒拿岛回忆录》[②]，以及其他各种笔记。在阅读中，夜幕降落了。

　　1834年我离开家中时他是这样，1840年我回家时他也是这样，直到1846年他逝世为止，他的一生就是这样。

[①] 布里埃内 (1769—1834)，法国政治活动家，担任过拿破仑的秘书，写有《回忆录》等。
[②] 法国军官拉斯卡斯所写回忆录，他曾随拿破仑流放至圣赫勒拿岛。

我三十岁从流放回来以后才明白，在许多事上父亲是正确的，不幸的是他把人看得太透彻了，以致鄙视所有的人。哪怕是真理，到了他口中也会遭到冷嘲热讽，使一颗年轻的心忍受不了，这难道是我的过错吗？他长期生活在堕落的人们中间，头脑已淡漠寡情，因而时刻提防大家，可是冷却的心并不要求和解，这使他与世上一切人处于敌对状态。

1839年，特别是1842年后，我发现他身体衰弱了，确实病了；这时参政官已经作古，他的周围变得更空虚了，连听差也换了，但他本人依然如故，只有体力大不如前，他的嘲讽依旧，记忆力依旧，也照旧用各种小事折磨人；不变的佐年贝格仍在旧宅流浪，供他使唤。

直到那时，我才看清了他生活中的一切不幸。我怀着悲痛的心情，望着这个被遗弃的生命孤单寂寞地度过凄恻的暮年，在荒凉贫瘠、毫无生气的沙漠中逐渐倒下；他自己一手制造了这个环境，现在要改变已无能为力。他了解这一点，看到末日正在临近，便克制了软弱和衰老，倔强而固执地支撑着自己。我有时非常同情老头儿，但又无可奈何——他是不可亲近的。

……有时我悄悄走过他的书房，只见他坐在坚硬笨重的大安乐椅中，周围是他养的几只小狗，孤零零一个人与我三岁的儿子逗乐玩儿。老人那攥紧的双手，那僵硬的神经，在孩子面前似乎变得灵活了，仿佛他暂时得到了休息，摆脱了他赖以为生的无尽的疑虑、争斗和烦恼，在把垂死的手伸向摇篮。

第六章

克里姆林宫管理处——莫斯科大学——化学家——我们——
马洛夫事件——霍乱——菲拉列特——孙古罗夫案——
瓦·帕谢克——列索夫斯基将军

> 啊，那自由的、思想发光的年代，
>
> 无限希望的年代，
>
> 那纵情欢笑、对酒高歌、
>
> 孜孜不倦、充满理想的年代而今何在？
>
> 《感怀》[1]

父亲不顾瘸腿将军的不祥预言[2]，还是央求尤苏波夫公爵让我在
克里姆林宫管理处挂了个名。我在一份文件上签了字，事情便算完
了；此后我再没听到这事，直到过了三年，尤苏波夫派了一名宫廷
建筑师来，这人说话老是粗声大气，仿佛站在五层的建筑架上向地

---

[1] 引自奥加辽夫的长诗《感怀》第一卷。

[2] 见本书第一章。

面的工人发命令，他通知说，我已获得初级军官衔。顺便说一下，这些怪事实际上并无必要：任职取得的官衔，我通过学士考试一下子就能赶上，不必为了一个准尉头衔花两三年工夫。相反，这个挂名差事几乎害我进不了大学，因为大学校务会看见我是克里姆林宫管理处的官员，便不准我参加入学考试。

公务人员有专为他们开设的夜校，它的学生只限于准备参加所谓"委员会考试"①，希望取得投考资格的人。一切有钱的懒汉，不学无术的公子哥儿，凡是不愿服军役又急于捞取八等文官头衔的，都可通过这途径参加委员会的考试；这有些像转让给老教授们开采的"金矿"，他们暗中一堂课可收二十卢布。

我的一生要从这种学习上的卡沃丁岔路②开始，远非我始料所及。我断然向父亲宣布，如果他找不到其他办法，我只得呈请辞职。

父亲一听大怒，说我胡思乱想，妨碍了他替我安排的前途，骂那些怂恿我胡闹的教师，但看到这一切都无济于事，丝毫不能使我动摇，便决定去找尤苏波夫。

尤苏波夫既是贵族老爷，又是鞑靼人，他以他特有的方式一下子解决了问题。他把秘书叫来，命他写一张准假三年的证书。秘书有些为难，战战兢兢地报告道，没有皇上的批准，假期最多不能超过四个月。

---

① 从 1809 至 1834 年，俄国大学中由一些教授组成了特别委员会，凡是没有受过高等教育，又希望获得八等文官官衔的官员，可参加委员会的基本学科考试（数理、语文、道德、政治及法律等系），考试及格的，可得相应的证书，证明该官员具有这方面的专业知识。各大学为帮助这些准备参加委员会考试的官员，开设了夜校。

② 在意大利南部，是罗马向南进军的必经之路。公元前 321 年，罗马军队在此大败于萨谟奈人（古意大利民族）。因此卡沃丁岔路成了失败或死胡同的同义语。

"真是废话，老弟，"公爵对他说，"这有什么难处？好吧，不能请假，你就写，我派他进修科学——上大学深造。"

秘书写好了，第二天我就坐进了数理系的梯形教室。

莫斯科大学和皇村学校，在俄国教育史上和最近两代人的生活中，发挥了相当大的作用。

1812年后，莫斯科大学的重要性随着莫斯科一起增长了。彼得大帝取消了莫斯科作为沙皇首都的地位，拿破仑皇帝却有意无意地（主要是无意地）使它取得了俄罗斯人民的首都的地位。人民得知莫斯科被敌人占领的时候，从痛苦的经历中意识到了与它血肉不可分割的联系。从那时起，它开始了一个新的时代。莫斯科大学日新月异，成了俄国教育的中心。它具备发展的一切条件：历史的重要性，地理位置，没有沙皇等。

彼得堡在保罗一世之后形成的慷慨激昂的思想活动，由于12月14日事件而悲惨地夭折了。尼古拉带来的是五座绞刑架，流放、苦役和兵营，以及穿蓝制服的本肯多夫[1]。

一切后退了，但怒火从心头升起，在风平浪静的表面下，潜伏深处的活动在展开。莫斯科大学巍然不动，从无边的迷雾中首先显露了头角。沙皇因为波列扎耶夫[2]事件憎恨它，派了编《卡卢加之夜》的少将亚·皮萨列夫[3]来当学区总监，命令学生穿制服，

---

① 本肯多夫作为沙皇办公厅第三厅的长官，也是秘密警察的头子，秘密警察身穿蓝制服。

② 波列扎耶夫（1804—1838），莫斯科大学学生，因写诗被沙皇送入兵营，关于他的事见本卷末的增补《亚·波列扎耶夫》。

③ 皮萨列夫（1780—1848），俄国作家，本为少将，驻在长卢加。"卡卢加之夜"原为驻该地第二掷弹兵师军官组织的文学晚会，后来皮萨列夫把这些人的作品汇编成集，取名为《卡卢加之夜》。皮萨列夫于1825至1830年任莫斯科学区总监。

佩军刀，后来又禁止佩军刀。他为了几首诗，把波列扎耶夫送去当兵，为了几篇文章，把科斯捷涅茨基①和他的同学送进了兵营，为了一个半身塑像，断送了克里特斯基弟兄②的一生，为了圣西门主义放逐了我们。后来他又把谢尔盖·米哈伊洛维奇·戈利岑公爵③派来当学区总监，从此不想再管这个"罪恶的渊薮"，只是苦口婆心地劝告年轻人，从皇村学校和法政学堂毕业后，千万别跨进这个大学。

戈利岑是个怪人，教授因病停课，他认为不合理，总是看不惯，因此规定要按次序由下一堂课的教师代课。这样，捷尔诺夫斯基神父有时就不得不在医院为妇科病作临床讲授，而产科医生里希特不得不去讲纯洁受胎④。

尽管这样，失宠的大学的影响还是与日俱增；它像一个大水库，容纳着来自俄国各地和各阶层的年轻力量。在它的讲堂上，学生们清除了从家庭中沾染到的偏见，统一了思想认识，建立了兄弟般的友谊，然后又分散到了俄国各地和各个阶层中。

1848年前，我国各大学的体制是纯粹民主的。它们的门为每一个人开着，只要他能通过入学考试，而且既不是农奴，也不是

---

① 科斯捷涅茨基（1811—1885），莫斯科大学学生，因参加孙古罗夫小组被捕。他和他的同学写过一些反政府传单，后来这些人便被判在高加索当兵。

② 克里特斯基弟兄共三人，其中两人是莫斯科大学的学生，因对着沙皇尼古拉的肖像咒骂，并挖去了肖像上的眼睛，因而被捕，后来一人死于狱中，一人在流放地被害。但半身塑像的事属于另一个人，这人砍碎了沙皇的塑像，并声称要把"俄国的一切沙皇照此办理"。

③ 戈利岑公爵家是俄国一个大家族，本书中提到过好几个戈利岑公爵。这个戈利岑公爵（1774—1859）后来曾担任赫尔岑案件的审讯委员会主席。

④ 指圣母马利亚不经受精而怀孕，生下耶稣，这是神学中的术语，是违反科学原理的。

被村社放逐的农民。尼古拉篡改了这一切；他限制了入学条件，提高了自费生的学费，规定只有贫穷的贵族才能免费。这一切都属于不明智的措施，它们将随着俄国车轮上这个制动装置的最终覆灭而消失，与护照法[①]、宗教排他法令[②]等等一起送进历史的垃圾箱。[③]

各种各样的青年来自上层，来自下层，来自南方和北方，在这

---

① 指尼古拉一世于 1844 年颁布的护照法，它对出国作了进一步限制，如规定出国者必须年满二十五岁等等。

② 尼古拉为推行东正教做统治工具，曾不断颁布法令迫害其他教派，强使非东正教信徒改奉东正教，不信仰基督教的民族信仰基督教。

③ 顺便说一下，还有一件事也是"难忘的"尼古拉的德政。育婴堂和社会救济机关构成了叶卡捷琳娜二世时期最好的纪念之一。靠信贷银行从贷出的资金中收取的一部分利息，维持养老院、育婴堂和医院的开支，这设想本身是相当聪明的。这些机构建立后，抵押银行和衙门发财了；孤儿院和慈善机关繁荣一时，但这是在贪官污吏的盗窃活动所允许的范围内发展的。孤儿院收养的儿童，一部分留在那里，一部分送到乡下，给了农民。后者从此就成了农民，前者则在孤儿院内接受教育。其中最有才能的，再被挑选出来，继续接受中学教育，较差的则被送去当艺徒，或者进技工学校。女孩子也如此，一部分给分配学针线活计，另一部分送去当保姆，最有才能的则可以当训育员或家庭教师。一切都安排得再好没有。但是尼古拉也对这些机构施加了沉重的打击。据说，皇后有一次在一位亲信大臣府上遇见了这家孩子的女教师，与她谈了话，对她很满意，问她是在哪里受的教育。那女子回答，她是"孤儿院的寄宿生出身"。大家以为，皇后会因此嘉奖孤儿院的负责人。谁知不然，这反而给了他口实，认为给被遗弃的子女受这样的教育，是不成体统的。
过了几个月，尼古拉便把孤儿院的高级班提升成了尉官遗族学校，就是说不准再把收养的儿童编入这些班级，而用尉官的子弟代替了他们。他甚至还想出了更彻底的办法：禁止外省的慈善机关收容出生的婴孩。这英明措施的最好注释可以在司法部报告的"杀婴"栏中找到。——作者注
按：俄国叶卡捷琳娜二世在位时，曾下令各地设立孤儿院和其他救济机关。它们本靠捐款维持，后来政府拨出了少量税收，交银行贷放，用它的利息维持这些机构的开支。这些救济机构黑幕重重，成了官吏们的肥缺。尼古拉一世于 1828 年下令撤销了各地的孤儿院和社会救济厅，只在莫斯科和彼得堡两地还保留着它们。1837 年，他又下令把孤儿院的高级班改成了尉官子弟学校。

里迅速汇集成一个团结的、友爱的集体。社会地位的不同，没有在我们中间发生侮辱性的影响，像我们在英国的学校和军营中看到的那样；我在这里没有提到英国的大学，因为它们仅仅是为贵族和富豪存在的。我们的大学生，如果谁要炫耀他的尊贵血统或万贯家财，他立刻会失去"火和水"[①]，遭到同学们的唾弃。

学生之间那些表面的隔阂来自其他方面，而且并不很深。例如，医学系位在花园的另一边，与我们的接触不如其他系那么多；而且它的学生多数是教会中学毕业生和德国人。德国人不喜欢与别人来往，而且沾染了过多的西方小市民习气。至于不幸的教会中学学生，他们所受的教育，所有的观念，与我们存在根本分歧，我们用的是不同的语言。他们是在僧侣的专制主义压力下长大的，饱读了修辞学和神学，羡慕我们的无拘无束，但我们对他们那种谦谦风度十分反感。[②]

我进了数理系，尽管我从来都不怎么爱好数学，也没有太高的天赋。我与尼克一起，跟一个教师学过数学，我们爱他是因为他会讲各种故事和笑话。这个人谈笑风生，未必会对自己的学科产生什么特殊的兴趣。他的数学知识到圆锥曲线为止，也就是刚好满足中学生进大学的需要。作为真正的哲学家，他对数学的"大学部分"从来不存非分之想。最妙的是他只读一本书，而且反反复复读了十年，这就是弗朗凯尔[③]的《教程》。但是胸无大志，不慕名利的他，

[①] 在古罗马往往对犯罪的人实施一种特别的刑罚：不准他使用水和火，而这是生活所必需的，这样迫使他只得背井离乡，远走他方。

[②] 在这方面已有了很大改变；我最近听到的有关神学院，甚至教会中学的一切，都证实了这一点。不言而喻，这不是学校当局造成的，而是学生的精神变了。——作者注

[③] 弗朗凯尔 (1773—1849)，法国数学家，他的《纯粹数学教程》曾被译成俄文。

从未把这本书读完。

我选择数理系是因为自然科学是在这个系里教的，正是在这几年，我对自然科学发生了浓厚的兴趣。

这是一连串相当奇特的会晤引起的。

1822年那次著名的分家，我已讲过了。那以后，"二哥"就移居彼得堡，一去之后音讯杳然，后来突然传说他结婚了。那时他已六十多岁，大家知道，除了一个成年的儿子，他还有别的子女。现在他便是与大儿子的母亲正式结婚，"新娘"也五十多岁了。正如古人所说，婚礼使儿子取得了"合法地位"。为什么不使所有的子女这样呢？如果不知道他的主要意图，就很难回答这个问题。原来他怀有一个愿望：剥夺两位兄弟的继承权。让一个儿子取得"合法地位"，这就足以达到目的了。1824年洪水泛滥，老头儿坐马车给水淋了，患了感冒，一病不起，终于在1825年初死了。

关于他的儿子，有各种离奇的传说。据说他生性孤僻，从不与人往来，常年独自困守书斋研究化学，与显微镜朝夕相处，甚至吃饭也手不释卷，还厌恶与女性接触。这种人《聪明误》已有所介绍：

> 他是化学家，又是植物学家，
> 我们的侄少爷费奥多尔公爵，
> 见了女人逃之夭夭，
> 甚至看到我也要躲避。[1]

叔父们把对他父亲的不满，发泄在他身上，从不称他侄儿，只

---

[1] 见《聪明误》第三幕第二十一场。

管他叫"化学家",这个雅号在他们口中带有贬义,表示化学根本不是正经人干的事儿。

他的父亲生前百般虐待儿子,不仅以一个老色鬼厚颜无耻的淫荡生活侮辱了他,而且为自己霸占的那些女人与他争风吃醋。化学家有一次吞了鸦片,企图结束这不名誉的处境,亏得一个与他一起研究化学的朋友偶然救了他。父亲吓了一跳,去世前才对儿子温和一些。

父亲死后,化学家遣散了那些不幸的女奴,给她们发了自由证;父亲定下的苛重租税,也被他减低了一半,还把历年的积欠一笔勾销。父亲在世时,每逢征兵,免役证是卖给仆人的,儿子却免费发给了他们。

过了大约一年半,他回莫斯科来了。我很想见见他,我为了农民爱他,也为了他的叔父们对他的敌对态度而替他鸣不平。

一天早上,一个中等身材、戴副金边眼镜的人来拜访我父亲。这人大鼻子,头发半秃,手指给化学试剂灼伤了。我父亲对他爱理不理的,话中带刺;侄儿以牙还牙,不差分毫;较量之后,他们便开始谈些不相干的事,表面上心平气和,分手时也客客气气,但彼此隐藏着敌意。我的父亲看到,他的对手同样是寸步不让的。

他们后来从未和好过。化学家很少登门探望叔父们;最后一次他与我父亲见面是在参政官故世后,他要借三万卢布买地皮。父亲没有答应,化学家大为生气,一边用手揉鼻子,一边笑着对他道:"您不用怕担风险,我有祖传的田产,我借钱是为了改善它的条件,我没有孩子,我们是彼此的继承人。"七十五岁的老人始终没有宽恕侄儿这句狂妄的话。

我不时去看他,他的生活方式与众不同。在特维尔林荫道的一幢大房子里，他只住一间小房间，还有一间实验室。他的老母亲住另一间小房间，与他隔一条走廊。其余的屋子都空关着，保持着他父亲迁往彼得堡时的样子，丝毫未动。发黑的枝形大烛台、式样古怪的家具，各种古玩，仿佛彼得大帝从阿姆斯特丹买来的那种壁钟，仿佛来自斯坦尼斯拉夫·列琴斯基①府上的安乐椅，没有画的镜框，面朝墙壁反挂的画——这一切都随便放着，摆满了三间不生火、不点灯的大客厅。在前厅里，仆人平常就是弹托尔班琴②和吸烟（而以前他们在这儿是连呼吸和祈祷都不敢的）。一个仆人点了蜡烛，送我走过这"兵器陈列馆"③时，每次总提醒我，不要脱外套，客厅中非常冷。那些带角的奇形怪状的杂物上面盖着厚厚一层灰尘，反映在奇巧精致的大镜子中，随着烛光移动。地上，包装时留下的干草，剪剩的纸屑和绳子，都原封不动地到处躺着。

沿着这些房间过去，最后终于出现了一扇挂着毯子的门，门内是炉火烧得通红的书房。化学家就在这里，穿了油污的灰鼠皮袍，从不外出，周围堆满了书，玻璃瓶，曲颈瓶，坩埚，各种仪器。这里现在是谢瓦利埃④的显微镜的天下，空气中还有一股氯气的臭味；几年来这儿一直进行着骇人的、令人不安的试验。但从前我就出生在这间书房中——我的父亲回国之后，弟兄失和之前，曾在这里寄居过几个月。我的妻也是1817年生在这幢房子里的⑤。两年后，

---

① 即斯坦尼斯拉夫一世（1677—1766），波兰国王，被废黜后住在法国，以生活豪华奢侈著称。

② 波兰、乌克兰一带传统的民间弦乐器。

③ 指克里姆林宫的兵器陈列馆，自从彼得大帝迁都彼得堡后，这里成了堆放杂物和各种古董的地方。

④ 谢瓦利埃（1804—1859），法国物理学家和光学家。

⑤ 赫尔岑的妻子即他二伯父的女儿（私生女），化学家的异母同父妹妹。

化学家卖掉了它，但我仍来过几次，参加斯维尔别耶夫①的晚会，进行泛斯拉夫主义的辩论，对从不发脾气的霍米亚科夫②大发脾气。房屋翻修过了，但大门，过道，楼梯，前厅等等仍照旧，这间小小的书房也没有变动。

化学家的日常起居更为简单，特别是夏天，这时他母亲去了莫斯科乡下，把厨师也带走了。他的听差在四点钟端了咖啡壶进来，把浓汤在壶里加水冲淡一些，放在各种毒药旁边的化学炉上煮开；然后又从小饭店买来半只松鸡和面包；这就构成了他的正餐。饭后，听差洗干净咖啡壶，让它继续执行它的天然使命。到了晚上，听差又进来把沙发上的一大堆书搬开，把父亲传给他的一张虎皮取下，铺上床单，放上枕头和被子，这样，书房就轻而易举变成了卧室，正如它兼作厨房和餐厅一样。

从我们认识开始，化学家就看到，我是真心想读书的，于是劝我抛弃"空洞的"文学，"危险而徒劳无益的"政治，研究自然科学。他给我看居维叶③关于地质变化的演讲，德-康多尔④的《植物形态学》。看到阅读对我有效，他就向我推荐他收藏的那一大堆宝贝，那些仪器和植物标本，甚至表示愿意给我当入门的向导。一讲到他的专长，他就滔滔不绝，学问渊博，谈笑风生，甚至变得很可爱，但这是猴子也办得到的。从石块到猩猩，他都有兴趣，超出这范围，他就不愿过问了，特别是哲学，他认为只是一堆废话。他既

---

① 斯维尔别耶夫 (1799—1876)，莫斯科贵族，他的家中常常举行晚会，有各种思潮的代表人物参加。
② 霍米亚科夫 (1804—1860)，诗人，斯拉夫派的领导人之一。
③ 居维叶 (1769—1832)，法国生物学家，这里提到的演讲集是指他的著作《地球表面灾变论》。
④ 德-康多尔 (1778—1841)，瑞士植物学家。

不是保守派，也不落后，只是对人不信任；他相信，利己主义是一切行动的唯一基础，它之受到遏制在一些人仅仅由于精神混乱，在另一些人则是由于愚昧无知。

他的唯物主义使我十分反感。我们父辈那种肤浅而胆怯的半伏尔泰主义，与化学家的唯物主义不能相提并论。他的观点是冷静、彻底、全面的，它使我想起拉朗德[①]对拿破仑的著名回答。拿破仑对他说："康德接受关于上帝的假设。"天文学家当即反驳道："陛下，在我的研究中，我永远不需要这个假设。"

化学家的无神论已超出神学的范围。他认为若弗鲁瓦·圣蒂莱尔[②]是神秘主义者，奥凯恩[③]则干脆是神经病。我父亲曾以藐视的态度丢下卡拉姆津的《通史》，他也以同样的轻蔑合上了自然哲学家的著作，说道："这些人自己想出了最初的原因，神的力量，后来却因无处寻找它们，无法理解它们，感到迷惑不解。"这是在另一个时代、另一种教育中培养出来的我父亲的另一版本。

在一切生活问题上，他的观点更加枯燥乏味。他认为，人与野兽相同，对善恶不负多大责任；一切都是机体的作用，环境的作用，总之，是神经系统的构造问题，而人们对它的期望往往超过了它所能给予的。他不喜欢家庭生活，谈到结婚就害怕，还天真地招认，他活了三十来岁，从未爱过一个女人。然而这位冷若冰霜的人身上却存在着一股小小的暖流，这从他对老母亲的态度可以看到。他们同样受过父亲不少折磨，灾难把他们牢牢拴在一起。他对她关怀得无微不至，令人感动，尽量要让她安静地度过孤独多病的

---

① 拉朗德 (1732—1807)，法国天文学家。

② 圣蒂莱尔 (1772—1844)，法国自然科学家。

③ 奥凯恩 (1779—1851)，德国自然哲学家。

晚年。

除了化学方面，他从不宣扬自己的理论，偶然吐露一点，也是由我引起的。我那些浪漫主义的哲学性反驳，他甚至不愿答复；他的回答总是简短的，讲时面露微笑，侃侃而谈，仿佛一头大猎犬在跟小狮子狗玩儿，任它撩惹，只是用爪子把它轻轻赶开。然而正是这种态度最使我生气，我不倦地一再发动攻击，始终未能赢得一寸地盘。后来，即过了十二年，我还多次想起化学家，也想起父亲对他的评论。不言而喻，我所反对的一切，四分之三都是他正确。但是我也并不错。我已经说过，有些真理像政治权利一样，不到一定年纪是不会取得的。

化学家的影响促使我选择了数理系；也许我还是进医学系更好一些，我的微积分只得了中等成绩，后来又忘得干干净净，不过这也无关紧要。

没有自然科学，现代人就没有出路；不接受这种有益的营养，不对思想实行实事求是的严格训练，不接触我们周围的生活，不承认客观实际的独立性，那么在我们的灵魂深处，必然还保存着僧侣的隐修室，潜伏着神秘主义的种子，有朝一日它便会用愚昧的毒液侵蚀我们的全部理性。

我大学毕业前，化学家已到彼得堡去了，直到我从维亚特卡回来，才与他再度见面。我婚后几个月，半秘密地到莫斯科近郊的庄园去过几天，当时我父亲住在那儿。这次旅行的目的是为了与他最终和解，因为他仍为我的结婚在生我的气。

路上，我在我们经常停留的彼尔霍什科沃村下车休息，化学家已在那儿等我，还准备了午膳和两瓶香槟。相隔四五年，他仍是那样，没有改变，只是老了一些。午膳前，他相当严肃地问我：

"请您老实告诉我，您觉得家庭生活和结婚怎么样？有什么好处，还是没多大好处？"

我笑了。

"我很佩服您的勇敢，"他说了下去，"您使我惊讶；在正常情况下，一个人是决不敢跨出这可怕的一步的。有人给我说过两三门亲事，对方都不坏，但我一想起我的房间中要出现一个女人来支配一切，安排一切，比如，禁止我吸烟（他吸劣等烟草），吵吵闹闹，弄得我不能安静，我便心惊胆战，宁可一辈子过独身生活。"

"我是留在这儿过夜好，还是去波克罗夫村①？"饭后我问他。

"这儿有您睡的地方，"他回答，"不过为您着想，您还是去的好，您可以在十点钟见到令尊。要知道，他还在生您的气。嗯，晚上临睡前，老人家的神经一般比较虚弱，精神萎靡，他对待您大概会比明天早晨好得多。到了早上，他精神十足，就不怕与您厮杀了。"

"哈，哈，哈，我的生理学和唯物主义老师又来了，"我放声大笑道，"您的指教让我回想起那些幸福的时刻，那时我像歌德的华格纳那样，向您登门求救，我的唯心论一定叫您很讨厌，但您那些冰冷的教训，我听了也不免气愤。"

"那以后您增长了不少见识，"他回答，也笑了，"想必也已知道，人的一切作为不外是神经和化学成分决定的。"

后来我们不知怎么不再来往，看来两人都不对……尽管这样，在1846年他给我写过一封信。那时《谁之罪》第一卷已问世，我有了些名气。化学家在信上说，他很担忧，看到我把才能浪费在无聊

---

① 赫尔岑家在莫斯科近郊的另一个庄园，这时瓦西里耶夫庄园已卖掉。

的事情上。"您那些《论研究自然的信》①使我与您和解了；从它们我理解了（按照人的头脑所能理解的程度）德国哲学。为什么您不继续严肃的著述，却要写小说呢？"我复了他几行友好的话，我们的交往就此中断了。

如果我这些文字能让化学家本人看到，我要求他在神经衰弱的时候躺在床上读完它们。我相信，那时他会原谅我这种友好的饶舌，尤其因为我对他还保留着真挚而和善的回忆。

就这样，父母家中的隐士生活终于结束了。我进入了广阔的天地；代替那小房间中的孤独日子，那跟奥加辽夫一人半公开的小声聚谈，我的身边出现了七百人的热闹家庭。两个星期我便适应了这里的一切，觉得比在我出生以来一直居住的父母家中更习惯了。

可是甚至在大学中，家庭的阴影还是跟踪着我：我的父亲派了一名仆人陪我上学，特别是我步行的时候。整整一个学期，我都在躲避这位保护人，最后总算正式办成了。我说正式，因为担负这任务的我的听差彼得·费奥多罗维奇不久就明白，首先，我不欢喜被人护送；其次，他自己也乐得到各种娱乐场所去溜达，这比待在数理系的前厅里愉快得多，在这里至多跟两个门房闲聊，彼此敬烟或独自吸烟。

为什么要派人护送我？彼得这人从年轻时起就往往接连几天喝得醉醺醺的，难道他能阻止我干什么不成？我看，父亲根本没考虑这些，他只是为了使自己安心，才采取这措施，它尽管毫无效用，终究是一种措施，正如人们并不信神，仍要斋戒一样。这特点属于

---

① 赫尔岑的一系列哲学论文，最早发表于 1845 至 1846 年的《祖国纪事》上。

我们传统的地主教育。七岁前，我得让人搀着手，才准上下室内的楼梯，因为那楼梯有些陡；十一岁前，我得由薇拉·阿尔达莫诺夫娜用木盆给我洗澡；因此非常合乎逻辑，我这个大学生得有仆人护送，而在二十一岁前，我不准在十点半以后回家。直到流放时，我才真正获得自由，真正独立生活；如果没有流放，那套规矩说不定会一直继续到我二十五岁……三十五岁。

我像大多数在孤独中长大的、活跃的孩子一样，怀着满腔热诚，迫不及待地去拥抱每一个人，如醉似狂地高谈阔论，毫无顾虑，推心置腹地爱所有的人，这就自然而然从讲堂各处引起了热烈的回声，因为这里的青年几乎都是同一年纪的（我那时十七岁）。

那些明智的守则（对大家要彬彬有礼，不要不拘形迹，不要相信任何人）也像我们一进大学就与我们形影不离的那个思想（我们的理想将在这里得到实现，我们将在这里播下种子，奠定联合的基础）一样，都促进了我们的相互接近。我们深信，从这讲堂上将形成一支队伍，它将沿着佩斯捷利和雷列耶夫的血迹前进，而我们也在这队伍中。

我们班级的年轻人是美好的。正是在这年纪，求知的渴望从我们心头一天天苏醒。教会中学的死记硬背，贵族子弟的懒散习气，同样消失了，然而德国功利主义还没有侵蚀我们，这种功利主义把人的积累知识看作土地的施加肥料，是为了增加收成。相当多的大学生不再把科学当成枯燥的，但也是必要的，取得八等文官头衔的捷径。他们考虑的问题与升官发财根本无关。

另一方面，科学兴趣还没来得及退化成空谈理论；科学不是把人与周围的苦难生活隔开，对它不加干预。这种与生活的共鸣，前所未有地激发了大学生的公民意识。我们与我们的同学在教室中公开谈论头脑中想到的一切；禁诗的抄本从一双手传到另一双手，禁书被加上了注解传阅。尽管这样，同学中没有一个告密的，没有一个奸细。有些青年胆小怕事，他们回避，躲开，但仍保持沉默。[①]

有一个没有头脑的孩子，他的母亲用皮鞭吓唬他，向他盘问马洛夫事件，他讲了一些。慈祥的妈妈（她是贵族和公爵夫人）马上求见校长，把儿子的密告作为他悔改的证明。这引起了公愤，人人责备他，终于使他没读完这一学年就退学了。

马洛夫事件也使我坐了禁闭，它是值得在这里谈一下的。

马洛夫是政治系一个愚蠢粗暴、不学无术的教授。学生藐视他，嘲笑他。

有一次学监在政治系的课堂上问学生："你们系里有多少教授？"

"除了马洛夫有九位。"学生回答。

就是这个应该算在九位教授之外的教授，对学生越来越凶恶了，学生决定驱逐他。他们商量好以后，派了两个代表到我们系里，要我带领后备部队支援他们。我当即进行动员，号召向马洛夫开战。几个人跟我一起去了，我们到达政治系教室时，马洛夫已在讲课，他看到了我们。

每个学生脸上同样都露出了担心的神色，似乎怕他今天偏偏不讲一句粗暴的话。但担心很快过去了。挤得满满的课堂很不安静，到处是压低了嗓音的嗡嗡声。马洛夫开始训话，出现了用脚摩擦地板的声音。

---

① 那时还没有训育员和副训育员，在课堂中行使我的彼得·费奥多罗维奇的职责。——作者注

"你们像一群马，是用脚表示自己的思想的。"马洛夫说，他大概以为，马是用大跑和小跑来思想的。于是教室中沸腾了，啸叫和嘘声响成一片，喊声不绝："叫他滚，滚！赶走他！①"马洛夫脸色变得像一张白纸，拼命想叫大家安静，可是办不到，学生跳到了座位上。马洛夫悄悄走下讲台，缩紧脑瓜，挤出了教室。全班学生跟在后面，穿过学校的院子，把他一直送到街上，从后面把他的胶皮套鞋扔给了他。最后这个情况很重要，在街上事情就有了完全不同的性质。但是十七八岁的青年人，谁会想到这一点呢？

校务委员会慌了手脚，只得说服学区总监把事件私下了结，找几个闹事的学生或其他人关几天禁闭算了。这不失为明智的措施，否则，很可能皇上会派一个侍从武官来处理这事，侍从武官为了得十字勋章，势必把这事说成阴谋叛乱或暴动等等，建议把所有的人送去服苦役，然后由皇上恩赦，改为在兵营当兵。现在看见罪行已受到惩罚，德行已获得胜利，皇上于是下旨批准了学生的要求，罢免了教授。我们把马洛夫赶到校门口，他却把他赶到了校门外。在尼古拉的统治下，向来是败者必然倒霉②，但这一次我们不能埋怨他。

这样，处理开始了。第二天饭后，校长室的门房慢吞吞走来找我。这个白发老头儿，学生给他酒钱，他总是恭恭敬敬照收不误，真正当作供他喝酒的钱，因此平常喝醉的时候多，清醒的时候少。他从大衣袖头翻出一张字条，说这是"教长"交给他的，要我晚上七时去见他。接着，一个俄籍日耳曼男爵家庭出身的学生，脸色煞

---

① 原文是拉丁文。

② 原文是拉丁文。

白，慌慌张张跑来找我。他也接到了同样的请柬，成了我带去的那些倒霉的牺牲者中的一个。他一开口就大骂我害了他，然后要我出主意，他该怎么讲。

"对一切尽量抵赖，矢口否认，只承认一点：吵闹的时候您也在教室中。"

"校长会问，为什么我不在自己的教室里，要跑到政治系去？"

"怎么为什么？您难道不知道，罗季翁·海曼①没有来上课，您为了不愿浪费时间，去听别的课了。"

"他不会相信。"

"信不信是他的事。"

我们走进大学院子的时候，我看看男爵：胖胖的面颊非常苍白，总之情况不妙。

"听着，"我说，"您可以相信，校长不会从您开始，一定从我开始；您只要换个方式照搬我的话好了。事实上您也没干什么大不了的事。不要忘记：为了闹事和撒谎，您至多给关几天禁闭；但是如果您胡说八道，在我面前牵连别人，我要告诉全班同学，让您不得安生。"

男爵应允了，忠实履行了诺言。

那时的校长是德维古布斯基②，一个典型的老古董，说得准确些，是莫斯科大火前，即 1812 年以前的老教授之一。这种人现在已经绝迹；一般说来，随着奥博连斯基公爵之离开学区总监的位置，莫斯科大学的家长制时期也结束了。在那个时期，学区对大学

---

① 当时莫斯科大学的化学教授。
② 德维古布斯基 (1771—1839)，博物学家。

放任不管，教授上课不上课，学生到校不到校，都悉听尊便；学生到校也不穿轻骑兵军装似的制服，却打扮得奇形怪状，花花绿绿，戴着小鸭舌帽，连那一头少女似的鬈发也遮不住。教授分成两派，或者两类，彼此面和心不和；一派完全是德国人，另一派是非德国人。德国人中包括一些善良而学识渊博的教授，例如洛德尔、费谢尔、希尔德勃兰特和海姆本人①，但他们的共同特点是不懂或不愿懂俄语，对学生漠不关心，满脑袋西方的雇佣思想，墨守成规，漫无节制地吸雪茄，胸前挂满十字勋章，从不取下。非德国人方面，他们除了俄语，不懂其他任何（活的）语言，国粹第一，迂阔浅薄，除了梅尔兹利亚科夫②一人，都没有地位，他们不是无节制地吸雪茄，却是无节制地喝酒。德国人大多毕业于格丁根大学③，非德国人大多出身于教士家庭。

德维古布斯基属于非德国人。他道貌岸然，据说有一个教会中学出身的学生来拿表格，竟然走到他面前请他给他祝福，还一直称他"校长神父"。然而另一个主要只受过世俗教育的学生，却把他画成脖子上挂着安娜勋章的猫头鹰。他不时到我们教室来，陪伴他的有时是系主任丘马科夫，有时是科捷利尼茨基④(他是管那只标明"医药用品"的柜子的，这只柜子不知为什么一直放在数理系教室里)，有时是赖斯（他是因为他的叔父精通化学，才从德国聘来的，他上课用法语，把"灯心"念成"棉花棒"，把"毒品"念成"鱼"，

---

① 都是当时莫斯科大学的教授，海姆曾于 1808 至 1818 年任校长。
② 梅尔兹利亚科夫 (1778—1830)，诗人，作家，1807 年起任莫斯科大学俄国文学教授。
③ 德国的名牌大学之一。
④ 当时莫斯科大学的医学系主任。

而"闪电"一词的发音简直不知所云，以致许多人以为他在骂人）。这伙人一到，我们便睁大眼睛看他们，像看一堆刚出土的文物，阿本塞拉吉人①的末代子孙。他们是另一时代的代表，这个时代离特列季亚科夫斯基②和科斯特罗夫③比离我们更近；那是读赫拉斯科夫④和克尼亚日宁⑤的作品的时代，好好先生狄尔泰⑥教授的时代；这个狄尔泰养过两只狗，一只经常叫，另一只从来不叫，因而他非常公正地称前者为"多嘴婆娘"，后者为"怕死婆娘"。

但德维古布斯基决不是好好先生，他对我们气势汹汹，大发雷霆。我便向他胡扯一通，毫无礼貌，男爵也如法炮制，弄得他哭笑不得，只得命令我们第二天早晨上校委会听候处置。我们在那里受了半小时的盘问、审讯，处分办法便呈交戈利岑公爵去批准了。

回到班级，我把学校最高法庭的审问表演给同学看，可我还没表演五六回，突然一天上课开始前，学监（当过俄军少校的法籍舞蹈教员）带着军士，手拿命令光临了：我被判处禁闭。一部分同学送我出去，院子中已聚集了一群年轻人；显然，我不是头一个给带走的。我们经过时，大家招手，挥帽子，校警向后推开他们，但他们不走。

牢房设在肮脏的地下室，我到达时那里已关着两个人：阿拉彼托夫和奥尔洛夫，安德烈·奥博连斯基公爵和罗森海姆关在另一间

---

① 古代生活在西班牙的一支半传说性的阿拉伯民族，它的末代子孙已在15世纪绝迹。

② 特列季亚科夫斯基（1703—1769），俄国诗人和文学理论家。

③ 科斯特罗夫（1750—1796），俄国诗人和翻译家。

④ 赫拉斯科夫（1733—1807），俄国著名的戏剧家和诗人。

⑤ 克尼亚日宁（1742—1791），俄国著名剧作家及诗人。

⑥ 狄尔泰（？—1781），莫斯科大学最早的法学教授。

屋子，①一共六人因马洛夫事件受到惩罚。只准我们吃面包和水，校长送来一些汤，我们拒绝了，这做得很对；天刚黑，学校中没有人的时候，同学们就把干酪、野味、雪茄、葡萄酒和甜酒送来了。门岗很生气，唠唠叨叨，但拿到了几个钱，便把食物送了进来。半夜后，他走远一些，让几个同学进屋探望我们。我们的日子就这么过去：夜间吃喝，白天睡觉。

学区副总监帕宁是司法大臣的弟兄，一贯忠于自己近卫骑兵的习惯，一天夜间忽然想要巡视大学地下室的国家监狱。我们刚在一张椅子下点亮蜡烛，免得外边看见亮光，动手吃我们的夜间早餐，外屋蓦地响起了敲门声，不是那种要求看守开门的轻轻叩击，那种不是怕人听不到、倒是怕人听到的声音。不，这是权威的敲门声，是命令开门。守兵愣住了，我们赶紧把瓶子和几个同学藏进小储藏室，吹灭蜡烛，奔回各自的铺位。帕宁进来了。

"你们大概在吸烟吧？"他说，与打着灯笼、跟在背后的学监从浓浓的烟雾中露了出来。"他们从哪儿弄来的火，是你给的？"

守兵发誓没给。我们回答，我们身边带有火绒。学监答应把火绒和雪茄全部没收，帕宁便走了，没有发觉帽子的数目超过人数一倍。

星期六晚上，学监来宣布，我与另一位同学已可回家，其他的人要关到星期一。我认为这是对我的侮辱，要求学监让我留下。他退后一步，看了看我，姿态优美，神色威严，在芭蕾舞中，皇帝和

---

① 这些人都只是当时莫斯科大学的学生。奥尔洛夫是俄国的一个大姓，本书中提到好几个奥尔洛夫，但都与此人无关。这里的安德烈·奥博连斯基公爵也是一个学生，即前面讲到过的在母亲盘问下泄露过秘密的那个"没有头脑的孩子"，不是曾任莫斯科学区总监的那个安德烈·奥博连斯基公爵。

英雄就是这样表现他们的愤怒的。他说了一句："那您就待着吧。"便走了。最后这一越轨行为使我在家中受到的责备，比整个事件更多。

这样，我头一次不在父母家中过夜，而是睡在禁闭室中。不久我又尝到了另一种监禁的味道，那已不是八天，而是九个月，九个月以后也不是回家，而是流放。但这已是后话。

从此我在班级中获得了普遍的喜爱。本来大家公认我是好学生，马洛夫事件后，我像果戈理笔下的著名夫人①一样，成了一切方面都尽善尽美的好学生。

处在这种情况下，我们能学到什么，学得很好吗？我认为："能。"与40年代相比，当时的教学贫乏一些，知识面也窄一些。然而大学不应该是科学教育的终点；它的责任是使一个人能够用自己的腿继续走路，是提出问题，启发思考。有些教授正是这样做的，如米·格·帕夫洛夫②，另一方面，卡切诺夫斯基③那样的人也是这么做的。何况使大学生得到发展的主要不是讲义和教授，而是年轻人之间的接触，思想的交流，学习的切磋……莫斯科大学尽了自己的责任；教授们曾以自己的讲课帮助了莱蒙托夫、别林斯基、屠格涅夫、卡韦林④和皮罗戈夫⑤等人的成长，他们可以心安理得地打波士顿牌，更可以心安理得地长眠在九泉之下了。

但他们中间也有一些怪物，一些叫人啼笑皆非的人物——从费

---

① 指《死魂灵》中"各方面都可爱的夫人"，见该书第九章。
② 帕夫洛夫 (1793—1840)，莫斯科大学的物理和矿物教授，赫尔岑听过他的课。
③ 卡切诺夫斯基 (1775—1842)，莫斯科大学历史和文学教授，1837 年起任校长。
④ 卡韦林 (1818—1885)，俄国著名历史学家和政论家。
⑤ 皮罗戈夫 (1810—1881)，俄国著名外科学家。

奥多尔·伊万诺维奇·丘马科夫到加夫里尔·米亚赫科夫[1]，形形色色，无奇不有，前者把普安索[2]教科书中的公式生搬硬套，以地主阶级随心所欲的特权任意增减字母，还把平方当作根，把 X 当作已知数；后者教的是世界上最硬性的科学——战术，由于经常与英雄事物打交道，他本人也具有了整齐的军人外表：纽扣直扣到咽喉上，领带没一丝皱纹；他讲课时像喊口令似的。

"诸位！"他大喊道，"注意，炮兵部队！"

这不是说他在指挥炮兵部队，不过是讲义上有这么一个标题。多么可惜，尼古拉没有视察过莫斯科大学，如果他看到米亚赫科夫，一定会提拔他当学区总监的。

至于费奥多尔·费奥多罗维奇·赖斯，这位先生讲的化学从没超出化学三大元素中第二个大元素氢的范围！他当上化学教授，不是因为他本人，而是因为他的叔父研究过这门学问。叶卡捷琳娜皇朝末期，俄国去聘请这位老人，老头儿不肯来，便推荐了侄儿代替他……

我们一共念了四年大学，因为霍乱流行时期，学校整整停课一个学期。这四年中最大的事件便是霍乱，洪堡[3]的莅临和乌瓦罗夫[4]的来访。

洪堡从乌拉尔回来时，莫斯科自然科学家协会在大学举行了隆重的欢迎会。这个协会的会员有大法官和省长等等，总之，是一些

---

① 前者是莫斯科大学的数学教授，后者是军事科学教授。

② 普安索（1777—1859），法国数学家和力学专家，写有教科书《静力学原理》。

③ 洪堡（1769—1859），德国杰出的自然科学家和探险家。六十岁时曾游历西伯利亚，在乌拉尔一带发现金刚钻矿藏，因而获得沙皇颁发的勋章。

④ 乌瓦罗夫（1786—1855），俄国贵族官僚，是当时官方思想体系的代表人物，1833 至 1849 年任国民教育部大臣。

从来不研究自然科学，也不研究非自然科学的人。洪堡是普鲁士国王的宫廷大臣，沙皇又曾授予他安娜勋章，并下令免收材料费和证书费①，他的声望传进了这班人的耳朵。他们知道他登上过琴博腊索山峰②，居住过桑苏西宫③，因此决心不让自己在这位大人物面前出乖露丑。

时至今日，我们对待欧洲人和欧洲，仍像外省人对待帝京的居民一样，百般奉承，自叹不如，把每一差异当作缺陷，为自己的特点脸红，尽力掩饰，以致总是低声下气，模仿别人。原因在于我们给唬住了，还没有从彼得大帝的嘲笑，比龙的侮辱，德籍官僚和法国教师的蔑视下解放出来。西方人议论我们心口不一，奸诈阴险，把我们的面子观念和自我吹嘘当作了存心欺骗。在我们这里，同一个人可以有两副面孔：既准备与自由派握手言欢，也乐意充当正统的保王党人；这不是什么别有用心，只是出于恭敬，为了讨好别人。在我们的颅骨上，取悦于人④的结节特别发达。

德拉姆勋爵⑤有一次说："德米特里·戈利岑公爵是真正的辉格党人，具有辉格党人的灵魂。"

德·弗·戈利岑公爵是可敬的俄国贵族，但他怎么会是"辉格

---

① 按照帝俄法律，接受勋章的人应向勋章局缴纳一切费用。
② 琴博腊索山在拉丁美洲的厄瓜多尔，为死火山。洪堡在南美洲考察时登上了琴博腊索山一个高达 5881 米的山峰，创造了当时的登山纪录。
③ 普鲁士国王腓特烈大帝于 1747 年在波茨坦附近修建的王宫，以豪华著称，腓特烈大帝便称它"桑苏西宫"，意思是"逍遥宫"。洪堡曾得到当时的普鲁士国王腓特烈·威廉三世的宠爱，因此时常出入桑苏西宫。
④ 原文是法文。
⑤ 德拉姆（1792—1840），英国政治家，伯爵，曾任驻俄大使。德拉姆是英国辉格党的重要人物，辉格党代表工商业资产阶级利益，因此主张扩张民权，后演变为自由党，与保守党对立。

党人"，根据何在，这我就不明白了。事实不过是：公爵到了晚年，想讨好德拉姆，因此把自己打扮成辉格党人。

在莫斯科和大学中，对洪堡的接待真是非同小可。总督，各种军政和非军政要员，枢密官，全都出席了，他们肩披绶带，穿上了全套官服，教授们也威风凛凛，身挂佩剑，腋下夹着三角帽。洪堡根本没料到这些，只是穿了一身金纽扣的藏青燕尾服来了，结果自然有些局促不安。从门口到自然科学家协会的礼堂，到处设下了埋伏：这儿是校长，那儿是系主任，这儿是初出茅庐的教授，那儿是即将退休、因而讲话慢条斯理的老专家，每个人都用拉丁文、德文、法文向他祝贺，而这一切都是在号称走廊的可怕的石隧道中进行的，在这里哪怕停留一分钟也非感冒一个月不可。洪堡对任何人都得摘下帽子，洗耳恭听，对每句话都得答复。我相信，他接触过的所有那些深红皮肤和青铜色皮肤的野蛮人，都不如莫斯科的接待那么使他暗暗叫苦不迭。

他走进礼堂，刚刚坐下，又得起立了。皮萨列夫总监认为有必要用俄语发布一份措辞简短有力的命令，表彰这位著名的旅行家阁下的丰功伟绩。接着，"军官"谢尔盖·格林卡[1]又操起 1812 年的嗓音，用嘶哑低沉的声调朗诵自己的诗歌，它是这么开始的：

洪堡——我们今天的普罗米修斯！ [2]

洪堡本想谈一下他对磁针的观察，把他在乌拉尔所做的气象记

---

① 当时的一个作家和记者，参加过 1812 年抵抗拿破仑的战争。
② 原文是法文。

录，与莫斯科人核对。可是校长偏偏捧了用彼得大帝的御发编结的古玩，请他鉴赏……艾伦伯格与罗泽① 好不容易才找到机会，讲了一下他们的发现。②

在非官方场合，我们的情况也好不了多少：十年之后，莫斯科社交界对李斯特③ 的欢迎就一模一样。不错，德国人也为他做了不少蠢事，但在我们这儿性质完全不同。在德国，那是老处女的兴奋情绪，感伤心理，是撒鲜花④；在我们这儿却是对权威的顶礼膜拜，附庸风雅，是"久仰，久仰"。不仅如此，在这些捧场者心目中，倒霉的李斯特还成了风流倜傥的多情公子；闺阁名媛们包围着他，正如旅客在村道上套马时，农家孩子津津有味地围观他和他的马车、帽子……大家只听李斯特一人讲话，只与他一人谈话，只回答他的问话。我记得，一次晚会上，霍米亚科夫为我们可敬的公众红了脸，对我说：

"让我们来争论一个什么问题吧，好叫李斯特知道，这屋里不是所有的人都给他迷住了。"

我们的夫人们可以引以自慰的只是：英国妇女也这么挤来挤去

---

① 艾伦伯格（1795—1876），德国动物学家。罗泽（1798—1873），德国矿物学家。他们都参加了洪堡的乌拉尔考察工作。

② 关于洪堡的旅行，俄国舆论反映之不同，可以从一个乌拉尔哥萨克的叙述中看到。此人在彼尔姆省省长办公厅当差，喜欢讲他怎样护送"普鲁士疯子洪卜特亲王"。人家问："他上那儿干啥啦？"哥萨克答道："净干些傻事：收集青草，看看沙土。有一次在盐沼地，他通过翻译对我说：钻到水里去，给我从水底取一些土来。我取来了，无非是一些平常的土，可他问：下面的水很冷吧？我想，不，老兄，你哄不了我；我敬了个礼，答道：殿下，那是我应该做的，只要是我应该做的，我都乐意为您老效劳。"——作者注

③ 李斯特（1811—1886），匈牙利著名作曲家和钢琴家，曾数次访问俄国。

④ 原文是德文。

141

凑热闹，站在一些名流面前问长问短，例如科苏特^①，还有加里波第^②等人，都有过这种经历。但是谁想向英国女人和她们的丈夫学什么优美的风度，他活该倒霉！

第二位"著名的"旅行家，从某种意义上说，也是"我们今天的普罗米修斯"，只是他不是从朱庇特^③那儿，而是从人那儿窃走了光。这个普罗米修斯没有得到格林卡的讴歌，但是普希金为他写过致卢库卢斯的书翰诗^④，此公就是国民教育大臣谢·谢·乌瓦罗夫（那时还不是伯爵）。他懂得的语言之多，知识之广博，足以使我们瞠目结舌。作为真正的学店老板，他通晓各门学科的样品，它们的牌号标记，或者不如说皮毛。在亚历山大皇朝时期，他用法文写过一些自由主义小册子，后来又与歌德用德文通信，讨论希腊文化。当上大臣之后，他大谈 4 世纪的斯拉夫诗歌，卡切诺夫斯基只得向他指出，那时我们的祖先正在与熊搏斗，还谈不到讴歌萨莫色雷斯岛^⑤的神仙和仁慈的君主。他把歌德的信随身携带，当作营业执照。在信上，歌德对他作了极为有趣的赞美："您不必为您的文体表示歉意：您达到了我所望尘莫及的水平——您忘记了德文文法。"

---

① 科苏特 (1802—1894)，匈牙利民族英雄，赫尔岑与他有多次来往。

② 加里波第 (1807—1882)，意大利民族解放运动领导人，赫尔岑与他有密切来往。

③ 罗马神话中的天神，相当于希腊神话中的宙斯。

④ 指普希金 1835 年写的一首诗《祝卢库卢斯病愈》，这是讽刺乌瓦罗夫的，因乌瓦罗夫是大富豪谢列梅捷夫伯爵的继承人，伯爵病后，乌瓦罗夫立即多方张罗，准备继承遗产，谁知伯爵病好了，乌瓦罗夫空欢喜了一场。普希金即据此写了此诗，卢库卢斯是古罗马将领和执政官，以生活豪华和富裕著称，在此即影射谢列梅捷夫。

⑤ 希腊岛屿，在爱琴海北部，希腊神话传说的中心之一。

这位当上了二等文官的皮科·德拉·米兰多拉①，发明了一套新的考试制度。他命令选拔优秀学生代替教授讲课，哪门课学得好就讲哪门，每人一课。系主任当然挑选最大胆的学生。

这样的讲课继续了整整一周。学生必须对自己这门课的全部内容作好充分准备，由系主任抽签决定谁讲什么。乌瓦罗夫请来了全莫斯科的显贵。修士大司祭和大法官们，总督和伊·伊·德米特里耶夫——所有的人都到场了。

我预定要在洛韦茨基②面前讲矿物学——现在他已经死了！

> 我们的老人兰热隆在哪儿！
> 我们的老人本尼森在哪儿！
> 你已经不在人世，
> 你也已不见踪影！③

阿列克谢·列昂季耶维奇·洛韦茨基生得粗犷高大，行动迟缓，大嘴巴，四方脸，脸上没有一丝表情。他的豆绿色大衣有几层大小不一的领子，有些像第一执政时期④的式样。他在走廊上已脱下大衣，还没跨进课堂，便用平稳冷漠的声调（与他讲授的矿石非常相配）讲了起来："在上一堂课中，我已把有关硅石的必要知识讲完。"

---

① 米兰多拉（1463—1494），文艺复兴时期意大利的著名学者，柏拉图主义哲学家，以博学和懂得多种语言著称。
② 洛韦茨基（1787—1840），俄国自然科学家，1834 年后在莫斯科大学任教。
③ 引自俄国著名诗人茹科夫斯基的诗《博罗季诺周年纪念》。兰热隆与本尼森都是假设的姓名。
④ 指 1799 至 1804 年的法国，当时拿破仑担任第一执政，这是法国革命后从共和走向帝制的过渡时期。

然后坐下，继续道："现在讲矾土……"他为记载矿石的性能创造了一套格式，它们千篇一律，从不改变，以致有些性质只能采取否定的记载："结晶状况——不能结晶，用途——毫无用途，益处——毫无益处，只对机体有害……"

然而他也有他的诗和道德规范。每逢他给我们看人造宝石时，讲完怎么制造它们以后，总要附带说一句："然而，诸位，这是欺骗。"在农业方面，他认为如果公鸡"喜欢啼，追逐母鸡"，这是好的公鸡，是有道德的；公羊如果"膝上无毛"，这是它属于贵族的特征。他还会娓娓动听地描摹苍蝇怎样讲话，怎样在晴朗的夏天沿着树干散步，沾满一身树脂，于是便取得了琥珀的色彩；每次还得补充一句："诸位，这是拟人法！"

系主任叫我出去的时候，听众已经有些困了；两堂莫名其妙的数学课，把大家弄得精疲力竭，垂头丧气。乌瓦罗夫要求讲得生动一些，讲课的学生得有"善于表达的舌头"。谢普金[①]指了指我。

我走上讲台。洛韦茨基坐在旁边一动不动，两手搭在膝上，像门农或俄赛里斯[②]，但心中在担忧……我小声对他说：

"我能在您面前讲课，感到很荣幸，我不会给您丢脸的。"

"战士出征的时候，不要吹牛……"德高望重的教授斩钉截铁地回答，嘴唇微微翕动，没有看我。

我差点笑出声音，但抬头向前一望，眼睛就发花了，我觉得脸色发白，舌头干燥。我从未在大庭广众中讲过话，可现在课堂上坐满了同学，他们都对我抱着希望。在讲台下，桌子后面坐着一排

---

① 谢普金（1793—1836），即数理系主任，数学教授。
② 门农是古希腊神话中的阴司之神，俄赛里斯是古埃及神话中阴间的主宰者。

"社会名流"，还有本系的全体教授。我念了我拿到的题目，声音很不自然："关于结晶，它的条件、规律和形态。"

我正在考虑怎么开始，头脑中闪过了一个幸运的思想：如果我讲错了，教授们可能发现，但不会出声，至于别人，他们自己一窍不通，而同学们，只要我不在中途出丑就成了，因为他们喜欢我。于是我以阿维、维尔纳和密切利希①的名义，开始讲课了，最后用哲学推理结束这堂课；我始终面对学生，以学生作对象，而不是以教育大臣作对象。同学和教授纷纷跟我握手祝贺。乌瓦罗夫把我介绍给戈利岑公爵，但我只听到几个元音，不知道他讲了些什么。乌瓦罗夫说要给我一本书留念，可从未送来。

我第二次和第三次上台，与这已完全不同。1836年，我在维亚特卡的绅士淑女和秋法耶夫②面前，扮演"乌加尔"，宪兵上校的妻子扮演"马尔法"。③我们排练了一个月，然而当前奏曲结束，死一般的沉寂降临，幕布可怕地动了几动，开始升起的时候，我的心还是怦怦乱跳，手有些发抖。我与马尔法在侧幕后面等待开场，她那么可怜我，或者那么担心我把戏搞糟，因此给了我一大杯香槟酒，但喝了酒我还是毫无起色。

多亏国民教育部大臣和宪兵上校的关照，我在伦敦波兰人大会④上发言时，就不再神经紧张，由于爱面子而羞涩不安了。这是我第三次登台表演，退职的大臣乌瓦罗夫已由退职的部长赖德律－

---

① 阿维（1743—1822），法国矿物学家。维尔纳（1750—1817），德国著名地质学家。密切利希（1794—1863），德国化学家。
② 赫尔岑流放时期，维亚特卡省的省长。
③ 翻译成俄文的一出法国喜剧《马尔法与乌加尔》中的人物。
④ 1853年11月29日，波兰人在伦敦集会，纪念1830年起义二十三周年，赫尔岑应邀在大会上发了言。

洛兰①所代替。

但是，大学时代的回忆讲得太多了吧？我怕这是因为我老了，才对它们如此喋喋不休；现在，我只想就 1831 年的霍乱再谈几点细节。

霍乱这字眼今天在欧洲已经并不陌生，在俄国甚至家喻户晓，以致有一位爱国诗人，把霍乱称为尼古拉一世的唯一忠实伙伴，可那时它还是首次在北方流行。骇人的传染病沿着伏尔加河向莫斯科进逼，弄得人心惶惶。夸大的谣言使大家充满恐怖，谈虎色变。疫病发展变幻莫测，有时停顿，有时跳跃前进，似乎已绕过莫斯科，可突然又传出了可怕的消息："莫斯科发现了霍乱！"

早晨政治系一个学生感到恶心，第二天在校医院死了。我们赶去看他的尸体。他瘦了，像生了一场大病，眼窝塌陷，脸变了形；他旁边躺着夜间得病的门房。

学校宣布，它已奉命关闭。在我们系中，这命令是由工艺学教授杰尼索夫宣读的；他忧心忡忡，可能非常害怕。第二天傍晚他也死了。

我们从各系向校部的大院子汇集，这群在瘟疫面前奉命疏散的年轻人有些依依惜别。大家脸色苍白，心情异常紧张，许多人惦记着亲戚朋友。我们与官费生（按检疫措施，他们与我们隔开了）告别以后，便三三两两各自回家。在家中，大家遇到的是醋酸和漂白粉的臭味，吃的是规定的饮食；即使没有氯气和霍乱，单单这种饮食就足以使人病倒了。

奇怪的是，这个悲惨的时期却在我的记忆中留下了庄严的

---

① 赖德律－洛兰（1808—1874），法国小资产阶级共和派的领导人之一。

印象。

莫斯科的面貌完全改变了，平时看不到的公共精神赋予了它新的生命。马车减少了，悲伤的人群聚集在十字街头，谈论着下毒的人。运载病人的车子在警察的护送下缓缓驶过；人们站在两旁，让装满尸体的黑色大车通过。疫情公报一天发布两次。城市封锁了，就像爆发了战争；一个可怜的教堂执事在偷偷过河时给哨兵开枪打死了。这一切使人们提心吊胆，对疫病的恐怖取代了对权力的恐怖，居民怨声载道，不祥的消息接连不断：某某人病了，某某人死了……

总主教下令全市举行祈祷。在同一天同一时间，神父们手执神幡，在各自的教区巡行。惊慌不安的居民汇集街头，在神父们经过时赶紧匍匐在地，含着眼泪祈求赦罪。本来跟上帝不拘形迹的教士，也变得严肃和虔诚了。他们中间一部分人走向克里姆林宫；那儿的广场上，总主教在无数高级教士的陪同下，正跪在地上祈祷："我父呀，求你叫这杯离开吧。"[1]六年前，就在这个地点，他曾为十二月党人的惨遭杀害而感谢过上帝。

菲拉列特是一个反政府派主教，他为了什么反对政府，我始终不明白。除非是为了他个人。他聪明，有学问，精通俄语，成功地把教会斯拉夫语引进了俄语；但这一切都不可能给他任何理由，使他成为反对派。人民不喜欢他，称他为共济会员，因为他与亚·尼·戈利岑公爵关系密切，于圣经会[2]炙手可热的时期在彼得堡

---

① 《圣经》中的话，见《新约·马太福音》第二十六章三十九节，这是耶稣在被捕前向上帝作的祈祷，意思是"让这灾难离开吧"。

② 由亚·尼·戈利岑为首的一个宗教组织，本来受到沙皇亚历山大一世的庇护，后来随着戈利岑的失势被查禁。共济会是宗教秘密团体，起源于英国，非东正教系统。

替它做过宣传。东正教事务管理局禁止读他的《教义问答》。他为人专横，属他管辖的教士都怕他。看来，他与尼古拉的彼此仇恨，正是由于互不服气。

菲拉列特善于狡猾而巧妙地贬低世俗权力，他的讲道流露出一种模糊的基督教社会主义思想，那种拉科代尔①和其他有远见的天主教徒所传播的信仰。菲拉列特从主教的崇高讲台上宣称，人从来不可能是别人的合法工具，人与人之间只能是相互服务的关系。这话是他在一个半数是奴隶的国家中讲的。

在麻雀山流放罪犯的临时羁押站上，他对囚犯们说："世俗的法律审问你们，放逐你们，可是教会赶来找你们，希望再对你们讲一句话，再为你们祈祷，祝福你们路上平安。"然后，他一边安慰他们，一边又说："你们受了惩罚，已勾销了过去的罪孽，面临着新的生活，可是在其他的人们中间（看来，这其他人除了官吏，都并不在场）还有着更大的罪犯。"他举了与基督一起钉在十字架上的强盗作例子②。

在为霍乱举行的祈祷中，菲拉列特的讲道超过了他以前所讲的一切；它的内容是说，上帝为了惩罚大卫，派天使找他，要他从战争、饥荒和瘟疫中选择一种，大卫选择了瘟疫。③皇上一到莫斯科就勃然大怒，派宫内大臣沃尔孔斯基公爵去把菲拉列特大骂了一顿，还威胁他，要把他送往格鲁吉亚当主教。大主教只得低头认

---

① 拉科代尔（1802—1861），法国天主教传教士，受过法国革命的深刻影响，在1848年的革命中站在共和派一边。

② 耶稣被钉上十字架时，有两个强盗与他同时就刑，见《新约全书》四福音书。

③ 大卫是古以色列的王，《圣经》中的人物。大卫选择瘟疫的故事，见《旧约全书·历代志上》第二十一章。

错，向各教堂发了新的指示，说明第一次讲道文绝非影射笃信宗教的皇上，大卫——这是我们自己，罪孽深重的我们。理所当然，那些本来不理解它的意义的人，现在也恍然大悟了。

莫斯科总主教就这样起了反对派的作用。

祈祷正如漂白粉一样，并不能制止霍乱的传播；疫情仍在蔓延。

1849年霍乱最猖獗的时期，我一直留在巴黎。它来势凶猛，可怕极了。六月的炎热更助长了它的气焰，穷人像苍蝇一样死去，市民们纷纷逃离巴黎，其余的人闭门坐在家中。政府忙于全力应付革命者，不想采取切实的措施。捐款杯水车薪，无济于事。贫苦的劳动者只得听天由命，医院没有足够的病床，警察所没有足够的棺木，在挤满各种人家的房子里，尸体停在室内往往两三天无法掩埋。

莫斯科不是这样。

那时的总督是德·弗·戈利岑公爵，这人软弱，但是正直，有见识，很得人心，他召集莫斯科上层人物，按照家常办法，即在没有政府特别参与的情况下，安排好了一切。当地的知名人士——富裕的地主和商人，组成了委员会，每个委员分别负责莫斯科的一个区域。几天内开办了二十家医院，没有花政府一文钱，一切都靠捐款。商人捐献了医院必需的一切——被子，床单，防寒衣服，供应正在康复的病人。青年人义务担任医护工作，免得捐款一半落进办事人员的腰包。

大学没有袖手旁观。整个医学系，包括学生和医师，都向霍乱委员会报了名，听候调遣。他们被分派到各医院，直至瘟疫结束也没有离开。三四个月中，这些优异的年轻人在医院中担任了主治医师、医士、看护和办事员——这一切都是没有报酬的，而且正是在人心惶惶、最害怕传染的时期。我记得，有一个小俄罗斯学生[1]，好像名叫费茨赫拉罗夫，霍乱开始时，因家里有重要的事请了假。在学期中间，假期是很难批准的，他好不容易请准了假，正准备动身。就在这时，学生们分头向各医院出发；这个小俄罗斯人把准假单揣进口袋，随大伙儿一起走了。等他离开医院时，请假单早已过期，他却毫不介意，一笑置之。

莫斯科外表上昏昏沉沉，萎靡不振，光知道闲谈、祈祷和结婚，其他什么也不管，可是一旦必要，它就会蓦地醒来，在暴风雨君临俄罗斯上空的时候挺身而出，无所畏惧。

1612 年它在血泊中与俄罗斯结合[2]，1812 年的战火更使它们熔合在一起。

它向彼得低头，因为俄国的未来握在他残忍的手掌中。但是它怀着怨恨和蔑视，在自己的城墙内接待那个被丈夫的鲜血染红的女人[3]，那个不知悔改的麦克白夫人[4]，不属于意大利血统的露克兰修·博尔吉亚[5]，德国种的俄国皇后，以致她只得蹙紧眉头，噘起嘴唇，悄悄离开了莫斯科。

---

[1] 沙俄时期把乌克兰称为小俄罗斯。

[2] 俄国于 15 世纪末年起逐步结束封建割据局面，经过长期的战乱，于 1612 年从波兰人手中收复了莫斯科，次年以莫斯科为首都建立了罗曼诺夫皇朝，形成了以莫斯科为中心的统一的民族国家。1713 年彼得大帝迁都彼得堡，但莫斯科的重要性仍没有减少。

[3] 指叶卡捷琳娜女皇，她原是彼得三世的妻子，于 1762 年利用近卫军发动政变，杀死了彼得三世，于同年九月在莫斯科加冕，登上皇位。彼得三世是德国荷尔斯泰因公爵和彼得大帝之女安娜所生的儿子，他与叶卡捷琳娜实际上都是德国人。

[4] 莎士比亚的剧本《麦克白》中的人物，一个充满野心的女人，曾怂恿丈夫杀死国王，篡夺王位。

[5] 博尔吉亚 (1480—1519)，教皇亚历山大六世的私生女，以放荡和进行政治阴谋闻名，曾为了政治目的，三次改嫁。

拿破仑也是紧锁双眉，噘起嘴唇，在德拉戈米罗夫城门等待莫斯科的钥匙，焦急不安地玩弄他的烟嘴，揪他的手套的。他不习惯独自走进别国的城市。

但是莫斯科没有向他低头，①

正如普希金所说，它送给他的是一场大火。

霍乱来了，这个人民的城市又变得情绪激昂，充满活力了！

1830 年 8 月我们去瓦西里耶夫庄园，照例在彼尔霍什科沃村的拉德克利夫式城堡②稍事逗留，吃了饭，喂了马，再继续赶路。巴凯已把毛巾束到腰上，喊了声"走！"突然一个人骑了马飞驰而来，做手势要我们停下。这是参政官的前导马驭者，他满身灰尘，汗流浃背，从马上一跃而下，递给我父亲一封信。这封信带来了七月革命的消息！——两份《辩论日报》③附在信内，我把它们读了一百遍，甚至都背得出了；这时我在乡下第一次感到了寂寞。

这是一个光辉灿烂的时期，形势迅速向前发展。查理十世④那消瘦的身体刚隐没在圣卢德宫的雾影中，比利时燃烧起来了⑤，"平

---

① 引自普希金的《叶夫根尼·奥涅金》第七章第三十七节。

② 拉德克利夫 (1764—1823)，英国女作家，以写所谓"哥特小说"闻名，这类小说主要描写恐怖暴力事件，以荒凉的古堡为背景。拉德克利夫式城堡即中世纪式城堡。

③ 原文为法文，法国资产阶级报纸《政治和文学辩论日报》的简称，1789 年创刊于巴黎，七月革命后是当权的奥尔良派资产阶级的机关报。

④ 1824 至 1830 年的法国国王，七月革命后，自法国逃往英国，住在他在爱丁堡的城堡圣卢德宫中。

⑤ 在法国七月革命影响下，比利时首先于 8 月也爆发了革命，建立了独立的王国。

民国王"①的宝座开始动摇，一股热烈的革命气息吹进了舆论和文学。小说，诗歌，戏剧——一切重又成了宣传和斗争的工具。

法国革命戏剧的舞台装置和布景，那时的我们还一无所知，因此对一切都信以为真。

谁希望知道，七月革命的消息对年轻一代的强烈影响，他不妨听一下海涅的话。海涅在赫尔戈兰岛听到这事后写道："异教的大神潘死了。"②这不是虚假的热情：三十岁的海涅正如十八岁的我们一样，被它所吸引，为它而陶醉。

我们密切注视着每一句话，每一件事，注视着震惊人心的问题和激昂慷慨的回答，注视着拉斐德将军和拉马克将军③；我们不仅熟知，而且热爱当时的一切活动家（当然是激进的活动家），珍藏着他们的肖像，从马纽埃尔和邦雅曼·贡斯当起，到杜邦·德雷尔和阿芒·卡雷尔为止④，都在我们的关心之中。

在这热火朝天的时代，突然一声巨响，像一颗炮弹在我们身旁爆炸，传来了华沙起义的消息。这已经并不遥远，是在自己家里，我们噙着热泪，互相凝望，反复吟哦心爱的诗句：

---

① 指路易–菲力普（1773—1850），他攫取了七月革命成果，建立了奥尔良王朝，自称为"平民国王"，实际上代表大资产阶级的利益。
② 见海涅的《路德维希·伯尔纳》第二卷，当时海涅在北海的赫尔戈兰岛疗养。潘是古希腊神话中恐怖的森林之神。
③ 拉斐德（1757—1834），法国将军，侯爵，资产阶级革命时期大资产阶级的领袖之一。拉马克（1770—1832），法国将军和政治活动家。
④ 马纽埃尔（1775—1827），法国波旁王朝复辟时期资产阶级反对派的代表人物。贡斯当（1767—1830），法国资产阶级政治家，政论家及作家。德雷尔（1767—1855），法国政治活动家。卡雷尔（1800—1836），法国政论家。

不，这不是毫无根据的幻想！ [1]

我们为狄比奇[2]的每一挫折而欢呼，不相信波兰人的失败；我立刻在我的圣像壁上增加了塔杜什·柯斯丘什科[3]的画像。

就在这时期，我第二次见到了尼古拉，他的脸在我的记忆中留下了更深刻的印象。贵族为他举行一次舞会，我正好站在大厅上面的回廊中，可以尽量观察他。他那时还没留胡髭，相貌显得年轻，但是与加冕典礼时相比，脸部的变化是惊人的。他站在圆柱旁边，凶恶地、冷漠地凝视着前方，可是没有看任何人。他瘦了。从这张脸上，从这对铅一般的眼睛中，可以清楚地看到波兰以至俄国的命运。他觉得震惊，害怕，他怀疑[4]王位的巩固，准备为他所受的痛

---

① 原文是德文，引自歌德的诗《希望》。

② 狄比奇 (1785—1831)，俄国将军，伯爵，1831 年率领俄军镇压波兰起义，任总司令。

③ 柯斯丘什科 (1746—1817)，波兰将军和政治家，贵族出身。1794 年波兰爆发起义，他成为民族解放运动的领导人，起义失败后，流亡美国、瑞士等地。

④ 丹尼斯·达维多夫在《回忆录》中曾这么说："皇上有一次对阿·彼·叶尔莫洛夫说：'波兰战争时期，我的处境一度非常可怕。我的妻子即将分娩，诺夫哥罗德爆发了暴动，我身边只剩两个近卫骑兵连，军队的消息只能通过哥尼斯堡传到我这儿。我不得不靠刚出医院的士兵保护我。'"

游击队员的《回忆录》不容怀疑地证明，尼古拉像阿拉克切耶夫，像所有冷酷无情、报复心重的人一样胆小如鼠。切钦斯基将军曾这样对达维多夫说："您知道，我对人的勇敢精神是一向尊重的，因此您应该相信我的话。12 月 14 日我在皇上身边，一直在观察他。我可以向您保证我没有撒谎：皇上自始至终脸色非常苍白，吓得魂不附体。"

达维多夫本人也这么说："干草市场发生叛乱时，皇上直到第二天一切都已平静之后，才返回京城。他留在彼得戈夫，后来他自己无意之间泄露了秘密：'我与沃尔孔斯基整天站在花园的土岗上，听彼得堡那边有没有炮声传来。'"达维多夫接着写道："他应该做的，不是在花园中提心吊胆听炮声，往彼得堡不断派遣使者打听消息，而是亲自赶到那里去；每一个稍微有些胆量的人都应当这么做。第二天，一切都已平静时，皇上才坐了马车，来到挤满了人的广场上，对

苦、恐怖和疑虑进行报复。

征服波兰之后，这个人把郁积的仇恨全部发泄出来了。不久我们也感觉到了这一点。

从他登基起就布置在大学周围的特务网开始收紧了。1832 年，我们系的一个波兰学生突然失踪。他是靠官费派来求学的，因此违反他本人的志愿，给安排在我们班上。我们认识他以后，发现他为人谦逊，性情忧郁，我们从未听他说过一句尖刻的话，但也从未听他说过一句软弱的话。一天早晨他没来上课，第二天也没来。我们开始打听，官费生们暗中告诉我们，夜里有人找他，把他带到了办公室，然后又派人来取走了他的信件和物品，并禁止大家议论这事。一切便这么结束了，这个不幸的年轻人从此如石沉大海，杳无音讯。①

过了几个月，教室中突然传出消息：夜里几个同学被捕了，他们中间有科斯捷涅茨基，科尔列伊夫，安东诺维奇等等。我与他们很熟，这都是相当好的青年。科尔列伊夫是新教牧师家庭出身，一个很有天赋的音乐家。为了审问他们，成立了军法委员会，这就是说，他们已注定了灭亡的命运。我们焦急不安地等待着他们将遭遇

着大家吆喝：'跪下！'人们赶紧遵命跪下。他看见几个穿便服的人（那是跟在他的马车后面到广场来的），认为他们形迹可疑，当即下令逮捕了这些不幸的人，然后对群众大声道：'这都是卑鄙的波兰人，你们受了他们的煽动！'这类不适当的荒谬行为，我认为后果是很坏的。"请看，这位尼古拉是个什么货色！——作者注

诗人丹尼斯·达维多夫原为俄军骠骑兵中校军官，拿破仑入侵俄国时，达维多夫组织了一支游击队，深入敌军后方，依靠当地农民群众的支持，配合库图佐夫统率的大军，打败了法军。切钦斯基将军曾与达维多夫一起从事游击战争。阿·彼·叶尔莫洛夫也是 1812 年抵抗拿破仑侵略的俄军将领。

① 克里特斯基弟兄们又在哪里呢？他们做了什么，谁在审问他们？他们的罪名是什么？——作者注

的一切，但开头他们也杳无音讯。一场摧毁新生幼苗的风暴正在到来。我们不仅意识到了它的临近，还听到和看到了它，互相靠得更紧了。

危险使我们兴奋的神经更加激昂，使我们的心跳得更猛烈，彼此之间的爱也更炽热了。我们起先一共五个人[①]，就在这时我们又认识了帕谢克[②]。

对我们说来，瓦季姆身上有许多新东西。我们大家只有细小的差别，每人的发展过程是相似的，那就是除了莫斯科和乡村，什么也不知道，读的是相同的书，接受的是同样一些教师的教育，在家庭或大学宿舍中长大。瓦季姆出生在西伯利亚，他的父亲是流放到那里的，他从小过着穷困潦倒的生活；教育他的是他父亲，他在多子女的大家庭中长大，经常饥寒交迫，但是无拘无束，十分自由。西伯利亚在他身上打下了烙印，这是与我们的外省生活全然不同的；他绝不那么庸俗和浅薄，相反，具有较强的体魄和较成熟的毅力。与我们相比，瓦季姆像野生的树苗。他的勇敢属于另一类型，与我们的不一样，那是巨人式的，有些显得桀骜不驯；对苦难生活的贵族式蔑视，在他身上养成了一种特殊的自尊心；但他对别人完全能真诚相爱，也能不惜一切地献出自己。他无所畏惧，甚至有些冒失。单凭出生在西伯利亚，又是在流放者家庭中长大这一点，他就比我们高出一头，因为他不怕西伯利亚。

[①] 指赫尔岑小组的成员，除了赫尔岑和奥加辽夫，其余三人是：萨佐诺夫，萨京和萨维奇。

[②] 瓦季姆·帕谢克（1808—1842），历史学者，后来也是赫尔岑小组的成员。他是"柯尔切瓦的表姐"的丈夫。

瓦季姆从父亲的血液中带来了对专制制度的刻骨仇恨①，与我们一见面，就把我们当作知心朋友。我们很快接近了。不过话说回来，那时在我们的圈子里，本来不存在客套和所谓适当的谨慎这类东西。

"凯切尔②这人你听到很多了，你想认识他吗？"瓦季姆对我说。

"当然想。"

"明天你来，晚上七点，但不要迟到，他会来找我。"

我去了，瓦季姆不在家。一个魁梧的男子正在等他，那张脸是富有表情的，眼镜后射出威严而善良的目光。我取了一本书，他也取了一本书。

"您……您是赫尔岑吧？"他说，一边打开了书。

"是的，您是凯切尔？"

谈话开始了，我们越谈越起劲……

"对不起，"凯切尔粗鲁地打断了我的话，"请原谅，请用'你'称呼我。"

"让我们都用你。"

从这个时刻（大概在1831年底）起，我们就成了不可分离的朋友，也是从这个时刻起，凯切尔的愤怒和慈爱，笑容和叫喊声，在我成长的各个阶段，在我一生的所有事件中，便一再出现了。

与瓦季姆的结识，给我们的"扎波罗热营地"③带来了新的因素。

我们像以前一样，大多在奥加辽夫家集会。他的父亲在乡下养

---

① 瓦季姆的父亲瓦西里·帕谢克是当时一个进步人士，于1794年被捕。
② 凯切尔（约1806—1866），赫尔岑小组的成员，医生。在19世纪30至40年代俄国思想界，凯切尔是西欧派的代表人物之一。
③ 16至18世纪乌克兰的哥萨克人自治组织，这儿是指赫尔岑自己的小组。

病，长期住在奔萨省的田庄上。他独自住在家中底层，他的家在尼基塔门附近，离大学不远，大家特别喜欢到那里去。奥加辽夫有一种磁石似的吸引力，在一群萍水相逢的原子中，只要这些原子之间存在共同性，他就能成为它们结合的第一根磁针。他这样的人不论出现在哪里，总会不知不觉地成为机体的心脏。

他的房间明亮，舒适，糊着金黄条纹的朱红壁纸。屋里终日弥漫着雪茄的烟雾，热糖酒的香味，以及其他……我想说其他食物和饮料，但只得住口，因为除了干酪，几乎什么食物也没有。就是在这样一个极端大学生化的地方，我们通宵辩论，有时通宵喝酒。可现在除了它，又有一处地方越来越变得可爱了，我们在那里几乎是头一次懂得了家庭生活的意义。

我们谈话时，瓦季姆往往中途退席回家。他离开姊妹和母亲太久，便会感到寂寞。我们整个身心都沉醉在同学的友谊中，不理解他怎么会把自己的家看得比我们更重要。

他给我们介绍了他的家。这家中的一切都留下了沙皇降临过的痕迹，它昨天刚从西伯利亚归来，受尽了灾难和折磨，但仍保持着自己的尊严——这不是每一个受难者都能做到的，只有在不幸的遭遇面前经得起考验的人才会这样。

这家的父亲在保罗一世时期，由于政治上的告密被捕，起先关在施吕瑟尔堡，后来被流放到西伯利亚永久居住。亚历山大赦回了几千名被疯狂的父亲放逐的人，却忘了帕谢克。他是另一个帕谢克的侄儿，那人因参与杀害彼得三世有功，后来在波兰各省当总督[①]。

---

① 指彼得·帕谢克（1736—1804），俄国大官僚，参与了谋杀彼得三世的阴谋，拥立叶卡捷琳娜二世登基。

帕谢克有权索回已被别人侵占的一部分遗产，这些别人便设法把他留在西伯利亚。

关在施吕瑟尔堡时，帕谢克娶了当地警备部队一位军官的女儿。年轻的姑娘知道前途是黯淡的，但没有被流放吓住。起先他们在西伯利亚艰苦度日，变卖了所有的杂物，但是可怕的贫困还是不可抗拒地到来，家庭人口增多更使它加快了步伐。穷苦，劳累，缺少寒衣，有时还缺乏最低限度的食物，但他们终于熬过来了，养大了一大群小狮子。父亲传给他们坚强不屈的高傲性格，对自己的信心，把一生的苦难经历讲给他们听，以自己作榜样教育他们，而母亲靠自我牺牲和辛酸的眼泪哺育了他们。姊妹们的英勇坚定，不亚于弟兄们。我们可以大胆使用这句话：这是一个英雄的家庭。他们为彼此忍受的一切，他们为家庭所做的一切，都是难以置信的；他们始终高昂着头，没有屈服。

在西伯利亚，三个姊妹只有一双鞋；她们出门才穿鞋，免得别人看到她们的寒碜样子。

1826年初，帕谢克获得了回俄国①的许可。这时是冬季。这么一家人，没有外套，没有钱，要从托博尔斯克省动身，可不容易啊，但另一方面，又恨不得一下子飞回去——流放期满之后仍待在原地是更难忍受的。这些人历尽艰辛，在漫长的道路上跋涉；一个农妇在母亲患病期间，给一个孩子喂过奶，现在拿出了自己好不容易积攒的几个钱，供他们作路费，只要求带她一起走。驿站让他们免费搭车，或者只付很少的钱，把他们送到了俄国边境。一家人

---

① 指俄罗斯欧洲部分，帝俄时代一向只把西伯利亚看作流放犯人的居留地，习惯上不称作俄国。

几个坐车，几个步行，年轻的轮流走路。就这样，他们穿过冰天雪地，越过乌拉尔岭，到了莫斯科。莫斯科是这些青年人向往的地方，是他们的希望，可是在那里等待他们的却是饥饿。

政府赦回了帕谢克一家，但没有想到发还他们的家产。多年的劳累穷困摧残了父亲的健康，他病倒了；全家人吃了上顿不知下顿。

当时尼古拉正在庆祝登基大典，宴会接连不断，莫斯科像布置得庸俗不堪的舞厅，到处张灯结彩，盛装艳服……两个姐姐没有与任何人商量，便写了一份给尼古拉的申请书，陈述家庭的困难，要求重新审查案件，发还庄园。早晨，她们偷偷离开家，走到克里姆林宫，挤到前面，等候"万众钦仰、奉天加冕"的皇上。当尼古拉走下红色台阶时，两个姑娘悄悄跨前几步，举起申请书。他扬长而过，装作并未看见；一个侍从武官收下了呈文，警察把她们带进了看守所。

尼古拉当时才三十来岁，已能这么无动于衷。这样的冷漠和沉着是普通的小人物才有的，那是出纳员和庶务员的性格。我常在邮局的营业员、戏院和火车的售票员身上，发现这种不可动摇的坚定精神，这些人经常受到干扰，每分钟都有人打搅，他们才需要学会这套本领，对别人视而不见，听而不闻。可是这位专制政权的司务长干吗也要学这一套，为什么他不能耽搁一分钟的时间呢？

两个姑娘在看守所待到了晚上。她们又害怕又委屈，含着眼泪要求警察所长放她们回家，因为家里不见她们回去，必定惊慌不安。那份申请从此没有下文。

父亲再也不能支持，他吃够了苦，死了，留下几个孩子和母亲一天天挣扎下去。生活越困难，儿子们也越勤奋；三个人以优异的成绩读完大学，得了学位。两个哥哥去了彼得堡；两个成了杰出的数学家，一个进了海军，一个当了工程师，他们利用业余时间教课，节衣缩食，挣钱寄回家中。

我至今还清楚记得那位老母亲，她穿件黑罩衫，戴顶白包发帽，消瘦苍白的脸上布满皱纹，从外表看，她比实际老得多；只有眼睛年轻一些，显得那么亲切，仁慈，温厚，这是一双流过太多泪水的眼睛。她爱自己的孩子，他们是她的财富，她的荣誉和她的青春……她经常向我们反复念他们的信，怀着神圣深厚的感情谈论他们，声音轻轻的，有时不太平静，由于克制着眼泪，有些发抖。

每逢他们全家在莫斯科团聚，坐在一起吃饭的时候，尽管吃的是家常便饭，老太太还是快活得不知如何是好，在桌边打转，忙这忙那，有时站住一会儿，端详一下自己的年轻人，神态那么自豪，那么幸福，然后抬头看我一眼，似乎在问："他们多么好呀，难道不是吗？"这时我多么想扑在她的颈上，吻她的手啊！何况即使从外表看，他们也确实是非常美好的。

这时她是幸福的……为什么她不在这么一次吃饭的时候死去呢？

两年之内她失掉了三个最大的儿子①。一个是在胜利和赞美声中光荣牺牲的，甚至敌人也表示钦佩，然而那是为了与自己无关的事——这位年轻的将军是在达尔戈附近作战时被切尔克斯人杀死的。桂冠不能医治母亲的心……另外两个甚至不能好好死去，沉重

---

① 指瓦季姆的两个哥哥叶夫根尼、季奥米德和瓦季姆本人。叶夫根尼毕业于彼得堡大学，在内政部任职。季奥米德毕业于莫斯科大学，1841年起在高加索军队中服役，是高加索军团的少将，1845年在与高加索山民作战时战死。但赫尔岑在后面记载的日期有些错误：叶夫根尼死于1842年，瓦季姆也死于1842年，均在季奥米德之前。

的俄国生活压在他们身上，终于摧毁了他们。

可怜的母亲！可怜的俄罗斯啊！

瓦季姆死于1843年2月，他临终时我在场，这是我第一次目睹一位好友的去世，我看到了死亡的难以泯灭的恐怖，它那不可理喻的偶然性，那没有道德和正义可言的盲目性。

死前十年，瓦季姆与我的表姐①结了婚。我是婚礼中的男傧相。结婚和生活习惯的改变，使我们疏远了一些。他在家庭中是幸福的，但家庭以外的生活并不顺利，事业也毫无进展。我们被捕前不久，他去了哈尔科夫，那里有一所大学聘他任教。他的离开使他避免了坐牢的厄运，但他的名字没有逃过警察的耳朵。大学把他解聘了。学区副总监向他承认，他们收到了公文，根据这公文，政府知道他与不法分子有联系，因此不能聘他教课。

瓦季姆失业了。失业就是失去面包，这是他的维亚特卡。

我们被流放了。跟我们来往的人是危险的。贫困痛苦的年代临到了他头上；为了勉强糊口，他战斗了七年，与粗暴残忍的人打交道，受尽侮辱，而朋友远隔万水千山，不可能互相帮助。充沛的精力就这样消耗完了。

后来他的妻子告诉我："有一次我们的钱都花光了，前一天我想弄十来个卢布，但怎么也弄不到；可以借钱的地方都借遍了。店铺再也不肯赊账，非付现钱不可。我们老是担心，明天孩子们吃什么？瓦季姆坐在窗口，一筹莫展，后来站起来，拿了帽子，说他想出去走走，我看他心事重重，有些害怕，但希望他出外散散心。他走后，我扑在床上痛哭，哭得很伤心，后来开始考虑怎么办；一切

---

① 即第三章中提到的那个"柯尔切瓦的表姐"。

稍微值钱的东西（戒指、汤匙之类）早已抵押了；只有一条出路：去找我娘家，恳求他们那傲慢冷漠的援助。这时，瓦季姆在街上漫无目标地溜达，走到了彼得罗夫林荫道。路过希里亚耶夫[①]的铺子时，他头脑中忽然闪过一个思想：他的书有没有卖掉一本？五天前他去问过，但一无所得。他惴惴不安地跨进店堂，希里亚耶夫一见他便说：'您来得正好，彼得堡的代理人有信来，您的书卖了三百卢布，您要用钱吗？'希里亚耶夫数了十五个金币给他。瓦季姆高兴得发疯似的，一见饭店便进去买食物，还买了水果和一瓶酒，神气活现坐了出租马车回家了。我那时正在剩下的清汤中掺水，预备给孩子吃，也留一些给他，骗他说我已吃过，谁知他忽然捧了一瓶酒，一包食物，像有的时候那样，高高兴兴回来了……"

说到这里她哭了，再也说不下去……

流放回来之后，我在彼得堡与他匆匆见过一面，发现他变得多了。他没有放弃自己的信仰，但正如没有放下佩剑的战士，感到自己已遍体鳞伤。他显得沉默寡言，疲惫不堪，眼睛无神地望着前面。1842年我在莫斯科见到他也是这样；他的境况有了若干改善，他的著作得到了好评，但这一切都太晚了，这是波列扎耶夫的肩章[②]，科尔列夫的被赦[③]——不是沙皇的恩赦，是俄罗斯生活发展的结果。

瓦季姆消瘦了，1842年秋季发现他患了肺病——这种骇人的疾病，我还得再看到一次。[④]

---

① 莫斯科的出版商和书商。

② 波列扎耶夫在临死前才被提升为军官。

③ 科尔列夫因孙古罗夫案被捕，后被送往奥连堡军团当兵，1842年赦回，1844年即死去。

④ 指赫尔岑的妻子1852年死于肺结核。

他死前一个月，我怀着恐怖发觉，他的思维能力衰退了，减弱了，仿佛蜡烛即将熄灭，屋子变得昏暗无光了。不久他的谈吐枯涩了，要费很大力气寻找词句，往往只能发出几个近似的语音，后来他几乎不再讲话，只关心自己的药，问一声是不是该吃药了。

2月一个夜间，三时左右，瓦季姆的妻子派人来叫我。病人已垂危，他要见我。我走到床前，拿起他的手，他的妻报了我的名字。他很疲倦，望了好久，认不出我，又闭上了眼睛。孩子们给带到他面前，他看看他们，似乎也不认识。他的喘息变得困难了，安静几分钟以后，他突然带着嘶叫发出了一声长叹；附近的教堂这时传来了钟声，瓦季姆静静听着，说道："现在是晨祷的时候啦。"从此他再没讲一句话……妻子跪在死者的床边啼泣；一个忠厚善良的大学同学最近一直在帮忙照料他，这时赶紧搬开放药的桌子，卷起窗帷……我走出房间，院子里寒冷、清朗，初升的太阳照得雪地亮晶晶的，仿佛出现了什么喜事。我去选购棺材了。

我回来时，死一般的沉寂笼罩着小屋；按照俄国习俗，死者给移到了客厅桌上，稍远处坐着他的朋友画家拉布斯①，正含着眼泪用铅笔勾下他的遗容。一个身材高大的女人合抱着手，露出无尽的忧伤，默默站在死者身旁。任何美术家都塑造不出这么崇高而深刻的《哀悼》。这女人年纪不轻了，但还保持着一种严峻端庄的美；她披着一件银鼠皮镶里的黑丝绒长斗篷，一动不动地立着。

我停在门口。

静寂持续了两三分钟，突然她俯下身子在死者额上重重吻了一下，说道："永别了！永别了，我的朋友瓦季姆！"然后迈着坚定的

---

① 拉布斯（1800—1857），俄国画家，艺术学院院士。

步子走进了里屋。拉布斯还在画，向我点点头；我们不想讲话，我默默坐到窗边。

这妇人是为 12 月 14 日事件流放的扎哈尔·切尔内绍夫伯爵的妹妹叶·切尔特科娃 [①]。

西蒙诺夫修道院的修士大司祭梅尔希杰克主动提出，要让瓦季姆葬在他的修道院中。梅尔希杰克是普通木匠出身，狂热的分裂派教徒，后来皈依正教，当了修士，成为修道院长，最后当了修士大司祭。尽管这样，他仍保持着木匠的本色，就是说没有失去良心、宽阔的肩膀和红润健康的脸色。他认识瓦季姆，重视他对莫斯科历史所作的研究。

死者的遗体抬到修道院门口，大门开了，梅尔希杰克率领全体修士低声唱着忧郁的赞美诗，把受难者的简陋灵柩迎进了墓园。离瓦季姆的坟墓不远，安眠着我们所宝贵的另一个人的遗骸，那便是韦涅维季诺夫 [②] 的坟墓，墓碑上写着："他历尽风霜，而一生又如此短促！"瓦季姆也度过了多灾多难的一生！

命运对此还不满足。真的，为什么年老的妈妈如此命长？她看到了流放的终结，看到了孩子们那青春焕发的年代，那才能的光芒，为什么还要活下去呢？谁珍惜幸福，谁就得及早辞别人间。世上无持久的幸福，正如没有永不融化的冰雪一样。

瓦季姆的大哥在季奥米德战死后几个月也死了；他得了感冒，

---

① 切尔内绍夫 (1796—1862)，十二月党人，本为俄军骑兵上尉，后被流放。他的妹妹切尔特科娃与瓦季姆全家极为友好，据"柯尔切瓦的表姐"（她后来成了女作家，写过三卷本回忆录《远年追忆》，对研究赫尔岑的早年生活极有价值）在回忆录中说，在瓦季姆死前两年，切尔特科娃与他们经常来往。

② 韦涅维季诺夫 (1805—1827)，一个极有才华的诗人，曾得到普希金的赞赏，但二十二岁便死了。

没有及时治疗，以致受尽折磨的身体支持不了。他还不满四十岁，但他已是最年长的一个。

这三具棺木，三个朋友，在身后留下了漫长的黑影；送殡的黑纱和香炉的烟雾，笼罩了我青年时代的最后一些岁月……

几个同学被捕之后，过了大约一年，审判结束了。他们的罪名是（正如后来之于我们，将来之于彼得拉舍夫斯基①小组成员一样）企图组织秘密团体，发表犯法的言论。为此他们被送往奥连堡当兵。一个被告得到了尼古拉的另眼相看，那就是孙古罗夫②。他已经毕业，踏进社会，结了婚，有了子女；他被判褫夺公权，流放西伯利亚。

"几个青年学生干得成什么？还不是白白葬送了自己！"这话是有道理的，持这种论调的人对我们后一代俄国青年的明智应该感到满意。在孙古罗夫事件及继之而来的我们的事件之后，直到彼得拉舍夫斯基事件，这中间经过了平静的十五年，正是这十五年使俄国几乎一蹶不振，也正是这十五年毁灭了两代人：年老的一代胡作非为，虚度一生；年轻的一代从小即被毒害，我们至今仍能看到它那醉生梦死的代表者。

十二月党人之后，建立团体的一切企图事实上均未成功；力量的贫乏，目的之不明确，说明必须采取其他途径——内部的准备工作。事情确实如此。

---

① 彼得拉舍夫斯基（1821—1866），俄国上世纪40年代思想界的领导人之一，他领导的小组曾大力宣传傅立叶的空想社会主义学说，在俄国青年中发生了较大影响。1849年，小组被破获，彼得拉舍夫斯基被流放西伯利亚。

② 孙古罗夫（生于1805年），秘密组织"孙古罗夫小组"的领导人，流放西伯利亚后不知所终。

但是在理论问题获得解决之前，看着周围发生的一切，看着千百名波兰人戴着脚镣手铐走过弗拉基米尔大道①，看着农奴制度的现状，看着一位名叫拉什克维奇的将军在霍登广场上把士兵鞭打致死，看着大学生们突然失踪，而能无动于衷的青年，我们还可以向他们期望什么呢？为了这一代人精神上的净化，为了给未来提供保证，他们必须愤怒，必须不顾一切，视死如归。对十六七岁的孩子的残酷惩罚，是惊心动魄的一堂课，也是对我们的一种锤炼；伸向每人头上的野兽的利爪来自没有心肝的胸膛，它早已惊醒了桃色的梦，那种认为会对青年发善心的幻想。玩弄自由主义词句是危险的，从事秘密活动更是不可想象。一滴不小心为波兰洒下的眼泪，一句大胆说出的话，可以换来几年的流放，特务的迫害，甚至单人牢房。但正因为如此，这些说出的话，这些流出的眼泪，才格外重要。有时青年人会因而丧生，但他们死了，为解开俄罗斯生活的斯芬克司之谜②而进行的思想活动，不仅不会中止，而且会证明它的憧憬是完全正当的。

现在轮到我们了。我们的名字已列入秘密警察的黑名单。蓝色的猫③玩弄老鼠的第一场戏就这么开始了。

判罪之后，年轻人得押送到奥伦堡，他们没有车坐，也没有足够的寒衣，于是奥加辽夫在我们的小组内，伊·基列耶夫斯基④在自己的小组内进行募捐。所有判刑的人都没有钱。基列耶夫斯基把

---

① 从莫斯科经过弗拉基米尔城去西伯利亚的一条大道，帝俄时代为流放犯人的必经之路。

② 斯芬克司是古希腊神话中狮身女面的怪物，它站在路边给行人猜谜，猜不出的即被杀死，猜对了，它即跳崖而死。

③ 指秘密警察。

④ 基列耶夫斯基（1806—1856），政论家，斯拉夫主义理论家之一。

募集的钱送交城防司令斯塔阿尔①，这个好心的老头儿，我们以后还要谈到。斯塔阿尔答应转交款子，问基列耶夫斯基：

"这些纸是什么？"

"捐款人的名单和账单。"基列耶夫斯基回答。

"您相信我会转交钱吗？"老头儿问。

"这是不容怀疑的。"

"我想，那些捐钱的人也是信任您的。那么，我们保留他们的名单有什么必要呢。"斯塔阿尔一边说，一边把名单投进了火中。不言而喻，他做得非常好。

奥加辽夫是自己把钱送往兵营的，这也很顺利。但是青年们到了奥伦堡想向同学道谢，又不敢通过邮局寄信。有个官员要上莫斯科，他们便利用这机会托他捎信。官员没有错过这千载难逢的时机向皇上表明他的耿耿忠心，便把信呈交了莫斯科宪兵司令。

宪兵司令本来是亚·亚·沃尔科夫，后来他以为波兰人要扶他登上波兰王位，把他吓疯了（这是多么大的讽刺：亚盖洛王朝②的王位把一个宪兵司令吓疯了！），现在已由列索夫斯基接替。列索夫斯基也是波兰人，并不凶恶，也不算坏，只是由于赌博，也由于与一个法国女戏子勾搭，花光了家产，才不得不做出明智的抉择，坐上了莫斯科宪兵司令的交椅，免得坐进莫斯科的监牢。

列索夫斯基传讯了奥加辽夫、凯切尔、萨京、瓦季姆、伊·奥

---

① 斯塔阿尔（1777—1853），俄国将军，参加过抵抗拿破仑的战争，1830至1853年任莫斯科城防司令。

② 亚盖洛是1386至1572年统治波兰和立陶宛的王室。为了对付俄罗斯的威胁，波兰和立陶宛于1569年建立了统一的波兰共和国。后来的波兰民族解放运动便往往以此为号召，要求建立一个没有外来侵略者的波兰人的波兰。沃尔科夫是波兰人，如果波兰人把他扶上波兰王位，便无异是背叛俄国的统治。

博连斯基① 等人，责备他们与国事犯保持联系。奥加辽夫指出，他没写信给谁，即使有人写信给他，他也不会回信，何况他没有收到过任何信，于是列索夫斯基回答道：

"你们为他们募捐，这更坏。这是第一次，皇上宽大为怀，饶恕你们，只是，各位先生，我警告你们，你们必须受到严密的监视，今后要注意一些。"

列索夫斯基看了大家一遍，把含有深意的目光停留在凯切尔身上，他比大家长得高，年纪也大一些，还神气活现地扬起了眉毛，于是列索夫斯基又道：

"亲爱的先生，处在您的地位，您怎么不知害羞呢？"

仿佛凯切尔那时是俄国纹章局大臣似的，其实他不过是一名小小的县医师。

我没有被请去，大概信上没有我的名字。

这个威胁成了我们的官衔，我们的光荣，一种强大的推动力。列索夫斯基的劝告只是起了火上浇油的作用，我们似乎为了便于警察未来的监视，统统仿效卡尔·桑德②，戴上丝绒小帽，围上了三色围巾③！

舒宾斯基上校④ 正悄悄地、不慌不忙地迈着轻柔的步子，向列

---

① 伊万·奥博连斯基 (1805—1849)，赫尔岑的同学，后来与赫尔岑一起被捕，但与前面提到过的几个奥博连斯基都无关。

② 桑德 (1795—1820)，德国耶拿大学学生，激进的青年组织大学生协会的成员，因怀疑德国剧作家科策布是俄国间谍，暗杀了科策布，因而被处死。

③ 代表法国的三色国旗。共和制的法国当时被看作资产阶级革命的榜样，它的国旗成了革命的象征。

④ 一个反动军官，曾参与对孙古罗夫案的侦讯，后来又成为审讯赫尔岑等人的侦讯委员会成员。

索夫斯基的位置上爬，因此紧紧抓住了他对我们"软弱无力"这一点，要利用我们作他升官的台阶之一——我们也确实给他利用了。

但是首先，我得就孙古罗夫及其同伴们的命运，再讲几句话。

科尔列夫在奥伦堡当兵，十年之后尼古拉把他赦回了。尼古拉是因为他得了肺病才赦免他的，正如波列扎耶夫因为得了肺病才被提升为军官，别斯图热夫① 因为死了才被授予十字勋章。科尔列夫回到莫斯科不久，便在饱经忧患的老父怀中与世长辞了。

科斯捷涅茨基在高加索当兵，立了功，升了军官。安东诺维奇也这样。

不幸的孙古罗夫的命运不能相比，可怕得多。流放途中，走到第一站麻雀山时，孙古罗夫要求军官让他出外透透空气，因为屋里太闷，挤满了犯人。军官是二十来岁的青年人，亲自跟他在路上散步。孙古罗夫挑一个适当的时机，从路上一溜烟跑了。看来他非常熟悉这一带的地形，因而得以摆脱军官的追寻。但是第二天，宪兵找到了他的踪迹。孙古罗夫眼看无法逃走，便割断了自己的咽喉。宪兵把他送回莫斯科时，他还在流血，昏迷不醒。

倒霉的军官受了处分，降为士兵。

孙古罗夫没有死。他再度受了审判，但这次已不是政治犯，而是逃犯，被剃光了半边头发。这个独特的办法大概是从鞑靼人那里学来的，用以防止逃跑，它比体罚更能说明，俄国立法者根本不把人的尊严放在眼里。除了仪表上的侮辱，他还被判在监狱内接受一次鞭打。这有没有执行，我不知道。这以后，孙古罗夫便给送往涅

---

① 别斯图热夫－马尔林斯基（1797—1837），十二月党人，著名作家，曾与雷列耶夫一起发行期刊《北极星》，后被流放，继而送往高加索当兵，因作战英勇，被授予十字勋章，但命令到达时他已死了。

尔琴斯克矿上做苦工了。

他的名字又在我耳边响起过一次，以后才完全消失。

在维亚特卡时，一天我在街上遇到了一个同学，他是医生，出外看病，路过这里。我们谈起往事和一些老朋友。

"我的天，"医生说，"您猜，我来这儿时遇到了谁？在下诺夫哥罗德省，我坐在驿站等马。天气非常坏。一个押送囚犯的军官带了一批犯人进屋取暖。我与他攀谈起来，他听说我是医生，要我到羁押站去看一个犯人，那人病得很重，但不知是真病还是装病。我去了，当然，我打定主意，不论情况如何，我得证明犯人确实病了。小小的羁押站挤了八十来人，用铁链锁着，有的剃了头发，有的没剃，还有女人，孩子。军官一进屋，大家让开了，我看到墙角里肮脏的地上，一个人穿了流放犯的长袍缩成一团，躺在一堆干草中。

"'这就是病人。'军官说。

"我不用说谎，这个不幸的人确实在发高烧；他很瘦，监禁和长途跋涉已弄得他精疲力竭；他的头发剃了一半，满脸胡髭，样子是可怕的，眼睛没有目的地转着；他一直叫要喝水。

"'老兄，怎么样，不好过吧？'我对病人说，回头对军官道：'他不能走路。'

"病人把眼睛盯住了我看，一边叨咕：'这是您？'他讲出了我的名字。'您不认得我啦。'他又说，那声音像刀子似的划过我的心口。

"'对不起，'我对他说，握住他干燥火烫的手，'我记不起来。'

"'我是孙古罗夫，'他回答道。"

"可怜的孙古罗夫！"医生又说一遍，摇了摇头。

"那么有没有让他留下呢？"我问。

"没有，然而让他坐了车。"

在我写下这些以后，我才知道，孙古罗夫已在涅尔琴斯克去世了。他的家产，包括莫斯科附近勃隆尼茨县的二百五十名农奴，以及下诺夫哥罗德省阿尔扎马斯县的四百名农奴，都被没收，抵充审问期间他和他的同伴们在狱中的生活费用。他的家庭给毁了，当然这是逐步消灭的：孙古罗夫的妻子和两个孩子给抓进普列契斯钦警察分局，关了六个月，一个吃奶的孩子在那儿死了！让尼古拉皇朝世世代代受到诅咒吧，阿门！

第七章

学业结束——席勒时期——风华正茂的青年时代和艺术家生活——圣西门主义和尼·波列沃伊

风暴还没有降临到我们身上，我就毕业了。这照例要忙一阵，开夜车，死记硬背，临时抱佛脚，囫囵吞枣，对考试的担忧超过了对科学的兴趣，反正是那一套。我写了一篇关于天文学的论文，争取金牌奖，得了银牌奖。我相信，这篇论文我现在一定看不懂，也不懂它为什么值一块银牌。

直到现在我有时还会做梦，梦见我在学校读书，正要参加考试，心里直发慌，琢磨我忘了多少，想这次一定考不及格……我一惊，醒来了，打心里感到高兴，因为海洋与护照，年岁与签证，终于把我与大学隔开了，谁也不敢再来折磨我，给我打那讨厌的"一分"① 了。真的，教授们得知这些年来我如此退步，一定会大吃一惊。这种事其实我已领教过一次。②

---

① 五分制中的最低分。

② 1844 年，我在谢普金家遇到佩列沃希科夫。吃饭时，我坐在他旁边。快吃完时，他忍不住了，对我说道：

毕业考试后，教授们关起门来评定分数。我们给希望和疑虑弄得心神不定，三三两两在走廊和穿堂里徘徊。系委会中出来一个人，我们就奔过去探听自己的命运，但一直没有消息。最后，海曼出来了。

　　"恭喜您，"他对我说，"您现在是学士了。"

　　"还有谁？还有谁？"

　　"某某人，某某人。"

　　我一下子变得既伤心又快活；步出校门时，我觉得我与昨天不同，也与平时不同了。我离开了大学，离开了我们共同的家，我曾在那里度过了年轻而美好的四年；但另一方面，我感到欣慰，我的成熟已获得了公认，现在谁能不承认呢，我已经是学士啦。①

　　母校②！我多么感谢母校啊，毕业后我还一直以它的生命为生

　　"可惜，非常可惜，环境妨碍您从事正当的工作——您从前是很有才能的。"

　　"不是每个人都能跟着您爬上天的，"我回答他，"我们是在地面活动。"

　　"算了吧，这怎么可能，您说的是什么活动？黑格尔哲学！您的论文我拜读过了，一点也不懂，这是鸟的语言，真糟糕，不行啊！"

对这个判决，我一直觉得可笑，就是说，有很长一段时期我不能相信，我们当时的语言确实很糟，认为如果那是鸟的语言，那么一定是密涅瓦身边的鸟。——作者注（按：谢普金是当时数理系主任，已见前。佩列沃希科夫是天文学教授。密涅瓦是罗马神话中的智慧女神，她身旁有一只枭，作为智慧的象征。）

① 从莫斯科寄来的文件中，我发现了一封信，它是我写给当时与公爵夫人一起住在乡间的堂妹的，我把我的毕业通知了她："考试结束了，我是学士了！您不能想象四年苦读之后，我这时的甜蜜心情。您在星期四想到过我吗？这是沉闷的一天，考试从早上九点一直继续到晚上九点。"（1833 年 6 月 26 日）我大概多讲了两个小时，故作惊人之语，或者为了凑足十二小时。但是尽管一切顺利，我的虚荣心还是受了伤害，金牌奖被别人（亚历山大·德拉舒索夫）抢走了。在7 月 6 日的第二封信中我写道："今天举行毕业典礼，我没有参加，我不愿做第二名得奖人。"——作者注（按：这里的"堂妹"指赫尔岑之妻。）

② 原文是拉丁文。

命，还与它生活在一起，每当我回忆起它，就觉得依依不舍，肃然起敬。它是不能责备我忘恩负义的，最低限度，我对它满怀着感激之情，这是与爱，与青年成长时期的光辉回忆不可分割的……现在我仍从遥远的异邦在向它祝福！

毕业后我们度过的一年，庄严地结束了我青年时代的第一阶段。这是友谊的酒筵的继续，是交换思想的、充满灵感和欢乐的一年……

这小小一群同窗学友毕业之后并未分散，仍保持着彼此的关怀和共同的憧憬，谁也没考虑物质状况和未来的生活安排。我不想在成年人中提倡这么做，但我非常重视青年人的这种气质。青年，只要还没有受到市侩习气的腐蚀，造成精神上的堕落，总是不切实际的，特别在一个年轻的国家中更是如此，因为那里向往的事太多，而如愿以偿的事又太少。再说，不切实际决不意味着自欺欺人；面向未来必然含有理想的成分。没有不切实际的气质，一切实际只能停滞不前，变成同一事物的枯燥反复。

奔放的热情有时胜过一切道德说教，更能防止真正的堕落。我还记得当时年轻人的纵酒狂饮，这种及时行乐难免也会越出分寸，但是我想不起在我们这些人中发生过任何不道德行为，我们没有一个人做过真正应该脸红的事，做过竭力想忘记和掩盖的事。一切都是公开的，而公开的事很少是见不得人的。一半或一半以上的心都厌恶游手好闲的放荡生活，自私自利的病态心理，因为它们只能产生肮脏的思想，助长罪恶的势力。

青年一代而没有青春的气息，这样的民族我认为是最可悲的；我们已经看到，单单岁数上年轻是不够的。德国大学生最荒谬幼稚的时期，也比法国和英国青年那种老气横秋的市侩作风好上一百倍；我觉得，美国十五岁的老成少年简直令人作呕。

法国的贵族有过光辉灿烂的青春，后来革命也有过自己的青春。那一切圣茹斯特①和奥什②，马尔索③和德穆兰，那些由卢梭的阴森诗篇哺育成长的英勇孩子，他们是真正的青年。革命是青年人干的；丹东④，罗伯斯比尔，甚至路易十六本人，都没有活过三十五岁。拿破仑使青年人成了传令兵；复辟时期更是"老年的复活"，它与青年是完全格格不入的，于是法国成了老年人的天下，实惠主义，即市侩精神抬头了。

法国最后一批青年是圣西门的信徒和法朗吉⑤的鼓吹者。但几个例外不足以改变法国青年庸碌平凡的性质。艾斯库斯和勒布拉⑥之所以自杀，正因为他们是青年而生活在老年的社会中。其余的人像落在岸上污泥中的鱼，拼命挣扎，最后，一部分人倒在街垒中，一部分人落到了耶稣会的钓钩上。

然而年龄总是要起作用的，因而大部分法国年轻人便用艺术家生涯来打发自己的青春年华，那就是，如果没有钱，就在小咖啡馆里讨生活，与拉丁区的小歌女鬼混，如果有钱，就在大咖啡厅中与交际花打交道。于是席勒时期变成了保尔·德·柯克⑦时期；在这

---

① 圣茹斯特（1767—1794），法国资产阶级革命家。

② 奥什（1768—1797），法国资产阶级革命时期的卓越将领。

③ 马尔索（1769—1796），法国资产阶级革命时期的卓越将领。

④ 丹东（1759—1794），法国革命中的著名领导人之一。

⑤ 空想社会主义者傅立叶所设计的社会基层组织，每个法朗吉构成一个自给自足的小生产单位，人们在这里共同劳动，共同分享收益，人人平等。

⑥ 艾斯库斯（1813—1832）和勒布拉（1811—1832）都是法国的青年诗人，由于厌世而一起自杀。

⑦ 保尔·德·柯克（1793—1871），法国资产阶级小说家，作品主要描写巴黎生活，内容低级下流，在当时颇为风行。

时期，人们无所作为地迅速耗尽了精力、才能和青年时代的一切，完成了进商店当伙计的准备。艺术家阶段在他们的心灵深处只留下了一种欲望——金钱欲，未来的生命便整个儿呈献给了它，其他一切都不在话下。这些讲究实惠的人对国家大事、社会问题一笑置之，把女性看作玩物（这是多次征服以被征服为职业的人的结果）。艺术家阶段的带路人通常是过时的名流中一个酒色过度的情场老手，靠女人养活的"老男娼"，倒嗓的演员或者手抖的画师。他们的声调，酗酒，尤其是对人生事务满不在乎的态度，对名菜名酒无所不知的派头，都成了年轻人学习的榜样。

在英国，艺术家阶段成了争奇斗胜、光怪陆离的思想总爆发的时期，人们异想天开，挥金如土，胡作非为，遮遮盖盖地干着伤风败俗的丑事，毫无意义地出外游历，有的到卡拉布里亚，有的到基多①，走南闯北，一路上又是马，又是狗，又是车子，到处大吃大喝，还带着老婆和一大群红苹果似的胖娃娃，带着大笔路费，《泰晤士报》，国会新闻和埋在地下多年的陈葡萄酒。

我们也胡闹，也喝酒，但基调是不同的，音域也高得多。狂欢作乐不是目的。目的是忠于自己的使命；假定说我们错了，我们也是抱着真实的信念，我们都是为共同的事业服务，因此尊重自己，也彼此尊重。

再说，我们置酒痛饮是为了什么呢？突然头脑中出现一个思想：过两天是 12 月 6 日，即尼古拉日。我们中间尼古拉多极了：尼古拉·奥加辽夫，尼古拉·萨京，尼古拉·凯切尔，尼古拉·萨佐诺夫……

---

① 卡拉布里亚在意大利南部，基多是厄瓜多尔的首都。

"先生们，谁庆祝命名日？"

"我！我！"

"下一天该我了。"

"废话，什么下一天，这是大家的节日，大家合伙干！痛痛快快吃一顿！"

"对，对！那么在谁家里？"

"萨京病了，当然在他家里。"

于是定了预算，方案，未来的客人和主人都兴高采烈，参加了讨论。一位尼古拉上雅尔饭店定夜宵，另一位去马登的铺子买干酪和萨拉米熏肠。酒当然要到彼得罗夫街向德普列买，在他的账本上奥加辽夫题过两句话：

> 不论或远或近，
>
> 我都保证供应。①

我们阅历不深的口味还没超过香槟，有时甚至幼稚到不爱香槟，反爱喝利维沙尔特汽酒②。在巴黎一家饭店的菜单上，我看到这名称，想起 1833 年，便要了一瓶。但是，哎哟，甚至美好的回忆也帮不了忙，我连一杯也没喝完。

节日前我们尝了各种酒，尝得津津有味，结果把酒都喝光了，只得再派专人重新购买。

---

① 原文是法文。德普列是莫斯科一家烟酒店的老板，法国人，他的姓包含"近"的意思，题词即利用这一点做文字游戏。

② 一种法国葡萄酒，原文为法文。

至此我不能不谈一下索科洛夫斯基[1]。他总是身无分文，钱一到手就花个精光。被捕前一年他来到莫斯科，住在萨京家。我记得，那时他刚卖出了《赫维里》的原稿，因此决定除了我们，还邀请几个"大人物"来庆祝这事，也就是邀请波列沃伊[2]、马克西莫维奇[3]等人。前一天早上，他同波列扎耶夫（他的部队当时驻在莫斯科）出外采购物品，买了茶杯，甚至茶炊和各种不必要的东西，最后又买了酒和食物，即酥皮大馅饼和塞肉馅的火鸡等等。晚上我们到了萨京家。索科洛夫斯基提议开一瓶酒，然后又开一瓶；我们一共五个人，喝到最后，即第二天黎明前，才发现酒喝完了，而索科洛夫斯基的钱早已花光。他还了几笔小小的债，剩下的钱都在买东西时用掉了。

索科洛夫斯基有些伤心，但又束手无策，考虑了好久，最后只得写信通知各位"大人物"，说他突然得病，宴会延期了。

为了庆祝四个人的命名日，我编了一份节目单。后来承蒙特务头子戈利岑[4]的特别关心，在审讯委员会中问我，这份节目单有没有照办。

"丝毫不差。"我回答他。他耸了耸肩膀，仿佛他一辈子都住在斯莫尔尼修道院，或者天天在过基督受难日。

夜宵之后，照例面临一个大问题，大家争论不休，这就是："怎样煮热糖酒[5]？"其他食物照惯例吃或喝即成，就像国会中投信任

---

① 索科洛夫斯基（1808—1839），俄国诗人，下面提到的《赫维里》是他写的一部诗剧。

② 波列沃伊（1796—1846），俄国作家。

③ 马克西莫维奇（1804—1875），俄国植物学家，莫斯科大学教授。

④ 亚·费·戈利岑（1796—1864），宫廷高级侍从，第三厅长官，后来任审讯赫尔岑等人的审讯委员会委员，与前面提到的几个戈利岑都不是一个人。

⑤ 将甜酒等浇在大块糖上，点燃溶化，再加果子酒等制成的饮料。

票一样，不必争论。这件事却大家要发表高见，而且刚吃过夜宵，精神特别饱满。

"现在要不要点火？怎么点法？用香槟还是索泰尔纳酒^①浇火？在烧的时候放水果和菠萝，还是以后再放？"

"当然在烧的时候放，这样香味才能渗入糖酒中。"

"得啦，菠萝是浮的，它的边皮会给烧煳，这才糟呢。"

"一切都是废话！"凯切尔大嚷，声音比谁都响。"当务之急是赶快把蜡烛吹灭。"

蜡烛熄了，大家的面孔变得青燐燐的，脸上的线条都随着晃动的火光在摇摆。由于糖酒的燃烧，小房间中的气温变得像热带一般。大家很渴，糖酒却还没有制成。但雅尔饭店派来的法国人约瑟夫早有准备，拿出了一种热糖酒的对立物：用各种以白兰地为主的酒加冰制成的饮料。这人不愧是"伟大民族"的儿子，一边斟法国酒，一边向我们说明：它之所以好，就好在它曾两度通过赤道：

"是的，是的，各位先生，两度经过赤道，各位先生！"^②

这种号称可以与北极的寒流媲美的饮料果真不同寻常，一杯下肚之后，大家再也不觉得口渴了，但就在这时，凯切尔却一边搅拌汤盆里的火湖，让那还在咝咝啼泣的最后几块糖块溶化，一边大叫道：

"可以灭火了！可以灭火了！"

香槟掺入时，火焰变红了，心慌意乱、走投无路似的在糖酒表面到处奔突。

---

① 法国产的一种白葡萄酒。

② 原文是法文。

这时有人大惊小怪地嚷了起来：

"喂，老弟，你发昏了，难道没看见，松脂刚好熔化在糖酒里？"

"你自己把瓶子举在这么热的地方试试，看松脂会不会熔化。"

"那么应该先把瓶口包好。"那个发愁的声音继续道。

"碗，碗，你们这里碗够不够？我们有几个人……九个，十个……十四个，对，对。"

"哪儿去找十四只碗？"

"算了，碗不够就用玻璃杯。"

"玻璃杯会炸裂。"

"不会，不会。"

蜡烛点亮了，最后一点火星跳到中央，打了个转，就不见了。

"热糖酒制成了！"

"完成了，大功告成了！"欢呼声从四面发出。

第二天我觉得头痛，恶心。显然，这是热糖酒这种混合饮料引起的。于是我真心诚意发誓，今后再不喝热糖酒，它是毒药。

彼得·费奥多罗维奇走了进来。

"您今天回家时戴的不是自己的帽子，您的帽子要新一些呢。"

"随它去，不要你管！"

"要不要我上尼古拉·米哈伊洛维奇家找一下库兹马①？"

"你想得倒好，你以为谁会不戴帽子走吗？"

"兴许还能找到。"

于是我猜到了，问题根本不在帽子，而在于库兹马约了彼

---

① 尼古拉·米哈伊洛维奇是萨京的名字和父名，库兹马是他的仆人。

得·费奥多罗维奇今天一起喝酒。

"你要去就去，不过先得交代厨子给我做点酸白菜。"

"列克桑德·伊万内奇，看来，少爷们的命名日过得挺快活吧？"

"当然，这样的宴会在学校里从来没有过。"

"不过现在可以把大学丢在脑后啦。"

我受到良心的责备，没有吭声。

"您的爸爸问我：'这是怎么回事，还没起床？'我不上他的当，我说：少爷头痛，一早就叫不舒服，我这才没拉开窗帘。老爷说：'你做得对。'"

"请你行行好，让我睡一会儿。你要上萨京家，就快走。"

"马上走，我先去交代厨子做酸白菜。"

我又合上眼皮大睡，过了两个小时才醒，精神好多了。我想，他们今天在干什么呢？凯切尔和奥加辽夫留在萨京家过夜。真遗憾，热糖酒会对头脑发生这样的作用，应该承认，它的味道不坏。只怪我用玻璃杯喝太多了，今后绝对只能用小碗。

这时我父亲已读完报，厨子也接见过了。

"你今天头痛？"

"非常痛。"

"可能读书太多了吧？"但刚提出这问题，我还没回答，他已发现不对头了。"我忘了，你昨天好像是去找尼古拉沙①和奥加辽夫的吧？"

"是的。"

---

① 尼古拉·戈洛赫瓦斯托夫。——作者注（按：即赫尔岑的表兄帕维尔·伊万诺维奇·戈洛赫瓦斯托夫之子。）

"他们请你喝酒了吗？……这是他们的命名日呢。又吃了加马德拉酒的肉汤？唉，我可不喜欢这一切。尼古拉沙喝酒毫无节制，这我知道，可不明白，他这习气是从哪儿学来的。帕维尔·伊万诺维奇在世时……嗯，到了6月29日他的命名日，照例要办一桌酒，把所有的亲戚请来吃一顿，但一切既简单又体面。现在呢，尽是香槟酒，油浸沙丁鱼，叫人看了都腻烦。至于普拉东·波格丹诺维奇那个不肖儿子，我不说也罢，反正不可救药！住在莫斯科……又有的是钱，对马车夫叶尔梅说一声：'买酒去！'马车夫就去了。他当然乐意，在酒店里又有十戈比银币的外快好捞了。"

"是的，我在尼古拉·帕夫洛维奇那儿吃的早饭。不过我想，我的头痛与这无关。我得到外面走一会儿，散步一向对我有点好处。"

"但愿如此。我想，你回家吃饭吧？"

"毫无疑问，我只出去一会儿。"

我得穿插几句，说明肉汤加马德拉酒是怎么回事。在四位命名人那盛大酒宴前一两年的一个复活节，我与奥加辽夫一起出外闲走，为了免得回家吃饭，我推说奥加辽夫的父亲请我去吃顿便饭。

我的朋友，父亲大多瞧不入眼，提到他们便故意讲错他们的姓名，例如把萨京叫作萨肯，把萨佐诺夫说成斯纳津。奥加辽夫更不在他话下，因为他把头发留得长长的，未经许可便在他面前吸烟。然而另一方面，他承认他是表侄孙，自然不便歪曲亲戚的姓。再说，普拉东·波格丹诺维奇无论就出身和财富而言，都属于我父亲所尊敬的少数人之列，我与他家来往，父亲当然赞成。不过，如果普拉东·波格丹诺维奇没有儿子，他一定更加高兴。

这样，拒绝他的邀请便显得不合适了。

但是我没有走进普拉东·波格丹诺维奇那尊贵的餐厅；我们先是去了诺温斯科耶附近普赖斯的游艺场（后来在日内瓦和伦敦，我非常高兴又遇到了这家卖艺人家），那儿有个小女孩很惹人喜爱，我们便叫她"迷娘"①。

我们看了一会儿迷娘的表演，决定晚上再来，就上"雅尔"吃饭。我身边有一个金币，奥加辽夫的钱也差不多。我们那时还是初出茅庐的小伙子，因此考虑半天，才点了一份"香槟酒鱼汤"，一瓶莱茵葡萄酒，一小盆野味；由于它们贵得要命，我们离开饭店时根本没有吃饭，只得饿着肚子再去看迷娘的表演。

临睡前我向父亲道晚安时，他说他闻到我身上有一股酒味。

"这大概因为肉汤中加了马德拉酒。"我说。

"加马德拉酒，这一定是普拉东·波格丹诺维奇的女婿出的主意，那是近卫军兵营的习惯。"

从那时起到我流放为止，每逢我脸色发红，父亲看出我喝了酒，便总是说：

"你今天又吃了加马德拉酒的肉汤吧？"

于是我快步赶到了萨京家。

当然，凯切尔和奥加辽夫还在那里。凯切尔睡眼惺忪，对某些安排表示不满，正在大加指摘。奥加辽夫根据顺势疗法的原则，"以酒解酒"，不仅把昨天喝剩的，还把今天彼得·费奥多罗维奇采购来的，统统喝得精光。至于彼得·费奥多罗维奇本人，这时他已在萨京家的厨房里唱歌、吹口哨、打拍子了：

---

① 歌德的小说《威廉·迈斯特的学习时代》中的人物，一个美丽的卖艺小女孩。

我漫步在马林丛中，

　　在悼亡节的那一天。

　　……回忆起我们的青年时期，我们这个圈子内的一切，我不记得有一件事可以成为我良心的负担，可以使我感到耻辱的。这对我们每一个朋友都不例外。

　　我们中间有过虚无缥缈的空想家，十七岁的绝望青年。瓦季姆甚至写过一个剧本，企图表现"自己那颗遍体鳞伤的心灵的可怕经历"。剧本开头是这样的："花园——远处可见房屋——窗上灯光闪烁——暴风雨——寂静无人——边门没关上，砰砰震响，夹杂着吱吱声。"

　　"除了边门和花园，没有登场人物吗？"我问瓦季姆。

　　瓦季姆有些伤心，对我说：

　　"你总是拿人开心！这不是讲笑话，这是我内心的经历；你再这么讲，我就不念了。"他又念了下去。

　　我们的逢场作戏有时也不是纯洁无疵的，甚至最后不是写剧本，而是跑药房。但是我们没有搞过粗俗的勾当，侮辱过一个女人，损害过一个男人，我们也没有养过一个姘妇，甚至从没想到过这个下流的名称。平静的、安全的、庸俗的小市民的腐化生活，立约存照的私通方式，与我们都是无缘的。

　　"那么，您赞成更坏的卖淫制度？"

　　"不是我，是你们！这是说不是您一个人，是你们每一个人。它在这个社会中早已根深蒂固，根本不需要我的赞成。"

　　社会问题，高涨的国民精神挽救了我们；不仅它们，高度发达的科学和艺术趣味也发挥了作用。它们像烧热的纸，可以清除油迹。我保存着奥加辽夫那时的几封信；根据它们，很容易判断我们当时的生活基调。例如，1833 年 6 月 7 日，奥加辽夫在给我的信上写道：

"看来我们彼此是了解的，可以开诚布公。我的信你不致拿给别人看。因此我得问你——从某个时候起，我确实充满了各种感觉和思想，可以说，它们一直压在我的心上，我似乎，不仅似乎，而是感到有一个思想深入了我的心灵，那就是：我的天职是当一名诗人，至于是写诗还是作曲，这都一样；但我觉得我必须生活在这思想中，因为我的自我感觉便是：我是诗人。即使我现在还写得很糟，但这燃烧在我灵魂中的火，这充满在我心头的激情给了我希望，我相信我会写得相当不错（请宽恕我这庸俗的表达）。朋友，你说吧，你相信我有这天赋吗？也许你比我自己更了解我，你是不会错的。——1833 年 6 月 7 日。"

"你在信上说：'对，你是诗人，真正的诗人！'朋友，你能想象这些话对我的全部影响吗？这么说，这不是假的，我的感觉，我的向往，我所赖以生活的那个思想，都不是假的。不是假的！你说的是真话吗？那么这不是热病的呓语，这是我的感觉。你比任何人更了解我，你知道，这是我的真实感觉。是的，这崇高的生活不是热病的呓语，不是骗人的幻觉，它太崇高了，不可能是欺骗，它是真实的，是我的生命，我不能想象我会有另一种生命。为什么我不懂音乐，否则，一曲绝妙的交响乐此刻便会从我的心头产生。你听，这是庄严的慢板①，但它没有力量表达，我要讲的比讲过的更

_____

① 原文是意大利文。

多；快板，急速地①，我需要狂风暴雨，汹涌澎湃的快板。慢板与快板是两个极端。打倒折衷主义的行板②和稍速③；它们是口吃的低能儿，既不能有力地表达，也不能有力地感受。——1833 年 8 月 18 日于切尔特科沃村。"

我们已不习惯青年时代这种热情洋溢的谈话，它使我们觉得陌生；然而一个不满二十岁的青年人写的这些字句，可以向我们清楚地证明，他是不会被卑鄙的罪恶和伪善的美德所玷污的，他也许会失足陷入泥沼，但仍将出污泥而不染。

这不是不相信自己，这是信心本身引起的疑虑，一种强烈的渴望，它要求证实，要求听到友爱的语言，尽管这是不必要的，但对我们又如此可贵。是的，这是正在萌芽的创造力所感到的烦躁，正在成长的胎儿的不安探视。

他在那封信④中又写道："我还不能捕捉我的心灵听到的那些声音，身体的不相适应限制了想象力。但是，随它去！我是诗人，在冷漠的推理无能为力的地方，诗歌向我提示了真理。这是启示的哲学。"

我们青年时代的第一阶段就这么结束了，第二阶段的开始是监狱。但是在跨进这个阶段之前，应该先讲一下，我们与它相逢的时候，正在朝什么方向前进，有些什么思想。

波兰起义被镇压以后的那个时期，很快教育了我们。尼古拉皇位坐稳了，暴政有增无减，但是使我们痛苦的不仅是这些；我们

---

① 原文是意大利文。
② 原文是意大利文。
③ 原文是意大利文。
④ 指 6 月 7 日的那封信。

忧心忡忡地开始看到，在欧洲，特别在法国，这个应该是发出政治信号和口令的地方，事情也并不妙。我们的理论在我们心中变得可疑了。

1826 年那种幼稚的自由主义，是按照法国观念逐渐形成的，这种观念拉斐德和邦雅曼·贡斯当曾宣扬过，贝朗瑞曾歌唱过，但是现在波兰覆亡之后，它对我们失去了迷人的魅力。

正是在这时，一部分青年，其中也有瓦季姆，投身到了深刻严肃的俄国历史的研究中。

另一部分人则埋头于研究德国哲学。

我与奥加辽夫既不属于前者，也不属于后者。我们与某些思想已结下了不解之缘，不能马上丢开它们。对贝朗瑞的"宴会上的革命"①，我们的信心动摇了，但我们在寻找另一种东西，那不可能在涅斯托尔的编年史②中，也不可能在谢林③的唯心主义先验论中找到的东西。

在这动荡不定、莫衷一是、对那些使我们困惑不安的问题力求作出回答的时期，我们弄到了圣西门主义者的一些小册子，了解了他们的理论和案情。这一切震动了我们。

浅薄的和并不浅薄的人们已对昂方坦④神父和他的使徒们揶揄

---

① 贝朗瑞常常在诗歌中以祝酒的方式宣传资产阶级民主革命思想，讽刺君主专制制度，因此赫尔岑这么说。

② 涅斯托尔（约 1056—1113），俄国基辅山洞隐修院的修士。古俄罗斯最早的历史文献《往年故事》，又名《编年史》，传说是涅斯托尔所编写。在 19 世纪，此书被斯拉夫主义者奉为经典。

③ 谢林（1775—1854），德国古典哲学代表人物之一，客观唯心主义哲学家。

④ 昂方坦（1796—1864），法国空想社会主义者，圣西门的追随者。1832 年，昂方坦带领一批圣西门主义者，企图在巴黎附近的梅尼尔蒙唐建立自己的理想社会因而被捕入狱。

够了；现在到了改变态度，承认这些社会主义先驱者的时候了。

在市侩的世界中，这些热情奔放的青年庄严地、诗一般的诞生了，他们穿着不开前襟的坎肩，留着长长的胡髭，向社会宣告新的信念。旧秩序想根据拿破仑法典①，根据奥尔良教规②，对他们提起公诉，他们却以自己的名义，振振有辞地要把旧秩序传上自己的法庭进行审问。

一方面是妇女解放，号召她们参加公共劳动，让她们掌握自己的命运，取得与男子平等的地位。

另一方面，对肉体宣告无罪，平反昭雪，恢复肉体的名誉③。

那些伟大的话包含着人与人之间新关系的一整个世界，这是健康的世界，精神的世界，美的世界，符合自然道德的、因而也是道德上纯洁的世界。许多人嘲笑妇女的自由，嘲笑对肉体权利的承认，给这些话加上肮脏的、庸俗的含义；我们的修士式淫欲观念惧怕肉体，惧怕妇女。善男信女们明白，净化肉体，尊重肉体，这是对基督教的送终祈祷；生的宗教代替了死的宗教，美的宗教代替了禁欲主义的、斋戒祈祷的宗教。被钉上十字架的肉体重又复活了，它不再为自己感到羞耻。人达到了和谐的统一，终于明白，他是一个整体，不是由两种互相制约的不同金属构成的钟摆，于是与他结合在一起的敌人消失了。

这些摆脱了唯灵论桎梏的话，要在法国公众面前公开宣讲，这

---

① 《拿破仑法典》本是拿破仑称帝时期制订的一部民法典，这里是就广义而言，指拿破仑时期的《刑法典》。1832年，法国政府根据《刑法典》第291条对圣西门主义者提起公诉，谴责他们破坏社会伦理道德。

② 法国奥尔良王朝时期 (1830—1848) 社会风气极坏，但统治者却指责圣西门主义者宣扬"新的宗教"、男女平等以及所谓"公妻"等。

③ 原文是法文。

需要多大的勇气啊！在法国人的观念中，唯灵论占有崇高的地位，尽管在他们的行为中它毫无地位。

旧世界曾为伏尔泰所嘲笑，为革命所打倒，但是市侩们又把它扶植起来，改头换面，奉为圭臬，供自己利用。它还没有与这种新思潮较量过。它企图根据两面三刀、口是心非的伪善原则，审问这些叛逆，反被他们揭露得体无完肤。它控告他们背弃基督教，他们却指出法官头顶的圣像在 1830 年革命后已被覆盖[①]。它控告他们为情欲辩护，他们便责问法官，他的一生难道真的那么贞洁吗？

新世界要挤进门来，我们的灵魂，我们的心，向它敞开着。圣西门主义成了我们信仰的基础，它的重要性始终没变。

敏于感受、真正年轻的我们，被它那强大的浪潮轻而易举地卷了进去。我们早已游过那条界线，在这条界线上，整批整批的人停步不前，垂下双手，向后倒退，或者在周围寻找浅滩，但是我们要横渡大海！

然而不是所有的人都肯跟我们一起冒险的。社会主义和现实主义[②]至今依然是屹立在革命与科学道路上的试金石。一群群游水者被历史的激流或思想的浪潮冲到了这些岩壁上，随即分散，形成了两个永恒的派别，它们尽管改换衣衫，却贯穿着全部历史，经历了一切变革，深入到人数众多的党派和十来个青年的小组中。一派代表逻辑，另一派代表历史，一派代表辩证法，另一派代表胚胎形成学。一派更正确，另一派更切实。

选择是根本谈不上的。约束思想比约束一切情欲困难，它不以

---

① 法国七月王朝时期，耶稣的十字架像从法庭上取消了，其他圣像也用绿布覆盖起来。

② 赫尔岑由于反对机械唯物主义，常用"现实主义"一词代替"唯物主义"。

人的意志为转移；谁能够用感情，用理想，用对后果的疑惧来遏止它，它是可以遏止的，但不是人人都能办到。一种思想一旦控制了一个人，那么对他说来，问题已不在于应用，不在于利害得失，他是在探求真理，坚定不移地、铁面无情地贯彻原则。过去的圣西门主义者是这样，今天的蒲鲁东①也是这样。

我们的小组团结得更紧密了。早在1833年，自由主义者已对我们皱眉头，仿佛我们走入了歧途。就在我入狱的前夕，圣西门主义使我与尼·阿·波列沃伊之间出现了鸿沟。波列沃伊是非常聪明的人，精力充沛，任何食物他都很容易消化；他天生是个杂志编辑，新成绩和新发现、政治斗争和学术斗争的编年史家。我是在快毕业时认识他的，后来不时走访他或他的弟弟克谢诺丰特②。那正是他声望最高的时候，《莫斯科电讯》查禁前不久。

这个人是靠今天的发现，昨天的问题，理论上的最新消息，社会上的最新动态生活的，他像变色龙一样千变万化，头脑灵活，可是他偏偏不能理解圣西门主义。对于我们，圣西门主义是一片新大陆，对于他，却是精神错乱，空洞的乌托邦，有碍于国民的发展。不论我怎样呼号，阐说，证实，波列沃伊还是充耳不闻，极为不满。他特别伤心的是，一个大学生居然与他分庭抗礼，寸步不让；他非常重视他对青年人的影响，可是在这场辩论中，他看到青年人已在离开他了。

有一次，他的荒谬反驳惹恼了我，我向他指出，他现在已经成了他所终生反对的那种落后的保守主义者。波列沃伊听了大不服

---

① 蒲鲁东（1809—1865），法国小资产阶级社会主义者，第一个自称为"无政府主义者"的人。

② 克谢诺丰特·波列沃伊（1801—1867），《莫斯科电讯》的编辑之一。

气，摇摇头对我说道：

"总有一天也有一个青年人会这么报答您终生的努力和辛劳，指着您的鼻子冷笑道：'走开，您已是落伍者了。'"

我可怜他，惹他生气我感到惭愧，但同时明白，他的伤心话正是对他自己的判决。这些话表明他已不是坚强的战士，只是一名过时的、衰老的斗士了。我那时便意识到，他不可能再前进了，然而他的头脑那么活跃，他的立场又那么不稳定，他也不可能站在原地不动。

你们知道，他后来怎样——他写了《巴拉沙·西比利亚奇卡》①……

一个人既不能及时退出舞台，又不能继续前进，倒不如在这时死去幸福得多。我看到波列沃伊，看到庇护九世②和其他许多人，便不免这么想！……

增补

亚·波列扎耶夫

我还得就亚·波列扎耶夫的生平讲几句话，作为对那个时期的悲惨记录的一个补充。

波列扎耶夫在大学读书时，已因写过一些优秀的诗篇而闻名。

---

① 波列沃伊于1825年起发行《莫斯科电讯》（双周刊），曾得到普希金的支持，别林斯基的赞赏，具有一定的进步意义。1834年沙皇政府取缔了《莫斯科电讯》，此后波列沃伊即转向了反动方面。《巴拉沙·西比利亚奇卡》便写于此时，它标志了波列沃伊的转变。
② 庇护九世（1792—1878），意大利贵族，曾任总主教等职。1846年他当选为教皇，持开明观点。在1848年的欧洲革命高潮中一度倾向进步，支持意大利的民族解放运动。但随着形势的发展，于1850年后逐步倒退，站到了欧洲反动势力的一边。

这些诗中有一首幽默长诗《沙希卡》，是模仿《奥涅金》的。在这诗中，他不顾一切伦理道德上的束缚，用诙谐的笔调，清新可爱的诗句，对许多现象尽情进行了讽刺。

1826年秋，尼古拉绞死了佩斯捷利、穆拉维约夫①和他们的朋友以后，在莫斯科举行加冕典礼。对于别人，这种庆典是大赦和恕罪的时机，但尼古拉在庆贺登基大典之后，便又着手"制裁祖国的敌人"了，正如罗伯斯比尔在自己的圣体瞻礼②之后所做的一样。

秘密警察向他呈上了波列扎耶夫的诗……

于是一天深夜三时，校长叫醒了波列扎耶夫，命他穿上制服，到办公室去。学区总监已在那儿等他。总监端详了一下他的制服纽扣是不是全部扣上，有没有多余的，没作任何解释便把波列扎耶夫请进自己的马车带走了。

他把他带到国民教育部，教育大臣又把他请上了自己的马车——但这次是直接带他去见皇上。

利文公爵③把波列扎耶夫留在大厅里，自己进内室去了。虽然这时还只是清晨六时，大厅里已等着几个宫廷侍从和其他高级官员。大臣们以为这个年轻人有了什么突出成就，立刻围拢来与他搭讪，有个枢密官还想请他担任儿子的家庭教师。

---

① 穆拉维约夫－阿波斯托尔（1796—1826），十二月党人，与佩斯捷利同时被处绞刑的五个人中的一个。

② 原文是法文。这本来是天主教的节日，意思是"主的节日"，但这里是借用这个名称。法国资产阶级大革命后，1794年雅各宾派专政时期，规定了对所谓"至高之神"的祭典，作为"公民的新宗教"，并于这年6月8日举行了庆典。当时法国革命正处在斗争十分尖锐的时期，因而雅各宾派在庆典之后，又立即加强了对国内敌人的镇压。赫尔岑在此即指这种革命恐怖政策而言。

③ 1828至1833年俄国的国民教育部大臣，但波列扎耶夫的事发生在1828年之前，因此这应该是利文的前任亚历山大·希什科夫。

波列扎耶夫给传进了办公室。皇上站着，靠在写字台上，正与利文谈话。他拿着一本笔记本，对进去的人投出了注视的、凶恶的一瞥。

"这些诗是你做的吗？"他问。

"是我。"波列扎耶夫回答。

"公爵，"皇帝继续道，"我可以给您一个例子，让您看看今天的大学教育是什么样子，青年人在那里学些什么。"于是又对波列扎耶夫说道："你把这本子上的诗念一下。"

波列扎耶夫心慌意乱，没有朗读。尼古拉把眼睛死死盯在他的身上。我知道这对眼睛，再没有比这对灰暗无光、阴森冷漠的铅一般的眼睛更可怕，更使人感到绝望的了。

"我没法读。"波列扎耶夫说。

"读！"那位最高司务长大喊道。

这一喊使波列扎耶夫恢复了力量，他打开了笔记本。后来他说："我从未见过《沙希卡》抄得这么工整，写在这么好的纸上。"

起先他读得并不顺口，但后来越读越有劲，终于大声地、生动地念完了这首诗。每到特别尖刻的地方，皇帝便向教育大臣做做手势。大臣怕得闭上了眼睛。

"您有何高见？"尼古拉等他读完后，问公爵道。"我不能让这种目无法纪的现象继续蔓延，这还只是迹象，是它的最后残余；我得把它彻底根除。他的品行怎样？"

大臣当然不了解他的品行，但是他良心发现，答道：

"品行非常端正，皇上。"

"这个反映挽救了你，但是必须惩罚你，让别人有所警惕。你愿意当兵吗？"

波列扎耶夫没有作声。

"我要你通过当兵洗清自己的罪行,你愿意吗?"

"我应该服从。"波列扎耶夫回答。

皇上走前一步,把一只手搭在他的肩上,说道:"你的命运依靠你自己;如果我忘了,你可以写信给我。"并吻了他的前额。

关于亲吻的事,我要波列扎耶夫讲了十来次,因为我总觉得这不像是真的。波列扎耶夫发誓这是事实。

波列扎耶夫离开皇帝,给带去见季比奇,后者也住在宫内。季比奇还睡着,给叫醒了,一边打哈欠,一边走出来,看了公文,便问侍从武官:

"就是他吗?"

"是他,大人。"

"不要紧!当兵,这是好事;我也是当兵出身,您瞧,现在当上了将军,元帅,有朝一日您也可能像我一样……"

这句不合时宜的、笨拙的德国式笑话,是季比奇的亲吻。波列扎耶夫给送进兵营当了兵。

过了三年,波列扎耶夫想起皇帝的话,给他写了封信。没有答复。过了几个月,他又写了一信,又没答复。他相信,信没送到,于是他私自离开了部队,他想亲自面呈申请书。但他的行动不够谨慎,他在莫斯科会见了一些老同学,一起喝了酒。这当然不可能保持秘密。在特维尔,他给当作逃兵捉住,戴上镣铐,徒步押回军营。军事法庭判了他笞刑,送请皇上批示。

波列扎耶夫想在笞刑执行前自杀。他要找一把锋利的刀子,在监狱里找了好久都没找到,便把自己的意图告诉了一个老兵。老兵是爱他的,了解他的心情,也尊重他的意愿。当他知道批文到了,就拿了把刺刀来，含着眼泪说：

"我亲自磨快了的。"

皇帝没有批准刑罚。

这时他写了一首很好的诗：

> 我郁郁不乐，
>
> 正在死去，
>
> 带给我灾难的恶神
>
> 却扬扬得意……①

波列扎耶夫给送往高加索，后来在那里因功擢升为军士。过了一年又一年，没有出路的苦闷处境摧毁了他。成为一名警察诗人，讴歌尼古拉的德政，他办不到，然而这是丢掉背囊的唯一途径。

不过还有另一条出路，他选择了它：为了忘记一切，他开始酗酒了。他写过一首可怕的诗《烈酒颂》。

他获得批准调往卡宾枪团，驻在莫斯科。这在相当大的程度上改善了他的命运，但是可恶的肺病已侵蚀了他的身体。我是这时认识他的，大概在 1833 年。他又受了四年折磨，然后死在士兵医院。

他的一个朋友去领尸体埋葬，但是谁也不知道尸体在哪儿。士兵医院是做尸体买卖的，它把它们卖给大学和医学研究院，用它们制作骷髅等等。最后在地下室找到了可怜的波列扎耶夫的遗体——它压在其他尸首下，已被老鼠啃掉了一条大腿。

---

① 引自波列扎耶夫的诗《天意》。

他死后，他的诗集^①出版了。本来书前有一幅他穿着士兵大衣的画像，但审查机关认为不合适，于是可怜的受难者给加上了军官的肩章——他是在医院中被提升为军官的。

---

① 书名《竖琴——亚历山大·波列扎耶夫的诗》，出版于 1838 年。

第二卷

监狱与流放

（1834—1838）

第八章

预言——奥加辽夫被捕——大火——莫斯科的自由主义者——米·费·奥尔洛夫——墓园

……1834 年春天的一个早晨，我去找瓦季姆，他不在家，他的兄弟姊妹也不在家。我走到楼上他的小房间中，坐下来写字条。

门慢慢开了，瓦季姆的老母亲走进屋子，脚步轻轻的，几乎没一点声响；她显得疲乏、虚弱，走到安乐椅跟前，一边坐下，一边对我说道：

"您写吧，写吧，我是来看看瓦佳回家没有。孩子们都出外溜达了，下面没一个人，我觉得寂寞，害怕，想在这儿坐一会儿；我不妨碍您，您写您的好了。"

她的脸色若有所思，比平时更清楚地反映出过去所受的苦难，对未来的疑虑畏惧，对生活的不信任，那种漫长而沉重的多灾多难的岁月留下的阴影。

我们开始闲聊。她给我讲了西伯利亚的一些情形。

"我吃了很多很多苦，今后也不会太平无事，"她摇摇头又道，"我心里有一种不祥的预感。"

我想起，有一次老太太听见我们高谈阔论，发表鼓动性的意见，脸色变得更白了，她轻轻叹口气，走进另一间屋子，好久不讲一句话。

"您和您那些朋友，"她继续道，"你们走的是一条必然毁灭的道路。你们会毁掉瓦佳，毁掉自己和每一个人。要知道，我把您当作儿子一样爱您。"

眼泪流下了她清癯的面颊。

我没作声。她握住我一只手，勉强笑着，又说道：

"不要生气，我的神经太紧张了；我一切都明白，您走自己的路吧，你们没有别的路，如果有，你们就不会那样了。这我懂得，但不能克制恐惧，我经历过的不幸太多了，再也无力忍受新的。您要注意，别跟瓦佳说什么，他会伤心的，会来劝我……他来啦。"老太太说，慌忙擦干眼泪，又瞧了我一眼，要我别作声。

可怜的母亲！神圣的、伟大的女性！

这抵得上高乃依的"他不如死了的好"①。

她的预言很快应验了；幸而这次风暴没有触动她一家人，但也给这个可怜的女人带来了不少折磨和恐怖。

"怎么，被捉走啦？"我问，从床上跳下来，摸摸脑瓜，想弄清楚我是不是在做梦。

"是警察局长夜里带了警官和哥萨克来捉的，离您走后才两个来小时，搜去了一些信件，带走了尼古拉·普拉托诺维奇。"

---

① 原文是法文。这话出自法国古典主义剧作家高乃依的名剧《贺拉斯》，该剧歌颂了爱国精神，在第三幕第六场中，当贺拉斯的父亲听人误传他的儿子临阵脱逃，便发出了这愤慨的诅咒。

这是奥加辽夫的听差。我不明白，警察局根据什么这么干，最近一段时间一切都很平静。奥加辽夫一天前才回来……为什么要逮捕他，不逮捕我？

不能袖手不管，我穿上衣服出去了，但没有一定的目的。这是落在我头上的第一个灾难。我心烦意乱，为自己的无能为力感到苦恼。

在街上徘徊了一会儿，我终于想起了一个朋友，他的社会地位使他有可能知道事情的原委，也许还能帮助我们。他住得非常远，在沃龙佐夫广场外的一所别墅中。我立刻跳上一辆街车，疾驰而去。这是早晨六点多钟。

一年半前，我认识了B①，在莫斯科他也算得是个名流。他在巴黎读过书，阔绰，聪明，知识渊博，头脑灵敏，思想开通，曾因12月14日事件坐过牢，关在彼得保罗要塞，后来被释放了；他没有吃到流放的苦，却获得了进步的名声。他在总督②手下办事，很有势力。戈利岑公爵喜欢思想自由开放的人，如果讲得一口流利的法语，更能得到他的器重。公爵不擅长俄国话。

B比我们大十来岁，他那种切合实际的言论，对政治事务的了解，流畅的法语，自由主义的热情，都使我们惊叹。他见多识广，谈吐娓娓动人，从容不迫，发表意见总是简明扼要，对一切都能作出答复，提出劝告或解决办法。他什么都读——新的小说，论文，杂志，诗歌，此外还孜孜不倦地研究动物学，为公爵起草计划，编写儿童读物提纲等等。

---

① 指当时莫斯科的自由主义官僚瓦西里·祖布科夫（1799—1862），祖布科夫在莫斯科司法界担任过显要官职，后来还当过总检察官。
② 即第六章中谈到的莫斯科霍乱流行时期的总督德·弗·戈利岑公爵。

他的自由主义是最纯粹的法国货，在莫吉恩①和拉马克将军中间属于左翼。

他的书斋里挂满所有革命名人的画像，从汉普登和巴伊到菲埃希②和阿尔曼·卡雷尔。在这革命的圣像壁下，是整整一个禁书书库。一具髑髅，几个塞填料的鸟类标本，几只晒干的两栖动物和一些浸在药水中的内脏，在书房过于热烈的气氛中，投下了认真思考和观察的色彩。

他的熟知人情世故使我们羡慕，他那种微带讽刺的含蓄的反驳方式对我们发生了极大影响。我们把他看作一个精明能干的革命家，一个未来的国务大臣。

我到达时，B不在家。他昨晚进城见公爵去了，他的听差说，过一两个小时一定可以回家。我留下来等他。

B的别墅精致华丽。我坐在书房里，书房高大宽敞，位在底层，一扇大门通向露台和花园。天气闷热，花园中不时送来树木和花草的阵阵清香。孩子们在屋前玩耍，笑声朗朗。富裕，满足，广阔，太阳和阴影，红花和绿叶……可是监狱里却狭窄，沉闷，黑暗。我沉浸在痛苦的思索中，坐了不知多久，蓦地听得听差用诧异而兴奋的声音从露台上喊我。

"什么事？"我问。

"请到这儿来，您瞧。"

---

① 莫吉恩（1785—1854），法国政治活动家，国会议员，对路易-菲力普采取反对派立场。

② 汉普登（1594—1643），英国17世纪资产阶级革命时期的著名政治活动家，国会领袖。巴伊（1736—1793），法国天文学家，也是积极参与18世纪末法国革命的政治活动家。菲埃希（1790—1836），法国共和主义者，1836年行刺路易-菲力普未遂，被处死。

我不愿扫他的兴，走到露台上一看，我愣住了。远处火光冲天，烧红了半个天空，仿佛那些房子是同时着火的。大火还在以惊人的速度向周围蔓延。

我站在露台上发呆。听差望着大火，露出幸灾乐祸的狞笑，一边念叨："烧得好，右边这幢屋子也要着火了，一定要烧着了。"

大火含有革命的意味，它嘲笑私有制度，消灭财富的差别。听差本能地懂得这一点。

过了半个小时，四分之一的天边已被浓烟笼罩，下面是通红的火海，上面是灰黑的烟雾。这一天烧掉了列福尔托沃村。这是一系列纵火案的开始，它们继续了五个来月，我们以后还会谈到它们。

最后 B 回来了，他神采奕奕，亲切殷勤，对我说他路过火灾的地点，听到大家议论，讲这是纵火，然后半开玩笑地说道：

"这是普加乔夫起义，您等着瞧吧，我和您也跑不了，会给绑在木桩上烧死……"

"我们不用等到烧死，恐怕已给钉上镣铐了。"我回答。"您可知道，昨天夜里警察把奥加辽夫抓走了？"

"您说什么——警察？"

"我就是为这事来找您的。必须想想办法，请您找公爵打听一下，这是怎么回事，设法让我见见他。"

没有回答。我不由得抬头看看 B，奇怪，他变了，仿佛一下子老了几年，脸色颓丧，再也提不起精神，唉声叹气地有些发慌。

"您怎么啦？"

"我早对您说，经常对您说，这么干准会出事的……对，对，这完全是意料之中的，现在可好，我清清白白，毫无罪过，说不定也得跟着你们蹲监狱；这种事不是闹着玩的，我尝过坐牢的滋味。"

“你去不去找公爵？”

“算了，这顶什么用？我作为一个朋友，劝您别再提奥加辽夫的事，尽可能安分守己一些，要不，非出事不可。您不懂得，这有多危险，我是真心劝您：莫管闲事。您要管也管不了，您救不了奥加辽夫，自己反而会遭殃。专制制度就是这么回事，什么权利，保障，统统都是废话；律师和法官干得了什么？”

今天我没有兴致听他高谈阔论，拿起帽子走了。

回到家中，我发现大家慌作一团。父亲为奥加辽夫的被捕正生我的气；参政官也来了，在检查我的书，把他认为危险的挑出来，神色很不满。

在桌上，我看到米·费·奥尔洛夫的一张请帖，是邀我去赴宴的。我想，他会不会有办法？我虽然已经有了教训，但不管怎样，试试不是坏事，问问并不吃亏。

米哈伊尔·费奥多罗维奇·奥尔洛夫是著名的幸福社[①]的创始人之一，如果说他没去西伯利亚，那么这不是他的过错，而是他的哥哥利用了尼古拉对他的特殊宠幸，何况这位哥哥[②]是第一个在12月14日率领自己的近卫骑兵去保卫冬宫的。奥尔洛夫被遣送回乡，过了几年才获准重返莫斯科居住。他在乡下过了一段孤独的生活，埋头研究政治经济学和化学。我第一次见到他，他就向我介绍新的化学名称表。一切精力充沛的人，凡是较后开始研究某门科学的，

---

① 十二月党人的两个主要组织“南社”和“北社”的前身，成立于1818年，会员两百多人，但内部存在着急进的小资产阶级共和派同自由主义地主集团的君主立宪派的斗争，因而于1821年解散。

② 指阿·费·奥尔洛夫（1786—1861），俄国官僚和高级将领，1825年参与镇压十二月起义，后成为沙皇的宪兵司令和第三厅长官。

总想显显身手，按照自己的意愿把房间重新布置一下。他的名称表比公认的法国名称表复杂。我想提醒他这一点，便装得十分钦佩似的，开始向他证明，他的名称表好是好，但是从前的更好。

奥尔洛夫不服气，但后来同意了。

我的奉承收了效，打那时起我们一直保持着亲密关系。他看我是新生力量，我看他是与我们志同道合的沙场老将，我们的前辈英雄们的一位朋友，生活中的一种崇高现象。

可怜的奥尔洛夫像笼中的狮子。他在铁槛上到处猛撞，到处找不到出路，找不到事干，对工作的渴望折磨着他。

法国没落之后，我常常遇到这一类人，这些人热衷于政治活动而无用武之地，又不甘心困居书斋，或者安享天伦之乐。他们受不了孤单寂寞，孤独引起他们的忧郁症，他们变得喜怒无常，与最后几个朋友争吵不休，认为所有的人都在阴谋陷害他们，因此自己也搞阴谋，耍手段，要揭穿这些事实上并不存在的陷阱。

他们像需要空气一样，需要舞台和观众。在舞台上他们不愧英雄本色，能吃大苦耐大劳。他们不能缺少热闹的生活，雷电，炮火；他们需要大声疾呼，也欢迎敌人的反驳；他们寻找机会挑起斗争，激发危险——没有这些强身剂，他们就要发愁，萎缩，垂头丧气，闷闷不乐，盲目行事，造成错误。赖德律-洛兰①就是这样；顺便说一句，这个人的脸也叫我想起奥尔洛夫，特别是在他蓄了口髭以后。

他长得一表人才，体格魁梧，仪态高雅，相貌威武漂亮，颅骨高高突出，这一切和谐地结合在一起，使他的外形具有一种不可

---

① 法国激进的共和主义者，赫尔岑与他很熟，详见以后几卷。

抗拒的魅力。他的半身像可以与阿·彼·叶尔莫洛夫 [①] 的半身像并列而无愧。那紧蹙双眉的四方额角，满头的苍苍白发，犀利明亮的眼睛，赋予这些终生戎马倥偬的老将一种美，正是这种美使玛丽亚·科丘别伊爱上了马泽帕 [②]。

奥尔洛夫百无聊赖，不知道做什么好。他筹划开办一家水晶玻璃厂，制造中世纪的绘图玻璃，可是成本比售价更高。他又想著书立说，写一本《论信贷》的书，可是不成，心定不下来，其他出路又没有。这头狮子注定了只能在阿尔巴特街和巴斯曼街之间无所事事地游荡，甚至不能无所顾忌地讲话。

看到奥尔洛夫拼命想当学者，理论家，我觉得非常难过。他头脑清楚，才气焕发，但他所有的绝对不是思辨的才能，以致他老是颠三倒四，想对各种早已解决的问题搞别出心裁的新体系，化学名称表即是一例。一切抽象事物，他决不在行，可他偏不服气，顽强地要与形而上学打交道。

他冒冒失失，讲话不知检点，以致经常犯错误；他又为人豪爽，心直口快，有什么说什么，但突然想起自己的地位，只得中途改变态度。这种策略性的大转弯对他而言，比玄学和名称表更不好应付；有时他落进了一根套索，为了摆脱困境，又落进了第二根、第三根套索。他为此挨骂；人们这么肤浅，粗心大意，往往只是听其言，不肯观其行，把个别失误看得比整个性格更重要。我们不应该从叱咤风云的雷古卢斯 [③] 的角度责备这个人，应该责备的是

---

① 俄国将领，1812 年卫国战争中的英雄。

② 见普希金的长诗《波尔塔瓦》。马泽帕本是一个真实人物，彼得大帝时乌克兰哥萨克的首领，后背叛俄国，投靠瑞典国王。在普希金的长诗中，俄国少女玛丽亚爱上了白发苍苍的马泽帕，这一情节是诗人虚构的。

③ 古罗马将领。

可悲的环境，在这个环境中，一切光明正大的感情只能关在心里，或者当私货一样偷偷运送；大声讲一句话，便得整天担心，怕警察光顾……

酒席是丰盛的。我正好坐在拉耶夫斯基将军①旁边，他是奥尔洛夫的内弟。拉耶夫斯基在12月14日后也失宠了，他是著名的尼·尼·拉耶夫斯基的儿子，十四岁就与哥哥一起，随着父亲参加了博罗季诺战役；后来他因负伤死在高加索。我向他讲了奥加辽夫的事，问他，奥尔洛夫能不能、肯不肯帮助我们？

拉耶夫斯基脸上出现了一层乌云，但这不是我早晨看到的那种哭哭啼啼的活命思想的表现，而是痛苦的回忆与厌恶交织在一起的产物。

"这不是什么肯不肯的问题，"他回答，"只是我怀疑，奥尔洛夫帮得了多少忙；饭后你到书房去，我带他过来。"沉默了一会儿，他又说，"看来现在轮到你们啦；谁也逃不过这个旋涡。"

奥尔洛夫向我问了详情，便写信给戈利岑公爵，说有要事面谈。

"公爵是正派人，"他对我说，"如果他无能为力，至少会把真相告诉我。"

翌日，我去听回音。戈利岑公爵说，奥加辽夫被捕是皇上下的命令，并已任命了审讯委员会，具体的缘由是6月24日的一次宴会，在这次宴会上唱了煽动性的歌。我听了莫名其妙。这一天是我父亲的命名日，我整天在家，奥加辽夫也与我在一起。

---

① 拉耶夫斯基（1801—1843），近卫军骠骑兵将军，早年与普希金友善，对十二月党人抱同情态度。他的父亲也名尼古拉，是1812年卫国战争中的英雄。他的哥哥亚历山大也是普希金的朋友，著名将领。

我怀着沉重的心情告别了奥尔洛夫。他也很难过，我伸手与他握别时，他站起来抱住我，紧紧按在他宽阔的胸膛上亲吻。

仿佛他已感到我们要长期分别了。

从那以后，我只见过他一次，这是整整六年之后了。他已垂危，病容满面，若有所思，脸上出现了一种新的桀骜不驯的表情，这一切使我不寒而栗。他忧心忡忡，预感到自己即将灭亡，而时局动荡不定，看不到出路。过了两个月他死了；他的血管硬化了。

……卢塞恩有一座惊人的雕塑品，是托瓦尔森①利用天然岩壁凿成的。一头垂死的狮子躺在洼地上；它受了致命伤，血从伤口流出，伤口还留着一截断箭；它把威武的头靠在爪上，呻吟着，目光流露出难以忍受的痛苦；周围一片空旷，下面是一个水池。这一切都被山、树和绿叶遮蔽着，行人经过，不会想到这儿有一头万兽之王正在死去。

有一次，我坐在长凳上，面对着这石雕的受难者端详了好久，我突然想起了我最后一次对奥尔洛夫的访问……

离开奥尔洛夫回家时，我路过莫斯科警察总监的家，我的头脑中突然出现了一个思想：公开要求他准许我与奥加辽夫见面。

我有生以来还从未与任何警察打过交道。我等了老半天，警察总监终于出来了。

我的问题使他惊讶。

"您根据什么理由要求与他见面？"

"奥加辽夫是我的亲戚。"

---

① 托瓦尔森（1770—1844），丹麦杰出的雕刻家。卢塞恩在瑞士，这座石雕由托瓦尔森于 1821 年设计制作，纪念 1792 年为保卫巴黎杜伊勒里宫而死难的瑞士人。

"亲戚？"他问，不眨眼地注视着我。

我没有回答，但也照样不眨眼地注视着这位大人。

"我不能答应您的要求，"他说，"您的亲戚是严禁会客的。我非常抱歉！"

……情况不明，无能为力，我万分烦恼。这时几乎没有一个朋友在城里，什么消息也无从打听。警察似乎忘记了我，把我丢开了。我寂寞无聊，心乱如麻。但是，当天空盖满乌云，流放和监狱的漫长黑夜向我逐渐逼近时，一线光明照到了我身上。

一个十七岁的少女，我一直把她当作小孩的，说了几句充满同情的话，它们使我恢复了力量。

我的故事中第一次出现了女性的形象……严格地说，这也是贯穿在我一生中唯一的一个女性形象。

那激动过我心灵的、短暂的、青春的欢乐，在它面前变得暗淡了，像幻景一般消失了；再也没有其他新的欢乐。

我们在墓园相会。她站着，身子靠在墓碑上，与我谈起了奥加辽夫，我的悲伤平息了。

"明天见。"她说，向我伸出了手，含着眼泪嫣然一笑。

"明天见。"我回答……久久凝望着她那逐渐消逝的背影。

这是 1834 年 7 月 19 日 ①。

---

① 赫尔岑这里写的是他与纳塔利娅的会见（实际上是在 7 月 20 日），这是在他被捕前夕。

第九章

逮捕——见证人——普列契斯钦区的警察所办公室——家长制法庭

……"明天见,"我反复嘀咕着,睡熟了……心里非常轻松舒适。

深夜一点多钟,我父亲的听差喊醒了我;他没穿外衣,神色慌张。

"有一个军官要找您。"

"什么军官?"

"我不认识。"

"哦,我知道了。"我对他说,披上了罩衫。

大厅门口站着一个人,裹在军用大衣里;窗上映出白白的帽缨,后面还有几张脸——我认出了哥萨克军帽。

这是警察分局局长米勒。

他拿着总督的命令对我说,根据这命令,他要检查一下我的文件。蜡烛送来了。局长拿了我的钥匙;一个警官带一名中尉,动手翻我的书和衣服。局长查看我的信件,他觉得一切都可疑,随即把它们统统放在一旁，蓦地转身对我说道：

"现在请您穿好衣服，您得跟我一起走。"

"去哪里？"

"去普列契斯钦的警察所。"局长若无其事地回答。

"然后呢？"

"以后的事，总督的命令中没有讲。"

我开始穿衣服。

这时间，惊慌的仆人叫醒了我的母亲；她从卧室奔向我的房间，但在客厅与大厅之间的门口被一个哥萨克拦住了。她大叫一声，我打了个寒战，朝那儿跑去。警察局长丢下信件，跟进大厅，向我母亲表示了歉意，放她进屋，一边大骂那个无辜受责的哥萨克，然后回来继续看信件。

父亲跟着来了。他脸色苍白，但仍竭力扮演他那种冷漠恬淡的角色。气氛是沉闷的。母亲坐在墙角边啼泣。老人在与局长交谈，净讲些无关紧要的话，但他的声音发抖。我怕我不能支持太久，又不愿流泪，让警察们看了得意。

我扯了一下局长的衣袖。

"我们走吧！"

"走吧。"他高兴地说。

我父亲走出房间，过一会儿又回来了。他拿着一枚小小的神像替我挂在脖子上，说他父亲临终前曾用这神像祝福过他。我很感动，这个宗教性礼物向我表明，老人心头的惶恐和震惊达到了什么程度。我双膝跪下，让他挂神像。他扶起我，拥抱并祝福了我。

神像是珐琅的，刻着盛在盘子上的先知约翰[1]被砍下的头颅。这是什么意思呢？是警戒、劝告，还是预言？我不知道，但它给我留下了深刻的印象。

我的母亲几乎昏厥。

所有的仆人都含着眼泪送我下楼，争先恐后吻我的手——我像活着参加自己的出殡。警察局长皱皱眉头，催我快走。

出了大门，他命令全队集合；我看到他一共带来四个哥萨克，两个警官和两名警察。

"让我回家吧。"一个满面胡髭、坐在门口的人向警察局长恳求。

"去吧。"米勒说。

"这是什么人？"我坐上马车时问。

"见证人；您知道，没有见证人，警察是不准走进居民家中的。"

"因此你们把他留在大门外面？"

"这不过是例行手续！其实何必多此一举，不让人睡觉。"米勒说。

两个哥萨克骑了马护送我们。

警察所内没有专门关押我的屋子。局长命令，让我天亮以前睡在办公室中。他亲自把我带到那里，自己朝安乐椅上一坐，一边困得直打哈欠，一边叨咕："这鬼差使，从三点钟起就到处跑，又跟您磨到了天亮——现在恐怕已经三四点钟了吧，可明天九点还得向上头汇报。"他坐了一会儿，说声"再见"，便走了。军士锁上门，对我说，如果有事，可以在门上敲几下。

---

[1] 《圣经》中的人物，曾为耶稣行洗礼，因而又称施洗约翰。后来犹太王希律应女儿莎乐美的请求，砍下了约翰的头，盛在盘子里，送给莎乐美。见《新约全书·马可福音》第六章。

我打开窗户——东方已经发白，晨风微微吹拂；我向军士要了一大杯水，喝得光光的。我一点也不想睡。再说，也没有地方可躺，除了两把皮椅和一张安乐椅，办公室里只有一只堆满公文的大桌子，墙旮旯的小桌子上堆的案卷更多。幽暗的长明灯不能照亮房间，只在天花板上映出一个摆动的光圈，随着曙光的到来，光圈正逐渐暗淡。

　　我坐在所长的位子上，随手从桌上拿起一份文件翻阅，这是加加林公爵家一个仆人的埋葬证和检验书，证明根据一切科学鉴定，该人确系因病死亡。我又拿起另一份，那是警察条例；我匆匆浏览一遍，发现其中有一条这么写："一切被捕者在被捕后三日内，均有权获知被捕原因，否则应即释放。"我记住了这条条文。

　　过了个把钟头，我看到我们的管家从窗外走过，他是来给我送枕头、被子和大衣的。他大概在向军士说情，要求让他进屋见我。这是个白发老人，我小时候曾给他的两三个孩子祝福过。军士粗声粗气吆喝着，把他赶走；我家一个车夫站在旁边。我从窗口叫他们。军士慌了，命令他们快走。老头儿向我弯腰鞠躬，流下了眼泪。车夫把马抽了一鞭，摘下帽子，揉揉眼睛，马车便驶走了，我不觉泪如泉涌，心潮澎湃。这是我被囚禁后最初的、也是最后的眼泪。

　　到了早晨，办公室开始来人了。起先是一个文书，醉醺醺的，昨夜的酒还没醒，这是个火红头发的痨病鬼，满面粉刺，脸上一副酒色过度的神气。他穿的那件土灰色燕尾服怪模怪样的，脏得起了油光。接着又进来一个穿警士大衣的家伙，举止非常粗野，一进屋就问我：

　　"怎么，是在戏园子里给抓住的？"

　　"我是在家中被捕的。"

213

"是费奥多尔·伊万诺维奇亲自捉的？"

"费奥多尔·伊万诺维奇是谁？"

"米勒上校。"

"对，是他。"

"我明白了。"他向红头发的文书眨眨眼睛，后者没有任何反应。老兵痞不再往下讲了，他看见我不是因为喝酒闹事被捕的，便不再发生兴趣，也可能是怕跟一个危险的犯人搭讪。

过不多久，各种办事员陆续到了。这些人神色昏昏沉沉，还没睡醒似的。最后，人们争争吵吵来告状了。

一个妓院老板娘告酒店老板，说他在他店里当众辱骂她，那些话下流极了，她作为一个妇女，简直不便当着老爷们的面讲出口。酒店老板发誓，他从没讲过这一类话。老板娘发誓，他骂了不只一次，而且声音很响，还说他挥手想打她，要不是她躲得快，她的脸准会让他砸烂。掌柜说，首先，她欠了账不还，其次，在他开的店里侮辱他，还扬言要纠集她的相好来跟他拼命。

老鸨子生得高大，邋遢，眼皮浮肿，用刺耳的尖嗓门大叫大闹，唠唠叨叨说个没完。掌柜的话不多，主要靠表情和动作。

贤明的警官不问情由，把两个人都臭骂了一顿。

"狗吃得太饱了就乱嗥！"他说。"你们这些混蛋，不老老实实待在家里，我们一放松，你们就乱来。你这老婆子，你瞧，什么大不了的事！一吵架就要找长官，吵得长官不得安生，这哪成。再说，你是个什么东西？这不是头一回啦，叫我说什么好呢，不想想你干的什么营生。"

酒店老板晃晃脑袋，耸耸肩膀，表示非常满意。警官马上回过头来攻击他：

"你这狗,从柜台里乱嚷什么,想去西伯利亚吗?说话这么下流,还想动手打人——要吃皮鞭不成?"

对于我,这场面相当新鲜有趣,它一直留在我的脑海中。这是我第一次看到的俄国宗法制法庭审判实况。

老鸨子和警官一直吵到所长进屋为止。所长一到,不分青红皂白,也不问谁是谁非,便大骂一通,声音更加粗野:

"滚出去,统统给我滚蛋;难道这里是澡堂,还是酒店?"

赶走了"混蛋"之后,他教训警官了:

"让这些家伙在这里大吵大闹,成何体统?我跟您说过多少回了,不要忘记您是警官,哪能由着他们胡闹,弄得乌烟瘴气。您对这些骗子太客气了。这个人是谁?"他看到我,便问。

"犯人,"警官回答,"费奥多尔·伊万诺维奇送来的,这儿有公文。"

所长匆匆看了一下公文,打量着我,发现我也一眼不眨注视着他,他很不满,但知道他一开口就会遭到我的反击,因此只是说了一声:

"对不起。"

妓院老板娘与酒店老板的案子并未了结,她又来了,提出要对方起誓,神父来了,似乎两人都起了誓,但结果究竟如何,我没看到。我给带到了总局,不知为什么,谁也没问我一句话,我又给送回了警察所。那里已给我准备了一间房子,就在瞭望塔下面。军士对我说,如果我想吃什么,得派人去买,因为公家的伙食费还没有批下来,这至少要过两天,而且只有三四戈比银币,因此有身份的犯人宁可放弃这个权利。

墙边放着一张肮脏的长沙发,时间已过中午,我觉得非常困倦，倒在沙发上死一般的睡熟了。等我一觉醒来，心头已经平静，不再发愁了。最近我一直为得不到奥加辽夫的消息而痛苦，现在轮到了我，危险已不再显得遥远，它来到了我身边，乌云就在我的头顶了。这第一次迫害必然成为我们的按手礼 [①]。

---

① 天主教和东正教的"圣事"之一，由主教把手按在教徒头上行"坚信礼"，认为可使"圣灵"降于其身，因而坚定其信念，振奋其虔诚精神。这里是指更坚定了赫尔岑的革命信念。

第十章

在瞭望塔下面——到过里斯本的警官——纵火犯

一个人只要多少有点涵养，他对监狱很快就会适应。牢笼中的安静和充分自由，一旦习惯之后，也就无忧无虑，心安理得。

起先不准我看书。所长要我相信，从家中送书来是不允许的。我就托他买。"如果是科教书之类，文法什么的，也许还可以，别的就得请示总座了。"劝我读文法书解闷，这相当可笑，然而我还是双手拉住所长，托他代买一本意大利语法和辞典。我身边有两张十卢布的纸币，给了他一张；他立即派一个警官替我买书，还把我写给警察总监的信交给他。在这信上，我根据我所看到的条文，要求向我说明逮捕我的理由，或者释放我。

这信我是当着所长的面写的，他劝我不必多事："这没用，真的，何必麻烦总座，他会怪您不守本分——这对您有百害而无一利。"

晚上警官来了，说奉总监大人命令向我口头转达，到时候我会知道被捕的原因。接着从口袋里掏出一本油污的意大利语语法，笑了笑又道："巧得很，书里就有词汇解释，不用买字典了。"至于找

217

头，他连提也没提。我想再写信给警察总监，但在普列契斯钦的警察所里扮演小汉普登①的角色，未免太滑稽了。

我被捕后大约过了一个半星期，夜间九点多钟，来了一个身材瘦小、皮肤黝黑、脸上有些麻斑的警官，他命令我穿好衣服，随他前往审讯委员会。

我穿衣时，发生了下面这件叫人啼笑不得的事。我是由家里送饭的，仆人把饭菜交给下面的值班军士，军士打发一个兵给我送上来。每天可以送半瓶至一瓶葡萄酒。尼·萨佐诺夫利用这规定，给我送来了一瓶约翰尼斯堡高级葡萄酒。我与士兵用两只钉子打开瓶塞后，屋里立刻变得酒香扑鼻。我打算好好享受它三四天。

蹲过监狱的人才知道，我们身上保留着多少稚气，一些小事，从一瓶酒到逗弄看守人，都能使我们高兴不已。

麻脸警官发现了这瓶酒，要求我让他喝一点。我有些舍不得，但口头上只得表示同意。我没有酒杯。这混蛋便拿了一只玻璃杯，斟了满满一杯，一口气灌进了肚子。这样喝酒的只有俄国人和波兰人，我跑遍欧洲，没看见谁能一口气喝完一玻璃杯，或者一口喝干一酒杯的。我损失了一大杯酒，正感到痛心，麻脸警官却扬扬得意，掏出沾满鼻烟的蓝手帕，把嘴唇擦了一遍，向我赞美道："马德拉酒真好极啦！"这使我更加不满，我厌恶地瞅了他一眼，幸灾乐祸地想，人忘了给他种牛痘，老天爷却没有忘记让他出天花。

这位品酒行家把我带到特维尔林荫大道的警察总署，领进侧面的客厅，让我一个人待着。过了半小时，从里屋走出一个胖子，神

_____

① 见第八章注。汉普登在英国资产阶级革命前夕的国会中，经常扮演反对派的角色，向政府提出各种质询。

色懒洋洋的，相貌忠厚，他把公文包丢在椅上，把站在门口的宪兵支使走了。

"我看，"他对我说，"您是为最近被捕的奥加辽夫和其他青年人的案件来的吧？"

我说是的。

"我是偶然听到的。"他继续道。"这案子真怪，我一点也不明白。"

"我为这案子坐了两个礼拜监牢，岂但什么也不明白，简直什么也不知道。"

"这样才好呢。"他注意地看了我一眼，说道。"最好什么也不知道。您恕我直言，我这是给您的忠告，您还年轻，血气方刚，您想讲话，这最糟糕；不要忘记，您什么也不知道，这是唯一得救的道路。"

我惊讶地看看他，他的脸上没一丝恶意；他猜到了，笑笑说：

"我自己十二年前也是莫斯科大学的学生。"

一个官员进来了；胖子作为长官，吩咐了几句便走了；临走时对我亲切地点点头，用手指按了按嘴唇。后来我再也没遇见这位先生，不知道他是谁。但他的忠告出自真心这一点，我是体会得到的。

接着，警察局长来了，不是费奥多尔·伊万诺维奇，是另一个人。他叫我去委员会。一间大客厅，布置得富丽堂皇，桌边坐了五个人，个个全副戎装，只有一个衰弱的老人是例外。他们一边抽雪茄，一边聊天，兴高采烈，解开了纽扣，舒适地靠在安乐椅上。主持审讯的是警察总监。

他看见我走进屋子，便对规规矩矩坐在墙角边的一个人说道：

"老爷子，开始吧！"

这时我才看清楚，墙角里坐着一位老神父，他花白胡髭，脸色青中透红，正打瞌睡，盼望回家，惦记着别的事，一边用手遮住嘴巴打哈欠。他用唱歌似的声调慢条斯理地开导我，对我说，在沙皇任命的官员面前，不讲真话是罪孽，隐瞒真相也对我不利，要知道上帝无所不在，无所不知；他甚至没有忘记引用经文："一切权力都来自上帝"，"恺撒的东西应当归还恺撒"[①]。最后，他要我吻一下神圣的福音书和正义的十字架，保证履行我的誓言（其实我并未发什么誓言，他也没要我讲），忠诚坦率地供出全部真相。

讲完后，他赶紧把福音书和十字架包好。警察总监齐恩斯基从座位上欠起一点身子，对他说，他可以走了。然后转过身子把神父的话译成普通语言。

"除了神父所讲的以外，我还得补充一点：如果您想抵赖，那是办不到的。"他指指故意堆在桌上的一叠叠文件、信札和画像。"只有坦白认罪才能得到从宽发落。是无罪释放，还是送往博布鲁伊斯克，送往高加索——这取决于您本人。"

问题是用书面提出的；有几个问题天真得惊人："您知道任何秘密团体的存在吗？您有没有参加其中任何一个——文学团体或其他团体？它的成员有哪些人？在哪里集会？"

这一切非常容易回答，只消一个"不"字就够了。

"看来您什么也不知道，"齐恩斯基看了我的答案，说道。"我得警告您，不要把您的情况弄复杂了。"

第一次的审问就这么宣告结束。

———————

① 均出自《新约全书》。前者见《罗马书》第十三章，后者见《马太福音》等，意思是应该忠诚老实。

……过了八年，在审讯委员会所在的这幢房子的另一部分，住着一位年轻时容貌美好的妇女和她的漂亮女儿，这位妇女是新任警察总监的妹妹 ①。

我常去她家，每次都要穿过那间大厅，齐恩斯基一伙当年便在这里审问和折磨我们。当时和以后，大厅里都挂着保罗一世的画像，这是为了告诫人们，专横暴虐和滥用职权可以落到何等屈辱的地步，还是为了鼓励警察使用一切残忍手段，我不知道；然而他在这里，鼻子翘起，眉头紧锁，拿着手杖，一副威严的样子，我每次经过像前总要逗留一下，但那时我是囚徒，现在则是宾客。它附近的小客厅，一切都显得那么柔和，那么美好，与这幢迫害人的森严屋子毫不相称。我在那里总感到不自在，仿佛看到一朵盛开的鲜花长在看守所阴暗的砖墙上，有些惋惜。我们这不多几个朋友在这儿欢聚一堂，尽情谈笑，听来有些奇怪，似乎是对它的嘲笑，因为它听惯的是审问、告密和挨户搜查的报告，它的背后隐藏着警官的密谋策划，囚犯的呻吟叹息，宪兵的马刺和乌拉尔哥萨克的军刀的碰击声……

过了一两个星期，麻脸警官又来了，又把我带到了齐恩斯基的官邸。过道里挤着一些上了镣铐的人，有的坐着，有的躺着，周围是拿枪的士兵。接待室里也有几个人，属于不同的阶层，他们没上锁链，但也被严密看管着。警官告诉我，这都是纵火犯。齐恩斯基到火灾现场去了，必须等他回来。我们是在晚上九点多钟到达的，到午夜一时还没人来问一声。我一直若无其事，与纵火犯一起坐在接待室中。这些人有时这一个给叫出去，有时另一个给叫出去，警

---

① 指玛丽亚·霍夫林娜 (1801—1877)，当时莫斯科社交界的名媛，常在家中举行晚会，接待文艺界人士。她的哥哥于 1845 至 1854 年任莫斯科警察总监。

察来来往往，铁链铮铮作响，那些兵闲得无聊，就咔嚓咔嚓玩步枪，练刺杀。快到一点钟时，齐恩斯基回来了，满身烟臭和煤灰，他走进书房，没在外面停留。过了半小时，我的警官给叫去了，他回来时脸色煞白，慌慌张张，面部的肌肉不住抽搐。齐恩斯基把头探出门外，对我说道：

"赫尔岑先生，委员会等了您一个晚上，您本应该去见戈利岑公爵的，可这饭桶却把您带到了这儿。我很抱歉，您在这里白等了这么久，但这不是我的过错。碰到这样的办事人员有什么法子？我看，这家伙干了五十年差使，还是个大傻瓜。"接着，他换了一种口气，非常粗暴地对警官道："算了，现在回去得啦！"

警官一路上直叨咕："我的天！真是倒了大霉！无缘无故也会大祸临头——反正他再也忘不了这件事。如果那儿不在等您，他还无所谓，可现在我给他丢了脸——我的天，真倒霉！"

我宽恕了他揩油我一大杯莱茵葡萄酒的事，特别是听他说，有一次他掉在里斯本附近海里，也没现在这么惊慌。我压根儿没想到他到过里斯本，听了不觉捧腹大笑。

"您怎么会在里斯本的？真有这么回事吗？"我问他。

原来，老头儿当过二十五年海军军官。我不得不同意那位大臣向戈贝金大尉讲的话①：在俄国，凡是为祖国出力的人，不会得不到某种方式的报答。确实，他在里斯本获救，看来是为了使他可以在服役四十年之后像个孩子一般给齐恩斯基辱骂。

其实他并无过失。

由总督②组成的审讯委员会不合皇上的心意；他任命了新的委

---

① 出自果戈理的《死魂灵》第十章《戈贝金大尉的故事》。

② 指莫斯科总督德米特里·戈利岑公爵。

员会，由谢尔盖·米哈伊洛维奇·戈利岑公爵[1]任主席。委员会成员包括莫斯科城防司令斯塔阿尔，另一个戈利岑公爵[2]，宪兵上校舒宾斯基，以及原来的秘书奥兰斯基。

警察总监的命令没有说明委员会已经改组，因此非常自然，里斯本的警官仍把我带到了齐恩斯基的官邸……

警察所里也是惶惶不安：一夜发生了三次火警，后来委员会又两次派人查问，我出了什么事——有没有逃走？齐恩斯基没有对里斯本的警官骂完的话，便由所长完成了；这是可以料到的，因为所长也不是毫无责任，至少他没有问清楚，该把我送往哪里。办公室墙角里，一个人躺在椅上呻吟。我看了看，这是个小伙子，生得漂亮，衣衫整洁，他在咯血，哼哼哧哧的，警察所的医生说，早上得赶快把他送进医院。

军士把我带回我的房间，我趁机向他打听伤者的案情。这是个退伍的近卫军军官，与一个使女私通，厢房起火时，他正在她的屋里。这个时期放火事件弄得人心惶惶；确实，没有一天我不听到三四起火警的钟声，每夜我的窗外都能望见两三处火光。警察和居民想尽办法缉拿纵火犯。军官为了不致玷污姑娘的名誉，趁混乱当口爬过围墙，藏在邻舍家的棚子里，想伺机溜走。一个小姑娘刚好走进院子，看见了他，马上报告骑马经过的警察，纵火犯躲在棚子里。警察带了一群老百姓冲进木棚，得意扬扬地把军官拖了出来。大家结结实实揍了他一顿，以致第二天一早他就死了。

---

[1] 即第六章中提到过的莫斯科学区总监，在本书中又称老戈利岑公爵。

[2] 即第七章中提到过的那个特务头子亚历山大·戈利岑，本书中又称小戈利岑公爵。

开始清查抓到的人；一半释放了，另一半被认为有嫌疑。警察局长布良恰尼诺夫每天早晨来一次，审问三四个小时。这些嫌疑犯时而挨皮鞭，时而被拳打脚踢，他们的哭声、喊声、讨饶声、尖叫声、女人的呻吟声，跟警察局长严厉的嗓音、文书单调呆板的宣读声，交织在一起，传进我的耳朵。这是骇人的，无法忍受的。到了夜间，我做梦也听见这些声音，醒来怒不可遏，想到这些受难者离我不过几步远，他们戴着镣铐躺在麦秸上，衣服撕破了，背脊打断了，可是很可能他们是毫无罪过的。

要了解俄国的监狱、俄国的法庭和警察是怎么回事，就得去当农民，当仆人，当工匠或小市民。政治犯多数属于贵族，他们遭到严格的监禁，野蛮的惩罚，但他们的命运还是不能与胡子拉碴的穷光蛋相比。对那些人，警察是从不客气的。农夫或工匠事后能向谁申诉，能上哪儿寻找正义呢？

俄国法院和俄国警察的无法无天、残暴、专横和腐败，真是一言难尽，以致老百姓进了法院，怕的不是依法惩办，而是审讯过程。他但愿快点给送往西伯利亚——惩罚开始之时也就是折磨告终之日。我们至今不会忘记，警察逮捕的嫌疑犯中，四分之三在审问后释放了，但他们与有罪的人一样受尽了严刑拷打。

彼得三世撤消了拷问室和秘密侦讯处。

叶卡捷琳娜二世废除了刑讯。

亚历山大一世再度废除了它。①

在"威逼下"招认的供词被认为是不合法的。动刑审讯犯人的

---

① 彼得三世于 1762 年下令废除了秘密刑讯制度。叶卡捷琳娜二世于 1763 年限制了刑讯，又于 1774 年下令禁止刑讯。亚历山大一世于 1801 年又下令禁止刑讯。沙皇一再下令"废除"刑讯，说明刑讯实际上始终没有停止过。

官员，本人应受到审问和严厉惩处。

　　然而整个俄罗斯，从白令海峡到塔乌洛根，人们在受刑；不便用树条鞭打的地方，就用无法忍受的酷热，用干渴，用多盐的食物代替拷问。莫斯科的警察在零下十几度的气候中，强迫受审者赤脚站在铁板上，把人折腾得奄奄一息，死在医院中。当时梅谢尔斯基公爵主管着医院工作，这件事便是他在愤怒中透露的。长官们知道这一切，省长们掩盖这一切，大权在握的最高法院容忍这一切，大臣们默认这一切；皇帝和教会，地主和警官——大家赞同谢利凡的意见：“为什么不鞭打农民，农民有时候是需要鞭打的！”①

　　负责侦查纵火案的委员会接连审问了六个月，也就是鞭打了六个月，最后还是毫无着落。皇上大发雷霆，下令限三天内破案。案子果然在三天内破了，纵火犯查到了，被判处了鞭笞、黥面和流放做苦役等刑罚。家家户户管院子的都给叫去看“纵火犯”受国法严惩。这已是冬季，我那时关在克鲁季茨兵营。一个宪兵大尉去看了这幕活剧，好心的老人回来后向我讲了详细情形，我这里就是转述他的话。第一个被判鞭笞的犯人大声喊冤，他发誓他是无罪的，他自己也不知道，在严刑拷打下他招供了些什么，于是他脱下衬衣，背对群众，又道：“东正教徒们，你们瞧吧！”

　　人群发出了一片惊恐的呻吟声：他的背上布满了横一条竖一条的青色伤痕，现在却要让这遍体鳞伤的脊背再受一次鞭打。人们的怨言，阴沉的气氛，使警察着了慌，刽子手减少了规定的鞭打数，另一些人赶紧刺字，还有一些人匆匆钉脚镣，事情就这么草草收

---

① 出自果戈理的《死魂灵》第一部第三章。谢利凡是乞乞科夫的马夫。

场。然而这个场面震动了居民，莫斯科街谈巷议，舆论哗然。总督为此向皇上奏报。皇上下令成立新的法庭，对那个在行刑前当众鸣冤的犯人，尤其要查清案情。

过了几个月，我从报上看到，皇上为了犒劳两名无辜受罚者，发给每人二百卢布，补偿他们被鞭打的痛苦，并且颁发专门证件，证明他们虽被黥面，实际上是无罪的。这就是那个当众叫屈的纵火犯和他的一个伙伴。

十年之后，1834年的莫斯科纵火案对各省还有影响，然而它始终是个谜。有人放火，这是无疑的；放火，这是俄国富有民族特色的报复手段。经常可以听到老爷们的住宅、谷物烤干房和仓库失火。但为什么正是在1834年的莫斯科火灾特别多，这原因谁也不明白，委员会的各位大人更不明白。

8月22日是皇上登基纪念日，一些恶作剧的人到处投递信件，通知居民不必张灯结彩，到那一天自然会大放光明。

胆小如鼠的莫斯科当局惊慌失措。警察所从清早起就岗哨林立，院子里驻扎了一连枪骑兵。晚上，骑兵和步兵巡逻队在各街道横冲直撞。校场上布置了大炮。警察局长们骑了马，率领哥萨克和宪兵来回查看。戈利岑公爵由副官们簇拥着，骑了马亲自在城关巡视。平静的莫斯科一下子变得如临大敌，真是风声鹤唳，人心惶惶。我在瞭望塔下的窗口躺到了深夜，一直望着院子……枪骑兵一群群坐在马旁待命，有的干脆骑在马上；军官们走来走去，带着藐视的神色看看警察；联络副官们穿着黄领子军装，显得心事重重，骑了马匆匆而来，又匆匆而去，什么也没干。

没有发生火灾。

在这一切之后，皇上驾临莫斯科了。他不满意刚开始的对我们的审问，不满意把我们交给公开的警察管理，不满意查不到纵火犯，总之，对一切的一切都不满意。

我们很快感到了皇上驾临的威力。

第十一章

克鲁季茨兵营——宪兵的闲谈——军官们

皇上到达后，大约过了三天的一个深夜（为了不惊动公众，这类事都是在夜间干的），一位警官来找我，命我收拾东西跟他出发。

"上哪儿？"我问他。

"到了那儿您就知道了。"彬彬有礼的警官聪明地回答。这以后我当然不再说什么，收拾好东西跟他走了。

车子跑了一个半小时，最后驶过西蒙诺夫修道院，停在两扇笨重的大石门前面；两个背卡宾枪的宪兵在门口踱来踱去。这是克鲁季茨修道院，现在已改作宪兵营房。

我给带到一间小小的办公室内。文书、副官、军官，都穿着清一色的蓝制服。值班军官头戴钢盔，全副戎装，请我稍候一下，看见我拿着烟斗，甚至建议我不妨抽一会儿烟。这以后他写了犯人业已送到的收条，交给警官，然后走了，回来时带来另一个军官。

"您的房间安排好了，"后面那个军官对我说，"走吧。"

一个宪兵给我们照亮，我们下了楼梯，穿过院子，走进一扇小门便是一条长长的走廊，走廊里点着一盏灯；两旁有一扇扇小门，值班军官打开了其中的一扇；门里是一间小小的守卫室，它后面有个小房间，那里潮湿，阴冷，有一股地窖的霉味。带我来的军官肩上是有穗带的，他操着法语对我说，他很抱歉，不得不①搜一下我的口袋，他是军人，军人以服从为天职……在娓娓动人的这一番话之后，他心安理得地转身向宪兵使了个眼色。宪兵当即把粗糙的、大得惊人的巴掌伸进了我的口袋。我向彬彬有礼的军官表示，这完全没有必要，我自己会把每只口袋翻给他看，不必采取强制手段。何况监禁一个半月之后，我还能有什么呢？

"我们知道，警察局里是怎么回事。"肩上有穗带的军官扬扬得意地笑笑说。

值班军官也露出了讥刺的微笑，然而他们还是吩咐宪兵，只要我把全部东西掏出口袋，让他们看一下就成。

"请把您的烟草倒在桌上。"那个表示抱歉的军官说。

我的烟袋里有一把铅笔刀和一支铅笔，用纸包着；一开头我就想到了它们，一边跟军官谈话，一边玩弄烟袋，直到小刀落进我的手掌为止；我在布袋外把它捏住，大胆把烟倒在桌上，宪兵又把它倒回袋中。小刀和铅笔保存下来了——肩上有穗带的军官瞧不起公开的警察，这对他是个教训。

这件事使我沾沾自喜，我便怀着愉快的心情，开始观察我的新居。

这些僧侣的隐修室深入地下，是三百年前建造的，现在成了世俗的政治犯的隐修室。

我的房间里有一张床，但没有褥垫，一张小桌子，桌上放着一

———————————

① 原文是法文。

大杯水，椅旁有一个大铜烛台，点着一支细细的油脂蜡烛。屋里潮气袭人，寒冷彻骨。军官关照把炉火生起来，然后大家走了。宪兵答应送些干草给我，我暂时便用大衣当枕头，躺在空空的床上抽烟斗。

过了一会儿，我便发现天花板上爬满了蟑螂。它们好久没见到灯光，现在从四面八方向亮处汇集，挤来挤去，乱作一团，有的掉到了桌上，慌慌张张在桌边乱窜。

我不喜欢蟑螂，正如不欢迎一切不速之客一样。我的这些邻居叫我非常讨厌，但又无可奈何——对蟑螂生气是没有用的，只能安心住下。幸而过了两三天，它们都爬过板壁，去跟宪兵做伴了，因为他那儿暖和一些，我这儿只是偶尔光顾一下，一只两只的，动几下触须，马上又退回隔壁取暖了。

我向宪兵提了几次，他还是把炉门关着。我觉得很不好受，头脑昏昏沉沉的，想下床敲宪兵的门；我确实站了起来，但以后怎样就不知道了……

……我苏醒时躺在地上，头痛得厉害。一个高高的白发宪兵反抄着手，站在旁边毫无表情地注视着我，仿佛那种青铜工艺品中注视着乌龟的狗。

"先生，煤气把您熏坏了，"他见我醒来便说，"我给您拿了点姜和盐来，还有克瓦斯；我已经给您嗅过盐了，现在喝克瓦斯吧。"

我喝了，他把我扶到床上。我觉得屋里太闷，窗是双层的，又没气窗。宪兵上办公室要求让我到院子里走走；值班军官命令转告我，上校和副官都不在，他负不了这个责任。我只得留在有煤气的屋子里。

在克鲁季茨兵营，我也很快习惯了，每天学一点意大利语法，看看闲书。起先管理相当严格，晚上九点，最后一遍号音一响，宪兵就进房来灭了蜡烛，关了门，上了锁。从十点到次晨八点，我只能坐在黑暗中。我从来不能睡很久，狱中没有任何活动，四小时睡眠已绰绰有余。这没有烛光的漫漫长夜是多大的惩罚啊！何况走廊两头的哨兵每隔一刻钟，总要拉长嗓音，大声互相呼叫："听—听—着！"①

过了几星期，谢苗诺夫上校（他的姐姐便是那位后来成为加加林公爵夫人的著名女伶②）准许我留下蜡烛，但禁止用任何东西遮住那扇比院子还低的窗，让哨兵可以看到犯人在干什么，同时命令不要再在走廊上喊"听着"。

后来城防司令又准许我们使用墨水，在院子里散步。纸张计数发给，条件是每张必须保持完整。散步一天一次，周围由哨兵布防，并有一名宪兵和值班军官在旁监视。

日子过得单调，平静，军营的严格作息制度使日常生活带上了机器的精确性，像格律诗一样有规律。早晨，我由宪兵帮忙，在炉子上煮咖啡；十点钟，值班军官到了，他戴着大翻边的手套和钢盔，穿着大衣，佩着铮铮出声的军刀，还带来了几立方英尺的寒气。一点钟，宪兵送来一块脏餐巾，一碗汤，这碗汤他总是端在碗边，以致他的两只大拇指显然比其他手指干净得多。我们的食物还可以将就，但不应忘记，伙食是要收费的，一天两卢布纸币，九个月监禁对没有钱的人是相当大一笔开支。有个犯人的父亲简单回说，他没有钱；但得到的是无动于衷的答复：这些钱可以从他的薪

_____

① 当时哨兵夜间站岗时互相呼应的用语。
② 指叶卡捷琳娜·谢苗诺娃（1786—1849），俄国著名女演员，擅演悲剧。

金中扣除。如果他没有薪金，很可能他会因此坐牢。

应该补充一点：城防司令部军需处为我们的伙食拨给谢苗诺夫上校的是每人每天一个半卢布。这事几乎闹出乱子：司令部的副官们吞没了这笔钱，但是他们在戏园里定了几间包厢，请宪兵营看了几回首次公演的精彩好戏，事情就了结了。

天一黑，这儿就鸦雀无声，既没有士兵在窗前雪地上来回走动的脚步声，也没有岗哨遥相呼应的喊叫声。我通常看书看到一点，然后吹灭蜡烛，进入自由的梦乡；有时蒙眬中觉得，仿佛监狱，宪兵，都只是一场噩梦，心中暗喜这一切均属子虚乌有，可是从走廊上蓦地传来了军刀的磕碰声，或者值班军官在提灯的宪兵陪同下开门的音响，有时又听得哨兵在用粗野的嗓子吆喝："谁在那儿？"或者尖厉的起床号音在窗外划破宁静的晨空……

每逢心烦意乱，不想读书的时候，我就跟看守我的宪兵们，特别是那个给我医过煤气中毒的老宪兵谈天。上校为了表示关心部下，安排一些老兵管理犯人，做些省力的工作，免得他们站队出操，又派了一个上等兵，一个暗探和骗子，作他们的头头。担任这职务的老兵共有五六个。

我讲到的这个老汉为人单纯，忠厚；人家待他好一点，他就感激涕零，看来他的一生是坎坷不幸的。他参加过1812年的战争，胸前挂满奖章，现在已超过服役期限，只因无处存身，才自愿留下的。

"我两次往莫吉廖夫省的家乡发了信，"他说，"可是没有回音，看来家中什么人也没啦。有时回到家乡就这么可怕，你人是到了那里，可是无家可归，最后仍旧只好到处流浪，算了吧。"

多么残酷野蛮的俄国兵役制度，它那骇人听闻的期限！在这里，个人总是牺牲者，得不到一点怜悯，谈不到丝毫报偿。

老菲利蒙诺夫有个奢望，想学懂德语——攻占巴黎之后，他在俄军的冬季宿营地学过德语。他想出了一套办法，把德文单字按俄语字母拼音，例如把马称作费尔特，把蛋称作耶雷，把鱼称作皮什，把燕麦称作奥别尔，把薄饼称作潘库希。

他的谈话总是那么纯朴，使我悲哀，也引起我的深思。1805 年与土耳其作战时，他驻在摩尔达维亚，在一个连里当兵，连长是世界上最和气的人，把每个兵都当儿子一样关心，打起仗来总是冲在前面。

"他叫一个摩尔达维亚女人给迷住了；我们看到连长心事重重，您猜怎么啦？原来他发现那个娘们跟另一个军官勾搭上了。一天，他把我叫去，还叫了另一个弟兄——也是个出色的兵，后来在小雅罗斯拉维茨给打断了两条腿。连长对咱们说，那个摩尔达维亚女人欺侮他，咱们肯不肯帮他个忙，教训她一下。咱们说：'为什么不肯，咱们是随时愿意替您老出力的。'他道了谢，指指军官住的屋子，说：'你们夜里埋伏在桥上，她一定会去找他，你们就悄悄地把她捉住，丢在河里。'咱们对他说：'可以，大人。'我就跟那个弟兄准备了一只麻袋，坐在桥上；到了半夜，摩尔达维亚婆娘来了，咱们对她说：'太太，急急忙忙上哪儿去啊？'跟着就朝她脑瓜上干了一下，这宝贝儿连哼都没来得及哼一声，便给装进了麻袋，丢到了河里。第二天，连长去找军官，对他说：'您不必生摩尔达维亚婆娘的气，她给咱们扣留在那儿啦，就是说，在那河里；至于您，咱们可以玩一下军刀或手枪，随您的便。'两人便动手厮杀。咱们的连长胸口给狠狠砍了一刀，从此病病歪歪的，这个可怜的人过了三个来月就一命呜呼了。"

"那个摩尔达维亚女人呢?"我问,"真的淹死了不成?"

"淹死啦。"宪兵回答。

我有些吃惊,看了一眼他那幼稚无知、满不在乎的脸色——老宪兵始终是带着这副神情讲这故事的。他似乎猜到了我的心思,或者第一次想到了她,为了安慰我,也为了逃避良心的谴责,又说道:

"这婆娘是异教徒,没受过洗礼,这种人就是这样。"

每逢皇家节日,宪兵可以领到一杯伏特加。司务长答应菲利蒙诺夫接连五六次不领,然后一下子把五六份一起领。菲利蒙诺夫把少领的杯数记在木牌上,到了最重要的节日,便全部领来。他把伏特加倒进一只大碗,把面包捻碎,泡在酒里,用汤匙舀了喝。喝完酒,他又开始吸烟,那只烟斗大大的,柄却小小的,烟叶辣得呛人,是他自己切碎制作的,因此他俏皮地称它"自切卫生烟"。他躺在狭窄的窗台上(士兵房间里是没有椅子的),把身子蜷成一团,一边吸烟,一边唱歌:

> 姑娘们来到草坪上哟,
>
> 绿草如茵哟红花似锦。

随着他酒醉的程度,他会改变这些字的声音,唱到最后就睡着了。一个六十多岁的老人,负过两次伤,还能这么喝酒,这要有多么强壮的体格啊!

这种兵营的情景有些像沃弗尔曼和卡洛①的佛兰德斯派风俗画,

---

① 沃弗尔曼(1619—1668),荷兰风俗画家。卡洛(约1592—1635),法国画家。

这些狱中闲话也是一切丧失自由的囚徒都能回想得起的，但是在我搁笔之前，我还得就这儿的军官们谈几句话。

他们中间大部分是相当善良的人，根本不是奸细，而是误入歧途，走进宪兵营的。一些世家子弟没有受过教育，或者受教育不够，又无财产和谋生手段，找不到其他职业，只得当了宪兵。他们按照军队的纪律执行任务，但我看都不是自觉的——当然，副官不在此例，他们正是因此才当上了副官。

军官们跟我熟悉以后，在他们力所能及的范围内，总是给我一些小小的优待和方便；抱怨他们是不应该的。

一个青年军官讲给我听，1831年他接到一项任务，要捉拿一个潜伏在自己庄园附近的波兰地主①。他的罪名是与波兰政府的密使②有联系。军官根据收集到的情报，获悉了地主隐藏的地点，率领一队人到了那里，把房子团团围住，带着两名宪兵进屋。屋内空空的，他们搜遍所有的房间，找不到一个人，然而若干迹象显示，屋里刚才还有人来着。小伙子把两名宪兵留在下面，第二次走上顶楼；经过仔细观察，他发现了一扇小门，小门通向贮藏室或别的什么小间。门是从里面倒锁的，他一脚踢开门，一眼就看见里边站着一个颀长的女人，生得相当漂亮；她没有作声，向他指指身旁的男人，男人双手抱着一个几乎已失去知觉的十一二岁的小姑娘。这就是他和他的一家人。军官不知如何是好。颀长的女人看出了这一点，就问他：

---

① 指1830年波兰起义的参加者。1830年的波兰起义主要是由波兰的中小地主阶级发动的，它的目的是要使波兰摆脱俄国的统治，获得民族独立。这次起义没有得到农民的广泛支持，因而失败。
② 指1830至1831年波兰起义期间成立的波兰人自己的政府派出的秘密联络员。

"您忍心杀害他们吗？"

军官表示抱歉，讲了些庸俗平淡的废话，什么无条件服从、责任等等，但看到他的话丝毫不起作用，感到无能为力，只得问道：

"那么我该怎么办呢？"

妇人高傲地看了看他，指着门外说：

"下去告诉他们，这儿一个人也没有。"

军官接着道："真的，我不知道这是怎么搞的，我心里怎么想，但是我走下了顶楼，命令军士整队集合。过了两小时，我们在另一个庄园上认真搜查他，他却已在偷越国境了。唉，女人！真有这种事！"

……按照道德概念，按照行业的主要特征，把人分门别类，贴上标签，不加区分，一律看待，这是世界上最没见识、最不人道的事。名称是个可怕的东西。让·保尔·里希特尔[①]说得很对：孩子撒了谎，应该警告他这是做坏事，告诉他，他骗了人，可不要说他是骗子。您把他定为骗子，这就使他丧失了精神上的自信心。我们听到"这人是凶手"，马上会想起暗藏的匕首，野蛮的相貌和阴谋诡计，仿佛杀人是他的本行和职业，实际上这人一生只偶然杀过一个人。不可能既是暗探，既是拿别人的堕落作交易的奸细，又是正人君子，但可能既是宪兵军官，又没有完全丧失人的尊严，正如在"腐败的社会"造成的不幸的牺牲者身上，我们常常可以看到温柔的性格，慈祥的心灵，甚至光明磊落的行为。

有人不能、不愿或不肯费力跨过名称前进一步，透过罪行，透过紊乱的假象，看清事实，却采取清高的回避态度，或者粗暴的否

---

① 里希特尔 (1763—1825)，德国著名小说家，以"让·保尔"的笔名发表过大量作品。

定态度，这种人我是讨厌的。这样做的通常是脱离现实、不切实际的人，自私自利的人，高尚得令人作呕的人，否则就是那种还没有暴露，或者还没有必要公开撕下假面具的卑鄙无耻之徒，这种人在肮脏的底层正如鱼得水，不像别人是失足掉下去的。

第十二章

审讯——老戈利岑——小戈利岑——斯塔阿尔将军——宣判——索科洛夫斯基

……然而闲话少说，我们的案子侦查得怎样，进行得怎样了呢？

新委员会像老委员会一样，对案件感到棘手。警察监视了我们很久，但操之过急，热心过头，等不及掌握确凿证据便下手捉人，结果干了傻事。他们派了个退伍军官斯卡里亚特卡来引诱我们上钩，搜集材料。我们小组的每一个人，他几乎都认识了，但我们很快识破了他的真面目，疏远了他。其他青年，大多是大学生，不如我们谨慎，但这些人与我们没有任何重要联系。

一个学生为了庆祝自己大学毕业，在 1834 年 6 月 24 日设宴招待他的朋友。我们不仅没有一人参加，而且没有人被邀请。这些年轻人喝多了酒，便开始胡闹，跳玛祖卡舞，还一起合唱了索科洛夫斯基那首著名的歌曲①：

---

① 索科洛夫斯基是俄国诗人，但这首歌并不是索科洛夫斯基写的；当时一位被捕者供认，他是从亚·伊·波列扎耶夫那里听到这首歌的，因此它的作者可能就是波列扎耶夫。

俄国大皇帝，

一命归西天；

医生动手术，

剥开他肚皮。

全国办丧事，

家家哭嚎啕；

接位是哪个？

康斯坦丁丑八怪。

皇帝想享福，

不管人间事；

奏折写上天，

要求禅帝位。

天主读奏折，

发了慈悲心；

送来尼古拉，

一个大坏蛋。

　　晚上，斯卡里亚特卡忽然想起，这天是他的命名日，又编了个故事，说他刚卖掉马，占了便宜，想请大家上他家喝酒，他答应开十二瓶香槟招待这些大学生。大家去了，香槟也开了，主人喝得摇摇晃晃，提议再唱一次索科洛夫斯基的歌。唱到一半，门开了，齐恩斯基带着警察走进了屋子。这一切是粗鲁的，愚蠢的，笨拙的，同时也是失败的。

警察想捉我们，只得捕风捉影，捏造罪证，从五六个人的案子株连了二十个无辜的人。

俄国警察是不怕丢脸的。过了两个礼拜，我们被捕了，理由是跟宴会事件有关。在索科洛夫斯基家查到了萨京的信，在萨京家查到了奥加辽夫的信，在奥加辽夫家查到了我的信，然而事情还是不得要领。初审毫无结果。皇上对第二个委员会寄托了极大希望，从彼得堡派出了最得力的特务之一亚·费·戈利岑来当审判官。

这号人物在俄国也是不多的。属于这一类的有第三厅的著名头子莫尔德维诺夫[1]，维尔诺大学校长佩利坎[2]，几个日耳曼族官员和卖身投靠的波兰人[3]。

但不幸的是，这么一个异端审判庭，却派了莫斯科城防司令斯塔阿尔作它的首席法官。斯塔阿尔是心直口快的军人，勇敢的老将，他分析了案情，发现它是由两个方面构成的，它们之间没有任何内在联系：庆祝宴会的案件，有关人员应由警察给予惩处；但另一部分人，天知道他们是为什么被捕的，他们的全部罪证不过是一些尚未明确表示过的意见，根据这些定罪是困难的，也是可笑的。

斯塔阿尔的观点遭到了小戈利岑的反驳。他们针锋相对，争得面红耳赤；老将军一怒之下，用军刀捶着地板，说道：

---

[1] 特务机关"沙皇办公厅第三厅"的办公室主任，本肯多夫的得力助手。

[2] 佩利坎（1790—1873），波兰维尔诺大学教授和校长，反对波兰民族解放运动和1830 年的波兰起义。

[3] 这类杰出天才中的新秀便是知名人士利普兰季，他提出了创办暗探研究院的建议（1858 年）。——作者注（按：利普兰季是沙皇的警察和暗探头子。）

"我看您与其荼毒生灵，不如奏请皇上封闭所有的中学和大学，免得其他人继续受害。您可以随心所欲乱干，但我不能跟着您造孽，我的脚绝不再踏进委员会。"

说完，老头儿就匆匆离开了大厅。

这件事当天就有人报告了皇上。

早晨当司令去汇报时，皇上问他为什么不愿再涉足委员会？斯塔阿尔讲了理由。

"真是废话，"皇帝反驳道。"跟戈利岑吵嘴，不害羞吗？我希望你照旧到委员会去。"

"皇上，"斯塔阿尔回答，"请怜惜我的白发吧，我活到这年纪没有一个污点。我的忠心，陛下是知道的，我的血、我的余年都属于陛下。但这件事关系到我的荣誉——我的良心反对委员会中所干的事。"

皇上皱起了眉头，斯塔阿尔告退了，从此没再踏进委员会。

这个传说的真实性是不容丝毫怀疑的，它可以帮助我们理解尼古拉的性格。他怎么会没有想到，如果一位他不否认是德高望重的人，一位勇敢的将军，功绩累累的老臣，这么不肯让步，要求顾全他的名誉，那么可想而知，案件不是毫无问题的。至少应该把戈利岑召来，命令斯塔阿尔当着他的面说清案情。他不这么做，却下令对我们严加看管。

斯塔阿尔一走，委员会里只剩下敌视被告的人，而碌碌无能的谢·米·戈利岑是它的主席。这个老头子在工作九个月之后，还是像九个月前开始的那天一样，对案情一无所知。他始终保持着庄严的沉默，极少提出意见，每次审问结束，照例问一声：

"可以让他走了吗？"

"可以。"小戈利岑回答，于是老先生就神气活现地对受审者说："回去吧！"

我的第一次审问进行了四个小时。

问题分两类。一类的目的是要揭露我的思想方式，按照小戈利岑和奥兰斯基秘书的说法，就是那些"不符合政府精神的思想，那种贯穿着圣西门的危险学说的革命言论"。

这些问题是容易回答的，其实也不是问题。在查获的文件和信函上，我们的观点已和盘托出，因此问题无非是要确定一些具体的事实：这信是某人所写，或写的是这几行吗？但委员会却节外生枝，对摘录的每句话都要求作出说明："您如何解释您信中如下一段话？"

当然没有什么好解释的，我的答复写得模棱两可，空空洞洞。在一封信中，秘书找出了这么一句话："一切宪章都毫无用处，这是主人与奴隶订立的契约；问题不在于改善奴隶的处境，而在于应该没有奴隶。"我必须对这句话作出解释，于是我答道，我认为我没有责任要替立宪制政府辩护，如果我替它辩护，那才是应该受处分的。

"对立宪制的攻击可以来自两个方面，"小戈利岑用那种神经质的嘶哑嗓音说道，"您不是站在君主制立场上进行抨击，否则您就不会提到奴隶了。"

"那么在这方面，我是犯了与叶卡捷琳娜二世女皇陛下同样的错误，她也不准把她的臣民称作奴隶。"

小戈利岑听到这讽刺性的回答，气得暴跳如雷，对我说道：

"您大概以为，我们在这里会面是为了进行烦琐的辩论，以为您是在为您的学位论文进行答辩吧？"

"那么您要我解释是为了什么呢？"

"您装得好像不明白要您说明什么。"

"我不明白。"

"他们这些人全是顽固分子。"主席老戈利岑说，耸耸肩膀，看了一眼宪兵上校舒宾斯基。我笑了笑。"跟奥加辽夫一模一样。"庸碌无能的主席最后说。

审讯暂停了。委员会是在谢尔盖·米哈伊洛维奇公爵的藏书室中进行审问的，我回头看看书橱，正好看到其中有一部多卷本的圣西门公爵 ① 的回忆录。

"瞧，"我转身对主席说，"多么不公平啊！我为了圣西门主义受审问，您公爵却藏着二十多卷他的著作！"

由于这位老好人从来不读书，一时竟不知该怎么回答。但是小戈利岑用那对阴险的眼睛瞅了我一眼，问道：

"您难道没有看到，这是圣西门公爵的回忆录？他是路易十四的大臣。"

主席笑了，向我点点头，意思是"老弟，你弄错了吧？"然后说道："回去吧。"

我走到门口，听到主席在问：

"您给我看的那篇关于彼得大帝的文章，就是他写的吗？"

"是他写的。"舒宾斯基回答。

我站住了。

---

① 这是另一个圣西门：路易·德·鲁弗雷·圣西门公爵 (1675—1755)，法国政治活动家，所写《回忆录》记载了路易十四时期的社会政治状况，而且文笔流畅，读者极广。

"他还是有些才能的^①。"主席说。

"那更坏。毒药在狡黠的人手里更危险，"小戈利岑接口道，"这是个非常有害的、不可救药的年轻人……"

对我的判决就包含在这句话中。

附带讲一下圣西门。警察局长搜查奥加辽夫的信件和书籍时，把梯也尔^②的《法国革命史》放在一边，后来又发现了一本……又发现了第三本……第八本。他终于忍不住了，说道："我的天！这么多革命的书……瞧，又是一本。"一边说，一边把居维叶的《地球表面灾变论》^③交给警官。

另一类问题比较复杂。在这里他们施展了警察的各种阴谋诡计，侦查机关的欺诈伎俩，故意颠倒是非，混淆黑白，制造矛盾；或者暗示别人已经招认，进行各种精神折磨。这些情形不值得细谈，只需说明，我们共四个人^④，尽管他们要尽花招，还是没找到一个当面对质的题目。

拿到最后一个问题后，我独自坐在我们写供词的小房间中。突然门开了，小戈利岑走了进来，装出一副心事重重、悲天悯人的脸色。

"在您写完自己的供词以前，我想跟您谈一下，"他说，"先父与令尊相识多年，我们可算得世交了，我不得不对您特别关心。您还年轻，前程远大；因此您必须摆脱这个案件……幸好这全在于您。

---

① 原文是法文。

② 梯也尔（1797—1877），法国政治活动家和历史学家，曾任内阁总理等职。《法国革命史》是他的重要著作，共十卷。

③ 《地球表面灾变论》的"灾变"在法文中与"革命"是同一个词。

④ 这四个人是：赫尔岑，奥加辽夫，萨京，伊万·奥博连斯基。

您被捕后，令尊万分惦念，如今仍抱着希望，但愿您能获得释放。我刚才与谢尔盖·米哈伊洛维奇公爵商量过，他也极愿成全您；请您为我们的帮助创造一些条件。"

我看出了他这番话的意图，不觉心头火起，恨恨地咬我的笔。

他继续道：

"您沿着这条路走下去，最后只能是当兵或者坐牢，同时也会害死令尊，他看到您穿上灰大衣，会一天也活不成的。"

我想开口，可他拦住了我。

"我知道您想说什么。请您耐心一些。您有反对政府的思想，这是显而易见的。为了让皇上的仁慈降临到您的身上，我们需要有您真心悔改的证据。您拒不承认一切，回避答复问题，出于虚伪的正义感保护别人，但是这些人我们知道得比您清楚，他们可不像您那么忠厚①；您帮助他们，他们只会拖住您同归于尽。您向委员会写封信，简简单单，直截了当，说您已经认识到自己有罪，说您是由于年轻无知才受骗的，把那些骗您上当的、走上邪路的不幸的人交代出来……您愿意用这轻微的代价换取您的前途吗？换取令尊的生命吗？"

"我什么也不知道，关于我的供词，我没有一个字需要补充。"我回答他。

戈利岑站了起来，用枯涩的嗓音说道：

"既然您不愿意，就不能怪我们了！"

审问到此全部结束。

到了 1835 年 1 月或 2 月，委员会最后一次传见我，这是为了

---

① 不言而喻，这是无耻的谎言，卑鄙的警察伎俩。——作者注

让我重读一下我写过的答词，如果有什么补充，可以写上。只有舒宾斯基一人在场。我看完后对他说：

"我想请问一下，根据这些问题和这些回答，可以给一个人定什么罪？你们可以引用法典中哪一条给我判刑？"

"法典是为另一类罪行制订的。"穿蓝制服的上校回答。

"问题不在这里。我重读一遍这些作文练习，不能相信我坐六个多月牢就是为了这点事。"

"您真的以为，"舒宾斯基反问道，"我们就这么信任您，认为您没有组织秘密团体吗？"

"这团体在哪儿啊？"我问。

"我们没有找到它的踪迹，你们也没有干成什么，这是你们的幸运。我们及时制止了你们，简单说就是我们挽救了你们。"

这与《钦差大臣》中铁匠老婆波希列普金娜和她丈夫的故事[①]，何等相似！

我签字时，舒宾斯基打铃吩咐叫神父来。神父进屋，在我的签字下写了几句，说明我的全部供词均出于自愿，并无强迫情事。不用说，我受审时，他并不在场，现在甚至也没做做样子，问我一声当时的情形。这又是一个关在门外的见证人！

随着审问的结束，监狱的管理有些放松了。家属可以在城防司令部打条子来探望。这样又过了两个月。

3月中旬，我们的判决书批准了；谁也不知道它的内容；一些人说我们将给送往高加索，另一些人说是送往博布鲁伊斯克，也有

---

① 见果戈理的剧本《钦差大臣》第四幕第十一场：市长把铁匠抓去当兵，铁匠老婆认为按照法律，轮不到铁匠当兵。在她的一再追问下，市长最后说，铁匠"是贼，虽然他现在没有偷，以后总有一天会偷，这次不当兵，反正明年也得当兵"。

些人指望我们会无罪开释（斯塔阿尔便是其中一个，他曾专门给皇上写过一个奏折，建议就把在押时期作为对我们的惩罚）。

最后，到了 3 月 20 日，我们给全部叫去，听戈利岑公爵宣读判决书。这一天真是喜上加喜，我们被捕后还是第一次见面。

在宪兵队和警备部队军官的包围警戒下，我们彼此握手拥抱，兴高采烈，吵吵闹闹。会面鼓舞了大家，我们互相探听情况，交换消息，没有个完。

索科洛夫斯基也在场，他瘦了一些，脸色苍白，但幽默不减往日。

他写过《宇宙》《赫维里》及其他一些相当好的诗歌，天生具有诗才，但缺乏与众不同的独特风格，必须前进一步，然而又修养不够，无法继续前进。他好玩，可爱，生活在诗情画意中，却根本不是政治人物。他谈笑风生，待人亲切，是及时行乐的好伙伴，一个乐天随和的人，喜欢吃吃喝喝——正如我们大家……也许更甚一些。

索科洛夫斯基是从酒筵上无意之间落进监狱的，但他能正确对待一切，在监狱中他成熟了。委员会的秘书，那位道学先生、虔诚的信徒和密探，在嫉妒、贪欲和谗言中逐渐消瘦、白了头发的家伙，出自忠君思想和宗教精神，不敢照字面理解最后两行诗的意义，问索科洛夫斯基：

"诗歌最后那些大逆不道的话是针对谁的？"

"请您放心，"索科洛夫斯基回答，"这不是针对皇上的，而且我要特别提请您注意这个可以从轻发落的细节。"

秘书耸耸肩膀，把两眼朝上一翻，一声不作，瞪了索科洛夫斯基好久，嗅了一撮鼻烟。

索科洛夫斯基是在彼得堡被捕的，警察没跟他说一声，便把他送到了莫斯科。我们的警察经常喜欢开这种玩笑，其实毫无必要。世界上任何职业都不如警察那么枯燥、讨厌，对自己毫无艺术要求，也不希罕任何装潢和粉饰。索科洛夫斯基直接给送进了监狱，关在一间黑黑的储藏室中。为什么要把他关在监牢里，我们却关在兵营中？

他随身只带着两三件衬衣，其他一无所有。在英国，每个犯人一进监牢，就给请去洗澡，我们这里却唯恐犯人太清洁。

要不是哈兹大夫①把自己一包内衣送给他，他身上非长满虱子不可。

哈兹大夫是个叫人捉摸不透的怪物。这位傻头傻脑、受尽损害的人是不应该忘记的，他的一生比墓志铭上那种官样文章式的溢美之词好得多，它们只是为两个上层阶级歌功颂德，可惜这些德行直到身体开始腐烂时才被发现。

老头儿皮肤蜡黄，骨瘦如柴，平时穿件黑燕尾服，短短的裤子，黑丝袜，带扣的鞋子，仿佛刚从18世纪的舞台上走下来。他便穿了这身"大礼服"参加婚丧喜庆，也穿了它在北纬五十九度的惬意天气中，每星期到麻雀山的羁押站访问一次，探望即将出发的流放犯人。他凭监狱医师的身份可以接近他们，为他们检查身体，而且每次都要带一筐糖果食品，如核桃、蜜糖饼干、橙子和苹果，分给女犯人。这引起了慈悲为怀的太太们的不满和愤慨，她们怕善举太多，使犯人得意忘形，又怕施舍太多，超过了免于冻死饿死的需要。

但哈兹是不容易说服的，他温顺地听完了对"纵容女罪犯的愚

---

① 哈兹（1780—1853），当时莫斯科监狱医院的医师，一个以自己的慈善行为著称于世的人物。

蠢行为"的谴责，搓搓手说："亲爱的太太，您该明白，一块面包、一个铜板是人人都会给的，可是糖果和橙子，她们恐怕很久都看不到，没有人会给她们，我从您的话中也可以得出这个结论。正因为这样，我才要把她们今后很难得到的欢乐带给她们。"

哈兹住在医院里。饭前，有个病人来找他看病。看完病，哈兹进诊室去开药方，回来时发现病人走了，放在桌上的银餐具已不翼而飞。他把看门的兵叫来，问他除了病人，有没有别人来过？看门的猜到出了什么事，马上奔到外面，过一会儿带了餐具和病人回来了。这是他在医院的另一个卫兵帮助下抓到的。小偷跪在地上，求医师饶恕。哈兹有些不好意思了。

"去叫警察。"他对一个看门的讲。"你呢，马上把文书叫来。"

看门的抓到了小偷，扬扬得意，马上兴冲冲走了。哈兹趁他们不在，对小偷说：

"你是个虚伪的人，你骗了我，想偷东西，上帝会惩罚你……但是现在，你赶快从后门逃走，趁卫兵还没回来……喂，等一下，可能你没有钱，这是半个卢布；今后你要弃恶从善，你可以逃过警察，但不能逃过上帝！"

这件事连他的家人也群起反对，但不可救药的大夫有他自己的理由：

"偷窃是很大的罪恶，但我了解警察，知道他们怎么折磨犯人——逼供拷打，无所不为。把别人送去鞭打，这是更大得多的罪恶。况且谁知道呢——说不定我的行为会感动他的心灵！"

家人们摇摇头说："他是一个脾气古怪的人^①"；慈悲为怀的太

---

① 原文是德文。

太们说："这人正直无私，但是这儿有些毛病①"，说着指指头脑。可是哈兹搓搓手，仍我行我素。

……索科洛夫斯基刚讲完他那些小故事，其他人又一下子开始了，仿佛我们刚从各地旅行回来，有着说不完的新闻、笑料和俏皮话。

萨京肉体上受的苦比别人多，他瘦了，头发脱落了一部分。我们被捕时他正在坦波夫省母亲的农庄上，听到消息，他赶紧回莫斯科，免得宪兵光临，吓坏他的母亲。半路上他患了感冒，抵家时正发高烧。警察来找他，他在床上昏迷不醒，没法带往警察局，他就被拘禁在家中，卧室门内站了一名警察，卧榻旁边又坐了一个警官，既像狱卒，又像护士。因此他从昏迷中醒来时，看到的不是这个人窥探的目光，便是那个人喝醉的嘴脸。

冬天开始后，他被送进了列福特军医院，然而犯人住的秘密病房已没有一间空的，但是这种事是不值得多费周折的，病人便被安置在没有炉火的南面露台上，在那儿隔出了一个角落，派了岗哨。石板棚里冬季的气温是可想而知的，连哨兵也在夜里着凉病了，只得躲在走廊的炉边取暖，要求萨京别把这事告诉值日的军官。

医院当局也终于发现，在这么靠近北极的地方，不可能有热带的气温，于是给萨京换了房间——在给冻僵的病人擦热身体的屋子旁边。

我们还没把各人的经历讲完一半，听完一半，副官们突然忙乱起来，警备队的军官个个挺直了身子，警官们也整装肃立；门庄重地开了，矮小的谢尔盖·米哈伊洛维奇·戈利岑公爵身穿大礼服，

---

① 原文是法文。

肩披绶带，走进了屋子；齐恩斯基穿上了侍卫官制服，甚至奥兰斯基秘书也为今天的盛会穿了一套浅绿色军便服。城防司令当然没有到场。

这时嘻嘻哈哈的谈笑声正响成一片，秘书只得板起面孔，走到大厅中央宣称，高声谈话，特别是笑闹，这对我们即将恭听的圣上旨意，是大不敬的行为。

门都打开了。军官们把我们互相隔开，分成三个部分：第一部分是索科洛夫斯基，画家乌特金①和军官伊巴耶夫②；第二部分是我们；第三部分是其他人。

判决首先是针对第一类人——它是骇人听闻的：他们在侮辱皇上的罪名下被判处送往施吕瑟尔堡终身监禁。

三个人都英勇地听完了这野蛮的判决。

奥兰斯基装模作样、一板一眼地读着，读到因侮辱皇上及至高无上的皇室……索科洛夫斯基立即向他指出：

"且慢，我从来没有侮辱过皇室。"

在他的文稿中，除了诗歌，还发现了几个乱涂的字，是模仿米哈伊尔·帕夫洛维奇大公③的笔迹写的批示，故意把拼法写错了。这也成了他的罪行。

齐恩斯基为了表示，他也可能是一个和蔼可亲、没有架子的人，宣判之后，对索科洛夫斯基说道：

"您以前进过施吕瑟尔堡吧？"

"那是去年的事，"索科洛夫斯基立即回答他，"仿佛我已经有了

---

① 乌特金（1796—1836），平民出身的画家，后死在狱中。

② 伊巴耶夫（约生于1804年），被捕前是陆军中尉，后被流放至彼尔姆。

③ 沙皇尼古拉一世的兄弟。

预兆，我在那儿喝了一瓶马德拉酒。"

两年以后，乌特金瘐死在牢房中了。索科洛夫斯基给送往高加索时已奄奄一息，他死在皮亚季戈尔斯克。仅剩的一点羞耻心和良心使政府在两人死后把第三个人送往了彼尔姆县。伊巴耶夫是病死的，他成了神秘主义者。

乌特金在审讯记录上的签名是"囚禁狱中的自由画家"。他已四十来岁，从不参加任何政治活动，但是有正义感，容易冲动，在委员会中说话不知检点，对各位委员老爷态度生硬、粗暴。因此他被关在潮湿的地窖中，受尽折磨，那儿的墙壁是经常滴水的。

伊巴耶夫判刑比别人重，只是因为他戴着肩章。如果他不是军官，他绝不会受到这样的惩罚。这个人偶然参加了酒宴，看来也像别人一样喝了酒，唱了歌，但应该不比别人唱得多，也不比别人唱得响。

轮到我们了。奥兰斯基擦了擦眼镜，清了清嗓门，诚惶诚恐地开始宣读圣旨。它是这么表达的：皇上审阅了委员会的报告，特别注意到罪犯们的年轻无知，下旨免除对我们的法庭审理，向我们宣告：我们唱了叛逆的诗歌，凌辱了皇上，按法应予处死，即使从轻发落，也应终生流放从事苦役。但皇上宽宏大量，慈悲为怀，决定对大部分罪犯不加追究，允其在原地居住，由警察看管。对罪情较重者则采取感化办法，无限期送往边远省份担任文职工作，由当地长官管教。

这所谓罪情较重者一共六人：奥加辽夫，萨京，拉赫京①，奥博

---

① 拉赫京（1808—1838），赫尔岑的同学，他的小组的成员，被流放至萨拉托夫省，死在那里。

连斯基，索罗金①和我。指定我去彼尔姆。在这些判罪者中，拉赫京其实并未被捕。他接到通知来听宣判，以为是要给他一个教训，让他看到别人受罚而痛改前非。据说，戈利岑公爵的亲属中有一个人，因为恨他的妻子，才照顾他沾了这个光。他身体虚弱，过了三年便死在流放中了。

奥兰斯基宣读完毕，舒宾斯基上校讲话了。他字斟句酌，用罗蒙诺索夫的章法向我们宣告，多亏委员会主席，那位心地慈祥的贵人替我们说情，皇上的仁慈才降临到我们身上。

舒宾斯基认为我们听到这句话，一定会对公爵感恩戴德，谁知我们毫无反应。

几个免除处分的人点了点头，然而仍偷偷望了望我们。

我们站着，抄起了手，对仁慈的皇上和公爵毫无感激的表示。

于是舒宾斯基想出了另一个花招，对奥加辽夫说道：

"您去奔萨省，这难道是偶然的吗？令尊瘫痪了，躺在奔萨，公爵奏请皇上，把您派在这个城市，使您可以留在令尊身边，让他多少减轻一点因您流放所受到的打击。难道您不应该感谢公爵吗？"

没有办法，奥加辽夫只得微微鞠躬。这就是他们所希望的。

这使那位头脑简单的老人心花怒放，不知为什么，他接着叫了我的名字。我走前两步，抱定神圣的宗旨，不论他和舒宾斯基怎么花言巧语，我决不道谢。何况我流放的地点比谁都远，又是一个最糟糕的城市。

---

① 索罗金，画家，与赫尔岑同时被捕，后被流放至科斯特罗马省，1842 年回莫斯科。

"您是去彼尔姆。"公爵说。

我没睬他。公爵有些尴尬，但总得说点什么，于是又道：

"我在那里有个庄园。"

"您有话托我转告您的管家吗？"我笑了笑，问他道。

"我不会托您这样的人办任何事情的，您是烧炭党①人呐。"公爵俏皮地加上一句。

"那您要我干什么呢？"

"什么也没有。"

"好像是您叫我出来的吧？"

"现在您可以走了。"舒宾斯基插口道。

"对不起，"我反对道，"趁我在这里的时候，我得提醒您，上校先生，上次在委员会里，您对我说，我与酒宴的案子无关，现在判决书却把我定为这案子的罪犯之一。这大概搞错了。"

"您想推翻圣上的决定吗？"舒宾斯基着重说。"当心，别从彼尔姆给调到另一个更坏的地方。我要吩咐把您的话记录在案。"

"这正是我所要求的。判决书上说：根据委员会的报告，因此我反对的是各位的报告，不是皇上的旨意。我请公爵作证，委员会从未向我查询过酒宴和诗歌的事。"

"仿佛您不知道，"舒宾斯基说，气得脸色都白了，"您的罪比那些参加酒宴的人大十倍。瞧他，"他指指一个被宽恕的人，"他喝醉酒，唱了不堪入耳的歌，可后来跪在地上，流着眼泪请求宽恕。您呢，离一切悔改的表现还远得很。"

---

① 19世纪初意大利的秘密革命组织，宗旨是争取民族解放，消灭外国封建专制统治，后为"青年意大利"所代替。

上校所指的那位先生不吭一声，耷拉着脑袋，脸涨得通红……这教训很好。干坏事应该得到报应。

"对不起，问题不在于我有没有罪，罪大不大，"我继续说，"如果我是杀人凶手，我不希望把我当作小偷办罪。哪怕是为了洗刷我的罪责，我也不希望把我干某事说成是'因为喝醉了酒'，像您刚才讲的那样。"

"如果我的儿子，我的亲生儿子，这么顽固不化，我也会奏请皇上，把他流放西伯利亚。"

这时警察总监插进来，讲了一通废话，前言不对后语。可惜小戈利岑不在，要不，倒是与他展开辩论的绝好机会。

这一切当然没有什么结果。

拉赫京走到戈利岑公爵面前，要求迟一些动身。

"我的妻子怀孕了。"他说。

"这与我无关。"戈利岑回答。

野兽和疯狗咬人时，尚且要装出一本正经的脸色，夹起尾巴，可是这位装疯卖傻的御前大臣，贵族，而且拥有老好人的名声……却恬不知耻，开了这么一个卑鄙的玩笑。

……我们又在大厅中逗留了一刻钟，不顾宪兵和警察们苦口婆心的规劝，在久别之前，彼此紧紧拥抱着，互道珍重。除了奥博连斯基，在我从维亚特卡回来以前，我没有与任何人见过面。

我们准备动身了。

监狱仍然是过去的生活的继续，但是随着向边远省份的转移，它被切断了。

那青春焕发的年代，那充满友谊的峥嵘岁月，都结束了。

流放势必要继续多年。我们何日才能相逢，在何处相逢，又能不能再相逢呢？……

从前的生活叫人怀恋，可是不得不一下子把它抛开……不能互相道别。与奥加辽夫见面已毫无指望。出发前几天，两位朋友好不容易见到了我，但这对我是不够的。

我多么想再见一眼那安慰过我的少女，像在墓园中一样与她握手聚谈……我要以她的名义与过去告别，迎接未来……

1835年4月9日，我们终于会见了几分钟，这已是动身的前夕。

我的记忆中一直珍藏着这神圣的一天，我一生中几个最幸福的瞬间之一。

……为什么这一天和我过去一切幸福的日子，每当我回想起来，便不觉潸然泪下？……我想起了坟墓，暗红的玫瑰花圈，两个拉着我的手的孩子，火炬，一群流亡者，月亮，山麓下温暖的海洋，我所不理解的、使我心如刀割的那些话……

一切都过去了！ ①

---

① 这是赫尔岑回忆 1852 年他的妻子在尼斯安葬时的情形。

第十三章

流放——市长——伏尔加河——彼尔姆

4月10日清晨，宪兵队的军官把我带到总督衙门。在那里办公厅的一间秘密小屋中，我可以与家属告别。

不言而喻，这一切是不好受的，痛苦的：密探虎视眈眈，办事员穿梭不断，负责押送我的宪兵按照向他宣读的指示行事，谈话必须在监视下进行；总之，比这更令人感到屈辱和悲痛的场合，是很难想象的。

最后，马车终于沿着弗拉基米尔大道出发了，我叹了口气。

> 从我这里走进苦恼之城，
>
> 从我这里走进罪恶之渊……①

在驿站的一个地方，我题了这两行诗，它适用于地狱的大门，

---

① 原文系意大利文，引自但丁的《神曲·地狱篇》第三曲，是刻在地狱大门上的题词。

也同样适用于通向西伯利亚的大道。

离莫斯科七俄里有一家饭馆，名叫"彼洛夫"。我的一位好友约我在那儿见面。我向宪兵提议在这里喝几盅酒，他同意了；这儿离城已很远。我们走进饭店，但我的朋友不在。我用尽办法拖延时间，但宪兵等得不耐烦了，赶车的也急着出发，突然一辆三套马车向饭馆直驶而来，我奔到门口……两个不相识的商人子弟出外游乐，正嘻嘻哈哈跳下车子。我向远处眺望——通向莫斯科的大道上没有一个人影，没有一辆车子……我只得痛苦地坐上车走了，给了车夫二十个戈比。车子像离弦的箭，飞驰而去。

我们一路都不停留；宪兵奉命一昼夜至少走两百俄里。这本来是可以办到的，但不是在四月初。现在路上不是冰雪，就是污泥和积水。而且随着与西伯利亚的接近，路也一站比一站坏了。

第一件旅途趣闻发生在波克罗夫城。

河上的冰正在融化，切断了两岸的联系，我们为此耽误了几个钟头。宪兵很焦急，可是到了波克罗夫驿站，站长却声称没有马。宪兵拿出驿马使用证，上面写着：如无驿马，可使用紧急官马。站长回说，内务副大臣立即驾到，这些马要留给他使用。宪兵当然与他争吵，站长只得上居民中找马，宪兵跟他去了。

驿站的屋子太脏，我不愿在那里等他们，便走出大门，在屋前溜达。九个月的监禁之后，我这是第一次没有士兵监视在屋外散步。

过了半个小时，突然从对面走来一个人，穿着制服大衣，没有肩章，脖子上挂一条蓝勋章带。他一眼不眨，盯着我瞧，走过我身边后，又马上回过头来，用粗鲁的态度问我：

"您是由宪兵送往彼尔姆的？"

"对。"我回答，没有站住。

"不行，不行，他怎么敢……"

"请问阁下是谁？"

"我是本地的市长。"陌生人回答，那口气表示，他对自己高贵的社会地位颇为得意。"太糟了，我正在恭候副大臣，他随时可能驾到，可是政治犯却在大街上溜达。这个宪兵是头蠢驴！"

"对不起，您有话请跟宪兵本人谈。"

"我不是要跟他谈话——我要逮捕他，下令打他一百棍子，另派警察送您走。"

我不等他讲完，便点一点头，三步并作两步跑回了驿站。后来我听见他在窗外跟宪兵发脾气，吓唬他。宪兵赔不是，但听来他并不怎么害怕。过了三四分钟，两人进屋了，我坐在那儿，脸朝着窗，没理睬他们。

从市长向宪兵提的问题中，我立即发现，他急于打听我是因什么案件，判什么罪，怎样流放的。我坚决不开口。市长只得自言自语，不知是在向我还是向宪兵说话：

"谁也不会设身处地替我们想一想。难道我乐意跟一个兵吵嘴，或者刁难一个素不相识的人不成？这是责任！市长就是一市之长。不论什么事都得他负责；金库失窃，我有责任，教堂失火，我有责任，街上酒鬼多了，我有责任，酒喝少了，我也有责任（最后这句话他很满意，因此口气变得愉快了）；你们幸亏遇到我，要是给大臣撞见，他正好也这么走过，那就得问了：'怎么，政治犯在这儿散步？把市长抓起来……'"

他这么滔滔不绝，终于叫我忍不住了，我回头对他说：

"您的职务要您怎么干，您就怎么干得了，但是请您别向我大发议论。您的话我看无非是要我向您求情。我从来不向陌生人求情。"

市长有些不好意思了。

A.A. 常说："我们这儿总是这样，谁头一个发脾气，开始叫嚷，谁就占上风。跟当官的谈话时，如果您让他提高嗓门，您就输了；他听到自己的喊声会变成一头野兽。如果听到第一句粗暴的话，您就压过去，他一定会害怕，退让，相信您个性坚强，不宜惹您生气。"

市长打发宪兵去打听马，回头对我道歉似的说道：

"我这么做主要是为那个兵，您不了解我们的兵是什么货色——一点也放纵不得，但是请您相信，我是能够识别人的……请问，是什么不幸事件……"

"案件结束时，我们已奉命不准议论此事。"

"既然这样……当然……我不该……"他的目光中出现了好奇心得不到满足的痛苦神色。沉默了一会儿以后，他又道："我有个远亲，在彼得保罗要塞关过一年，他也是受了牵连——对不起，我总是不放心，您好像还在生我的气吧？我是个军人，养成了严格的脾气；从十七岁起我就进了部队，我的性子急躁，但过一会儿便没事。我不会跟您的宪兵为难，也犯不着……"

宪兵进来报告，至少要过一小时，马才能从牧场赶到。

市长向他宣称，他因我的请求宽恕了他，然后又转身向我道：

"为了证明您不再生我的气，请您务必接受我的邀请，到我家中吃顿便饭；寒舍便在附近，离这儿只有两幢房子。"

我们的邂逅如此收场确实滑稽；我到市长府上，叨光吃了他的干咸鱼脊肉和鱼子酱，喝了他的伏特加和马德拉酒。

喝酒时，他大献殷勤，把他的家庭琐事，甚至老婆生了七年病等等，都告诉了我。吃过饭，他露出扬扬得意的自豪表情，从桌上的花瓶内抽出一封信，让我读他儿子的"诗"，这是在武备中学考试时当众朗诵过的。他对我表示这种无疑的信任，我很感激，但他乘机把话题一转，又旁敲侧击，向我探听我的案情了。这次我满足了他一部分好奇心。

这位市长使我想起我们的谢普金[①]讲的一位县法院秘书：这个县换了九个县长[②]，秘书却巍然不动，照旧统治着全县。谢普金问他："您与上司都这么融洽，有什么诀窍吗？"他说："没什么诀窍，只是靠上帝照顾，好歹还能对付罢了。有的开头确实脾气不小，动不动拍桌子跺脚，大叫大骂，一会儿说要撤你的职，一会儿说要向省里报告。不过，我想，咱们的责任是服从，你别作声也就完了，日子一长，他的火气自然烟消云散！新官上任三把火嘛。果然，后来他就变得乖乖的，跟谁都客客气气……"

……我们到达喀山时正当春水泛滥，伏尔加河一望无际，亮闪闪的；从乌斯隆到喀山整整一站路只能坐平底船，河水溢出岸边十五俄里以上。这天阴雨连绵。渡船停驶了，成群的大车和各种车辆等在岸边。

宪兵去找驿站长要木船。站长勉强答应了，可是说最好等一等，现在过河危险。但宪兵不听劝告，因为他喝醉了，而且想显示一下自己的权力。

我们把马车驶上小木船以后，便出发了。天气似乎已经好转，

---

① 谢普金（1788—1863），俄国著名演员。

② 1864 年前，俄国的"县长"实际上不过是县法院的负责人，主管一县的警政，审理案件等，因此一般也译为"县警察局长"。

过了半小时，鞑靼人升起了帆，可是刚开始平静的暴风雨突然卷土重来。木船向前直冲，碰在一根大圆木上，訇然一声，破旧的平底船撞了个窟窿，水涌上了甲板。情况很不妙，鞑靼人把船驶到了浅滩上。

一艘货船从前面经过，我们大喊，要它派小船过来。纤夫听到了，可什么也不管，照旧拉着船向前走去。

一个农夫带了老婆，摇着小划子来了，问我们是怎么回事，说道："这算得什么？把窟窿堵上就可以放心赶路啦。还值得愁眉苦脸的？你们鞑靼人就是这样，啥也不会干。"说罢，他便跳上了我们的平底船。

鞑靼人确实吓得心慌意乱。首先，宪兵正睡大觉，给水一淋便醒了，马上跳起来，揍了鞑靼人一顿。其次，木船是公家的，鞑靼人老在嘀咕：

"糟啦，船要沉了，叫我怎么得了呀！怎么得了呀！"

我安慰他，对他说，船要是沉了，他也会淹死。

"老爷，淹死倒好了，可要是不淹死呢，那咋办呀？"他答道。

农夫和几个工人用各种东西堵住了窟窿；农夫又抢起斧子，把一块木板钉在上面，然后站在齐腰的水里，与别人一起把木船拖下浅滩。我们马上又进入了伏尔加河的航道；波涛滚滚，风雨挟带着雪花，打在脸上寒冷彻骨。但不多一会儿，伊凡雷帝^①的铜像便从迷雾和激流中出现了。危险似乎已经过去，这时鞑靼人忽然又用哭哭啼啼的声音喊了起来："漏了，漏了！"真的，水又从塞住的窟窿向船中冲击。我们正在河中心，木船越来越慢，眼看即将沉没。鞑

_____

① 即伊凡四世（1530—1584），俄国历史上雄才大略的沙皇之一。

靶人摘下帽子，只顾祈祷。我的听差①吓傻了，一边哭一边嘟哝：
"再见，我的妈妈，我再也见不到您啦。"宪兵破口大骂，说上了岸
非狠狠揍他们不可。

起先我也很怕，何况风雨交加，更显得天昏地暗，十分恐怖。
但我突然想到，我还什么也没有做，我不可能死，这太荒谬了；这
样，青年人的"你怕什么？恺撒在你的船上！"②占了上风，我终于
安静了，等待着危险过去，相信我不致淹死在乌斯隆和喀山之间。
生活后来使我们抛弃了这种豪迈的自信心，并为此受到了惩罚；正
因为这样，青年是勇敢的，充满英雄气概，一旦上了年龄，便变得
谨小慎微，庸碌猥琐了。

……大约过了一刻钟，我们已上了岸，站在喀山城墙边，浑身
湿漉漉的，冻得直哆嗦。我一看见酒店，便进去喝了一杯伏特加，
吃了一盘煎鸡蛋，这才前往驿站。

农村和小城市的驿站，有房间供客商寄宿。在大城市，大家住
旅馆，驿站没地方给旅客住。我给带到驿站办公室，站长让我看他
的房间，里边住着女人孩子，一个老头儿病在床上，连换衣服的角
落也找不到。我写了封信给宪兵将军，要求他安排一个房间，哪里
都行，供我取暖和烤干衣服。

过了一小时，宪兵回复我，阿普拉克辛伯爵已下令安排房间。
我等了两个来小时，毫无动静。我又派宪兵去问。他带回的答复
是：将军把这事交代波尔上校办理，但波尔上校这时正在贵族俱乐

---

① 即陪伴赫尔岑上大学的彼得·费奥多罗维奇，他也随赫尔岑一起去彼尔姆和维亚
特卡。
② 原文是拉丁文。据传说，一次恺撒坐船出征时遇到风暴，舟子很害怕，但恺撒
相信自己不会死，便对他这么说。

部打牌，房间只能明天安排。

这简直是蛮不讲理，我又写信给阿普拉克辛伯爵，要求让我立刻动身，我说我在下一站可能找到休息的地方。但伯爵大人已经安歇，信得留待明天早晨呈报。没法可想了；我脱下湿衣服，裹着站长的大衣，睡在邮政局的办公桌上，用一本厚书垫几件内衣代替枕头。

早晨，我派人去拿早饭。官吏们陆续到了。总务请我注意，在办公地点吃早饭不大好，他个人倒无所谓，但可能引起邮政局长的不满。

我跟他打趣道，逐客令只能驱逐有权外出的人，无权外出的人不得不在此吃喝……

第二天阿普拉克辛伯爵批准我在喀山停留三天，住在旅馆里。

这三天我和宪兵在城中闲逛。遮面纱的鞑靼妇女，她们的大颧骨丈夫，伊斯兰教的清真寺挨着东正教的礼拜堂，一切都带有亚洲和东方的情调。在弗拉基米尔，在尼日尼，可以感到与莫斯科相隔不远，在这里就不同了。

……到了彼尔姆，我直接给带去见省长。他府上宾客云集，原来这是他女儿与一个军官成亲的日子。他叫我进去，我还没脱下路上穿的肮脏衣服，只得带着满身泥土和灰尘，出现在彼尔姆的全体绅士淑女面前。省长讲了几句无关紧要的话，便命我过几天再找他，到时候他会给我安排职务。

这个省长是小俄罗斯人，并不虐待流放者，一般说还比较温和。他不露声色地改善自己的境况，像地底的田鼠，神不知鬼不觉地积钱，宦囊虽不丰富，却也足够养老了。

为了某种不明原由的监督和管理上的需要，他命令全体住在彼尔姆的流放人员，每星期六上午十时在他官邸集合一次。他衔了烟斗，拿了名单，检查是否全部到齐，如果谁没到，就派警察查明原因，然后几乎什么话也不讲，便解散了。由于这样，我在他的客厅中认识了所有他不准我认识的波兰人。

我到达的第二天，宪兵走了。自从被捕以来，我这是第一次获得自由。

自由……然而这是在西伯利亚边陲的小城市中，我毫无生活经验，对未来所要面对的环境也一无所知。

我从家门走进教室的门，又从教室走进友谊的圈子——读书，理想，大家志同道合，没有任何利害冲突。后来进了监狱，那与世隔绝的监狱。我与生活的实际接触是在这儿，在乌拉尔山麓开始的。

这生活马上在我眼前展开了。我到达的第二天，省政府的门警就陪我去找住所。他把我领进一所宽敞的平房，我再三向他解释，我只要几间小屋子，最好不是整幢的，他还是非要我进屋不可。

主妇把我让到沙发上，听说我是从莫斯科来的，便问我在莫斯科见到卡勃里特先生没有？我回说，连这样的姓我都从未听说过。

"怎么，你没听到过卡勃里特？"老太婆说，又讲了他的名字和父名。"真的，少爷，他在这儿当过副省长呢。"

"可我九个月前已进了监狱，也许因此才没听到他。"我笑笑说。

"大概是这个缘故了。那么，少爷，你是要租房子的？"

"这房子太大，实在太大，我已经对老总讲过了。"

"宽敞一点不是坏事。"

"话是不错，可宽敞就得付宽敞的钱呐。"

"先生，谁对你讲过我的价钱啦，我还没开口呢。"

"你不说我也知道，这么大的房子租金不会便宜。"

"你肯出多少钱呢？"

为了摆脱她的纠缠，我说我至多出三百五十纸卢布。

"好，这就够了，我的好先生，你吩咐把箱子什么的搬来吧。请喝一杯特内里费葡萄酒。"

我觉得房租便宜得奇怪，租了房子，打算走的时候，她叫住了我。

"我忘了问你，你自己养奶牛不养？"

"对不起，我从来不养牛。"我回答，她的问题使我吃惊，我甚至感到受了侮辱。

"哦，那我可以供应你鲜奶油。"

我走了，一直觉得不自在，心想：我到了什么地方，像个什么样子，居然有人怀疑我可能自己养奶牛。

然而我还没来得及熟悉一切，省长突然向我宣布，我已被调往维亚特卡，因为一个指定前往维亚特卡的流放者[①]要求调来彼尔姆——他有亲属在彼尔姆。省长希望我第二天便动身。这不可能；我本以为可在彼尔姆住一个时期，买了各种日用品，现在只得半价出售。在百般推托搪塞之后，省长才允许我多留两天，但有个条件：不准找机会与那个流放者见面。

第二天我准备去出售马和其他杂物，忽然警察局长来了，要我在二十四小时内动身。我向他解释，省长已准我延期，警察局长给我看公文，公文上确实写得清清楚楚，要他在二十四小时内送走

---

① 即赫尔岑的同学伊·阿·奥博连斯基。

我。公文是当天发的，因此是在省长与我谈话之后。

"哦，我明白了，明白了，"警察局长说，"我们这位大人物要把延误的责任推在我身上。"

"我们去戳穿他。"

"走！"

省长说，他忘了给我的许诺。警察局长便狡猾地问他，要不要重写一份公文？

"何必多此一举！"省长简单地回答。

"他的小辫子给揪住了，"警察局长得意扬扬，搓着双手道，"这个耍笔杆的官僚！"

彼尔姆的警察局长属于军人出身的文官这一特殊类型。他们在军队中凑巧碰上了刺刀或子弹，受了一点轻伤，便优先退伍，取得了市长或庶务官之类的职务。

在部队中，他们养成了一点心直口快的作风，记熟了各种格言，什么荣誉神圣不可侵犯，为人要光明磊落等等，对文书总是挖苦嘲笑。他们中的年轻一代读过马尔林斯基和扎戈斯金的作品，能背诵《高加索囚徒》[①]和《沃伊纳罗夫斯基》[②]的开头几行，一有机会便吟哦起来。例如，看见一个人吸烟，他们便念道：

琥珀烟斗在他嘴上袅袅冒烟[③]。

这些人毫无例外，都大言不惭地说，他们的地位比他们的实际

---

① 普希金的叙事诗。
② 雷列耶夫的长诗。
③ 普希金的叙事诗《巴赫奇萨赖的喷泉》的第二行。

价值低得多；仅仅为了糊口，他们才不得不走进这个"舞文弄墨的世界"。要不是贫穷，受了伤，他们可以指挥一个兵团，或者当上将军衔御前侍从武官。每人还会举出一位故人飞黄腾达的例子：

"要知道，克莱茨和利迪格尔①是与我同时提升为骑兵少尉的。彼得鲁沙和阿廖沙当年跟我住在一所房子里。唉，你们瞧，我不是德国人，又没有靠山，才落得坐岗亭，当警察。你们想，一个正派人，又有我这样的才干，吃警察这行饭，心里舒服吗？"

他们的老婆牢骚更多，每年要回莫斯科，借口母亲或者姑妈病重，想最后会一面，顺便就把不多几个钱，提心吊胆地存进当铺。

他们便这样过了十五六年。丈夫一边怨命，一边鞭打警察，鞭打市民，讨好省长，包庇小偷，盗窃文件，反复吟哦《巴赫奇萨赖的喷泉》中的诗句。妻子一边怨命，怨外省生活，一边见钱就捞，掠夺求情的人，搜刮小店铺；她们喜欢月光之夜，因为可以不用点灯。

我要作这份鉴定，是因为我开头受过这些先生的蒙蔽，真心相信他们比其他人好，其实根本不然……

我离开彼尔姆时，只有一个人是我依依不舍，难以忘怀的。

一次省长检阅流放者时，有个波兰天主教教士邀我上他家玩。我在他家遇见几个波兰人，其中一人默默坐着，一边沉思，一边吸一只小烟斗，那张脸上的每一根线条都流露出无法排遣的苦闷。他的背有点驼，甚至肋部歪了，他的相貌属于那种不规则的波兰立陶宛人脸型，它起先使人惊讶，继而又吸引人。有些最伟大的波兰人的脸就是这样，如法杰伊·科斯秋什科。采哈诺维奇的衣衫证明他

---

① 都是当时在俄国军队中任职的德国籍将军。

非常贫穷。

过了几天，我在一条荒凉的林荫道上散步，那是彼尔姆的市郊，时间是 5 月下半月。青青的嫩叶正在发芽，白桦开花了（我记得这是桦树林荫道），路上一个人也没有。我们的外省人不爱柏拉图式的散步。我徘徊了好久，最后望见另一头的田野里有一个人正在采集标本，或者只是攀折这一带那些单调而罕见的花草。那人抬起头来，我认出了他是采哈诺维奇，便朝他走去。

后来我见过很多波兰事业的受难者；波兰斗争的史册上载满了为它献身的圣徒，但采哈诺维奇是我认识的第一个人。他告诉了我，身穿将军制服的刽子手们，作为冬宫专制暴君的铁拳，如何迫害他们，我听了顿时觉得，我们的灾难，我们的牢狱和审问，简直毫不足道。

在维尔诺①，那时有一个长官，他来自战胜的敌人那边，这就是臭名昭著的叛徒穆拉维约夫②，他的不朽功绩在于说过一句历史名言："他不属于那些被人绞死的穆拉维约夫，而是属于绞死他人的穆拉维约夫。"③从狭隘的、报复心重的尼古拉看来，好大喜功、专横暴戾的独夫最有价值，至少最讨人喜欢。

将军们在刑讯室拷问波兰密使，密使的朋友，朋友的朋友，他们像丧失一切教养、一切高尚感情的暴徒一样对待犯人，知道他们的一切行为都可以得到尼古拉的军用大衣的庇护，这件大衣上沾满了波兰蒙难者的鲜血和波兰母亲们的眼泪……这全民族的受难周还

---

① 即维尔纽斯，在立陶宛。

② 米·尼·穆拉维约夫（1796—1866），反动官僚，年轻时参加过最早的十二月党人组织"救国同盟"，1825 年叛变投靠沙皇政府，后来参与镇压波兰起义。

③ 十二月党人中有好几个姓穆拉维约夫的人，沙皇官僚中也有不少姓穆拉维约夫的。

在等待自己的路加或马太①……不过他们必须知道，刽子手们会一个接一个给带到历史的耻辱柱前示众，在那里留下自己的名字。这将成为尼古拉皇朝的肖像画廊，与1812年将领的画廊遥遥相对②。

穆拉维约夫对待犯人态度粗野，用下流话辱骂他们。有一次他大发雷霆，竟然走到采哈诺维奇面前，想当胸揪他的衣服，也许还想打他，可是在戴镣铐的犯人的目光逼视下，他退缩了，改变了声调。

我猜想得到，这目光应该是怎样的。事隔三年，他讲起当时的情形，眼睛还炯炯逼人，额角和扭歪的脖子上青筋突起。

"您上了锁链，还能干什么呢？"

"我可以用牙齿咬他，用脑瓜顶他，用铁链打他。"他颤抖着说。

采哈诺维奇起先被流放到上图里耶，这是彼尔姆省最偏僻的城市之一，位于乌拉尔深山里，常年积雪，远离一切交通要道，冬季几乎与外界隔绝。不言而喻，上图里耶的居住条件，比鄂木斯克或克拉斯诺亚尔斯克更坏。采哈诺维奇孑然一身，在那里研究自然科学，从乌拉尔山上采集稀有植物，后来获得批准移居彼尔姆；这对他说来，处境已算有所改善了：他重又听到了自己的语言，会见了不幸的同志们。他的妻子留在立陶宛，写信给他，要从维尔诺省步行来探望他……他在等她。

当我出乎意外被调往维亚特卡时，我去向采哈诺维奇告别。他住的小房间几乎空无一物；一只破旧的小皮箱放在寒碜的床边，一

① 受难周是纪念耶稣受难后的一周，在复活节前。路加和马太是指《圣经》中《路加福音》和《马太福音》的作者。
② 1826年在彼得堡冬宫内建立了1812年卫国战争中俄军将领的肖像画廊。

张木板钉成的桌子，一把椅子，这便是他的全部家具，它们使我想起克鲁季茨兵营的隐修室。

我要离开的消息使他非常伤心，但他已经习惯了一切不幸的遭遇，因此过不一会儿，便露出了几乎是欢快的笑容，对我说道：

"我之所以爱好大自然，就因为不论你给弄到哪里，谁也无法剥夺你享受大自然的权利。"

我想留点什么给他作纪念，从衬衣上拉下一粒小小的袖扣，请他收下。

"它不适合我的衬衣，"他对我说，"但我要把它保存到生命的最后一息，带着它走进坟墓。"

然后他想了想，突然走去翻箱子，找出一只小袋子，从里边掏出一条很别致的小铁链，拉下几节，一边递给我一边说：

"这链条对我是很宝贵的，它与我另一时期一些最神圣的回忆联系在一起；我不能把它全部给您，只能给您几节。我从未想到，我这个立陶宛的流放者①会把它们送给俄罗斯的流放者。"

我拥抱了他，与他告别。

"您什么时候动身？"他问。

"明天早上，但我不要您送行，我屋里已有一个宪兵一刻不离地守着了。"

"那么，祝您一路平安，未来比我幸福。"

第二天早上九时，警察局长就到了我的住所，催我动身。彼尔姆的宪兵比克鲁季茨的驯服得多，他并不掩饰他的欢乐：在

---

① 在历史上，波兰与立陶宛曾是一个国家，后来又同样受沙皇俄国的压迫，因此它们的民族解放运动也是一起进行的。

三百五十俄里的路上，他不愁没有酒喝了。一切准备就绪，我无意间抬头望望街上，忽然发现采哈诺维奇走过，我奔到窗口。

"啊，多谢上帝，"他说，"我已经来回走了四次，想哪怕跟您远远告别一下也好，可您总不转过脸来。"

我热泪盈眶，感谢了他。这温柔的、女性般的关怀深深打动了我；没有这奇遇，我对彼尔姆就毫不留恋了。

……从彼尔姆动身后，第二天黎明起，天下大雨了，雨一刻不停，下了一整天，在森林地带这是常有的。二时左右，我们到达了维亚特卡一个贫苦荒凉的山村。这一带没有驿站，只有一些不识字的沃恰克人在代行站长的职务，他们打开驿马使用证，看看上面盖的是一个印还是两个印，嘴里喊着"很快，很快！"立刻动手套马了，比有站长的地方还快一倍。我想烘干衣服，烤一下火，吃点东西。彼尔姆的宪兵同意我的提议，决定休息一两个小时。这一切是进村前讲好的。可是我走进黑洞洞的、不通风的农舍一间，才知道这儿什么也弄不到，甚至五俄里内没有一家饭铺；我有些惘然，打算立刻动身。

我正在琢磨走不走的时候，来了一个兵，向我报告道，有一个押送犯人路过这儿的军官请我去喝杯茶。

"太感谢啦，你的军官在哪里呢？"

"就在附近的小屋子里，先生！"他说完就做了个从左向后转的动作，开步走了。

我跟在他后面。

军官年纪不轻了，中等身材，那张饱经忧患的脸说明他一生坎坷不幸，畏惧长官。无边的寂寞使他见了我十分殷勤。这是那种庸碌的好心的老军人，二十五年来一直勤勤恳恳，任劳任怨，既未失职，也未升迁，正如一匹老马，拖着沉重的车子一天又一天地走去。

"您要上哪儿，押送什么人？"

"别问啦，一问我的心都碎了；唉，那种事只有上面知道，我们的责任是执行命令，不是负责；可是良心上不好过。"

"怎么回事呢？"

"是这样的，上面弄来了一群八九岁的小犹太人；是不是要把这些倒霉鬼送去当水兵，我不知道。起先命令把他们押往彼尔姆，后来忽然变了，要送往喀山。我负责押送一百来俄里，转交他们的军官对我说：'这真是造孽，三分之一留在路上了。'"军官用手指了指地下，又道："看来没有一半能走到目的地。"

"是得了流行病吗？"我问，心里十分震惊。

"不，不是什么流行病，他们只是像苍蝇一般死了。您想，这些小鬼这么虚弱，病恹恹的，像剥了皮的猫，一天走十来个钟头烂泥路，吃的又是干粮，怎么受得了；况且异乡客地，无父无母，没人怜惜，一遇伤风感冒，马上倒在地上死了。您倒说说看，他们这是为的什么，要把这些小家伙怎么办？"

我没作声。

"您什么时候动身？"

"早该走啦，只是因为雨实在下得太大……喂，当差的，吩咐小鬼们集合！"

孩子们给带来了，排成整齐的队伍；这是我见过的最骇人的景象之一——可怜的、可怜的孩子哟！十二岁、十三岁的儿童还能勉强支持，可是八岁、九岁的娃娃……这令人毛骨悚然的场面，任何阴森的画笔恐怕也难以描摹。

他们脸色苍白，筋疲力尽，神色惊慌不安，穿了肥大得不合身的士兵大衣，翻起领圈站在那里，露出无能为力的凄恻目光，望着正在粗暴地给他们整顿队形的警备队士兵。没有血色的嘴唇，眼眶下一圈圈青色的阴影，表明他们正在发热或者打冷战。这些病弱的孩子，没人照顾，没人抚爱，寒风却从北冰洋长驱直入，吹打着他们，要把他们送进坟墓。

应该看到，率领他们的是一个忠厚的军官，他无疑是怜惜孩子们的。如果换了那些军政大员式的管理员呢?

我握住军官的手，说了一句:"要保护他们。"便跑回了马车。我想哭，觉得再也忍耐不住……

在尼古拉那邪恶的、不人道的皇朝的档案中，保存着多少无人知晓的弥天大罪呀!这些事我们已习以为常，因此不予重视，不加理会，听任它们消失在可怕的远方，无声无息地淹没在官厅沉寂的深渊中，或者扣留在图书审查机关的抽屉里。

难道我们没有亲眼看到，普斯科夫的农民在饥荒之后，全家被强迫移居托博尔斯克省①，他们无衣无食，露宿在莫斯科的特维尔广场，最后还是多亏德·弗·戈利岑公爵私人掏钱，解决了他们的燃眉之急?

---

① 普斯科夫在彼得堡西南，托博尔斯克在西伯利亚。

第十四章

维亚特卡——省长大人的办公厅和餐厅——基·雅·秋法耶夫

维亚特卡省省长没有接见我，只是命令我翌日十时前去见他。

第二天早上，我在他的大厅中遇到了县长、市警察局长和两个官员。他们全都站着，一边叽叽喳喳谈话，一边不安地望着门。门开了，进来一个身材不高、肩膀宽阔的老头子，脑袋跟斗牛狗的头差不多，下巴颏儿大大的，使他更像一条狗了；他的嘴边露出一抹淫荡的笑容，苍老的脸显得酒色过度，一对灰色小眼睛骨碌碌打转，头发稀疏，向上竖起，这一切都给人留下非常讨厌的印象。

一出来，他就把县长大骂一顿，因为他昨天下乡，发现道路太坏。县长为了表示恭敬和驯服，微垂着头，省长骂一句，他就答一声："是，大人。"像从前的仆人一样。

骂过县长以后，他转过身来，傲慢地瞅了我一眼，问道：

"您是莫斯科大学毕业的？"

"我是学士。"

"后来在哪里任职？"

"在克里姆林宫管理处。"

"哈哈哈，这差使太好啦！一定很清闲吧，所以您才喝酒唱歌。阿列尼岑！"他大声喊道。

进来了一个生癞疥病的年轻人。

"听着，老弟，这是莫斯科大学的学士；他看来什么都懂，就是不懂得怎样奉公守法；皇上把他交给我们，要他在这里改邪归正。你在办公厅里给他安排个事干，他的情况你要向我专门汇报。您明天早上九点去上班，现在可以走了。哦，对不起，我忘了问您，您的字写得怎么样？"

我一时不明白他的意思。

"我是问您的书法。"

"我身边没带什么。"

"给他纸笔。"于是阿列尼岑给了我笔。

"写什么呢？"

"随您的便，"秘书说，"就写这几个字：现经查明。"

"得啦，您不是眷写奏折的人才。"省长说，讽刺地笑笑。

早在彼尔姆，我已听到不少关于秋法耶夫的轶事，但他大大超过了我的想象。

俄罗斯生活本来是无奇不有的！

秋法耶夫出生在托博尔斯克。他的父亲大概也是给流放的，是当地最贫苦的市民之一。十三岁的少年秋法耶夫就跟着一群艺人浪荡江湖，从一个市集跑到另一个市集，走钢索，翻筋斗等等。他们从托博尔斯克流浪到了波兰各省，供善男信女们寻欢作乐。不知为什么，他在那里被捕了；他没有身份证，因此作为流浪儿，与一群囚犯一起被徒步遣返托博尔斯克。他的父亲已经去世，母亲穷得朝不保夕，终于也死了，儿子只得自食其力。他必须找个事干，由于小时候念过几天书，他在市议会当了抄写员。他天性无拘无束，又曾跟随马戏团和流放犯人走遍俄国各地，受到了多方面的教育，磨练了才干，因此成了一个精明能干、老练圆滑的人。

亚历山大皇朝初期，有位钦差大臣来到托博尔斯克；他需要几名干练的文书，有人向他推荐了秋法耶夫。钦差大臣对他十分满意，便带他回转彼得堡。那以前，照秋法耶夫自己的话说，他的野心至多想在本县法院充当一名秘书，那以后他把自己的身价提高了，怀着铁的意志决心向上爬。

他也确实爬了上去。过了十年，我们看见他已是坎克林 ^① 手下一名孜孜不倦的秘书，坎克林那时是军需大臣。又过了一年，他已在阿拉克切耶夫的办公厅主管一个科室，处理全国性事务了。联军 ^② 占领巴黎时，他随同伯爵到了巴黎。

秋法耶夫始终坐在派遣军的办公室内，从不外出，是名副其实没有见过巴黎一条街道的。他和可以与他媲美的同事克莱恩米赫尔一起，夜以继日地草拟和抄写公文。

阿拉克切耶夫的办公厅像某些铜矿，工人在那里至多干几个月，再干就非累死不可。秋法耶夫在这所发号施令、封官许愿的工厂里，最后也累倒了，要求派他一个清闲些的职务。阿拉克切耶夫不能不喜欢秋法耶夫这样的人：他从不狂妄自大，也不寻欢作乐，又没有自己的意见，外表正直廉洁，但渴望荣华富贵，把服从看作人生第一美德。阿拉克切耶夫赏了秋法耶夫一个副省长的官职；过了几年，又让他当了彼尔姆的省长。这位曾跟随马戏团和流放犯两

---

① 坎克林 (1774—1845)，俄国反动官僚。但秋法耶夫没有当过坎克林的秘书。

② 指反抗拿破仑的欧洲各国联军，阿拉克切耶夫曾任陆军大臣，当时作为亚历山大一世最信任的大臣，实际上控制着军队的一切。

度光临过这个省的秋法耶夫，现在终于主宰了它的命运。

省长的权力一般是随着它与彼得堡的距离，成正比例增长的，但是在没有贵族的省份，如彼尔姆、维亚特卡和西伯利亚，它却是以几何级数上升的。秋法耶夫需要的也正是这种地方。

秋法耶夫是东方的暴君，但是精明强干，精力充沛，一切亲自动手，永远不知道休息。如果在1794年，他会成为国民议会残忍专横的特派员——另一个卡里埃[①]。

生活上腐化堕落，性格上粗鲁暴戾，听不得半点反对意见，这么一个人，他的影响是相当恶劣的。他不要贿赂，虽然在他死后发现，他也积攒了一大笔家私。他对下属铁面无情，谁落到他手里谁就遭殃，可是官员们的贪赃枉法比任何时候更厉害。他滥用职权达到了无以复加的地步，例如，他派一个官员去审查案情，如果他关心这事，当然会对那个官员说，案子大概如此这般，但万一结果不是这样，那个官员就该倒霉了。

在彼尔姆，秋法耶夫的声望还不小，那里有一批他的信徒与新省长作对，新省长当然也有一批自己的党羽。

然而也有人憎恨秋法耶夫。其中一人可说是俄国畸形生活的相当新奇的产物，他特别警告我，要注意秋法耶夫是个什么货色。他是一家工厂的医师，生得聪明，神经过敏，毕业后不久便不幸地结了婚，然后给派到叶卡捷琳堡，由于毫无世故经验，在外省生活的泥淖中毁灭了。他的职业本来可以使他与这个环境不发生瓜葛，但他还是无法幸免，于是他把全部精力消耗在对官员的冷嘲热讽

[①] 卡里埃（1756—1794），法国大革命中的激进共和主义分子，曾由国民议会派往南特等地镇压王党叛乱，在各地大肆杀戮，因而在1794年以大批杀人罪被押上断头台。

上。他当面取笑他们，挤眉弄眼、装模作样地侮辱他们。由于谁都没有得到宽恕，医生的恶毒语言倒也并不使谁特别生气。他靠嬉笑怒骂制造自己的社会地位，迫使意志薄弱的庸人们忍受他无休止的鞭笞。

人们对我说，他是个好医生，但神经不正常，对人非常粗鲁无礼。

他的闲谈和笑话既不粗俗，也不平淡，恰恰相反，它们充满幽默和强烈的愤懑，这是他的诗，他的复仇，他的怒吼，一部分也可能是他的绝望的呼声。他在研究官僚社会，作为一个艺术家和医生，他熟知他们一切细小而隐秘的情欲，这班朋友又颟顸无知，胆小怕事，使他无所顾忌，为所欲为。

对每一句话，他都要加上"一文不值"几个字。我有一次开玩笑，指出了他这句口头禅。

"这有什么奇怪的。"医生说道。"讲话的目的无非是为了说服别人，所以我要加上这句话，它是世界上最有力的证据。你使一个人相信，杀死父亲是一文不值的事，他真的会杀死他。"

切博塔廖夫从不拒绝一两百纸卢布的小额借款。有人向他借钱，他就掏出笔记本，详细问明还钱的日期。

"现在，"他说，"我与您赌一个卢布，您不会准时还钱。"

"得了，"那人反驳道，"您把我当成什么人啦？"

"我把您当成什么人，这对您说来一文不值。"医生回答。"问题在于，这笔记本我已用了五年多，还没有一个人准时还过钱，而且几乎过期之后也不归还。"

期限过了，医生便郑重其事地找那人索取赢得的一个卢布。

彼尔姆有个包税商要出卖一辆旅行马车，医生去见他，一口气讲了下面一席话：

"您出售马车，我要买它；您有钱，是百万富翁，因此大家尊敬您，我也因此来向您表示敬意。您是一个富翁，卖不卖马车，对您说来一文不值；我非常需要它，可是我的钱不多。您想利用我的急需刁难我，一辆马车索价一千五百卢布；但我能给您的是七百卢布，我只得每天来跟您纠缠；过了一星期，您会让到七百五十或者八百卢布，那么何必多此一举？我现在就可以付钱给您。"

"不必多此一举。"诧异的包税商回答，出售了马车。

切博塔廖夫这种玩世不恭的轶事多得很，我再讲两件①。

"您信不信催眠术？"有一次我看见一位相当聪明和有学问的太太这么问他。

"您所谓的催眠术是指什么呢？"

太太讲了一通，大抵是些无稽之谈。

"我信不信催眠术，对您说来一文不值，但您要是愿意，我不妨跟您谈谈我在这方面看到的一些情形。"

"请讲吧。"

"那么您得注意听我讲。"

于是他开始讲他认识的一位哈尔科夫医生的实验，讲得栩栩如生，非常有趣。

他讲到一半，仆人端着盘子送小吃来了。他退下时，太太对他说：

"你忘了拿芥末来。"

---

① 这两件趣事在初版中是没有的，1858年对初版进行修订时，我才想起它们。——作者注

切博塔廖夫住口了。

"您只管往下讲，往下讲，"太太说，已经有些胆怯了，"我在听呢。"

"他有没有忘了拿盐来？"

"您在生我的气啦。"太太又说，脸红了。

"没有的事，您放心好了；我知道，您是在注意听，但我也知道，妇女无论怎么聪明，无论谈的是什么，总不能超出厨房的范围，因此我为什么偏偏要对您生气呢？"

在波利叶伯爵夫人的工厂里，也是他担任医生。有一个小厮，是个农奴，他很喜欢，要他去当仆人。小厮同意了，但管理员说，未经伯爵夫人许可，他不能放他走。切博塔廖夫写信给伯爵夫人。她命令管理员交出身份证，但有个条件：切博塔廖夫要为小厮预付五年代役金①。他收到这答复，马上又写信给伯爵夫人，表示接受这个条件，但是请她先解答一下他的疑难问题：如果恩克彗星②在横穿地球轨道时把小厮带走了，他向谁去要回付出的钱，而这事在到期前一年半是很可能发生的。

我动身去维亚特卡的当天清早，医生来了，先是讲了句傻话："您像贺拉斯，唱了一次歌，到现在还得东奔西走。"③

然后掏出小本子，问我路上要不要用钱。我谢谢他，回绝了。

"您为什么不要呢？这对您是一文不值的。"

---

① 在农奴制度下，农奴外出做工等等，必须向地主缴纳代役金。

② 由德国天文学家恩克测定周期（约 3.3 年）的彗星。

③ 这句话带有文字游戏性质，这里译作"东奔西走"的俄文原文的意思是迁移、调动，也可解作翻译。贺拉斯作为古罗马的著名诗人，他的诗歌一旦写成之后，便被不断传诵，一再翻译成各种文字。因此这句话如果直译便是："您像贺拉斯，唱了一次歌，到现在还在被翻译（被押送和调动）。"

"我有钱。"

"世界终于变坏了。"他说，然后打开笔记本写道："行医十五年来，我第一次遇到不要钱的人，而且这人正要出远门。"

胡闹完毕，他坐到我的床边，认真地说：

"您是在到一个可怕的人那儿去。要提防他，尽量与他疏远。如果他喜欢您，那就说明大家要讨厌您了；如果他恨您，那么他会把您弄得走投无路，对您造谣中伤，诽谤诋毁，反正什么都干得出，这在他是一文不值的。"

这时他给我讲了一件事，它的真实性后来我有机会在内政部的档案中查对过，证明完全属实。

秋法耶夫与一个穷官吏的妹妹公开私通。哥哥遭到了人们嘲笑，想阻止他们来往，扬言要写状子向彼得堡告发；总之，闹得满城风雨，以致一天警察逮捕了他，把他当作疯子送交省政府审查。

省政府，法庭庭长，卫生局局长（一个深受民众爱戴的德国老头儿，与我也有一面之交），全都断定彼得罗夫斯基是疯子。

我的那位医生认识彼得罗夫斯基，为他治过病。大家按手续也向他征求意见。他对卫生局长说，彼得罗夫斯基根本不是疯子，应该对案件重新审查，否则他要继续申诉。省政府并无异议，不幸的是，彼得罗夫斯基在疯人院中死了，没有活到指定的复审日子，尽管他是一个身强力壮的年轻小伙子。

事情报到了彼得堡。彼得罗夫斯基的妹妹（为什么不是秋法耶夫呢？）被逮捕了，开始进行秘密侦讯。供词是按照秋法耶夫的授意编造的，他在这件案子中大显了身手。为了一劳永逸了结此案，逃脱再度被迫前往西伯利亚旅行的危险，他唆使彼得罗夫斯基的妹妹供称，她的哥哥与她争吵是从某个时候开始的，那时她由于年轻无知，受了引诱——她是在亚历山大皇帝銮驾经过彼尔姆时失身的，后来还为此从索洛姆卡将军手中领到了五千卢布。

亚历山大的行为向来就是这样，因此这话并无漏洞。要落实这事却不容易，至少会闹得沸沸扬扬，出丑露乖。对本肯多夫伯爵提出的问题，索洛姆卡将军回答道，他手里经过的钱如此之多，他想不起这五千卢布了。

在普希金的《埃及之夜》中，那位即兴诗人说过一句话："在女皇身边，他们是很多的！"[①]……

就是这位阿拉克切耶夫的得意门生，克莱恩米赫尔的知心朋友，马戏团小丑，流浪汉，抄写员，秘书，慈悲为怀、大公无私的省长，把健康的人关在疯人院里置之死地，为了转移尼古拉皇上的视线而造谣诽谤亚历山大皇上的人，现在却要来教育我如何奉公守法了。

他可以决定我的命运。只要他向内务部汇报几句无中生有的谰言，我就会给赶往伊尔库茨克省的什么地方。而且何必汇报？他本人就有权命我移居任何穷乡僻壤，如卡依或察列沃 - 桑楚斯克那样与世隔绝的不毛之地。秋法耶夫曾把一个波兰青年送往格拉佐夫，原因仅仅是夫人们宁可与这个青年跳玛祖卡舞，却不肯作他省长大人的舞伴。

多尔戈鲁科夫公爵[②]便是这样从彼尔姆给遣送到上图里耶的。上图里耶在深山中，冰天雪地，虽然属于彼尔姆省，但是从气候看与别廖佐夫相仿，从荒凉的程度看甚至超过别廖佐夫。

---

① 原文是意大利文，句中"他们"是指情人。
② 当时一个退职的陆军大尉，1831 年被放逐到维亚特卡，后又转移到彼尔姆。

多尔戈鲁科夫公爵属于贵族浪子中恶劣的一类。这种人今天已经绝无仅有。他在彼得堡胡作非为，在莫斯科胡作非为，在巴黎仍然胡作非为。

他的一生就是这么消磨的。这是一个具体而微的伊斯梅洛夫[①]，一个没有在雷斯科沃隐藏逃亡农奴的格鲁津斯基公爵[②]，也就是说他任性，粗野，玩世不恭，令人讨厌，是一种贵族与小丑的混合物。后来他胡闹得实在过了分寸，这才给撵到彼尔姆来作寓公。

他驾临时坐了两辆马车，一辆上是他和一条狗，另一辆上是他的法国厨师和几只鹦鹉。彼尔姆对这位贵客是欢迎的，不久全城的人就拥进了他的餐厅。多尔戈鲁科夫与一位太太勾搭上了，太太怀疑他又有外遇，一天早晨出其不意闯进公爵的卧室，发现他与一个侍女私通。这引起了一场风波，最后，变心的情人从墙上取下皮鞭，官太太看到他的意图，转身便跑；他从后面追，身上只胡乱披了一件睡衣；在平日操练部队的小广场上，他赶上了她，把吃醋的太太抽了两三鞭，这才若无其事地回家。

这类有趣的闹剧引起了彼尔姆朋友们的攻击，于是当局决定把四十岁的老花花公子放逐到上图里耶。行前他举办了盛大的宴会，官员们尽管与他不和，还是出席了。多尔戈鲁科夫答应请他们吃一种闻所未闻的大馅饼。

大馅饼确实可口，转眼之间便一扫而光。当桌上只剩下一些酥皮时，多尔戈鲁科夫露出不胜感伤的神情，向客人们说道：

---

① 伊斯梅洛夫（约1764—1834），俄国将军，梁赞省的大地主，以残酷压迫农民闻名。

② 格鲁津斯基（1762—1852），俄国大地主，以残酷和专横闻名。他把各地逃亡的农奴藏在雷斯科沃县的庄园上，作为自己的农奴役使。

"我与各位分别在即，因此不惜一切招待各位。昨天我吩咐把我的加尔第杀了做馅饼呢。"

官员们吓了一跳，你看我，我看你，大家用眼睛寻找那只熟悉的丹麦狗：它不见了。公爵猜到了，命令仆人把加尔第的遗骨和皮取来；肉和内脏则已装进官老爷们的肠胃。一半客人吓得病了。

这样跟朋友们开了一个别出心裁的玩笑之后，多尔戈鲁科夫才得意扬扬出发，前往上图里耶。第三辆车上载了满满一大筐鸡——让驿马替他运鸡！路上他从几个驿站拿走了账簿，把它们混在一起，涂改了数字，弄得驿站长们叫苦连天，差点发疯，这些人有了账簿还常常算不清账呢。

俄国生活令人窒息的空虚和沉闷，以独特的方式与充满活力的、甚至狂风暴雨般的性格结合之后，就在我们中间培育出了各种稀奇古怪的人物。

苏沃洛夫①的雄鸡叫，多尔戈鲁科夫公爵的狗肉馅饼，伊斯梅洛夫那种野蛮的反常举动，马莫诺夫②的半自愿精神错乱，"美国人"托尔斯泰③无法无天的罪恶行径，都包含着我们大家所熟悉的、同一血缘的基调，只是在我们这一代，它已因教育的影响而减弱或转向其他方面了。

我见过托尔斯泰，这是在他的女儿萨拉，一个颇有诗才的、不平凡的少女刚死的时候。老头儿的外表，那飘着一绺绺白发的前

---

① 苏沃洛夫 (1730—1800)，俄国历史上最伟大的将领之一，军事学家。他喜欢装雄鸡叫，捉弄拘泥古板的大臣们。

② 马莫诺夫 (1790—1863)，俄国伯爵，早年参加十二月党人的"幸福同盟"，1817 年后得了精神病，一直隐居在自己的庄园中。

③ 费·伊·托尔斯泰 (1782—1846)，富有的地主，冒险家，曾逃亡美国，因而被称为"美国人"，有不少轶事流传民间。

额，那发亮的眼睛，那肌肉发达的身体，都让人一眼就看到，大自然赋予了他多大的能量和精力。然而在他身上，得到发展的只是疯狂的情欲，不良的癖好；这也并不奇怪：我们这里一切罪恶都可以长期通行无阻，自由发展，唯独人的感情刚一露头便会遭到摧残，人们也因此被关进警备队或者流放西伯利亚……他横行霸道，赌博，打架，残害人们，破坏家庭，接连胡闹了二十年，最后被放逐到了西伯利亚，然后像格里鲍耶陀夫说的那样，"变成阿留申人回来"①，就是说，经过堪察加半岛逃亡美国，又从那儿提出申请，要求回国。亚历山大宽恕了他，可他从回国的第二天起便故态复萌，照旧过从前的生活。他娶了莫斯科一个以嗓音闻名的吉卜赛女郎，把自己的公馆变成了赌场，整日花天酒地，整夜打牌，在小萨拉的摇床旁边演出一幕幕荒淫无耻的野蛮活剧。据说，有一次他为了证明自己打枪百发百中，命令妻子站在桌上，开枪打穿了她的鞋后跟。

最后一个恶作剧，差点把他重新送往西伯利亚。有一个小生意人从前得罪过他，他把他抓到家中，缚住手脚，拔掉了一颗牙齿。这样的事便发生在十年或十二年前，谁能相信呢？小生意人写状子告他。托尔斯泰买通了警察，买通了法院，小生意人以诬告罪名被关进了监狱。这时一个著名的俄国文学家尼·菲·帕夫洛夫②在监狱委员会任职。小生意人把案情讲给他听，没有经验的官员提起了公诉。托尔斯泰真的害怕了，显然他很可能因而判罪，但俄国的上

---

① 引自《聪明误》第四幕第四场列彼季洛夫的独白。

② 帕夫洛夫 (1805—1864)，俄国作家和杂志编辑。他出身于农奴家庭，早年倾向民主，曾对果戈理的《与友人书信选集》提出过严肃批评。

帝是伟大的！奥尔洛夫伯爵①给谢尔巴托夫公爵②发了一份秘密公函，希望后者推翻该案，以免低等阶层对高等阶层取得如此直接的胜利。奥尔洛夫伯爵提议免去尼·菲·帕夫洛夫的职务……这几乎比拔掉牙齿更骇人听闻。我当时在莫斯科，熟识这个不够谨慎的官员。现在我们还是回头谈维亚特卡吧。

省政府的办公厅比监狱还糟得多。它叫人不能忍受，这倒不是由于日常事务太繁重，而是这个腐朽的环境散发的气息，使人觉得好像待在狗洞里，愚蠢而可怕地浪费光阴。阿列尼岑并不欺侮我，反而出乎我的意料，对我十分客气。他是喀山中学的学生，因此在我这个莫斯科大学学士面前不免谦让几分。

办公厅中有二十名文书，大部分没受过一点教育，也没任何道德观念。他们是文书或秘书的儿子，从摇篮起已养成习惯，把办公当作捞钱的捷径，而农民则是带来收益的沃土。他们出售一份证书，收二三十个戈比，为了一杯啤酒弄虚作假，丧尽天良，干尽坏事。我的听差不再上"弹子房"，他说这些官老爷比谁都会舞弊，可又不能教训他们，因为他们是官。

这些家伙只因有了官衔，才没遭到我的仆人痛揍，可我却不得不天天跟他们坐在一起，从早上九点坐到两点，从五点坐到晚上八点。

除了阿列尼岑这位办公厅总负责人，我还有我所属科的科长，这人也不算坏，只是嗜酒如命，不通文墨。我的科里还有四个文书，跟他们不能不讲讲话，寒暄几句，跟别的科里的人也一样。不

---

① 指阿·费·奥尔洛夫。
② 谢尔巴托夫 (1776—1846)，俄国将军，当时任莫斯科总督。

用说，我稍一不慎，这些人或迟或早就会为我的"傲慢"设下圈套陷害我，即使不这样，我也无法一天几个小时面对着同样几个人一言不发，默不作声。而且不应忘记，外省人总想结交外地来客，尤其是京城来的，何况这人背后还隐藏着一段有趣的经历呢。

在这个受罪的地方坐了一整天之后，有时我回到家中简直神志不清，头昏脑涨，瘫痪在沙发上，又累又委屈，不能再做任何工作，从事任何活动。我衷心怀念我那克鲁季茨的斗室，它那煤气和蟑螂，那站在门口的宪兵和门上的铁锁。我在那儿是自由的，要干什么就干什么，没人打扰；那儿没有下流的谈笑和无耻的官吏，没有卑鄙的思想和粗暴的感情，有的只是死一般的沉寂和驱赶不散的闲暇。每逢我想起饭后又得上班，明天还得上班，心头就不由得充满愤怒和绝望；为了忘记烦恼，我开始喝葡萄酒和伏特加了。

有的同事还会"顺路"拐进我的屋里闲坐，聊天，直到规定的时间才去上班……

然而过了几个月，我在办公厅里的处境改善了一些。

时间长而力量均衡的迫害，不符合俄国人的性格，除非其中杂有个人因素或金钱利益。这完全不是因为政府不想把人置之死地，而是由于俄国人一向虎头蛇尾，敷衍了事。俄国当政诸公大抵粗野，无耻，暴虐，稍一不慎就会遭到他们的毒手，然而这种打击往往半途而废，持之以恒不合他们的脾胃，他们缺乏耐心，也许因为这么做，他们并无私利可图。

起先是心血来潮，一方面为了表示忠心，另一方面为了表示手握生杀大权，乱干蛮干，干了一会儿便逐渐松手，不加理会了。

办公厅里也是这样。那时内务部忽然发了统计狂，命令各地成立统计委员会，颁布了提纲，这份提纲恐怕在比利时和瑞士也是无法兑现的。提纲附有各种别出心裁的表格，要统计最高数，最低数，平均数，还有从十年的复杂情况得出的各项结论（而它们根据的资料至少是一年以前收集的！），以及道德评价、气象记录等等。对委员会和资料编辑工作，上面没有拨一文钱。做这一切应该是出于对统计的爱好，通过各县警察局进行，然后送交省政府办公厅整理汇总。但办公厅本来已经公事堆积如山，地方警察局又一向讨厌和平的理论工作，因此都把统计委员会看作无用的奢侈品，看作内务部在寻开心。然而又不能不提出工作报告，呈交表格和结论。

这件事成了整个办公厅的大难题，看来简直无法完成；但是谁都不敢表示异议，免得自讨没趣，受到申斥。我答应阿列尼岑编写绪论和开头部分，制定表格式样，保证栏目清楚醒目，有外文字，还有引文和令人信服的结论，但是有一个条件：他得准许我在家中，而不是在办公厅干这项繁重的工作。阿列尼岑请示秋法耶夫后，答应了我的条件。

委员会的工作报告的开端部分，由于目前没什么好谈，我谈了要求和计划。阿列尼岑看后，向我连声道谢。秋法耶夫本人也认为章法高明。统计工作就这么草草收场，不了了之，但是委员会却交给我负责了。从此我摆脱了抄写公文的劳役，我那位今日有酒今日醉的科长几乎变成了我的属员。阿列尼岑只是考虑到规章制度，才要求我每天上办公厅坐一两个钟头。

为了说明认真的统计根本不可能，我不妨从县辖市卡侬送来的表格中摘录几点。那里除了各种废话以外，是这么填写的："溺毙者——二人；溺毙原因不明者——二人"，而在总数栏中写的是"四人"。在重大事故栏中记了下面这一则悲惨事件："某某，市民，因食用烈性饮料精神失常，自缢身亡。"在居民的道德面貌一栏中写道："卡依市内并无犹太人"。对于有没有拨款修建教堂、市场、养老院的问题，回答是这样的："为修建市场拨款——没有"……

统计从办公厅的劳役中拯救了我，却在我与秋法耶夫的私人关系上引起了不幸后果。

有一个时期，我很讨厌这人，然而这早已过去，何况这人已经去世；他是1845年前后死在自己的喀山庄园的。现在我对他并无仇恨，在我的记忆中，他只是森林中的一头野兽，我们应该加以研究的一种特殊动物，但大可不必因为他是野兽而对他生气。当初我不得不与他斗争，这是每一个正直的人所不可避免的。机会帮助了我，要不他会害得我走投无路；但是为了他没有干成的坏事而耿耿于怀，是可笑的，也是不值得的。

秋法耶夫是单身，他的太太与他离婚了。但是在省长公馆的后院，他故意半公开地养着一个姘妇，这是他的厨师的老婆，厨师只因为是她的丈夫，给遣送到了乡下。她并不在公开场合露面，但是大小官员，特别是忠于省长，即怕他陷害的官员，都成了"红极一时"的厨子老婆小朝廷上的臣子。他们的太太小姐们虽不声张，却经常在夜间偷偷拜访她。这位姘妇继承了她一位飞黄腾达的前辈——波将金的衣钵，掌握了一种手腕：她了解老头儿的性子，担心失宠，因此主动为他物色并不危险的对手。老头儿感激涕零，用依依不舍来报答这种俯就的爱，两人因而相处得融洽无间。

秋法耶夫整个上午都在省政府办公，诗的生活开始于三点钟。晚餐对他不是一件小事。他讲究口腹之欲，而且要有人一起进膳。他的厨房总是准备十二个人的饮食；如果客人不到一半，他会闷闷不乐；如果只有两人，他会感到不幸；如果一个也没有，他就近乎绝望，只得到杜尔西内娅①屋里与她对酌。找一些客人，把他们的肚子填饱，这不是难事，但他的官场身份和下级对他的畏惧，使他们不能无拘无束地享受他的款待，也不允许他把自己的家变成饭馆。他的座上客只能限于高级文官，机关首长之类，而这些人半数与他争吵过，不能获得他的好感；此外就只是稀有的过路旅客，富商巨贾，包税人，以及具备某种"资格"的怪物，也就是路易－菲力普曾企图引进大选中的那类角色。②理所当然，我是维亚特卡的第一号怪物。

因"思想问题"被放逐到边远城市居住的人，大家有些怕，但从来不把他们看作一般的凡人。外省对"危险分子"发生兴趣，正如妇女对著名的洛弗莱斯③，男人对交际花感到兴趣一样，彼得堡的官僚和莫斯科的阔佬，见了他们赶紧回避，外省居民，尤其是西伯利亚人却不是这样。

因12月14日事件被流放的人享有极高声誉。官员们每到新年，首先登门拜访尤什涅夫斯基④的遗孀。枢密官托尔斯泰⑤视察西伯利亚时，从流放的十二月党人那里搜集材料，用这些材料检察官员们呈送的报告。

米尼赫⑥坐在佩雷姆的塔楼里，指挥托博尔斯克的省政。凡有

---

① 《堂吉诃德》中的一个乡下女子，被堂吉诃德当作公主和自己的情妇。
② 法国国王路易－菲力普统治时期，曾提出选举改革法案，其中规定学位可作为选举资格之一，凡获得学位的人可享有选举和被选举权。
③ 英国小说家理查逊的著名小说《克拉丽莎》的男主人公。
④ 尤什涅夫斯基（1786—1844），十二月党人，曾任沙皇军需大臣，1825年后被流放西伯利亚。他死后，他的妻子继续在西伯利亚住了十多年。
⑤ 尼·托尔斯泰（1792—1854），沙皇大臣，"美国人"托尔斯泰之弟。
⑥ 米尼赫（1683—1767），原籍德国，1721年起在俄军供职，曾任俄军总司令及元帅等。1742年被流放到西伯利亚佩雷姆城，1762年赦回。

重大事务，省长们都得登门向他求教。

老百姓对流放者更少敌意，他们大多站在受害者一边。到了西伯利亚边境，"流放犯"一词消失了，换了"不幸者"的名称。在俄国人民眼中，法庭的判决无损于一个人的声誉。从彼尔姆省到托博尔斯克，一路上都有农民把克瓦斯、牛奶、面包放在小窗口，万一"不幸者"从西伯利亚秘密逃亡，随时可以取食。

谈到流放者，顺便说一下，过了尼日尼，就会遇到流放的波兰人，过了喀山，他们的人数便迅速增加。在彼尔姆有四十来个，在维亚特卡不少于此数。此外，每一县城都有几个。

他们的生活完全与俄国人隔绝，与居民不发生任何瓜葛；但他们自己彼此极为融洽，贫富之间经常互通有无，亲如手足。

我看到，当地居民对他们既不抱敌意，也没有特殊的好感，只是把他们看作一般的外地人——这也难怪，他们几乎没有一人懂得俄语。

一个固执的萨尔马特老人①（他曾在波尼亚托夫斯基②手下当过枪骑兵军官，参加过拿破仑的一部分军事行动）1837 年获得批准返回自己在立陶宛的庄园。动身前夕，老头儿邀请我与几个波兰人一起用饭。饭后，这位骑兵军官擎着酒杯，走到我面前，拥抱着我，用军人的直爽态度在我耳边说道："为什么您是俄国人啊？！"我没有回答什么，但这句话却深印在我的心中。我明白，这一代人是不可能解放波兰的。

---

① 萨尔马特人是古代的游牧民族，今已绝迹，他们的活动地区在今波兰和伏尔加河以西一带，因此波兰的民族运动者称自己为萨尔马特人。

② 波尼亚托夫斯基（1732—1798），波兰军人，1764 至 1795 年间的波兰国王。

从科纳尔斯基①开始，波兰人已完全改变了对俄国人的看法。

　　一般说，流放的波兰移民没有受到欺压，但没有财产的人，他们的物质状况是可怕的。政府发给这些人每人每月十五纸卢布，这点钱得付房租、衣食和烤火费。在比较大的城市，如喀山和托博尔斯克，可以靠教书、开音乐会、在舞会上演奏、画肖像、办舞蹈训练班等等，多少挣些钱。在彼尔姆和维亚特卡，这些办法就行不通了。尽管这样，他们从不向俄国人乞求任何东西。

　　被秋法耶夫请到他那西伯利亚式酒席上吃大鱼大肉，对我是一种真正的惩罚。他的餐厅与他的办公厅是一路货色，只是形式不同，少脏一些，但更鄙俗，因为它披上了一件亲善的、而不是暴力的外衣。

　　秋法耶夫对自己的客人都了如指掌，他瞧不起他们，有时甚至翻脸不认人，通常对他们的态度也像主人对自己的狗一样：有时过分亲热，有时又蛮不讲理，失去一切分寸。尽管这样，他还是邀请他们吃饭，而他们怀着又怕又喜的心情去赴席，在那里低声下气，吹牛拍马，巴结奉承，赔尽笑脸，真是丑态百出。

　　我为他们脸红，为他们害羞。

　　我们的友谊没有维持多久。秋法耶夫很快就猜到，我不可能与维亚特卡的"上流"社会打成一片。

　　过了几个月，他已对我不满，又过了几个月，他便开始恨我，我不仅不再赴宴，而且绝不再登他的大门。皇太子②经过那儿，才使我摆脱了他的迫害，这事我们以后再谈。

---

① 科纳尔斯基（1808—1839），波兰民族解放运动的领导人之一，参加过1830年的波兰起义。他主张俄国人与波兰人联合起来，共同反对沙皇专制制度。

② 指尼古拉一世之子亚历山大，1855年后的沙皇亚历山大二世。

同时必须指出，起先我既没有做过一件事想赢得他的好感，成为他的座上客，后来我也没有做过一件事值得他痛恨和仇视。他不能容忍我，只是因为我虽然绝不傲慢，却要保持独立的人格。我对他始终不亢不卑，他却要我奴颜婢膝。

他把权力看作命根子，这是他吃尽辛苦换来的；他不仅要求服从，而且要求保持绝对驯服的外表。不幸他这特点是颇具民族特色的。

地主对奴仆说："住口！我容不得你顶嘴！"

局长气得脸色发白，向反驳他的官员指出："您太放肆了，忘记您是在跟谁讲话了吗？"

皇帝为几句"逆耳之言"把人们流放西伯利亚，为几句诗把人们关进监狱。这三种人都宁可宽恕盗窃和贪污，杀人和抢劫，却不允许为保持人的尊严而高傲不屈，为直抒己见而悖逆不驯。

秋法耶夫是沙皇的真正忠臣，他受到了重视，但还不够。在他身上，拜占庭的奴隶精神与官僚机构的等级观念获得了非常和谐的统一。在上司面前卑躬屈膝，唯命是从，与对下属的苛刻压制，是并行不悖的。他可能成为文职的克莱恩米赫尔，他的"忠贞之心"同样可以战胜一切[①]；他也会用人的尸体作泥灰涂墙壁，靠人的肺吹干宫殿；对于工兵部队中不肯告密的年轻人，他也会鞭打得更厉害。

秋法耶夫对一切贵族隐藏着强烈的憎恨，这是从痛苦的经历得来的。对于秋法耶夫，阿拉克切耶夫的苦役式办公厅是第一个避风港，第一次的解放。从前，上司从不请他在椅上坐下，净派他干些无关紧要的差事。他在军需部门任职时，军官们照部队的方式欺侮

[①] 尼古拉一世赐给克莱恩米赫尔的伯爵纹章上有一句题词："忠贞之心胜过一切"。

他，一个上校甚至在维尔诺的大街上用鞭子抽他……这一切都在这位抄写员心头播下了仇恨的种子。现在他当了省长，该轮到他来欺压别人，不给椅子坐，直呼姓名，毫无必要地大声呵斥了。有一次，他甚至把几个世袭贵族送交法庭审问。

秋法耶夫从彼尔姆给调到了特维尔。当地的士绅虽然谦让恭敬，善于奉承，还是忍受不了。他们要求内务大臣布卢多夫调走他，布卢多夫派他当了维亚特卡省长。

于是他又获得了适宜的土壤。官员们和包税商们，企业主和官员们——在这些人中间他如鱼得水，逍遥自在，他们见了他无不战战兢兢，肃然起立；大家请他喝酒，请他赴宴，看他的眼色行事；在婚礼和命名日的酒筵上，照例首先举杯祝贺："为省长大人阁下的健康干杯！"

第十五章

官僚世界——西伯利亚总督——阴险毒辣的警察局长——好商量的法官——葬身火窟的县长——传播东正教的鞑靼人——女性的男孩——马铃薯恐怖及其他

彼得大帝的改革的最不幸后果之一，就是官僚阶层的形成。这个阶层弄虚作假，不学无术，贪得无厌，除了当官做老爷什么也不会干，除了公文格式什么也不懂。这是一批世俗的僧侣，法庭和衙门中的神父，他们贪婪，卑鄙，张开了千百张大嘴吮吸人民的血。

果戈理揭开了一角帷幕，让我们看到了俄国官僚的丑恶面目；但是果戈理不得不对一切付之一笑，他的伟大喜剧天才压倒了他的愤懑。何况俄国书报审查制度的枷锁束缚了他的手脚，他几乎很难接触到这个肮脏地窖的悲惨底层，然而俄国的贫苦百姓正是在这里度着水深火热的生活。

在乌烟瘴气的办公厅，我们匆匆穿过的办公厅里，磨破了衣袖的官吏们不断伏案书写——在灰色纸上拟稿，在印花纸上誊正，要把个人、家庭、整个村子送进痛苦、恐怖和毁灭的深渊。于是父亲被长期流放，母亲关进了监牢，儿子给送去当兵——这一切灾难都像晴天霹雳，突然降临，可是大部分人是无辜的。原因何在呢？在于钱。快把分摊的款子收齐交清……否则就要对尸体进行侦查啦——其实死者只是喝醉了酒在冰雪中冻毙的。这样，村长收钱，乡长收钱，农夫拿出了最后一文钱。警察所长要生活，县长也要生活，而且要养活老婆；省长更要生活，而且还要栽培子女——省长是模范父亲呢……

官僚制度统治着俄罗斯东北各省和西伯利亚，它在那里通行无阻，毫无顾忌……天高皇帝远，大家参与分赃，掠夺成了共同的事业。皇帝的权力像霰弹，打不进这冰雪覆盖的污泥坑，这遍布沼泽的沟壑。政府的一切措施都无济于事，一切要求都遭到歪曲；它被欺骗，被愚弄，被蒙蔽，被出卖，而这一切又都是在忠心耿耿、奉公守法的外表下进行的。

斯佩兰斯基[①]曾试图改善西伯利亚人民的命运。他在各地实施委员制原则，仿佛问题在于哪种盗窃好——是个人盗窃还是集体盗窃。他撤换了几百名老骗子，又起用了几百名新骗子。起先他把地方官弄得惶惶不安，以致官员纷纷向农民行贿，怕他们检举揭发。但过了两三年，官员们发现，对他们的升官发财，新制度不比旧制度坏。

还有一个怪物韦利亚米诺夫将军[②]，他在托博尔斯克雷厉风行，干了两年，想消灭贪污舞弊，但看到毫无成效，只得草草收场，从此什么也不管。

---

① 斯佩兰斯基（1772—1839），俄国平民出身的政治家，曾成为亚历山大一世的亲信大臣。斯佩兰斯基主张在俄国建立君主立宪制，遭到贵族地主的反对，因而失宠，被流放。获赦后于1819至1821年任西伯利亚总督。
② 韦利亚米诺夫（1771—1837），俄国军人，1827至1833年任西西伯利亚省长。

另一些人比他明白事理，根本不想尝试，他们发了财，也让别人发了财。

一个白发苍苍的农民，为了一件显然不公平的事去告状，莫斯科省长谢尼亚温 ① 对他说："我要根除贿赂。"老头儿听后不觉笑了。

"你笑什么？"谢尼亚温问他。

"老爷，请原谅，"农民回答，"我只是想起了我们一个小伙子，他夸口说，他能举起大炮，他还真的试了试，可惜没有把大炮举起！"

这个故事是谢尼亚温亲口讲的，他属于俄国官员中那种不切实际的人，他们以为讲几句正义之类耸人听闻的空话，严厉惩办几个落网的骗子，就可以消灭在俄国监察制度树荫下自由繁殖的贪赃枉法的毒菌。

要消灭它只有两个办法：把一切公之于众；彻底改组整个机构，重新实行仲裁法庭、口头诉讼、地方官员民选制度等等彼得堡政府所敌视的一切具有人民因素的措施。②

西西伯利亚总督佩斯捷利，被尼古拉处决的著名的佩斯捷利之父，是真正的古罗马地方总督，而且是最野蛮的一个。他一贯在全边区实行公开的掠夺，他的暗探封锁了它与俄罗斯的联系。没有一封出省的信不受到检查，任何人敢于对他的统治提出申诉，都要倒霉。他把一等行会 ③ 的商人关了一年，锁上镣铐，亲自审问。有的

---

① 谢尼亚温（1801—1851），1840 至 1845 年间的莫斯科省长。

② 这些办法都是 15 至 17 世纪俄国宗法社会的制度。赫尔岑曾主张以俄国宗法社会的所谓村社为基础，建立俄国的社会主义。1848 年法国无产阶级起义失败后，赫尔岑的这种农民空想社会主义思想得到了发展，但为时不久。

③ 彼得大帝改革市政，把商人分为两等，属于一等行会的是大商人和医师等，二等行会中是小商人和工艺师等。

官员被他派往东西伯利亚边境，两三年不得回来。

人民长期忍耐着，最后，一个托博尔斯克小市民决定上告，向皇帝呈报真相。他不敢走一般人走的路，先绕到恰克图，又从那儿随着茶叶商队穿越西伯利亚边境。他找到一个机会，在沙皇村向亚历山大呈上了状子，恳求他看一下。状子上那些可怕的事件使亚历山大愣住了，他感到吃惊，把小市民叫来，与他谈了好久，深信他的告发件件属实，伤心地、有些不好意思地说道：

"现在回家吧，老弟，这案件会查清楚的。"

"陛下，"小市民回答，"我现在不能回家。请陛下最好把我关在牢里。陛下与我的谈话不可能保持秘密，我会给杀死的。"

亚历山大震动了，转身对当时任彼得堡总督的米洛拉多维奇说：

"你给我负责他的安全。"

"那么，请准许我把他带回家中。"米洛拉多维奇提出。

小市民真的在那儿待到了案件结束。

佩斯捷利几乎经常住在彼得堡。大家知道，古罗马的地方总督通常也是住在罗马的。他靠他的在场和社会关系，尤其是靠瓜分赃款，可以防止一切不愉快的谣言和纠纷①。国务会议利用亚历山大去维罗纳或亚琛②的机会，聪明而公正地决定，由于密告涉及西伯利亚，应把案件移交佩斯捷利查明处理，好在他在这儿。米洛拉多维

---

① 这使罗斯托普钦伯爵有理由挖苦佩斯捷利。他们两人在皇帝处用膳。皇上站在窗边问："那儿教堂顶上……十字架上面黑黑的是什么？"罗斯托普钦答道："我看不清楚，这得问鲍里斯·伊万诺维奇，他的眼睛明察秋毫，能从这里看到西伯利亚发生的一切呢。"——作者注

② 维罗纳在意大利，亚琛在德国。1815年，俄、普、奥三国结成"神圣同盟"，镇压欧洲的革命运动，沙皇亚历山大曾去这两地参加"神圣同盟"的会议。

奇、莫尔德维诺夫^①和另外一两个人，反对这意见。案件送到了参政院。

参政院对高级官员的案子包庇纵容，从不秉公办理，它保护了佩斯捷利，却把托博尔斯克省民政长官特列斯金削职流放，剥夺了贵族称号。佩斯捷利只是罢官了事。

佩斯捷利之后，托博尔斯克来了个卡普采维奇^②，他出自阿拉克切耶夫门下，生得瘦瘦的，脾气急躁，天生是个暴君，又在军队中干了一辈子，是一个办事卖力，不知疲倦的人。他把一切纳入军事体制，宣布这是他的最高职责，其余日常事务则交给手下一班强盗处理。1824年，皇上想访问托博尔斯克。彼尔姆省有一条出色的大路，一向是车马来往的交通要道，大概土质本来就很结实。卡普采维奇在几个月内照样赶造了一条，通往托博尔斯克。当时春寒料峭，道路泥泞不堪，他却驱使数千民工修路；村庄不论远近，都得派工。结果疾病流行，民工死了一半，但是"忠贞之心胜过一切"，路还是修通了。

东西伯利亚当局更是荒谬绝伦，什么也不管。这地方实在太远，与彼得堡简直音信不通。在伊尔库茨克，布罗涅夫斯基总督每逢出外"散步"，总要鸣放礼炮，以壮观瞻。另一位总督穿了全套法衣，与大主教一起在家举行祈祷，却喝得酩酊大醉。然而，前者的胡闹和后者的虔信，都不如佩斯捷利的封锁消息和卡普采维奇的励精图治那么有害。

西伯利亚治理得如此糟糕，确实可惜。总督的人选特别令人遗

---

① 莫尔德维诺夫（1754—1845），沙皇的官员，经济学家。
② 俄国将军，1822至1828年任西西伯利亚总督。

憾。我不知道穆拉维约夫 [1] 怎样，他的聪明才干是有名的；其他人完全不称职。西伯利亚的前途不可限量，可是人们只是把它当作一个地窖，那里藏着不少黄金、皮毛和其他财富，然而它寒冷，遍地冰雪，缺乏生活资料，没有沟通各地的道路，没有居民。这不是真的。

死气沉沉的俄国政府做一切都靠暴力，靠棍棒，不可能赋予西伯利亚以生命力，使它以美国的速度向前发展。但我们会看到，当阿穆尔河口开辟了航道，美国与西伯利亚在中国附近相会时，情况会变得多么不同。

我早已说过，太平洋是未来的地中海。 [2] 在这个未来中，西伯利亚这块处在太平洋、南亚和俄罗斯之间的土地，它的作用是异常重要的。当然，西伯利亚必须面向中国边境。有了克拉斯诺亚尔斯克、米努辛斯克等地，在别廖佐夫和雅库茨克就不会真的感到寒风凛冽，冷得发抖了。

西伯利亚俄国居民本身的特点，就具备了另一种发展的基础。一般说来，西伯利亚种族是体魄健康、身材魁梧、聪明而非常正直的。移民流放犯的子弟也成了西伯利亚人，他们根本不知道地主的权力。在西伯利亚没有封建贵族，在城市里也没有特权阶级。代表政权的文武官员，与其说像贵族，不如说像征服者派驻这儿的敌军警备部队。辽阔的区域拯救了农民，使他们不必经常与官吏接触；金钱拯救了商人，使他们可以藐视西伯利亚的官吏，表面上对他们百依百顺，实际上看透了他们，只是把他们当作自己

---

① 穆拉维约夫（1809—1881），俄国将军，1847 至 1861 年任东西伯利亚总督。

② 我十分高兴地看到，纽约的报刊曾多次提到这句话。——作者注

管理民政事务的掌柜。

尚武精神对西伯利亚人是必要的，也是普遍的；习惯于危险，习惯于机动灵活，使西伯利亚农民比大俄罗斯人更具有英雄气概，更能随机应变，更多反抗精神。由于教堂遥远，他们的头脑比在俄国更容易摆脱迷信的影响，他们对宗教是冷淡的，大多数是分裂派教徒①。有些偏僻的村庄，神父一年只去两三次，在那里成批地施洗礼，主持葬仪和婚礼，听取忏悔。

乌拉尔山脉这边，一切还比较平静，尽管这样，几年来我奔走在省长的办公厅和餐厅中，仍听到了不少贪官污吏滥用职权、营私舞弊的故事，如果要写，这是罄竹难书的。

一天，维亚特卡市警察局长与我谈天，谈到高兴处便说道："哦，我的前任局长才了不起呢，真是一位教授。当然，人人可以这么过活，但是你得天生有这能耐呵。这个人可算得出类拔萃，是我们中间的谢斯拉温和菲格纳②。"这个瘸腿少校是因负伤升任警察局长的，他想起光荣的前任，连眼睛都发亮了。

"那时离城不远出现了一帮窃贼，他们不时作案，省里也收到了一两次报告，什么商人的货物被盗啦，什么包税商的钱给偷啦。省长急坏了，一连发了几道命令。可您知道，县里的警察都胆小如鼠，一个小偷他们会捉了送来，可这是一帮呢，而且大概还有武器。县里那些家伙什么也干不了。省长于是把市警察局长叫去，对他说：'我知道，这不属于您的职责范围，但是您办事干练，我只

---

① 17世纪中叶，俄国为加强中央集权，按希腊教会统一宗教仪式，这遭到一部分坚决保卫"旧信仰"的神父及教徒的反对。这些人即被称为"分裂派教徒"。

② 谢斯拉温（1780—1858）和菲格纳（1787—1813）都是1812年卫国战争中的著名军官，游击战的组织者。

得找您。'局长早已听到这案件，回答说：'将军，我过一小时就出发。土匪一定藏在某处某处，我带一队人到某处某处抓他们，不消两三天，保证把他们锁上镣铐，关进省里的监狱。'好一位奥地利皇帝麾下的苏沃洛夫！ ① 真的，说到做到，他率领一队人，果然把窃贼抓获了，这些匪徒还没来得及把钱藏好，局长没收了一切，把他们押进了城。

"开始审问了。警察局长问：

"'钱在哪儿？'

"'我们已经给你啦，老爷，是交在你自己手里的呢，'两个土匪回答。

"'给我了？'局长说，露出惊讶的样子。

"'给你了！'土匪喊道，'给你了。'

"'瞧，好大的胆子，'警察局长对手下的警官说，气得脸色都白了。'你们这些骗子，大概想让人相信，我是跟你们一起抢劫的呢。好吧，我要叫你们知道，侮辱我局长行不行；我是枪骑兵军官，我绝不让你们破坏我的名誉！'

"他用鞭子抽了他们一顿：'快招认，招认就好，把钱藏在哪里了？'那两个家伙起先还顶得住，但听见他命令打两袋烟，为首那个土匪就吓坏了，大嚷道：

"'我们该死，钱都花光啦。'

"'早该讲老实话，'警察局长说，'可你偏要胡说八道；老弟，哄我是不容易的。'

---

① 奥地利皇帝弗兰茨一世（1768—1835）于1799年与俄国组成第二次反法联盟，俄军统帅苏沃洛夫没有执行弗兰茨的战略，因而在意大利连连获胜，但弗兰茨本人的军队却屡战屡败。

"'真的，我们应该向您老学习，不是您向我们学。我们算得什么！'老滑头嘀嘀咕咕，吃惊地看看警察局长。

"要知道，他为这案子得到了弗拉基米尔勋章呢。"

"对不起，"我说，打断了他对伟大的局长的歌颂，"两袋烟，这是什么意思？"

"哦，这是我们警察的行话。您想，行刑时多无聊，于是就一边命令鞭打，一边吸烟斗；一般吸完一袋烟，刑罚也完了。可是遇到特殊情况，就得请客人多挨几鞭，吩咐打两袋烟了。警察干惯了，大致知道一袋烟该打几下。"

关于这个菲格纳和谢斯拉温，在维亚特卡有各种各样的传说。他干的事出神入化。有一次，我不记得是什么原因，是御前侍从武官来了，还是大臣驾到，警察局长想露露脸，表示他没有白穿枪骑兵军装，骑马的本领也不比别人差，因此特地找当地一位富商马什科夫采夫，要向他借一匹宝贵的灰色马。马什科夫采夫不肯。

"好吧，"菲格纳说，"这点小事您不肯帮忙，可是您不借也得借，我好歹要把马牵走。"

"嘿，咱们等着瞧吧！"有钱的人说。

"嘿，您等着瞧吧。"拿剑的人说。

马什科夫采夫锁上马厩，派了两人看守。这一回警察局长可不能得手了。

但这天夜里，巧得很，包税商们的空仓库失火了，仓库就位在马什科夫采夫的住宅后面。警察局长带了警员大显身手，为了抢救马什科夫采夫的家，甚至拆掉了马厩的墙，把争论中的马牵出了马厩，既未灼伤鬣毛，也未烧坏尾巴。过了两小时，局长已神气活现骑在白牡马上，为救火的模范行为，去接受富商的嘉奖了。从此谁也不再怀疑，警察局长是什么事都干得出的。

一天，省长雷赫列夫斯基开会回家，他的马车驶到半路，来了一辆小雪橇，那个车夫不小心，把雪橇撞到了两匹辕马和两匹前导马中间的挽索上。这引起了一场虚惊，但并没妨碍雷赫列夫斯基平安无事地回到府上。第二天，省长问警察局长，他知道不知道是谁家的车夫撞了他的挽索，应该教训一下这个车夫。

"大人，您放心，他不会再来撞你的挽索了，我已经狠狠教训过他。"警察局长笑笑说。

"他是谁家的？"

"库拉科夫参事家的，大人。"

这时那位老参事正好来见省长（我在维亚特卡期间，他仍一直是省政府的参事）。

"请您不要计较，"省长对他说，"我们训斥了您的车夫。"

参事感到奇怪，一点也不明白，疑惑地望着省长。

"昨天他把雪撬驶进了我的挽索中间。您明白，万一撞在我的车上……"

"可是，大人，昨天我和内人都没出门，车夫也一直待在家中。"

"这是怎么回事？"省长问了。

"哦，大人，我昨天太忙了，头脑昏昏沉沉的，把车夫的事给忘啦，真抱歉。我承认，我不敢向大人说明情由。现在我马上去处理这事。"

"得啦，您不愧是一个警察局长，没什么好说的！"雷赫列夫斯基答道。

讲过这个阴险毒辣的官员以后，我还得讲讲另一种相反的人物——一位温和的、富有同情心的、好商量的官员。

我的熟人中有一个体面的老人，原来是县长，已被最高检察院撤职，现在专给人写状子，包揽词讼，干着正好禁止他干的事。他在衙门里混了一辈子，跑过三个省，贪污盗窃，涂改文书，制造假证件，什么都干，还两度遭到过审问等等。这位县政府的老油子喜欢讲一些离奇的小故事，都是他本人和同事们的亲身经历；对新一代官员的退化，他公开表示不满。

"这些人是浪荡子，"他说，"当然，他们也得捞钱，不然没法过活，可是既不懂窍门，又不通法律，什么也不会。我讲一个朋友给您听听，这才是好样的。这人干了二十来年法官，去年才死，他那头脑哟！农夫没一个讲他坏话，他却留下了一份家私。他的手段与众不同。比方说，有个农民来找他求情，法官马上把他请进屋子，态度那么亲热，笑容可掬的。

"'怎么样，老大爷，你的名字，还有你爸爸的名字叫什么？'

"农民低头哈腰答道：

"'大人，我叫叶尔莫莱，我父亲名叫格里戈里。'

"'哦，你好，叶尔莫莱·格里戈里耶维奇，你是从什么地方来啊？'

"'咱是杜比洛夫村人。'

"'这地方我知道。你们的磨坊好像就在路右边——大路右边。'

"'不错，老爷，磨坊是咱们村社的。'

"'你们的村子挺富裕呢，土地肥沃，是黑土。'

"'老天爷照顾，咱们没什么好抱怨的，老爷。'

"'这是应该的。那么，叶尔莫莱·格里戈里耶维奇，你家里人

多不多啊？'

"'三个儿子，还有两个闺女，大女儿招了个小伙子进门，快四五年啦。'

"'这么说，已经抱孙儿啦？'

"'对，抱孙儿啦，这算不得什么，老爷。'

"'恭喜你！生儿育女，子孙满堂。嗨，叶尔莫莱·格里戈里耶维奇，你是远道而来，咱们先干一杯白桦酒再说。'

"农夫执意不肯。法官给他筛酒，一边说：

"'得啦，得啦，老弟，今天不是天父禁酒的日子。'

"'不是禁酒的日子，可是酒会引起一切灾难呢。'于是在胸前画了个十字，一边鞠躬道谢，一边喝下了白桦酒。

"'格里戈里伊奇，你这么一家子人，日子不好过吧？大家要吃要穿，靠一匹瘦马，一头乳牛，对付不了，牛奶也不够呢。'

"'说的是，老爷，一匹马哪成啊；我有三匹马呢，本来还有一匹黄褐色黑鬃马，在彼得节前几天给毒眼①一看就死啦——咱们的木匠多罗费，真糟糕，他恨别人的财产，可他生着一只毒眼，谁碰上他都会倒霉。'

"'是的，是的，有这种人。那么，你家的牧场不小吧，有没有养羊呢？'

"'不多，养了几头。'

"'哎哟，我跟你谈得忘了正事。叶尔莫莱·格里戈里伊奇，这是给皇上办事呢，我该上法院啦。你有什么贵干啊？'

"'是的，大人，有点事。'

_____

① 西方流传极广的迷信观念，认为有的人生有"毒眼"，遇到它，人畜都得遭殃。

"'什么事呢？跟人吵架啦？老大爷，快说吧，说吧，我得走啦。'

"'唉，老爷，我这把年纪还要遭殃……事情是这样的，圣母升天节那天，我在酒店喝酒，跟邻村一个农夫吵了起来，这不要脸的，偷砍咱们的树林呢。他讲啊讲的，举起手朝我胸口就是一拳。我对他说：你别在咱们村子里撒野，也给了他一拳；我只是想教训他一下，可我醉啦，或者是什么鬼作怪，没提防一拳正打在他眼睛上，唉，把他的眼睛给打坏啦。现在他带了神父老爷上警察所告我，说要依法惩办我呢。'

"他讲的时候，法官简直跟你们彼得堡的戏子一样，神色越来越严肃，眼睛也变得这么可怕，一句话不讲。

"农夫看了，急得脸都白了，把帽子放在脚边，掏出毛巾直擦汗。法官还是不吭声，只顾一页页翻书。

"'老爷，就为这事，我才来找您呢，'农夫最后说，声音也变了。

"'对这种事我能做什么呢？这样的案情！为什么你偏要打他的眼睛啊？'

"'是啊，老爷，为什么呢……大概鬼把我迷住啦。'

"'可怜，太可怜了！就为这件事，你会弄得家破人亡！唉，你那一家人没了你，咋办啊？都是年轻人，还有孙儿——还吃奶呢，还有你的老婆子，真怪可怜的。'

"农夫的腿开始哆嗦了。

"'怎么办呢，仁慈的老爷，我这会给判什么罪呀？'

"'瞧这儿，叶尔莫莱·格里戈里伊奇，你自己念吧……啊，你不识字？嗯，你瞧，"关于残害肢体"这条款……"应处以笞刑，并终生流放西伯利亚定居。'"

"'老天爷啊，别毁灭一个人吧！别害死基督徒吧！真的非这么办不可吗？'

"'你这是什么话！难道法律是可以反对的吗？当然啦，事在人为。我们可以不打你三十下，只打五下。'

"'但是还得流放西伯利亚？……'

"'老弟，这可由不得我们做主啊。'

"农夫从胸口掏出一个小钱袋，从袋里取出一个钱包，又从钱包里拿出两三个小金币，一边低低鞠躬，一边把金币放在桌上。

"'你这是做什么，叶尔莫莱·格里戈里伊奇？'

"'救救我吧，老爷。'

"'得啦，得啦，你这是做什么？说来惭愧，我有时也收一些谢金；我的薪俸不多，不得不拿一些。但是收人钱财，总要替人消灾呀。现在叫我怎么帮忙呢？要是打断了肋骨，打掉了牙齿，那还好办，可你偏偏打了眼睛！还是请你把钱收回吧。'

"农夫束手无策了。

"'除非这么办，我先跟同事们商量商量，再跟省里打个招呼，怎么样？这事闹到高等法院就糟了，不过那儿我也有朋友，他们神通可大呢；可是这些人跟咱们不同，三四个金币办不了事。'

"农夫放心一些了。

"'你不必给我什么，真的，我是可怜你一家人。不过我那些同事，你至少得给他们两张灰票子 ① 才成。'

"'哎哟，老天爷在上，叫我上哪里弄这么一大笔钱啊，四百卢

---

① 二百卢布的纸币。

布呢，这年头怎么行呀？'

"'我也是这么想呢，这确实有些困难。我们可以从轻发落，就说你有悔改表现，而且考虑到你喝醉了酒……再说，在西伯利亚，人们也照样过活。至于你得走多远，只有天晓得……当然，如果卖掉两匹马，加上一头牛，再加上几只羊，可能也够了。然而你们当农民的，今后再要积攒这么多钱，可就难啦！不过从另一方面再想想，马留着，你却跑到鬼都看不见的地方去了。格里戈里伊奇，你考虑吧，时间还来得及，我们可以等到明天，现在我得走了，'法官最后说，把刚才谢绝的几枚小金币顺手揣进了口袋，一边道：'这完全是多余的，不过不能辜负你的一片好心，我谢领了。'

"第二天早上，瞧，老吝啬鬼带了各种十字钞票①，还有一些旧卢布票，一共三百五十卢布现钞，来找法官了。

"法官答应替他从中调停；农夫给审问了一次，两次，吓得屁滚尿流，最后给从轻发落，或者无罪开释，只是照例训斥几句：今后遇到类似情况得小心行事，或者在卷宗里写上一笔：'留待继续侦查'，便不了了之。农夫却感恩不尽，终生为法官祈祷。

"从前就是这么干的，干得天衣无缝，不露痕迹。"罢了官的县长最后说。

……一般说来，维亚特卡的农民不完全是逆来顺受的，因此官员们认为他们喜欢告状，不守本分。对县政府说来，真正的金库是沃恰克人，莫尔多瓦人，楚瓦什人；这些民族可怜，胆小，没有能力。凡是派到这些芬兰族地区当县长的，都得给省长孝敬双倍的谢礼。

---

① 彼得大帝时期发行的纸币，印有十字花纹。

警察和官员对这些可怜的百姓真是为所欲为，叫人难以相信。

哪怕一个土地丈量员出差办事，经过沃恰克人的村庄，也要停留一下，从车上拿下测量仪器，插上木杆，拉开测链量地。过了个把钟头，村里就乱开了。"量土地来了，量土地来了！"农民喊着，那神气就像1812年喊"法国人来了，法国人来了！"村长赶忙前来请安。那家伙还是量着，写着。村长要求他别量了，别欺侮他们。土地丈量员便向他索取二十或三十卢布。沃恰克人高高兴兴凑齐了钱，丈量员于是到下一个沃恰克村去了。

有时县长带了警察所长外出，发现了一具死尸，就把它搬上马车，利用天冷，在沃恰克人的各个村庄转游了两个礼拜。每到一处，总说这是刚发现的，立刻在村里开庭审问。沃恰克人只得出钱了结这事。

我到这儿前几年，有个县长捞钱捞得忘了分寸，把尸体载到了俄国居民的大村庄里。记得他是索贿二百卢布，村长召集居民商量，居民只肯出一百卢布。县长不让步。居民们恼火了，把他与两个文书锁在乡公所内。现在轮到他们威胁他了，对他说要烧死他。县长不相信；农民在屋子周围堆了干草，把一百卢布钞票扎在木杆上，从窗口递给他，算是最后通牒。县长不愧是个英雄，仍坚持二百卢布。于是农民从四周点起了火，地方当局的三位穆西乌斯·斯凯沃拉^①也终于葬身火窟。这案子后来闹到了最高法院。

沃恰克人的村子一般比俄国人的村子穷得多。

---

① 传说中的古罗马英雄。据说，在伊特拉斯坎国王波塞纳围攻罗马时，穆西乌斯·斯凯沃拉因行刺波塞纳失败被捕，在审问时，他为了证明自己英勇不屈，把手伸进祭台圣火中，眼看烈焰把手烧焦，仍不缩回。波塞纳被他的勇气打动，释放了他。

"朋友，你生活得很不好啊。"我在沃恰克人的小屋子里等马时，对这家主人说。这屋子歪歪斜斜的，又没烟囱，屋里黑咕隆咚，窗开在背后，是对着院子的。

"老爷，有什么法子，我们太穷，钱要留着应付困难日子呢。"

"得啦，还有比这更困难的日子不成，老大爷。"我对他说道，给他斟了一杯罗姆酒。"喝吧，解解闷。"

"咱不喝。"沃恰克人回答，不眨眼地盯着酒杯，又怀疑地瞅我一眼。

"不要紧，喝吧。"

"请你自己先喝一杯。"

我喝了，沃恰克人也喝了。

"你是干什么的？"他问，"从省里来办事吗？"

"不，"我回答，"我是路过这儿，是上维亚特卡的。"

他一听，放心多了，向四周瞧了一下，然后解释似的对我说道：

"困难日子，那是指县长和神父来的时候。"

关于后者，我想讲几句话。我们的神父已一天天变得像教会的警察了，这是我们的教会学会了拜占庭唯命是从的作风，我们的皇帝在宗教事务上成了最高主教之后，必然带来的后果。

芬兰族居民中，一部分早在彼得大帝前已经受洗，另一部分在伊丽莎白女皇时期领了洗礼，还有一部分仍是异教徒。在伊丽莎白时期皈依的，大部分暗中仍信奉自己那悲苦的原始宗教。[1]

---

[1] 他们的一切祈祷都归结为一些物质上的要求：种族连绵不绝，五谷丰登，牲口无病无灾等，此外别无其他。"优马拉神啊，让一头羊生下两头，一粒谷长出五粒，让我的孩子生下孩子。"这种对尘世生活和最低生活资料的忧虑，是他们

每隔两三年，县长或警察所长总要带了神父，到各乡视察，了解沃恰克人中谁斋戒祈祷，谁不，为什么不。他们被处罚，关进监狱，鞭打，强迫交纳圣礼费。县长和神父的主要目的是寻找证据，证明沃恰克人没有放弃从前的异教仪式。教会的密探和县衙门的传教士在那里闹得鸡犬不宁，搜刮大量罚金，制造"困难日子"，然后一走了事，让这里一切照旧，以便过一两年带了皮鞭和十字架再度光临，重演故伎。

1835 年，神圣的东正教事务管理局认为，必须使维亚特卡省皈依上帝，把车累米西族异教徒改造为东正教徒。

这个改革是俄国政府推行的一切伟大德政的典范，它粉饰门面，自吹自播，弄虚作假，然后冠冕堂皇地加以总结，使一些人大发横财，另一些人吃尽苦头。

总主教菲拉列特派了一名干练的神父去做传教士，他名叫库尔巴诺夫斯基。这人患了俄罗斯病——虚荣症，一下去就雷厉风行，决心不顾一切，要把上天的恩惠送给车累米西人。起先他试图传道，但不久就厌烦了。事实上，靠这种老方法能收到多大效果呢？

车累米西人一旦明白真相，就把自己的教士派来了。这些教士粗野、狂热、机灵，经过长时间的谈判之后，对库尔巴诺夫斯基说道：

"森林里有白桦，高大的松柏和云杉，也有矮小的香桧。上帝

亲身经历的悲惨不幸的被压迫生活留下的印记。魔鬼在他们那里与上帝同样受尊敬。我在一个村里看到一次大火，那儿的居民是混杂的，有俄罗斯人，也有沃恰克人。俄罗斯人忙着搬东西，叫喊，有一个酒店老板尤其突出。火不可能扑灭，但是在开始时抢救一些财物是很容易的。沃恰克人却聚集在一个小山岗上，号啕大哭，什么也不干。——作者注

同样允许它们生长，没有命令香桧变成松柏。我们应该也像一片树林，彼此相安无事。我们可以是白桦，我们照旧是香桧。我们不妨碍你们，我们为皇上祈福，缴税纳捐，服兵役，可是不能背叛我们的神。"①

库尔巴诺夫斯基看到，跟这些人没法商量，他也当不成基里尔和梅福季②的角色，于是去找县长。县长高兴极啦，他早想向教会表示自己的忠诚——他是没有受过洗礼的鞑靼人，即正统的伊斯兰教徒，名叫杰夫列特－基尔杰耶夫。

县长带了一队警察，以上帝的名义包围了车累米西人。几个村庄领了洗礼。圣徒库尔巴诺夫斯基做完感恩祷告，便去恭恭敬敬地领取大司祭的法冠了。鞑靼圣徒也因推广基督教有功，由政府授予了弗拉基米尔十字勋章！

不幸这位鞑靼传教士与马尔梅日地区的毛拉③不和。毛拉对一个信仰《可兰经》的穆斯林这么卖力宣扬福音书，大为不满。在伊斯兰斋月，县长把十字勋章挂在纽扣上，大摇大摆地走进清真寺，当然，站在大家前面。毛拉刚开始用鼻音读《可兰经》，突然停了，说他不能继续念经，因为有一个穆斯林戴着基督教勋章走进了清真寺。

鞑靼人闹了起来，县长混在人群中溜走了，或者取下了勋章。

我后来在内务部的刊物上，读到过车累米西人改信正教的这一

---

① 类似的答复（如果库尔巴诺夫斯基没有凭空编造），德国农民在被迫改信天主教时也说过。——作者注

② 基里尔（827—869）和梅福季（约815—885）是弟兄，都是斯拉夫人中最早的传教士，为基督教在俄国的传播奠定了基础。

③ 对伊斯兰教学者和宗教职业者的尊称，与阿訇差不多。

光辉事迹。文章表扬了杰夫列特－基尔杰耶夫的热诚合作，可惜忘了加上一句，说明他愈是坚信伊斯兰教，他对教会的忠诚愈显得大公无私。

在我的维亚特卡生活结束之前，国有财产管理总署的贪污盗窃达到了肆无忌惮的程度，因此对它成立了清查委员会，并派人到各省进行检查。对国家农民①的新管理办法，便是从这时开始实行的。

省长科尔尼洛夫②必须指派两名官员参加检查。我便是其中的一个。检查组里的案件真是五花八门，有的悲惨，有的可笑，有的卑鄙。有些案件的标题就使我惊讶不已：

"关于乡公所房屋不知去向及该屋地基图已被老鼠咬毁案"。

"关于22笔国家免役金下落不明案"。这相当于十五俄里土地。

"关于一名农家男孩瓦西里改为女性案"。

最后这个案子特别有意思，我马上从头至尾读了一遍。

这个假想的男孩瓦西里的父亲，在呈交省长的状子中说，十五年前他生了一个女儿，想给她取名瓦西里萨③，但是神父"喝醉了"，给这个女孩施洗礼时，把她叫做瓦西里，并写进了出生登记册。这个情况起先显然没有引起农民的注意，但是当他明白，征兵和人头税④马上要轮到他的家庭，他只得为这个"人头"向警察所提出说明。警察认为这事相当复杂，为了免得麻烦，便说这事已相隔十五

---

① 从彼得大帝时起，俄国农民基本上分成两类，一类是地主贵族私人所有的农奴，另一类是居住在国有土地上的农民，称为国家农民。当时西伯利亚的农民大多是国家农民。新管理法主要是加强对这些农民的管理工作。

② 从1837年8月起接替秋法耶夫的新省长。

③ 瓦西里是男人的名字，瓦西里萨才是女人的名字。

④ 人头税是彼得大帝时开始的，规定只向成年男子征收。

年，时间太久，无法受理。农民去找省长。省长决定进行庄严的检验，派医师和产婆查证……同时发函与宗教事务所联系，但那个喝醉了酒、贞洁得连性别也分不清的神父已经死了，只得由继任的另一个神父到场。这样，案件拖了几年，说不定至今还有人怀疑这个女孩是男性呢。

不要以为，这荒谬的推论是我当笑话讲的；根本不是，它完全符合俄国专制体制的精神。

在保罗一世统治时期，有个近卫军军官进了医院，团长在这个月的汇报中却把这个军官报了死亡。不幸的是军官没有死，恢复了健康。团长要求他先回自己的庄园住一两年，希望找机会订正事实。军官同意了，但一波未平一波又起，军官的继承人从公报中看到亲属死亡，无论如何不肯承认他还活着，眼睁睁遭受损失，坚决要求接管财产。活着的死者看到，他不得不再度死去，不是死在公报中，而是死在饥饿中，于是到彼得堡向保罗提出申诉。保罗亲手在他的状子上批道："鉴于该军官已由朕明令公布身亡，申诉碍难受理。"

这比我们的瓦西里萨－瓦西里一案更妙。在皇上的命令面前，粗俗的事实算得什么？保罗不愧是诗人和独裁制度的辩证学家！

这片官场的沼泽不论怎样肮脏，怎样遍地泥泞，我还要讲几句话。对于无声无息地死于忧患的受难者，这些揭发不过是一点微不足道的、无足轻重的补偿。

政府喜欢把无主空地赐给达官贵人。这并无大害，虽然为日益增加的人口保留这些土地，更加恰当。赐予土地的范围规定得相当详细：不准侵占航道两侧、建筑木材林、河流两岸，最后，在任何情况下都不得兼并农民业已开垦的土地，尽管农民对这些土地除了

长期使用外，别无其他权利可言……①

这一切当然只是一纸空文。事实上，把土地划归私人占有，已成为盗窃国家财富和迫害农民的万恶根源。

获得了租赁权的达官贵人，通常把自己的权利出售给商人，或者千方百计通过省政当局，违反规定侵占某些特殊地段。奥尔洛夫伯爵领到的份地，便正好是萨拉托夫省的一条大路和一片饲养牲畜的牧场。

因此毫不奇怪，一天早晨，科捷利尼奇县达罗夫乡的农民突然发现，从打谷场和住房起的整片土地，都已划归一些商人私人所有了，这些商人是从坎克林伯爵②的一个亲戚那里买到租赁权的。商人们规定了土地的租金。从此开始了诉讼。税务局已被商人收买，而且不敢得罪坎克林的亲戚，只好敷衍了事。但是农民不肯罢休，推派了两名能说会道的代表进京告状。案子到了最高法院。土地丈量局发现农民是对的，但不知道怎么办，便向坎克林请示。坎克林直截了当承认土地划分错了，但认为已无法归还原主，因为从那时以后，这片土地可能已经转卖，它的所有人对土地可能已作了各种改进。好在伯爵手中有的是国家土地，他愿意用另一边同等数量的土地赔偿农民。这么办皆大欢喜，只有农民不满意。首先，开垦荒地不是容易的事；其次，另一边的土地其实是不适宜耕种的沼泽地。达罗夫乡的农民主要从事谷物耕种，不是靠打野鸡山鹬过活的，因此他们重新上诉。

---

① 在维亚特卡省，农民特别喜欢迁移。在树林中，经常会突然发现三四块新垦地。大片的土地和森林（其中的树木一半已被砍伐）吸引了农民，他们便把这些抛弃不用的"无主物"收归己有。财政部几次被迫批准这些土地归占有者所有。——作者注

② 俄国大官僚，1823 至 1844 年任俄国财政大臣。

这时税务局和财政部把新案子与旧案子分开，单独处理，找出了一条法律，根据这条法律，如果分到的土地不宜耕作，不是重分，而是增加一半数量。这样，它们下令除沼泽以外，再划出半个沼泽给达罗夫农民。

农民又向最高法院上告，但是案子还没审理，土地丈量局已送来了新土地的平面图，图样照例是彩色精装的，用星号标明风向，还附有各种斜方形符号的相应说明，但主要是注明每俄亩应付款若干。农民们发现，不仅不给土地，还向他们趁机勒索，便干脆拒绝付钱。

县长报告了秋法耶夫。秋法耶夫派维亚特卡市警察局长带了警察去强制执行。警察一到，立即逮捕了几个农民，打了一顿，平息了事端，还把"罪犯"送交刑事法庭审问。一星期中，警察局长喊哑了嗓门。几个农民受了笞刑，被押送西伯利亚永久流放。

两年后，皇太子路过达罗夫乡，农民们向他递了诉状。他下令调查案件。我为此编写了一份调查报告。这次审查结果如何，我不知道，只是听说，流放者赦回了，至于土地是否物归原主，则不得而知了。

最后，我还要讲一下著名的马铃薯暴动事件，以及尼古拉如何把彼得堡的文化福利带给流浪的吉卜赛民族。

俄国农民不愿种马铃薯，这和从前全欧洲的农民没有什么不同，仿佛本能在告诉他们，这是劣等食物，既不能长力气，也不能增强体质。然而精明的地主和许多国有村庄，在马铃薯恐怖发生前很久，已开始种"地苹果"了。但是俄国政府历来反对"自发倾向"，一切必须服从它的指挥棒，按照军法精神统一行动。

喀山省和一部分维亚特卡省的农民种了马铃薯。马铃薯收成时，部里忽发奇想，要在各乡建立中心地窖。地窖计划制订了，命令下达了，地窖也挖好了；初冬时节，农民怀着沉痛的心情把马铃薯运进中心地窖。但是下一年春天，想强迫他们种冻坏的马铃薯时，他们拒绝了。的确，驱使人们去干显然毫无意义的蠢事，这是对劳动最粗暴的侮辱。这种反对便被说成暴动向上呈报了。基谢廖夫大臣 [①] 从彼得堡派了一个官员来，这人聪明能干，在第一个乡里向每人收一卢布，准许他们不种冻坏的马铃薯。

到了第二个、第三个乡，他仍照此办理；但到了第四个乡，乡长坚决拒绝了，他既不种马铃薯，也不给钱。他对官员说："你宽恕了某某乡某某乡，很明显，也应该宽恕我们。"官员想靠恐吓和鞭打解决问题，结果农民拿起棍棒，把一队警察赶跑了。总督派出了哥萨克。可是附近几个乡支援他们。

最后当局动用了枪炮，可见事态的严重。农民离开家，分散到森林中。哥萨克把他们像野兽般赶出丛林，捉住后戴上镣铐，送到了科兹莫杰米扬斯克的军法处。

事有凑巧，军法处内部警备队的老少校是个忠厚正直的人。他好心地说，一切都是彼得堡来的官员造成的。结果他遭到围攻，大家骂他，不许他讲话，恐吓他，甚至羞辱他，说他企图"陷害无辜的人"。

审讯按照俄国惯用的程序进行：农民在审问时被鞭打，在判刑时被鞭打，在示众时被鞭打，在勒索钱财时被鞭打，打完之后被成批流放西伯利亚。

值得一提的是：在审讯期间基谢廖夫赴各地视察，曾路过科

---

① 基谢廖夫（1788—1872），俄国大官僚，当时任国家产业部大臣。

兹莫杰米扬斯克。他应该可以到军法处走一趟，或者召见一下少校的。

但他没有这么做！

……著名的杜尔古①看到法国人讨厌马铃薯，就把它发给包税商、供应商和他管辖的其他人，严禁命令农民种植。同时秘密通知他们，农民来偷马铃薯种子，不要拦阻。过了几年，法国一些地区就种满马铃薯了。

从一切考虑，帕维尔·德米特里耶维奇，这不是比用枪弹好吗？

1836年，一群吉卜赛人来到维亚特卡，在田野上扎营居住。这些人从遥远的古代起就过着自由的流浪生活，带着不朽的熊学究和一字不识的孩子，带着医马术和星相占卜，干着小偷小摸的勾当，走南闯北，最远达到托博尔斯克和伊尔比特。他们逍遥自在地唱着歌，偷着鸡，可就在这时省长突然奉到皇上命令：凡无身份证之吉卜赛人（从来没有一个吉卜赛人有过身份证，这是尼古拉和他的大臣们都很清楚的），限于某月某日前，在公文到达时之屯居地，就近向当地城乡政府办理登记。

限期届满后，又来了一道命令：全部适龄壮丁应即征召入伍，其余人员，除男性儿童另行安置外，一律送往西伯利亚永久流放。

这道发疯的命令，使人想起《圣经》上关于整个种族遭到杀戮和惩罚，全部男丁惨遭屠杀的记载②；连秋法耶夫本人看到这公文也觉得有些棘手。他一边向吉卜赛人宣读这荒谬的命令，一边复文

---

① 杜尔古（1727—1781），法国经济学家，路易十六时期曾任财政大臣，进行各种改革，后因保守势力的反对而失败。

② 指古代各民族的互相残杀，这些残杀都是以上帝的名义进行的，在《圣经》的《撒母耳记》《列王记》《历代志》中均有所记载。

彼得堡，表示无法执行。为了登记，需要钱，需要得到当地居民同意，而当地居民不会轻易接受吉卜赛人落户，何况吉卜赛人是否肯在当地长期定居，也还不得而知。考虑到这一切，秋法耶夫要求部里给予宽容，延期登记，这不能不说是他的一个功绩。

大臣指示，期满之后，尼布甲尼撒①的命令应即执行。秋法耶夫不得已，派出一队兵包围了吉卜赛人；包围之后，警察局长率领一个警备营到达了那里。这以后的情形是难以想象的，据说，妇女披头散发，号啕大哭，发疯似的奔来奔去，倒在警察的脚边，白发老妪拉住儿子不放。但是秩序胜利了，瘸腿的警察局长夺走了孩子，带走了壮丁，其余的人被押送到各地定居。

然而孩子夺来以后产生了一个问题：把他们安置在哪里？靠什么钱养活他们？

从前各省的社会救济署下面设有孤儿院，不必国库花一文钱。但是尼古拉的普鲁士贞洁观念认为它们对道德有害，撤销了这些机构。秋法耶夫只得自己垫钱，同时向部里请求拨款。部里办事一向虎头蛇尾，下令在未有处置办法之前，先把孩子送往养老院，由老头子和老太婆抚养。

让小孩与垂死的老人住在一起，强使他们呼吸死亡的气息，并委托需要安宁的老人免费照料孩子……

诗人的天才！

为了不致间断，我把一年半以后的一件事放在这里一起叙述。它发生在弗拉基米尔省我父亲的领地上，那儿有个村长，是个聪明

---

① 指尼布甲尼撒二世（约公元前630—前562），古代新巴比伦王国国王，曾攻占耶路撒冷，消灭犹太王国，因此在《圣经》中被描写为一个残暴专制的君主。

的农民，熟悉人情世故，平日做运输生意，自己有几辆三驾马车，在那个实行代役租的小村子里已干了二十来年村长。

我住在弗拉基米尔的那一年，邻村农民托他送一个新兵；他自以为老于此道，带着绳捆索绑的未来的祖国保卫者，满有把握地驱车进城了。

"老爷，事在人为呢。"他曾对我说，用手指捋着已有几茎银丝的淡黄大胡须。"前年我们要送一个小伙子去当兵，可这人生得这么瘦小、虚弱，大伙担心他不合格。嗯，我就说：'各位父老兄弟姐妹们，车轮不上油是转不动的，你们说说能出几个钱吧。'大伙合计了一会儿，决定出二十五个金币。我到了省里，在税务局讲了几句话，便直接去找主任，这是个聪明人，我早认识了，老爷。他吩咐我进书房见他，原来他脚痛，躺在沙发上。我把一切都给他讲了，他笑笑回答道：'行，行，你讲吧，这东西带了多少来？你是个守财奴，我知道。'我掏出十个金币，放在桌上，深深鞠了一躬。他把钱拿在手里，掂了几掂，说道：'可你知道，要钱的不是我一个啊，你还带着多少呢？'我回答他，十来个金币还办得到。他说：'你看，这派得了什么用场啊？你自己算吧：医生两个，新兵验收员两个，文书，嗯，还有其他各种费用，反正至少还得三个。这么办吧，你把剩下的十个统统给我，事情就包在我身上了。'"

"那么你给他了？"

"当然给啦。就这样，新兵收下了，一切很顺利。"

村长在这种扣除尾数的办法的熏陶下，习惯了这样的经济手腕，大概还拿惯了那五个金币（这些金币的命运，他没有提），因此对成功是充满信心的。他没有料到，在贿赂和接受贿赂的那只手之间，也会发生许多不幸。这时派到弗拉基米尔主持征兵事务的是侍从武官埃森伯爵。村长掏出一把金币塞进他的手里。可惜我们的伯爵像《努林》①的女主人公，"不是按祖宗的规矩"教育大的，而是在波罗的海的贵族学校中长大的，那里培养的是对俄罗斯皇帝的德意志式忠诚。埃森勃然大怒，大声呵斥，最糟的是还打了铃，文书跑进屋子，宪兵也来了。村长做梦也没想到，世界上还有穿制服而不要贿赂的人，以致吓得手足无措，没有抵赖，也没有发誓要请上帝做证，证明他从未行过贿，如果他有这念头，就让他的眼睛瞎掉，从此喝不到一口水等等。他只是像绵羊一般听凭摆布，给送进警察局，大概心里还在后悔，给将军的钱太少，以致得罪了他。

但是埃森既未因自己良心纯洁而满足，也未因倒霉的农民饱受惊吓便善罢甘休，看来他是真的想在俄国根绝贿赂，惩办罪行，树立兴利除弊的榜样，因此为村长的险恶用心，给警察局，给省长，给征兵机关，都发了公函。农民给关进了监牢，送上了法庭。我们的法律又愚蠢而不合情理：行贿的农民（即使他是个老实人）和受贿的官吏，须同样办罪，因此案件变得很棘手，必须多方设法才能营救村长。

我赶去找省长，他拒绝过问这事。刑庭庭长和参议们怕侍从武官干预，直摇脑袋。倒是侍从武官本人首先变愤怒为亲热，说他"决不想难为村长，只是教训教训他，审问一下，然后释放"。我把这话转告警察局长，他对我说："坏就坏在这里，这些大老官都不懂事，应该简简单单把他送到我这里，我会抽他一顿背脊，叫他今后没有问清路切莫往前闯，然后放他滚蛋，这样大家都省事；可

---

① 指普希金的长诗《努林伯爵》。

现在，只得让法院去磨洋工了。"

这两种见解，巧妙而清楚地表达了俄罗斯帝国关于法律的观念，我一直忘不了它们。

村长正好落在祖国法学的这两大极端中间，那里是最深的深渊，即刑事法庭。过了几个月，法庭拟定了判决书，要把村长先行鞭打，然后遣送西伯利亚永久流放。他的儿子，他全家人，纷纷找我搭救他们的一家之主。我也非常同情他，他遭受的是无妄之灾。我重又找庭长和参议，向他们证明，他们对村长这么严厉，结果只会害了自己；何况他们都很清楚，不行贿是什么事也办不了的；最后还说，如果他们作为真正的基督徒，不相信"一切恩惠都来自上头，一切赏赐都来自天父"①，那么他们也会两袖清风，没有饭吃。我这么说情疏通，还打发村长的儿子去苦苦哀求，总算达到了一半目的。村长被判在狱中鞭打几下，仍留原地居住，但严禁再为其他农民出头办事。

我看到省长和检察官同意了这判决，才高兴地松了口气，前往警察局，要求他们鞭打时手下留情；警察一半因为我亲自向他们求情，一半也因为可怜这个为司空见惯的小事吃尽苦头的倒霉鬼，而且知道他是有钱的农民，这才答应我只走走过场。

过了几天，一天早晨，村长回来了，他比以前瘦了，头发也更白了。我发觉他虽然很高兴，还是心事重重似的。

"你还愁什么啊？"我问他。

"不如一下子干完的好。"

"我不懂得你的意思。"

---

① 《圣经》中的话，见《雅各书》第一章第十七节。

"我是说，不知道他们多咱才给我行刑啊？"

"他们没有鞭打你？"

"没有。"

"那怎么放你出狱啦？你现在不是回家吗？"

"回家是回家，可心里总放不下鞭打的事，秘书是这么念的呢。"

我确实也给弄糊涂了，最后问他，有没有发给他什么证件？他拿给我看，上面写着判决书，最后是这么写的：根据刑事法庭判决，在监狱牢房内鞭打之后，"发给本证明，并予释放出狱"。

我哈哈大笑起来。

"要知道，你已经给打过啦！"

"没有，老爷，没有。"

"哦，如果你不满意，不妨回去，要求他们补打一顿，也许警察会体谅你的苦衷呢。"

看到我发笑，老头儿也笑了，怀疑地摇摇头，说道：

"想不到有这么奇怪的事！"

"真是不成体统。"许多人会这么说，但是请他们想一想，要不是这么不成体统，在俄国还能生活下去吗？

第十六章

亚历山大·拉夫连季耶维奇·维特贝格

在这些畸形的和猥琐的、卑鄙的和丑恶的人物和场面、事件与标题之间，在这些森严的衙门和官僚的天地之中，我想起了一个艺术家忧郁而高尚的形象，这人是在政府残酷无情的压迫下毁灭的。

沙皇的魔掌不仅把天才的作品掐死在摇篮中，不仅葬送了艺术家的创作才华，把他送进法律的罗网和警察的陷阱，而且企图在剥夺最后一块面包的同时，污蔑他清白的声誉，加上贪污盗窃的罪名。

摧残和侮辱了亚·拉·维特贝格之后，尼古拉又把他流放到了维亚特卡。我便是在那里遇见他的。

两年半中，我与这位伟大的艺术家朝夕相处，看到在迫害和不幸的重压下，这个刚强的人怎样消沉下去，成为衙门和兵营的专制统治的牺牲品；这个专制统治麻木不仁，是用招兵的尺码和公文的标准衡量世上的一切的。

不能说他毫不反抗，坐以待毙，他倔强地挣扎了整整十年；流放出来时，他还抱着战胜敌人的希望，想证明自己无罪，总之，那时他还准备战斗，他有他的计划和意图。但是在这里他明白，一切都完了。

也许，他对这个发现本可处之泰然，但是他的身边站着妻子儿女，而前途只是遥遥无期的流放，贫困和饥馑，于是维特贝格的头发一天天迅速变白了，人也一天天迅速衰老了。两年后，我离开维亚特卡与他分手时，他至少老了十年。

这里要讲的就是他漫长的苦难史。

亚历山大皇帝不相信自己对拿破仑的胜利，荣誉成了他的负担，他公开把它归功于上帝的恩赐。神秘主义和阴暗心理从来就是他的主要倾向——许多人认为，这是良心的谴责①。在对拿破仑的一系列胜利之后，这种倾向在他身上更是加强了。

当"最后一名敌兵走出国界"时，亚历山大颁布诏书，许愿要在莫斯科为救世主建造一座大神庙。

全国各地都在征求图样，规定了大笔赏金。

维特贝格当时是青年艺术家，刚从学校毕业，得了绘画科的金质奖章。他的祖先是瑞典人，但他出生在俄国，起先在采矿武备学校读书。他热情洋溢，性情古怪，倾向神秘主义。读了诏书和征求图样的公告之后，他丢下一切事务，日日夜夜在彼得堡街头踯躅，一个思想折磨着他，它比他更强大，不让他安静；于是他关上门，坐在房间里，拿起铅笔伏案工作了。

艺术家没有把自己的构思告诉任何人。工作几个月之后，他到了莫斯科，专门考察这个城市和周围的地形，然后又继续工作，几个月中没人看到他，他也没向人透露自己的图样。

---

① 亚历山大的父亲保罗一世因采取敌视英国的政策，引起地主贵族的不满，在一次宫廷政变中被杀死。亚历山大参与了这次政变，他是在父亲的血泊中登基的。

征稿评比的时间到了。图样很多，还有从意大利和德国送来的，我们的院士们拿出了自己的设计图。这个年轻的无名小卒也与其他人一起呈上了图纸。过了几个礼拜，皇帝才开始审阅图样。这是沙漠中的四十天，考验、疑虑和焦急等待的日子。

维特贝格那充满宗教诗意的宏伟设计，震惊了亚历山大。他站在它面前，第一次开口询问设计图的作者。拆开密封的纸条，他发现了一个无人知晓的美术学院学生的姓名。

亚历山大想见见维特贝格。他与美术家作了长谈。他那朝气蓬勃、天才横溢的议论，那充满在心头的真实灵感，那信念的神秘主义色彩，在在都打中了皇帝的心。"你是在用石头讲话。"他说，重又端详图样。

当天图样就得到了批准，维特贝格被任命为神庙的建筑师和修建委员会主任。亚历山大没有想到，他给艺术家戴上的不仅是一顶桂冠，也是一顶荆冠。

没有一种艺术像建筑术那么接近神秘主义；它是抽象的，像几何图形，又是无声的音乐，恬淡冷静，以各种象征、形象和暗示为生命。简单的线条，它们的和谐组合，节奏，数量的对比，提供了某种神秘的、同时也是不完整的感觉。房屋或庙宇与塑像或绘画，诗或交响乐不同，它们本身并不构成目的；建筑物需要有居住者，它是规划、清理出来的场所，一个环境，像乌龟的背甲，软体动物的贝壳，它的任务正是在于为精神、目的、居住者服务，正如甲壳之于乌龟相同。神庙的四壁，它的拱门和圆柱，它的大门和正面，它的屋基和房顶，必须反映它所供奉的神，正如颅骨上必然反映出大脑的曲折沟纹。

埃及人的寺庙是他们的经书。方尖碑是大路上的布道坛。

所罗门①的神殿是一部石造的《圣经》，正如圣彼得大教堂②是背离天主教的建筑标记，尘世生活的起点，人类还俗的开始。

　　寺庙建筑本身始终伴随着神秘的仪式、各种寓意和奥妙莫测的奉献精神。因此中世纪的建筑业者自封为某种特殊的圣徒，所罗门神殿建造者的继承人；他们组成了石工的秘密社团，后来它便发展成共济会。

　　到了文艺复兴时期，建筑学失去了它的神秘性质。基督教信仰与哲学怀疑精神，哥特式箭头形花纹与希腊式三角楣饰，宗教的圣像与世俗的美，展开了斗争。正因为这样，圣彼得大教堂才具有这么重要的意义，它的宏伟规模体现了基督教冲向尘世的要求，教堂带上了异教色彩；米开朗琪罗在西斯廷礼拜堂③壁上画的耶稣基督是虎背熊腰的大力士，年轻力壮的赫拉克勒斯④。

　　圣彼得大教堂之后，教堂建筑术完全没落了，最后只是在不同程度上重复古希腊的圆柱式建筑或者圣彼得大教堂。

　　巴黎也有一座万神殿，它名叫圣马德莱娜教堂⑤。另一座便是纽约的证券交易所。

　　没有信仰，没有特殊的客观情势，便很难创造出富有生命力的东西。一切新建的教堂都显得不自然，虚伪，缺乏时代精神。尼古

---

① 公元前十世纪的以色列国王，以智慧著称，曾在耶路撒冷摩利亚山上建造规模巨大的圣殿。

② 在罗马梵蒂冈，是文艺复兴时期的建筑，因此已背离了中世纪精神。

③ 罗马梵蒂冈宫的教皇礼拜堂，米开朗琪罗在这里作有拱顶画和壁画《最后的审判》。

④ 古希腊神话中的英雄和大力士。

⑤ 万神殿是古罗马的著名建筑，正面有科林斯式列柱门廊。圣马德莱娜教堂建于19世纪初，本为庆祝拿破仑胜利的纪念堂，建筑式样仿照万神殿，也以科林斯柱廊为特点。拿破仑失败后，纪念堂改为教堂。纽约证券交易所也是在19世纪初按照这种新古典主义风格建筑的。

拉和托恩^①造的印度拜占庭风格的教堂，像一只五头调料盂，只是用圆球结顶代替了瓶塞；英国人用来装饰自己的城市的那些教堂，那种棱角鲜明的哥特式建筑，只能侮辱艺术家的眼睛。

然而维特贝格设计图样时的客观情势，他的个性，以及亚历山大皇帝的心情，都是异乎寻常的。

1812 年的战争猛烈地冲击了俄国人的头脑，直到莫斯科收复以后很久，震动的思想和激怒的情绪还不能平静。俄国境外的变化，攻占巴黎，百日政变^②，期待，谣言，滑铁卢，拿破仑的放逐海外，为战死的亲属服丧，为生者担忧，回国的军队，重返家园的士兵——这一切哪怕对最粗鲁的个性也发生了强烈的影响。想象一下吧，这个青年艺术家，神秘主义者，具有天赋创造力、同时又具有狂热的宗教情绪的美术家，在当时形势的影响下，在皇上的号召和自己的天才的激励下，会怎样呢？

莫斯科附近，在莫扎伊斯克大道和卡卢加大道之间，有一块不大的高地，它可以俯瞰全市，这就是麻雀山，我在青年时代初期的回忆中，已提到过这个地方。整个城市铺展在它的山麓下，从山顶眺望，是莫斯科最优美的风景之一。伊凡雷帝曾站在这里啼哭，那时他还是一个年轻的荡子，他望着他的首都怎样在他脚下燃烧；西尔韦斯特尔神父^③来到他的面前，用严峻的语言把这位天才的恶魔

---

① 托恩（1794—1881），俄国建筑师。维特贝格被放逐后，尼古拉一世用托恩设计的图样，建成了救主基督大教堂。

② 指拿破仑重返巴黎的短暂时期（1815 年 3 月 20 日他从厄尔巴岛逃回巴黎时起，到同年 6 月 22 日在滑铁卢战败，第二次退位止）。

③ 俄国的著名神父，约生于 15 世纪末，死于 16 世纪 60 至 70 年代。他曾任莫斯科布拉戈维申斯克大教堂大司祭，后成为伊凡雷帝的忏悔师，对俄国历史发生了很大影响。

改造了二十年。

拿破仑带着他的大军在山下迂回时，遭到了惨败，他的溃退便是从麻雀山麓开始的。

这是敌人到达的最远点，要建造纪念 1812 年的神庙，难道还能找到更合适的地方吗？

但是这还太小，必须把整座山变成神庙的底层，环绕着通向河道的平野修建柱廊，然后在这三面由大自然环抱的地基上，建造第二层和第三层神庙，使三者结合成惊人的统一体。

维特贝格的神庙正如基督教的主要教理，是三位一体、不可分割的。

神庙的底层是从山中凿出的，采取平行四边形，形状像棺材，这是身体；它的前面是雄伟的正门，几乎全由埃及式圆柱支撑；它隐没在山中，隐没在未经人工雕琢的粗野的自然景物中。神殿是用高大的伊特鲁里亚 ① 枝形烛台照明的，日光只能从第二层神庙穿过透明的基督诞生图像，隐隐射进这里。这座地下圣堂将供奉 1812 年殉难的全体英雄，战死者在这里受到永恒的悼念，周围的墙壁上要刻满从统帅到士兵的所有姓名。

在这棺木和墓园上面，是形状像四臂等长的希腊式十字架的建筑，它构成神庙的第二层，是伸开双臂，迎接生活、苦难和辛劳的象征。通向它的柱廊饰有《旧约》人物的雕像，入口处站着先知们，他们在殿门外向人指点着一条他们未能行走的道路。这一层内部画着全部《福音书》的故事和使徒们的事迹。

它上面是第三层神庙的圆形建筑，这构成整个神庙的顶点和终

---

① 指意大利北部地区。伊特鲁里亚枝形烛台是一种雕花柱子型的高大烛台。

结。这一层光线充足，是神庙的灵魂，肃穆宁静，它的环形设计表现了永恒的存在。这里没有塑像，没有浮雕，只是外面围绕着一圈由天使长组成的花环，上面是一个庞大的圆顶。

我现在仅凭记忆传达维特贝格的主要构思，他的设计是周密的，连最小的细节也考虑到了，而且处处遵循基督教神正论精神，又不违背建筑学上的优美原则。

这个奇特的人把一生精力都花在这设计上。十年受审期间，他心中仍只有它；在贫困潦倒的流放生活中，他依然每天挤出几个小时献给自己的神庙。这是他的生命，他不相信它不能建造；回忆，安慰，荣誉，一切都包含在艺术家的这些手稿中。

也许在受难者死后，将来会有另一个美术家用手拂去纸上的尘埃，怀着虔诚的心公布这份建筑师的蒙难录——一个强有力的生命曾为它苦闷，为它牺牲，这个生命虽然一度充满光明，后来却在皇帝和司务长、枢密官和奴才、大臣和事务员的摧残压迫下湮灭了。

这设计是完美的，惊人的，疯狂的，正因为这样，亚历山大才选中了它，也正因为这样，它才应该付诸实施。有人说，山负担不了这座神庙。我不相信。特别是如果我们想起美国和英国工程师的一切新技术，那种车行八分钟的隧道和链索桥等等。

米洛拉多维奇伯爵[①]向维特贝格建议，用整块花岗石制作神庙底层的粗大圆柱。有人向伯爵指出，从芬兰运来，运费非常昂贵。

"正因为这样，才要定购这些花岗石，"他答道，"如果莫斯科河边就有花岗岩采石场，它们造的柱子就不稀罕了。"

---

① 当时的彼得堡总督。

米洛拉多维奇是军人，也是诗人，因此一般说来，他懂得诗的意境。宏伟的事物需要用宏伟的材料制作。

唯独大自然的伟大是不必付出代价的。

维特贝格的清白，有些人从未怀疑过，但是他们也攻击他，因为他的主要罪状是：他，一个没有经验的艺术家，对官场内幕一窍不通的年轻人，为什么要占据主任委员的位置？他应该只担任建筑师的角色。这是毫无疑义的。

但坐在自己房间里提出这些责备是容易的。他正因为年轻，没有经验，正因为是个艺术家，才会接受这个职务；他接受是因为他的设计被采纳之后，他认为一切都很简单了；他接受是因为皇帝亲自向他提议，鼓励他，支持他。谁不会冲昏头脑呢？……那种清醒的、稳健的、有自制力的人，在哪里呢？即使有，他们也创造不出宏伟的设计图，也不可能叫"石头讲话"！

不言而喻，维特贝格遭到了一群骗子的包围，这些人把俄国看作交易所，把当官看作赚钱的买卖，把职务看作发财的捷径。不难理解，他们是在维特贝格脚下挖洞。但是要使他落进陷阱；永远爬不出来，单单盗窃还不够，还需要一些人的嫉妒，另一些人被伤害的虚荣心从旁协助。

维特贝格在委员会中的同事是：菲拉列特总主教，莫斯科总督，库什尼科夫枢密官；所有这些人一开始就因为与一个黄口小儿共事而愤愤不平，何况这小子还敢直抒己见，不留情面。

他们与其他人一起陷害他，污蔑他，最后又无动于衷地毁灭他的一生。

神秘主义大臣亚·尼·戈利岑公爵的下台，以及随之而来的亚历山大的去世，都促成了他的失败。

由于戈利岑大臣的免职，共济会，圣经会，路德派虔信主义教会，都失势了；它们本来炙手可热，在喀山以马格尼茨基[1]，在彼得堡以鲁尼奇[2]为代表，已发展到荒谬绝伦的地步，以致野蛮的迫害，疯狂的乱舞，歇斯底里的狂叫，闹得乌烟瘴气，无奇不有。

于是粗暴、野蛮、愚昧无知的东正教乘机抬头，占了上风。它由诺夫哥罗德修士大司祭福季带头传播，这个福季与奥尔洛娃伯爵夫人[3]有着某种亲密关系——当然不是肉体关系。著名的阿列克谢·格里戈里耶维奇掐死了彼得三世，女儿想为他超度亡灵，把叶卡捷琳娜从修道院没收的无数领地[4]，大部分赠给了福季和他的修道院，自己也疯疯癫癫，刻苦修行。

但是，不论彼得堡政府怎样更改立国的原则，怎样变换它的教义，有一点是始终不变、贯彻到底的，这就是不公正的压制和迫害。鲁尼奇们和马格尼茨基们的暴虐，现在落到了鲁尼奇们和马格尼茨基们本人身上。昨天圣经会还是道德和宗教的支柱，受到庇护和表彰，今天却关闭了，查封了，地位一落千丈，几乎与假金币差不多；《郇山通报》[5]昨天还被推荐给父亲们做家庭读物，现在变得比伏尔泰和狄德罗的著作更危险，遭到了查禁，它的发行人拉布津也被流放到了沃洛格达。

---

① 沙皇的反动官僚，神秘主义者，1820 至 1826 年任喀山学区总监。

② 沙皇的反动官僚，神秘主义者，1821 至 1826 年任彼得堡学区总监。

③ 即本书第五章中提到过的安娜·奥尔洛娃伯爵夫人，十二月党人米·费·奥尔洛夫的堂姐。她的父亲阿·格·奥尔洛夫年轻时是彼得堡的近卫军军官，1762 年叶卡捷琳娜发动宫廷政变，杀死了她的丈夫彼得三世，登上帝位，在这次政变中，奥尔洛夫是她的主要助手。

④ 叶卡捷琳娜女皇于 1764 年发布命令，没收教会的土地。后来她又把这些土地分赐给她的亲信大臣。

⑤ 一种神秘主义刊物。

亚·尼·戈利岑公爵的倒台连累了维特贝格，他成了众矢之的，委员会把一切责任推给他，总主教埋怨他，总督生他的气。他的答复"狂妄自大"（在他的案件中，狂妄自大是主要罪状之一），他的属员"贪污盗窃"——仿佛在俄国还有不贪污的官员。然而可能维特贝格手下那班人贪赃枉法的事更多：他从来没有管理行政机关和高级窃贼的经验。

亚历山大命令阿拉克切耶夫调查案件。他同情维特贝格，通过自己的一个亲信转告他，他相信维特贝格是正直的。

但是亚历山大死了，阿拉克切耶夫也下台了。维特贝格的案子在尼古拉统治下马上变得对他不利了。它拖了十年，荒谬到令人难以相信。刑事法庭确认的各条罪状，最高法院推翻了。刑事法庭否定的各条，最高法院却看作罪状。国务会议则认为一切罪状均属事实。皇上"享有君主的最高特权，可以赦罪，也可以减刑"，在判决书上作了批示：流放维亚特卡。

就这样，维特贝格"因非法利用亚历山大陛下之信任，使国库蒙受损失"，被撤职流放了。据说，他个人的非法所得多达百万卢布，他的田产被没收了，一切家私都被公开拍卖，有人还散布谣言，说他把大量财产转移到了美国。

我与维特贝格在一幢房子里同住了两年，直到离开维亚特卡，始终与他保持着联系。他不能获得最低限度的生活资料，家庭经常处在饥寒交迫中。

为了说明这案件和俄国的类似情况，我要引用两个细节，它们是我记得特别牢的。

维特贝格为工程需要，向商人洛巴诺夫买了一片树林。开始砍伐前，维特贝格发现了另一片树林，也是洛巴诺夫的，更靠近河道，因此提议把神庙已买下的那片树林换这片树林，商人同意了。树砍下了，木材运走了。后来又需要一片树林，维特贝格把第一片树林重新买下了。这就是所谓一片树林购买两次的著名罪状。可怜的洛巴诺夫因此入狱，死在牢里。

第二件事是我亲眼目睹的。维特贝格为神庙收购领地。他的想法是，地主的农奴随同土地一起买进之后，可为神庙提供一定数量的劳动力，农民和他们的乡村也因而获得了自由，可笑那些披上了法官衣衫的地主老爷却认为，这是他在推行奴役制度！

顺便说一下，维特贝格想向我父亲买鲁兹县的一块田地，它在莫斯科河边。村里发现了大理石，维特贝格要求让他作一次地质勘察，以便确定它的蕴藏量。我父亲同意后，维特贝格回彼得堡了。

过了三个月，我的父亲得悉，开采工作已在大规模进行，以致农民的秋播地上堆满了大理石；他提出了抗议，没有人听。双方争持不下，开始了诉讼。起先，大家想把全部责任推给维特贝格，但不幸发现他从未发过任何指示，一切都是他不在的时候委员会干的。

案件到了最高法院。出乎大家意外，最高法院的判决还相当符合情理：开采的石块归地主所有，作为对被压坏的田地的赔偿。国家花在采石上的人工和费用，达到十万卢布纸币，这笔钱由签订工程合同的人负担。在合同上签字的有：戈利岑公爵①、菲拉列特和库什尼科夫。当然，他们不服，大叫大嚷。事情闹到了皇帝那里。

---

① 指当时任莫斯科总督的德·弗·戈利岑。

他有自己的法律观点。他豁免了负责人的罚款，按照印在最高法院简报上的他的批示的说法，这是因为"签字一事，各位委员并不知情"。这真是皇恩浩荡，可敬得很；假定说，总主教按职务而言应该绝对服从，那么其他两位大员对这种恩赏，为什么也缄口不言呢？

只是从哪里去弄这十万现钞呢？据说，国家财富是火烧不掉，水淹不没的——但是我们不妨加上一句：它是可以被盗窃一空的。然而不必担忧，一位侍从将军立即赶往莫斯科处理这问题了。

斯特列卡洛夫只花了几天工夫，就把一切调查清楚，理出了头绪，平息了争端，了结了案件：用地主土地上开采的石块抵充开采费用，如果地主想保留这些石块，应交纳十万卢布。对地主的特别补偿并无必要，因为他的领地已因发现新资源（要知道，这是宝藏呀！）而提高了价值；至于农民遭到破坏的庄稼，那么按照彼得一世颁布的关于水淹的牧场和踩坏的刈草地的规定，一俄亩发给若干戈比。

在这个案件中，实际受到处罚的是我父亲。不用说，开采大理石这件事，责任仍落在维特贝格身上。

……维特贝格流放后过了两年，维亚特卡的商人打算造一座新教堂。

为了在一切地方和一切事物上扼杀任何独立精神、个性、幻想和自由，尼古拉颁布了一整本钦定的教堂正面图样。谁想修建教堂，只能从官方的图样中选择一种。据说，他还禁止编写俄国歌剧，因为连他的第三厅的侍从武官利沃夫①写的歌剧，也一点不合

---

① 利沃夫（1798—1870），俄国作曲家，曾在第三厅当过本肯多夫的副官。

他的意。但这还不够，他应该颁布一部钦定的曲调大全。

维亚特卡的商界领袖翻阅了"法定"的图样，居然有勇气不同意皇上的口味。他们呈上了自己的图样，尼古拉看后大为惊叹，批准了它，并指示省政当局，在执行过程中不得歪曲建筑师的意图。

"这个图样是谁设计的？"他问御前大臣。

"维特贝格，陛下。"

"怎么，就是那个维特贝格？"

"就是那个人，陛下。"

这样，运气突然变了，维特贝格获得了返回莫斯科或彼得堡的许可。他要求为自己申辩，遭到了拒绝。他设计了一张成功的图样，皇上便下令让他回去，仿佛他犯的罪是有人怀疑他的艺术才能……

他在彼得堡穷得朝不保夕；为了维护自己的荣誉，他作了最后一次尝试，但彻底失败了。他曾为此找亚·尼·戈利岑公爵协助，公爵认为不宜旧事重提，劝维特贝格向皇太子提出申请，要求经济上给予补助。他答应与茹科夫斯基① 一起从中斡旋，让皇太子赏他一千银卢布。

维特贝格拒绝了。

1846 年初冬，我最后一次去彼得堡，见到了维特贝格。他异常消沉；从前他对他的仇敌充满愤怒，曾得到我的赞美，现在连这种仇恨也烟消云散了。他不再抱任何希望，也不再为摆脱自己的困境做什么。平静的绝望伴着他度过晚年，生命力已从他身上消失。他等待着死亡。

---

① 茹科夫斯基 (1783—1852)，俄国最伟大的诗人之一，当时任皇太子的教师。

如果这是尼古拉·帕夫洛维奇所希望的，那么他可以满足了。

这位受难者还活着吗？我不知道，但是我怀疑。

我与他分别时，他对我说："如果没有家庭，没有子女，我会离开俄国，到世界各地流浪；我要把弗拉基米尔十字勋章挂在脖子上，心安理得地向过路人伸出亚历山大皇帝握过的手，向他们讲我的设计图和俄罗斯艺术家的命运！"

受苦的人啊，你的命运全欧洲都会知道，我向你保证这一点。

与维特贝格的交往，大大减轻了我在维亚特卡的寂寞生涯。他的举止严肃开朗，有一种庄重的气质，这使他的外表有些像教士。他的心地非常纯洁，一般说来他不喜爱享乐，倒是更倾向禁欲主义；但是他的严峻丝毫没有使他丧失一个艺术家丰富豪迈的天性。他赋予了他的神秘主义以生动活泼、富有诗情画意的优美色彩，使你不敢提出反驳，不忍驱散和破坏他想象中那些若隐若现的形象，那些朦胧的画面。

维特贝格的神秘主义一部分来自他的斯堪的纳维亚血统；这是那种冷静思考的富于幻想的天性，正如我们在斯维登堡①身上看到的一样，它有些像挪威冰山雪岭上阳光的强烈反射。

维特贝格对我发生了影响，但是我的现实精神还是占了上风。我注定了无法上升到三重天上，我生来完全是一个人间的人。桌子不会在我的手下旋转，圆环也不会在我的视线下摇晃②。思想的日光比幻觉的月光对我更为亲切。

但正是在我与维特贝格一起的时候，我比任何时候都更接近神

① 斯维登堡（1688—1772），瑞典著名的科学家和哲学家，晚年主要从事神学研究，倾向神秘主义，他的宗教思想发生了深远影响。

② 当时欧洲神秘主义风行一时，这些都是神秘主义者玩弄的反理性现象。

秘主义。

离别，流放，我收到的信中^①那热烈的宗教精神，充斥在我心头的越来越强烈的爱情，以及随之而来的沉重的忏悔感^②——这一切都帮助了维特贝格。

以后还有两年，我处在神秘主义社会主义思想的影响下，它来自《福音书》和卢梭的学说，我的思想方式接近皮埃尔·勒鲁^③一类法国思想家。

奥加辽夫比我更早卷进神秘主义的漩涡。1833 年他就开始为黑贝尔^④的圣乐《失乐园》写歌词。他在给我的信中说："失乐园的思想包含了人类的全部历史！"可见那时他也认为，正在寻找的理想的乐园已经失去了。

我在 1838 年写的几个历史场景^⑤，充满社会主义宗教精神，那时我把它们称作戏剧。在一个剧本中，我表现了古代世界与基督教的斗争，在这里，保罗^⑥进罗马时救活了一个死去的少年。另一个剧本表现了官方教会与贵格会^⑦的斗争，以及威廉·佩恩^⑧之远赴美

---

① 指纳塔利娅写给赫尔岑的信。

② 指赫尔岑对梅德维杰娃的感情，见本书第三卷第二十一章。

③ 勒鲁 (1797—1871)，法国小资产阶级政论家，空想社会主义者，早年倾向圣西门主义，后成为基督教社会主义的代表之一。

④ 黑贝尔是当时著名的作曲家。——作者注

　黑贝尔 (1787—1843)，原籍德国，1817 年后在莫斯科教授音乐，曾作赫尔岑之兄叶戈尔的音乐教师。

⑤ 指赫尔岑 1838 至 1839 年在弗拉基米尔写的《罗马小景》和《威廉·佩恩》。

⑥ 指《圣经》中的使徒保罗，他救一个少年复活的事，见《使徒行传》第二十章。

⑦ 基督教新教的一派，又称"公谊会"或"教友派"，在教会内反对一切烦琐的仪式，与英国国教对立。在政治上提倡和平主义，反对暴力和战争。

⑧ 威廉·佩恩 (1644—1718)，又译彭威廉，英国基督教贵格会领导人之一，政治活动家。后为贯彻自己的信仰，赴美洲开拓宾夕法尼亚州。

国新大陆。①

科学的神秘主义很快取代了我的基督教神秘主义。幸而我也摆脱了这第二种神秘主义。

但是回到我们低微的赫雷诺夫城②来吧——不知为什么，除非是出于照顾芬兰族的家乡观念，叶卡捷琳娜把它的名字改成了维亚特卡。

我在维亚特卡这个穷乡僻壤过着流放生活；在这肮脏的官僚世界，这阴森的远方，我离开了一切亲爱的人，毫无保障地听凭省长的支配，但是在这里我也度过了不少美妙神圣的时刻，接触了许多热烈的心和友好的手。

现在你们在哪里呢？我的生活在冰雪下的朋友们，你们现在怎样了？我们阔别二十年，大概你们像我一样老了，你们的女儿已经出嫁，你们自己也不再整瓶地喝香槟，用高脚玻璃杯喝果子酒了吧。你们中间谁富裕了，谁破产了，谁做了官，谁瘫痪了呢？主要是，你们谁还记得我们那些大胆的谈话，还保持着当年的爱和愤

---

① 不知为什么，我想用诗体写这些短剧。大概我认为任何人都能用五音步抑扬格无韵体写诗，因为波戈金也在写。1839 年或 1840 年，我把两本稿子交给别林斯基，安心地等待他的称赞。但第二天别林斯基退回了原稿，还附了一张条子，上面写道："请你叫人把句子连在一起，重抄一遍，不要分诗行，那时我才愿意读它。现在我总想到它是诗，因而读不下去。"

别林斯基给两本戏剧习作判了死刑。一报还一报。1841 年别林斯基在《祖国纪事》上发表了关于文学的长篇对话。在狄索的餐馆中，几个好朋友一起吃饭，他问我："我最近的文章，你喜欢不喜欢？"我答道："非常喜欢，你讲的一切都很对，但是请问，你怎么耐烦跟这个人谈了两个小时，没有一开始就看出他是个傻瓜？"别林斯基捧腹大笑："真的这样，老弟，你打中了我的要害！这人确实是个大傻瓜！"——作者注

波戈金 (1800—1875) 是俄国一个平凡的作家和杂志编辑，思想保守。

② 即维亚特卡。

怒，保持着那些激烈跳动的心弦？

我还是那样，这是你们知道的；我想，我的消息会从泰晤士河边传到你们那里。有时我想起你们，总感到亲切温暖；我还保存着当时的一些信，其中有几封是我非常宝贵的，我喜欢一再读它们。

1838 年 1 月 26 日，一个青年[①]写信给我道："我现在非常苦闷，我向你承认这一点，我不感到羞愧。为了你号召我过的那种生活，帮助我吧，用你的教导帮助我吧。我希望学习，给我指定几本书吧，随你指定什么都成，我要尽力做我能做的一切，让我看到出路吧——如果你抛弃我，这是有罪的。"

我走后不久，另一个人写信给我道："我感谢你，正如农夫感谢雨水使他缺乏养料的土地恢复生机一样。"

我不是出于虚荣心引用这些字句，而是因为我珍重它们。为了这些青年人的呼声和青年人的爱，为了这种在他们心头激发的苦闷，是可以容忍九个月的监禁和维亚特卡的三年流放生涯的。

那时莫斯科的邮车一星期到达维亚特卡两次；我怀着多么激动的心情在邮局旁边等待分拣信件，多么焦急地扯掉火漆印，在家乡的来信中寻找，有没有用纤细娟秀的笔迹写在精美的小信纸上的信。

我不在邮局读信，却悄悄走回家中，尽量拖延拆阅的时间，我陶醉在一个思想中：信收到了。

这些信全都保存着。我把它们留在莫斯科。我多么想重读一遍，又多么怕看到它们[②]……

---

① 指当时维亚特卡的中学教师斯克沃尔佐夫。

② 这时赫尔岑的夫人已经去世。

信比回忆更丰富，它凝结着事件的血肉，这是往事本身，事物的本来面目便保留在信上，那是不朽的。

　　……何必再去翻阅、观看、接触它们，用苍老起皱的手抚摩自己的结婚礼服呢？……

第十七章

皇太子在维亚特卡——秋法耶夫下台——调往弗拉基米尔——县长审案子

皇太子即将驾临维亚特卡！皇太子在周游俄国，他要看看俄国，也让俄国看看他！大家关心这消息，但最关心的当然是省长。他手忙脚乱，干了不少荒唐的蠢事：命令大路两旁的农夫都得穿节日的长袍，命令城市的围墙都要粉刷一新，人行道都要重新整修。奥尔洛夫城的一个穷寡妇有幢小房子，她向市长声明，她没钱修理人行道，市长报告了省长。省长命令拆掉她的地板（那里人行道是木板铺的），如果不够，由公款修理后向她索回费用，哪怕拍卖她的房子也成。后来没有拍卖，但寡妇的地板确实给拆掉了。

离维亚特卡五十来俄里有个地方，尼古拉·赫雷诺夫①的圣像曾在这里向诺夫哥罗德人显过灵。当初诺夫哥罗德移民迁居赫雷诺夫（维亚特卡）的时候，把圣像也带来了，但是它不见了，重又出现在离维亚特卡五十俄里的大河上；诺夫哥罗德人又把它请

_____
① 东正教传说中的圣徒。

回来，同时许了愿：如果圣像留下，每年就举行盛大的仪式送它回大河一次，日期好像是 5 月 23 日。这成了维亚特卡夏季的主要节日。一昼夜间，富丽堂皇的平底船载了圣像，在河上航行，由主教和全体教士穿了法衣护送。几百条各色各样的小艇、平底船、划子，满载着男女农民、沃恰克人和市民，张灯结彩，跟在圣像船后面。最前面的尖头木帆船，舱顶蒙了红呢，是省长坐的。这幅原始的风俗画确实蔚为奇观。千千万万的人从远近各县汇集在大河岸边，恭候圣像。他们成群结队、吵吵闹闹，拥挤在一个小村子旁边。最奇怪的是没有领过洗礼的沃恰克人和车累米西人，甚至鞑靼人，也来朝拜圣像。这使节日带上了浓郁的异教色彩。修道院墙外，沃恰克人和俄罗斯人牵羊挈牛前来献祭，当场宰杀牲口，司祭作了祈祷，念了经文，把肉祝圣之后，从围墙内通过一个特设的窗洞，发给大家。肉是一块块发的，从前并不收费，现在修士每块收几个戈比。因此牵了整头小牛来祭献的农民，为了自己得到一块肉，还不得不付出一两个铜币。修道院的院子里坐着一群群乞丐，瘸腿的，瞎眼的，各种残废都有，他们发出了一片凄凉的哀号声。年轻的小教士和市民的孩子们，骑在教堂附近的墓碑上，拿了墨水瓶大喊："谁要追荐亡魂，快来报名，谁要追荐亡魂？"村妇们和姑娘们围着他们报名字，报一个名，他们就挥起笔，刷刷地写到本子上，一边嘴里念叨："玛丽亚，玛丽亚，阿库林娜，斯捷潘妮达，约安老爹，马特廖娜……喂，老大娘，你的，你的……瞧，你少一个铜板，至少要五个戈比，不行，加上，加上……伊万，瓦西里萨，约纳，玛丽亚，叶夫普拉克谢娅，小卡捷琳娜……"

教堂里熙熙攘攘，出现了奇怪的选择：一个婆娘把蜡烛交给邻人，叮嘱说这是献给"客人"的，另一个却要献给"主人"①。在护送圣像的整个过程中，修士和助祭们几乎酒不离口；他们每到一个大些的村庄便要逗留一下，于是农民只得端出酒菜，供他们大吃大喝。

就是这个民间节日，老百姓世世代代习惯了的风俗，现在省长却想改变它，供皇太子游乐；皇太子预定 5 月 19 日到达，然而尼古拉"客人"早三天去拜会"主人"，又有何不可呢？这必须得到主教的同意，幸而主教为人随和，他找不出任何理由反对省长把 5 月 23 日的节日改在 19 日举行。

省长把接待皇太子的全部巧妙安排呈报了皇上，意思是：瞧，我怎么招待陛下的儿子。谁知皇上一看，勃然大怒，交代内务大臣："省长和主教都是笨蛋，节日是不能改变的。"大臣把省长训了一顿，东正教总监把主教训了一顿，尼古拉"客人"才不必改变自己的习惯。

彼得堡发出的各项命令中，有一道指示，要各省筹办土特产和工艺品展览会，展出物品必须按大自然的三界陈列。这种三界分类法使省长办公厅束手无策，甚至秋法耶夫也有些为难。为了不出差错，他虽然讨厌我，仍得把我请去商量。

"嗯，例如蜂蜜，"他说，"蜂蜜应该属于哪一界？镀金的镜框怎么定，放在哪一界？"

听了我的回答，发现我对大自然的三界有异常准确的知识，他提出要我安排展览品。

我正在陈列木制器皿和沃恰克服装，蜂蜜和生铁栅栏，秋法耶夫正在雷厉风行准备迎接"殿下"的时候，"殿下"到了奥尔洛夫。

---

① "客人"和"主人"指外来圣像和本地圣像。

接着像晴天霹雳传来一个消息：奥尔洛夫市长被逮捕了。秋法耶夫吓得脸色蜡黄，半信半疑地直跺脚。

皇太子抵达奥尔洛夫前五六天，市长写信给秋法耶夫，那个被拆了地板的寡妇大吵大闹，不肯罢休，有个富商，是城里的知名人士，夸口要把一切报告皇太子。秋法耶夫灵机一动，命令市长怀疑商人是疯子（彼得罗夫斯基的先例已使他得意忘形），把他送往维亚特卡检查；不等检查结束，皇太子早已离开维亚特卡省，于是便可万事大吉。市长一切照办，商人进了维亚特卡医院。

最后，皇太子到了。他向秋法耶夫冷冷地点了点头，没有邀请他，却立即派御医叶诺欣大夫前往医院，给被捕的商人作检查。他一切都已知道。奥尔洛夫的寡妇告了状，其他商人和市民也把事情全部讲了。秋法耶夫的腰弯得更低了。情况不大妙。市长直说，他一切都有省长的书面指示为凭。

叶诺欣大夫证实，商人完全正常。秋法耶夫慌了手脚。

晚上七时许，皇太子带了随从人员参观展览会，秋法耶夫陪侍左右，但是他的讲解前后矛盾，颠三倒四，还谈到了一个什么托赫塔梅什沙皇①。茹科夫斯基和阿尔谢尼耶夫②发现错误百出，便请我讲解展览品。我带他们参观。

皇太子的外表与他的父亲不同，没有那种狭隘苛刻、冷酷残忍的表情；他的相貌不如说显得善良和困倦。他将近二十岁，但已经开始发胖了。

他对我讲过几句话，这些话是亲切的，他没有康斯坦丁·帕夫

---

① 托赫塔梅什（约死于 1406 年）是中世纪金帐汗国的一个可汗，不是沙皇。

② 阿尔谢尼耶夫（1789—1865），当时俄国的著名学者，与茹科夫斯基同为亚历山大二世（皇太子）的教师。

洛维奇①那种结结巴巴的嘶哑声调，也没有他父亲那种声色俱厉、要把听的人吓得晕头转向的习惯。

他离开时，茹科夫斯基和阿尔谢尼耶夫开始问我，我是怎么来到维亚特卡的，因为他们从维亚特卡省的一个官员口中听到了正直的谈吐，这使他们感到惊异。他们立即向我建议，把我的境遇禀告皇太子；确实，他们尽了他们的力量。皇太子要求皇上准我回彼得堡。皇上答复，这对其他流放者显得不公平，但考虑了皇太子的建议，下旨把我调往弗拉基米尔。这在地理上有了改进：缩短了七百俄里。但这事以后再谈。

晚上，贵族俱乐部举行舞会。乐师是特地从一家工厂召集的，他们到达时已喝得酩酊大醉。原来舞会前省长已下令把他们扣押在警察局关了一昼夜，然后从那里直接押送到俱乐部的大厅，直到舞会结束，不准放走一人。

舞会枯燥乏味，极不舒适，过于平淡，也过于花哨，反正越不出小城市的重大庆祝活动的窠臼。警察忙忙碌碌，官员穿了制服，靠墙肃立。太太们挤在皇太子周围，像野人包围着旅行者……顺便谈谈夫人们。有个城市在展览会后举行茶点招待会，但皇太子什么也没吃，只吃了一只桃子，把桃核丢在窗台上。突然从官员中走出一个灌饱了酒的大个子，这是地方缙绅陪审员，有名的捣蛋鬼，他迈着匀整的步子走到窗口，捡起桃核，放进了口袋。

舞会或者茶会后，陪审员走到一位显赫的夫人面前，把皇太子吃过的桃核赠送给她，夫人受宠若惊。接着他又找另一位夫人，然后是第三位——大家都如获至宝。

---

① 尼古拉一世的哥哥，即让位的康斯坦丁皇太子。

原来陪审员买了五只桃子，把桃核剥出，奉敬了六位夫人。谁拿到的是真的？大家以为自己的是真的……

皇太子走后，秋法耶夫心事重重，准备离开他的"独立王国"，到参政院去享清福了——谁知事情更坏。

过了三个礼拜，彼得堡的邮车带来了一封公函，是致"省政主管人"的。办公厅中慌成一团，省府收发官赶快报告，收到了"圣旨"，主任立即上报秋法耶夫，秋法耶夫托病没有上班。

过了一小时，我们知道他被免职了——简简单单，没有多余的话。

省长下台，皆大欢喜，他的统治散发着腐败肮脏的官僚臭气，使人感到窒息。尽管这样，看到官员们手舞足蹈，幸灾乐祸，我还是不免作呕。

是的，不只一头蠢驴用蹄子踢这只受伤的野猪。人心的卑鄙在这里暴露无遗，正如拿破仑垮台时一样，虽然两者的规模不同。最近这个时期，我与他公开不和，他不走，我非被他放逐到边远城镇卡伊不可。我与他本来格格不入，我对他的态度是一贯的，无可非议。但是其他人，他们昨天看到他的马车还脱帽致敬，还看他的眼色行事，还奉承他的狮子狗，还向他的听差敬烟，现在遇到他却连招呼也不打了，还大声指摘他的弊端，仿佛这一切不是他们与他一起干的。不过这一切都是古已有之，在所有的时代和所有的地方都曾反复搬演，以致我们不妨认为，这是人类普遍存在的劣根性，不值得大惊小怪。

新省长 ① 到了，这是截然不同的另一种人。他高大，肥胖，肌

---

① 即第十五章中提到过的省长科尔尼洛夫。

肉有些松弛和苍白，年纪近五十岁，脸上带着偷快的笑容，举止文雅。他讲话完全符合语法规则，句子冗长周密，详尽无遗，以致有时反而把最简单的事物弄模糊了。他是皇村学校学生，普希金的同学，曾在近卫军任职，经常买新出的法文书，喜欢谈论国家大事，到任的第二天就送了我一本托克维尔[①]的《论美国的民主》。

变化很大。房间照旧，家具照旧，但是在带有通古斯人外表和西伯利亚习惯的鞑靼长官的位置上坐上了一个书生，有些迂腐，但不失为正人君子。新省长是聪明的，然而他的智慧能发光，却不能放热，像明朗的冬天使人愉快，却不能使果木生长。何况他是一个死板的形式主义者，不过又与官场的文牍主义者不同，这该称作什么呢？……这种形式主义比其他各种好一些，但同样叫人讨厌。

由于新省长是真有妻室的，省长官邸失去了自己超独身主义和杂交主义的性质。理所当然，这使一切局长都回到了局长太太身边；秃顶老头子们也不再吹嘘他们的"情场艳事"，相反，谈起自己满脸皱纹、枯槁干瘪的，或者长满肥肉、胖得无法放血的夫人们，都变得温情脉脉了。

到维亚特卡的前几年，科尔尼洛夫刚离开谢苗诺夫团或伊斯梅洛夫团[②]，到某省担任文职省长[③]；上任时，他对官场还一窍不通。起先，他像一切生手一样事必躬亲。一天，突然从另一省送来一件公文，他读了两遍，三遍，还是不得要领。

他把秘书叫来，给他看。秘书也说不清是怎么回事。

---

① 托克维尔（1805—1859），法国资产阶级政治家和历史学家，1831年游历美国，写了他的主要著作之一《论美国的民主》。

② 俄国近卫军中的两个团。

③ 当时俄国省长有文职和武职之分，文职管理民政，武职管理军政。

"如果我把这公文交到办公厅，您怎么处理呢？"科尔尼洛夫问他。

"我交给第三科办理，这是第三科管的。"

"那么第三科科长懂得该怎么办？"

"大人，他怎么会不懂得，他担任科长都快七年啦。"

"您叫他来见我。"

科长来了。科尔尼洛夫把公文给他，问他该怎么办。科长很快看了一遍，回答说应该向税务局发函查询，向县长发个命令。

"命令什么呢？"

科长有些为难，最后承认这不容易说清楚，但写起来很容易。

"这儿有椅子，请您坐下写吧。"

科长拿起笔，不假思索，一挥而就，写满了两张纸。

省长拿起公文，看了两三遍，还是什么也不明白。

"但我看到，这确实是对那封公文的答复。"他笑笑说，于是道了谢，签了字。这件事以后再没人提起，可见已经解决了。

关于我调往弗拉基米尔的通知，是圣诞节前收到的。我马上收拾行李动身了。

维亚特卡人与我热情地告别。在这偏远城市的商人中，我找到了两三个真诚的朋友。

大家争先恐后向一个放逐者表示关怀和友谊。几辆雪橇伴送我到达第一个驿站，不论我怎么辞谢，我的车上还是堆满了各种食物和酒。第二天我到了亚兰斯克。

过了亚兰斯克，一路上都是漫无尽头的松林。夜间月光皎洁，非常寒冷，小雪橇在树林中狭窄的道路上飞驰。这样的树林我以后再没见到过，它们就这么接连不断，一直伸展到阿尔汉格尔斯克，有时鹿会从树林闯进维亚特卡省境。树林中大多是建筑木材。松树直挺挺的，雪橇驶过，仿佛路旁站着一个个高大的哨兵；树顶飘满了雪，黑黑的松针硬毛似的从雪下伸出。你躺在雪橇上，一觉醒来，仍只见一根根松木迅速地向后奔驰，偶尔从树枝上落下一些雪片。换马是在小小的林间空地上，房屋隐没在树木后面，马缚在柱子上，铃声叮叮当当，两三个车累米西小孩穿着绣花衬衫，睡眼惺松地跑出屋子，驿站的沃恰克车夫用干哑的中音与伙伴们吵嘴，大喊："赶快，赶快"，一边忽高忽低地哼着曲子……然后又是松林，雪——雪，松林……

快出维亚特卡省境时，我不得不再一次与官僚世界告别，它向我作了淋漓尽致的表演。

我们停在站上，驿站的马夫正要卸马，一个大汉来到雪橇旁边问道：

"车上是谁？"

"你问这干吗？"

"我奉县长命令前来查问，我是县法院的收发员。"

"哦，那么请你进驿站查看，我的驿马使用证在那里。"

大汉走后，过不一会儿又来了，对车夫说：

"不准给他套马。"

这欺人太甚了。我跳下雪橇，走进驿站。半醉半醒的县长坐在长凳上，向半醉半醒的文书口授书写内容。墙角的另一张长凳上坐着，或者不如说躺着一个人，上了脚镣手铐。桌上杂乱地放着几只酒瓶和玻璃杯，还有烟灰和几叠文件。

"县长在哪里？"我一进屋就高声问。

"县长在这里呢。"半醉半醒的拉扎列夫回答，这人我在维亚特卡见过。他粗鲁无礼地瞪了我一会儿，冷不防张开两臂要跟我拥抱。

这里得补充一下，自从秋法耶夫免职后，官员们看见我与新省长关系融洽，开始有些怕我了。

我用手挡开他，严厉地责问道：

"您怎么可以命令不给我套马？在大路上拦阻旅客，这是什么道理？"

"哦，我是开玩笑，您别生气——为这点事生气，您不难为情吗？"于是向收发员嚷道："马，吩咐套马，你站在这里干吗，你这土匪！"于是又对我说："请您赏脸，跟我一起用杯茶，喝点罗姆酒。"

"承情承情。"

"我们还有没有香槟酒？"他扑到桌上查看酒瓶，"全都空了。"

"您在这里做什么？"

"审案子呢。瞧，这小子用斧头杀死了父亲和亲妹妹，起因是吵架，也是争风吃醋。"

"于是你们就在这里拼命喝酒？"

县长哑口无言。我瞧了一眼车累米西人，他大约二十岁，脸上没一点凶相，完全是东方型，眼睛小小的，闪闪发光，头发乌黑。

这一切叫人多么讨厌，我退回了院子。县长追到门外，一只手拿着杯子，另一只手拿了一瓶罗姆酒，纠缠着要我赏脸。

为了摆脱他，我喝了一杯。他拉住我的手，说道：

"我错了，是的，错了！但请您千万不要告诉省长大人，不要害苦了一个好人。"

县长一边说，一边拉住我的手亲吻，反复了十来遍：

"真的，不要害一个高尚的人。"

我很厌恶，挣脱了手，对他说：

"您干您的，我才不想管这种闲事呢。"

"那我应该怎么报答您才好啊？"

"叫他们快些给我套马就成了。"

"对，赶快，"他大嚷道，"赶快！"还亲自动手，帮忙解绳子和马具的皮带。

这件事深深印在我的记忆里。1864 年，我最后一次去彼得堡，到内务部办理护照手续。我正跟科长谈话，一位绅士从旁边走过……他同办公厅的大人物——亲切握手，对科长们只是倨傲地点点头。我心里想："嘿，鬼知道，这难道是他？"

"这是谁？"我问科长。

"拉扎列夫，内务部专员，大臣身边的红人。"

"他当过维亚特卡省的县长吧？"

"当过。"

"恭喜你们，各位先生，九年前他吻过我的手呢。"

佩罗夫斯基①确实善于选拔人才！

---

① 佩罗夫斯基 (1792—1856)，1841 至 1852 年间俄国的内务大臣。

第十八章

弗拉基米尔生活的开始

……我从科兹莫杰米扬斯克坐车出发时，雪橇开始按俄国方式套马：三匹马并排，一匹驾辕，两匹拉边套，辕马套了轭，挂着铃铛，起劲地奔跑。

在彼尔姆和维亚特卡，套马是纵列式的：一匹接一匹，或者两匹一排，第三匹领先。

当我看到我们的套马方式时，我高兴得心都跳了。

"喂，好小子，把你的本领都使出来吧！"我对坐在驾车座上浑身是劲的年轻小伙子说，这人穿一件光板皮袄，戴的手套已经冻硬，我把十五戈比的辅币递给他时，他几乎无法把手指合拢。

"行，一切照您老的话办。喂，我的宝贝儿，快跑！"然后蓦地转身对我说："老爷，请您坐稳，前面是山坡，我把马放开啦。"

这是通向伏尔加河的陡坡，到了冬季便成了交通要道。

真的，他放开了马。雪橇不是滑行，而是整个车身忽左忽右地向前跳跃。马飞也似的向山下奔驰，车夫非常满意，是的，说来惭愧，我也很满意——我也是俄罗斯人呢。

就这样，我坐着驿车进入了 1838 年——我一生中最美好、最幸福的一年。现在我向你们谈谈，我是怎样迎接新年的。

在离尼日尼八十来俄里的地方，我们——我和我的听差马特维，走进驿站取暖。屋外非常冷，而且有风。驿站长瘦弱多病，可怜巴巴的，一边登记驿马使用证，一边低声念着每一个字母，然而还是抄错了。我脱下皮外套，穿着毛皮大靴子，在屋里踱来踱去。马特维对着通红的炉子烤火，驿站长低声念叨，木钟发出没精打采，有气无力的滴答声……

"您瞧，"马特维对我说，"马上十二点了，新年到啦。"然后询问似的看看我，又道："我去拿些吃的来，在维亚特卡他们往我们车上装了不少食物呢。"不等我回答，他便取了几瓶酒和一包食物来。

马特维这人我以后还要谈到，他不仅是我的仆人，也是我的朋友和兄弟。这个莫斯科小市民，本来跟我们的老相识佐年贝格学装帧艺术，后来发现佐年贝格在这方面也懂不得多少，便转到了我这里。

我知道如果我拒绝，马特维会很伤心，而且事实上我也没有理由反对在驿站上庆祝节日……驿站的新年还是别有风味的。

马特维拿来的是火腿和香槟酒。

香槟已冻得稠稠的，火腿要用斧子砍，面上结了一层亮晶晶的冰霜；但是要吃就不能怕。

"恭贺新禧！新年幸福！……"真的，新年幸福。难道我不是在回家的路上吗？每个小时我都在越来越接近莫斯科，我心中充满了希望。

站长似乎不太喜欢冰冻的香槟酒，我又斟了半杯罗姆酒给他。

这对半掺兑的新饮料发生了显著效果。

我还邀请了赶车的，他更加先进：把胡椒掺在烧酒里，用汤匙搅了搅，一饮而尽，痛苦似的喘口气，发出几声呻吟，说道："借酒浇愁愁更愁啊！"

驿站长亲自扶我坐上雪橇，热心得手忙脚乱，把点着的蜡烛掉到干草上，再也没找到。他非常起劲，反复说道：

"您是在这儿跟我一起迎接新年的——祝您新年幸福！"

愁肠百结的车夫拉动了缰绳……

次日晚上八时，我到达了弗拉基米尔，住在客店里，这家客店是《旅行马车》①作过非常精确的描绘的：它的"山猫"煮鸡②不知是什么玩意儿，它的糕点像一个个面团，它的波尔多酒实际上是醋。

茶房梳着整齐光滑的分头，留着长长的鬓角——这种鬓角从前是俄国茶房的特色，现在却成了茶房和路易－拿破仑③的特色。他看到驿马使用证上我的名字，便对我说："今天早上有一个人来找过您，现在大概还在酒店等候。"

我怎么也猜不出这可能是谁。

"瞧，他来啦。"茶房又说，让在一边。但首先出现在我眼前的不是人，而是一只大得可怕的托盘，托盘上放着各种食物：大圆面包，小面包圈，橙子，苹果，鸡蛋，巴旦杏，葡萄干……托盘后面露出一大把白胡须，一对蓝眼睛。原来这是我父亲在弗拉基米尔的

① 俄国作家索洛古布写的著名小说。
② 外省客店的菜单往往别字连篇，所谓"山猫"实际是"秈米"。
③ 即拿破仑三世，1852 至 1870 年法兰西第二帝国的皇帝。

领地上的村长。①

"加夫里洛·谢苗内奇！"我大喊一声，奔上前与他拥抱。他是我在监狱和流放之后见到的我家的第一个人，来自从前生活中的人。看到这个聪明的老头儿，我太高兴了，与他谈个没完。对于我，他是我已接近莫斯科，接近家，接近朋友们的证明；三天前他还见过我家所有的人，替他们捎来了对我的问候……那么，已经不远啦！

省长库卢塔是个聪明的希腊人，深知人情世故，对善恶早已无动于衷。他立刻明白了我的状况，丝毫也不打算难为我。关于办公厅他连提也没提，只是派我与一位中学教师②一起编《省政公报》——这便是我的全部职务。

这工作我是熟悉的，在维亚特卡我已筹办过《公报》的非官方部分③，还编发了我的一篇小文章，它害得我的继任者几乎因此遭殃。文章是描写"大河"上的节日景象的，我说，农民送来祭献尼古拉·赫雷诺夫的羊肉，从前是免费分发给穷人的，现在却出售了。主教大怒，省长好不容易才劝他平息了怒气。

发行《省政公报》是1837年开始的④。要在沉默无声的国家培养群众公开发表意见的习惯，这是个新奇的主意，它来自内务大

---

① 即本书第十五章提到的那个因行贿入狱的村长。

② 即下面提到的德米特里·涅巴巴（约1806—1839），弗拉基米尔中学的数学教师，赫尔岑的同学。

③ 指《维亚特卡省政公报》第1期的"附刊"，它出版于1838年1月，这时赫尔岑已在弗拉基米尔。

④ 根据当时内务部的指示，俄国四十二个省都发行了《省政公报》。

臣布卢多夫①。布卢多夫是作为卡拉姆津的历史著作②的继承人而出名的，可惜他从未续写过一行字，他又是 12 月 14 日后"审讯委员会报告"的撰写人，而这份报告对他说来还是根本不写的好。他属于那种身居要津的空头理论家，这种人是在亚历山大皇朝末期出现的。他们聪明，有学问，正直，现在老了，成了已获得功名利禄的"阿尔扎玛斯鹅"③。他们能用俄文写作，爱国，热心研究俄国历史，以致没有闲暇认真对待当代生活。他们每人都念念不忘地尊重尼·米·卡拉姆津，敬爱茹科夫斯基，能背诵克雷洛夫的作品，到了莫斯科就得上花园街拜访伊·伊·德米特里耶夫——我在大学读书时，仗着与尼·波列沃伊的私交，也常上那儿谒见这位大人物，那时我的头脑中装满了浪漫主义的偏见，心中却隐藏着一种不满情绪，认为德米特里耶夫是诗人，不应当去当司法大臣。大家对这些人寄予不少希望，可是他们一事无成，正如一切国家的空头理论家一样。也许，在亚历山大治下，他们可能会留下较深的脚印，但是亚历山大死了，他们富国利民的满腹经纶也成了一纸空文。

　　在摩纳哥④，一位执政大公的墓碑上写道："弗洛列斯坦 × 世⑤在此长眠，他曾希望造福自己的臣民！"我们的空头理论家也希望

① 布卢多夫 (1785—1864)，俄国国务活动家，年轻时曾从事文学活动，与茹科夫斯基等接近。1832 至 1837 年任内务大臣。
② 指卡拉姆津在历史方面的主要著作《俄国通史》，共十二卷，未完成，最后一卷于其死后由布卢多夫整理出版。
③ 指阿尔扎玛斯社的社员。阿尔扎玛斯社是 1815 至 1818 年间俄国的重要文学团体，倾向感伤主义和浪漫主义，主张追随卡拉姆津革新文学语言，以茹科夫斯基为首。布卢多夫是它的发起人之一。
④ 欧洲的小公国，由世袭大公行使君主权力。
⑤ 摩纳哥的世袭大公，这里可能指弗洛列斯坦一世 (1785—1856)。

为人类造福，虽然不是为自己的臣民，而是为尼古拉一世的臣民造福，可惜他们的希望没有得到主子恩准。我不知道，是谁妨碍了弗洛列斯坦，但他们是受到了我们的弗洛列斯坦的阻挠。他们不得不面对俄国日益恶化的局面，听其自然，只限于实行一些无关紧要的新措施——改变形式和名称等等。我们的衮衮诸公认为他们的最高职责只是提些方案，作些修改，而这些修改往往越改越坏，有时干脆不关痛痒，毫无作用。例如，他们认为省长办公厅的秘书应改称主任，但省政府的秘书却照旧没有改成俄语①。我记得，司法大臣提出过一个方案，要改变文官制服，方案开头写得那么郑重其事："当前政府各部门文官服饰缝制式样均无统一标准，有鉴于此……"等等。

内务大臣也患了方案病，用区警察所长取代了缙绅陪审员②。缙绅陪审员平时住在城关，有时下乡视察，警察所长却是有时集中城关，但经常驻守乡间。这样，全体农民就落到了警察的监视下，可是大家知道，我们的警官都是多么残忍和荒淫无耻的东西。布卢多夫把警察引进了农民生产活动和财产状况的密室，引进了家庭生活，引进了村社，使他们因此跨进了人民生活最后的避风港。幸而我们的农村非常多，而一县往往只有两个区警察所。

差不多就在这时候，这位布卢多夫又想出了《省政公报》这新花招。我们的政府瞧不起一切知识，独独对文学却大为偏爱；例

---

① "秘书"一词在俄语中是外来语，所以这些人认为应改称"主任"，但省政府的秘书又不宜改称"省政府主任"，因此只得照旧用外来语。

② 缙绅陪审员系从地主贵族中选出，与县长一起审理案件，处理县政等等，职权本来与警察所长差不多。但1837年起，政府废除了缙绅陪审员制度，改由省政府任命的区警察所长行使审理案件的任务。

如，那时英国没有一份官方杂志，我们却每个部都发行自己的刊物，科学院和大学也一样。我们有矿业和盐业杂志，法文和德文杂志，海运和陆运杂志。这一切都是官费办的，文章由各部的人承包，正如承包木柴和蜡烛一样，只是没有转手倒卖罢了。总结，捏造的数字，虚构的结论，是不愁缺货的。政府对一切实行专卖，对废话也实行了专卖，它命令大家闭口，自己却喋喋不休。布卢多夫发展了这个体系，下令各省发行自己的《公报》，要求每份《公报》附有非官方部分，发表历史、文学等等方面的文章。

说做就做，五十个省政府雷厉风行，为非官方部分绞尽了脑汁。教会学校出身的神父，医学博士，中学教师，一切被公认为能够耍笔杆子的书生，都被征用了。他们苦思冥想，反复诵读《读书文库》和《祖国纪事》，又怕又想染指，最后总算写出了一些小文章。

发表欲是最强烈的人为的欲望之一，它是随着书籍的普及而出现的。但是，要把自己的作品公之于世，没有特殊的机遇不易办到。凡是不敢企望在《莫斯科新闻》和彼得堡的杂志上发表文章的人，只得在自己的刊物上发表。于是机关报应运而生，拥有自己的喉舌的恶习，也因此而深入人心。况且掌握一件现成的工具绝非坏事。印刷机本来是没有骨头的！

我的编辑部同事也是我母校的学士，与我同一个系。我讲到他，没有心情笑，他的一生那么悲惨，然而直到死，他都是非常可笑的。他绝不愚昧，但非常迂阔，糊涂颠顸。不仅他的样子难看得要命，而且身材庞大肥胖，肌肉松弛。脸比普通人大一半，皮肤粗糙，鱼嘴般的大嘴巴一直伸展到耳朵附近；那对浅灰色眼睛与其说被睫毛遮暗了，不如说是靠淡黄的睫毛照亮的；硬毛似的头发稀稀拉拉，覆在天灵盖上。他比我高一个头，背有点驼，非常邋遢。

甚至他的名字也这么古怪，以致弗拉基米尔的哨兵把他送进了警卫室。一天深夜，他裹在大衣里，走过省长官邸，拿着轻便望远镜，站在那儿瞄准一个星球观察。这使哨兵感到不舒服——大概他认为星星也是官家财产。

"那儿是谁？"他对一动不动的观察者大喊。

"涅巴巴①。"我的朋友用重浊的嗓音回答，没有移动一步。

"请您不要开玩笑，"哨兵感到受了侮辱，回答道，"我是在执行任务。"

"我对你说，我是涅巴巴！"

哨兵忍不住了，拉了铃，军士来了，哨兵把天文学家交给他，带往禁闭室。他说，那儿会弄清楚你是女人不是。要不是值班军官认识他，他非在那儿待到天亮不可。

一天早上，涅巴巴来找我，说他要上莫斯科几天，一边调皮地向我嘻嘻傻笑。

"我……"他吞吞吐吐道，"我回来就不是一个人啦！"

"什么，那您是？"

"是的，我是去举行婚礼的。"他羞怯地说。

对敢于嫁给这位先生的女子的勇气，我是敬佩的，因为他虽然善良，却实在太丑陋了。但过了两三个星期，我果然在他家中看到了一个十八九岁的姑娘，不怎么漂亮，但也并不难看，有一对灵活的眼睛。这时，他在我的眼中简直成了英雄。

---

① 涅巴巴是一个很少见的姓，含有"不是女人"的意思，因此引起哨兵的误会。

过了一个半月，我发现我的夸西莫多①生活并不愉快；他整天愁眉苦脸，校样也不认真看，那篇谈候鸟的文章始终没有写完。他心不在焉，闷闷不乐，有时我还发现，他的眼睛是哭过的。这样继续了不多久，一天我路过金门回家，发现几个孩子和店铺伙计朝教堂的墓地奔跑，警察显得很忙，我也跟去了。

涅巴巴的尸体躺在教堂墙边，身旁有一把火枪，他是对着自己家的窗口自杀的，脚上留下一段绳子，他便是用这段绳子扳的枪机。卫生局长正向围观的人从容不迫地说明，这样的死法一点痛苦也没有。警察准备把尸首抬往警察所。

……大自然对人何其残忍。生活只是给了他侮辱和痛苦，在他决定用这段小绳子终止心脏跳动的时候，他的胸中有些什么感觉呢？这又是为了什么呢？为了父亲体弱多病，母亲年老力衰吗？一切也许是这样。但是我们有什么权利要求正义，要求解释和理由呢？况且向谁要求呢？向疯狂旋转的生活的飓风吗？……

就在那时候，我开始了生命中新的一页……那纯洁、明朗、年轻、严肃的一页，沉浸在爱情中的、与世隔绝的一页。

它已属于另一卷了。

---

① 雨果的小说《巴黎圣母院》中的打钟人，一个相貌奇丑而心地非常正直的怪人。

第三卷

克利亚济马河上的弗拉基米尔

（1838—1839）

　　不要期待我对那时的内心生活作长篇的叙述……骇人的事件，悲惨的遭遇，比光彩夺目的、没有阴云的回忆较易写到纸上……而幸福难道是可以用笔墨形容的吗？

　　有缺漏的地方，你们自己补充吧，用内心去推测吧——我谈的只是表面现象，只是外部情况，很少很少用暗示或语言去接触我心头珍藏的秘密。

（《往事与随想》）①

---

① 题词引自 1854 年在伦敦出版的《监狱与流放》的最后一章，后来作者把《往事与随想》汇集出版时，对这一章作了重大修改，题词中这些话都被删除了。

第十九章

公爵夫人和公爵小姐

我五六岁时非常淘气，薇拉·阿尔达莫诺夫娜常说："好，好，等着吧，总有一天公爵夫人一来，我会什么都告诉她。"我听到这恐吓，马上安静了，求她别告诉。

公爵夫人玛丽亚·阿列克谢耶夫娜·霍万斯卡娅是我父亲的亲姐姐，她严峻，阴沉，庄重，生得胖胖的，颊上有一颗痣，包发帽下露出一绺绺假鬓发，说话时眯缝起眼睛，直到生命的最后一息，即八十高龄，仍要搽一点胭脂，扑一点香粉。每次她一看见我，就要管我，她的教训和唠叨总是没完没了；我的领子皱了，衣服上有个污点，她都要责备几句；我没有走过去吻她的手，她就叫我下回一定得走过去。有时教训完了，她从小小的金烟盒中用两只手指尖捏了一撮烟丝，对我父亲说："亲爱的，你应该把你的淘气孩子交给我管教，包你不出一个月，他就变得斯文了。"我知道，父亲不会把我交给她，然而这些话还是使我心里发慄。

随着年龄的增长，这种恐惧感消失了，但公爵夫人的家，我始终不喜欢——在那里我不能自由呼吸，感到不自在，我像一只被捉住的兔子，惊慌不安地张望着，一有机会就想溜之大吉。

公爵夫人的家完全不像我父亲或参政官的家，这是古老的俄国正教家庭。那里遵守斋期，天天做晨祷，主显节前夕得把十字架挂在门上，谢肉节要做各种奇形怪状的薄饼，吃猪肉要加姜，准两点用午膳，八点多钟吃晚饭。西方的坏习气影响了两个弟弟，使他们有些背离了祖宗的规矩，但没有触动公爵夫人的生活方式。相反，她看到"万纽沙和廖武什卡"①在这个法国的堕落，还深表不满。

公爵夫人住在梅谢尔斯卡娅公爵小姐家的厢房中，梅谢尔斯卡娅公爵小姐是她的姨母，八十来岁的老处女。

在七支盛衰不一的宗族中，公爵小姐几乎是许多亲属间还活着的唯一纽带。每逢重大节日，所有的亲戚都汇集她家；她经常调停纠纷，让疏远的人重新接近；大家尊重她，她也是当之无愧的。她去世之后，各家亲戚就分开了，失去了中心，彼此忘记了。

我的父亲和几个伯父都是她教育大的，他们的父母逝世后，便由她管理他们的领地，他们成年后，又由她送他们进近卫军供职，他们的姊妹们也是由她做主出嫁的。她是在伏尔泰的亲戚，一位法国工程师的协助下培养他们的，这使他们成了具有自由思想的地主，我不知道，她对自己的教育成果是否满意，但是她能够使他们尊重她，这些外甥尽管天生桀骜不驯，不大懂得规矩，对她却恭恭敬敬，直到老太太离开人世，总是顺着她的时候多。

安娜·鲍里索夫娜公爵小姐的府第像奇迹一般，在1812年的大火中竟然安全无恙；它已五十年没有修理，糊墙的花缎褪色了，发暗了，但尚未脱落；水晶玻璃的枝形吊灯架有些熏黑了，由于年代

---

① 赫尔岑的父亲的名字（伊万）和参政官的名字（列夫）的爱称。

太久，变成了茶晶颜色，每逢有人在屋里走过，它们就叮叮咚咚直哆嗦，浑浊的灯光也忽闪忽闪的；整块红木做的笨重家具，雕着奇巧精致的花纹，镀金已经剥落，伤心地靠墙站着；屋里的陈设还有中国镶花抽屉柜，格子花纹的嵌铜桌子，罗可可式的细瓷玩偶——一切都使人想起另一个世纪，另一种风尚。

前室里坐着一些白发苍苍的老仆人，他们倨傲而安详，干着各类轻便活计，有时低声念几句祈祷文或赞美诗，那些书页已比封面更脏。门口站着一些小厮，但即使他们也从来不笑，不高声谈话，那副样子与其说像小孩，不如说更像年迈的侏儒。

死一般的沉寂统治着里屋的各个房间，只有一只鹦鹉进行着不幸的尝试，不时拗着舌头学人讲话，发出几声凄恻的叫喊，用喙啄啄包白铁的小横杆；还有一只不大的猴子，已经又老又瘦，像个痨病鬼，踞坐在大厅中瓷砖面壁炉的小小炉顶上，用刺耳的声音呜呜啼叫。它穿了宽大的红裤子，打扮得像码头上的搬运夫，整个屋子给它弄得有一般特殊的臭味，非常难闻。另一间大厅里挂了许多家族的画像，大小、形态、时代、年龄和服饰都不一样。我对这些画像之所以特别感兴趣，就在于他们本人与肖像简直截然相反。有一个年轻人，二十来岁，穿一件浅绿色绣花长衣，头发扑了粉，从画布上向人彬彬有礼地微笑，这便是我的父亲。一位少女披着一头鬈发，拿着一束玫瑰，脸上贴一块美人斑，上身穿一件无法转动的多面棱状酒杯似的紧身衣，下身是特别庞大的箍骨裙，这是严厉的公爵夫人……

越接近书房越显得安静，礼节也越严格。老侍女戴着阔皱边的白包发帽，托着茶壶来来往往，轻得几乎听不到一点脚步声。有时门口出现一个白发老家人，穿着厚蓝呢长礼服，走路也没一点声息，连他向老侍女报告时，也只看见他的嘴唇微微翕动，听不到声音。

老太太身材不高，枯瘦，皮肤皱了，但决不丑陋；她通常坐在，或者不如说躺在笨重的大沙发上，周围垫了不少枕头。这样，一眼望去，几乎看不见她本人，只看到白花花的一片：宽外衣，包发帽，枕头，沙发套，全是清一色的白色。她的脸也蜡一般苍白，花边一般柔软，加上她那微弱的嗓音，洁白的衣服，使她显得毫无生气，似乎只剩下奄奄一息了。

英国大座钟发出匀整响亮的声音，这是扬扬格——滴答，滴答……仿佛正在伴送着她生命的最后一刻。

一点钟以前，公爵夫人来到这里，庄重地坐进深深的安乐椅；她不耐烦独自待在厢房中。她是孀妇，我还记得她的丈夫，他身材不高，头发斑白，总是瞒着公爵夫人喝浸酒和果子酒，在家中从来不干正事，养成了无条件服从太太的习惯，有时虽然不服气，发几句牢骚，特别是酒后，但从来不付之行动。公爵夫人后来一直不明白，小小一杯伏特加，为什么对费奥多尔·谢尔盖耶维奇公爵会发生那么大的作用，这是他用膳前公开要喝的。整个早晨，公爵夫人从不打搅他，让他跟八哥、夜莺、金丝雀做伴，逗它们唧唧喳喳唱歌；有些鸟他是用一只小小的风琴训练的，另一些是自己吹口哨训练的。他一早就亲自上禽鸟市场换鸟，买进或卖出；有时碰到商人受了骗（当然这是他自己的看法），他就像一个艺术家似的得意扬扬……他一直这么打发自己有用的一生，直到一天早晨他吹着口哨调弄金丝雀时，突然仰面倒下，过了两个小时他便咽了气。

公爵夫人成了单身一人。她有两个女儿，都出嫁了，两人都不是为爱情结婚的，只是为了摆脱母亲的家长制束缚。两人都在第一

370

次分娩后死了。公爵夫人确实是不幸的女人，但不幸没有使她心软，却使她的性情越来越古怪了。在命运的打击下，她没有变得亲切、善良，而是变得残忍和阴沉了。

现在她只剩了几个弟弟，主要是公爵小姐。她和公爵小姐一生几乎没有离开过，丈夫死后，她对她更是难舍难分。公爵小姐从来不过问家事，现在便一切听凭公爵夫人做主，于是公爵夫人在关心体贴的借口下，任意摆布着老太太。

公爵小姐府上，经常有形形色色的老太婆坐在靠墙的各个角落；这些寄生虫有的赖着不走，有的临时寄居几天；她们一半像圣徒，一半像乞婆，疯疯癫癫，非常敬畏上帝，身体多灾多病，又非常腌臜，在一些古老的世家流窜，这家吃几顿，那家拿一条旧围巾，领些面粉和木柴，布和蔬菜，勉强对付着过日子。这些人到处惹人讨厌，到处不受欢迎，到处没有地位，人们接待她们只是为了解闷消闲，主要是爱听她们传播的谣言。在外人面前，这些悲惨的角色通常沉默不语，用又嫉妒又仇恨的目光彼此窥视……一边叹息，一边摇头，画十字，喃喃地小声数念珠，作祷告，也可能是骂人。然而单独与施主和恩人在一起的时候，她们就要为自己的沉默索回补偿，突然变节，大谈其他施主的闲话，尽管这些施主也接待过她们，提供过食宿，赠送过物品。

她们每次总要向公爵小姐讨些东西，由于公爵夫人不愿惯坏她们，这些礼物总是背着她赠送的，它们换来的则是硬得像石块的圣饼，或者自己编结的毛线小玩意儿；事后公爵小姐又把这些东西变卖了现钱，送给她们，而且根本不管买主需要不需要。

除了生日、命名日和其他节日，公爵小姐家亲朋好友最庄重的聚会是在大除夕。这一天公爵小姐请下伊威尔圣母像，修士和神父们便捧了圣像，唱着赞美诗，在各个房间绕行一周。公爵小姐首先画着十字，从圣像下走过，接着，所有的客人，男女仆役，老人和孩子，一一鱼贯而过。然后大家向她恭祝新年到来，像给孩子送玩具一样，向她赠送各种小玩物。这些东西她玩了几天，便转送别人了。

父亲每年都带我去参加这种富有异教色彩的仪式；它年年一样，只是有些老头儿和老太婆不见了，大家故意不提他们的名字，只有公爵小姐说道："我们的伊利亚·瓦西里耶维奇不在了，愿他超升天国……明年不知上帝要召唤谁呢？"于是疑虑地摇摇头。

英国时钟的扬扬格继续伴送着每一天，每一小时，每一分钟……最后到了那个不祥的时刻；一天，老太太起身后觉得有些不舒服，在屋中走了一会儿，还是不好；血从鼻孔流出，而且很多，她虚弱了，疲乏了，终于倒在自己的沙发上，没脱衣服，就安静地睡着了……从此没有醒来。那时她已经九十出头。[①]

她把房屋和大部分领地留给了公爵夫人，但没有把她的生活的内在意义传给她。公爵夫人无法继承她那种尊贵的始祖作用，取代她在宗族各系间的纽带地位。正如夕阳西沉后，山坡上只留下一片漫长的黑影，公爵小姐的去世也使一切一下子变得黯淡无光了。公爵夫人把姨母的居室关闭锁上，依然住在厢房中；院子长满了青草，墙壁和窗框一天天发黑；过道倾侧了，几只迟钝的黄狗整天在那里打瞌睡。

亲戚朋友来得少了，公馆荒凉了，她为此闷闷不乐，但又无可奈何。

---

① 梅谢尔斯卡娅公爵小姐死于 1827 年，实际上活了八十九岁。

整个家中只剩了一人，她为自己无用的生活感到害怕，毫不怜惜地丢开一切——一切足以在物质上或精神上破坏平衡，引起不安和忧伤的东西。她怕过去，怕回忆，因此摒弃一切与女儿们有关的物品，甚至她们的肖像。公爵小姐死后也是这样，鹦鹉和猴子给送进仆役屋中，然后赶走了。猴子进了参政官的家，在马车夫的房间中终老天年，给劣等的涅任烟草熏得喘不出气，供车夫们取乐。

　　自我保存的利己主义，使一颗苍老的心彻底硬化了。她的小女儿病重垂危的时候，有人劝这位母亲回家，她真的回去了，但一到家就吩咐准备各种酒精和白菜叶子（她用它们包扎脑袋），使可怕的消息到来时，一切有备无患。她没有与丈夫的遗体告别，也没有与女儿的遗体告别，他们死时，她都不在场，也没参加他们的葬礼。后来，她的亲弟弟参政官死的时候，侄儿刚提起这事，她就猜到了，马上要求他不必讲这不幸的消息和临终的细节。对自己的心——一颗这么随和的心，采取了这些预防措施，这就难怪可以活到八九十岁高龄①，依然身体健康，胃口很好了。

　　然而，应该为公爵夫人说句公道话，这种逃避一切悲惨事物的病态表现，在上世纪娇生惯养的贵族中间，是屡见不鲜的。著名的考尼茨②到了晚年，严禁当他的面讲到死和天花——他非常怕天花。在约瑟夫二世死后，他的秘书不知道怎么向他报告，只得说："现在是列奥波德皇上在位了。"考尼茨立刻明白了，变得脸色煞白，坐进了安乐椅，没有再问什么。他的园丁讲话时不敢用"接种"两字，免得他联想到牛痘。他儿子的死，他是最后从西

---

① 霍万斯卡娅公爵夫人死于 1847 年，活了九十二岁。

② 考尼茨（1711—1794），奥地利外交家、国务大臣，在奥地利国王和神圣罗马帝国皇帝约瑟夫二世时期发挥过重要作用。

班牙大使那里偶然听到的。鸵鸟把头藏在翼下逃避危险，却遭到人们的嘲笑！

为了保持绝对的平静，公爵夫人特别设置了一队卫士，选拔了经验丰富的人当队长。

除了公爵小姐留下的那些云游四方的老婆子，公爵夫人身边还经常住着一位"女伴"。担任这尊贵职务的是一个身强力壮的红脸颊女人，兹韦尼哥罗德一位官员的未亡人。她为自己的"高贵门第"和先夫的八等文官头衔，睥睨一切，盛气凌人，专爱寻衅闹事。在1812年的卫国战争中，她的兹韦尼哥罗德乳牛不幸夭折，她为此一直不能宽恕拿破仑。我记得，亚历山大一世死后，她心事重重，不知道按官级她应该戴多宽的丧章。

公爵小姐在世时，这女人的作用微不足道。但是后来凭着善于钻营的本领，迎合了公爵夫人的怪癖和无中生有的烦恼，她不久就取得了公爵夫人在姨母身边占的那种地位。

玛丽亚·斯捷潘诺夫娜戴着按官级缝制的丧章，像皮球一样在屋里从早滚到晚，吵吵闹闹，不给人安静，埋怨大家，监视使女，打小厮，扯他们的耳朵，算账，跑厨房和马厩，赶苍蝇，揉腿，强迫服药。家人们再没有机会接近女主人，这是阿拉克切耶夫，比龙，一句话，总理大臣。公爵夫人是古板的，虽然头脑陈旧，终究受过教育，兹韦尼哥罗德寡妇那种刺耳的喊叫声，那种卖菜老太婆的作风，开头常常惹得她很讨厌，但日子一长她就惯了，对她的信任反而与日俱增，她还高兴地看到，玛丽亚·斯捷潘诺夫娜把本来就不很大的家庭开支又缩减了许多。公爵夫人省下钱来打算给谁，这很难说，除了几个弟弟，她没有一个亲人，可是这些弟弟都比她富裕一倍。

尽管这样，自从丈夫和女儿们死后，公爵夫人的生活事实上是寂寞的。有一个法国老妇人，当过她女儿的家庭教师，偶尔来看看她，住上一两个星期，此外就是她的外甥女①有时从柯尔切瓦来探望她，这也使她很高兴，但这一切都一闪而过，偶尔有之，不能填补她和女伴面对面枯坐的寂寞生涯。

　　这样，在公爵小姐死前不久，一件工作，一个玩具，一种娱乐，很自然地进入了她的生活，成了她的消遣。

---

① 即"柯尔切瓦的表姐"，她实际上是赫尔岑的外甥女，不是公爵夫人的外甥女。

第二十章

孤 儿

1825 年夏，"化学家"动手整顿父亲混乱不堪的家务，把弟弟妹妹们从彼得堡送到了沙茨克县的领地，给了他们一幢主人的住宅和一笔生活费，还答应今后帮助他们读书和立足社会。公爵夫人去看望他们。一个八岁的小女孩①的忧郁沉思的脸色打动了她，她把孩子抱上马车，带回家中，留在身边了。

母亲很高兴，带着其他孩子去了坦波夫省。

化学家也同意——他反正都一样。

到家后，女伴对小女孩说："你一辈子都不能忘记，公爵夫人是你的恩人；要向上帝祈祷，祝她长命百岁。没有她，你不知会落得怎样呢！"

在这死气沉沉的家庭中，两个吹毛求疵的老妇人幽灵似的主宰着一切，一个充满奇想与怪癖，另一个充当着她不倦的侦察员，举止粗鲁庸俗，冷酷无情。就在这里，一个孩子被迫与一切亲人隔

---

① 这个孤儿就是纳塔利娅·亚历山德罗夫娜，后来成为赫尔岑的妻子。

绝，在全然陌生的环境中，作为解闷的玩物受到抚养，正如人们养狗，或者费奥多尔·谢尔盖耶维奇公爵养金丝雀一样。

过了几天，父亲带我去看望公爵夫人时，小姑娘穿着长长的羊毛丧服，脸色苍白得有些发青，坐在窗口，一言不发。她显得又惊讶，又害怕，望着窗外，不敢看任何别的东西。

公爵夫人把她叫到前面，介绍给我父亲。他对人一向冷冰冰的，没有笑容，只是漫不经心地拍拍她的肩膀，说故世的哥哥自己不知道在干什么，又骂了化学家几句，便开始谈别的了。

小姑娘眼里噙着泪水，重又坐到窗边，眺望着窗外。

对于她，沉重的生活开始了。她听不到温情的语言，看不到慈祥的目光，得不到一点抚爱；周围尽是不熟悉的人，皱纹，发黄的脸，衰老的、正在死亡的事物。公爵夫人总是那么严厉，苛刻，急躁，与孤儿若即若离，使她不可能想到要亲近她，从亲近中得到温暖和安慰，或者偎在她身边啼哭。客人们对她不理不睬。女伴容忍她，只因为公爵夫人心血来潮，要收养这么一个废物，何况这对她并无大害；在外人面前，她甚至表示对孩子十分体贴，还为她向公爵夫人讲情。

孩子过不惯这儿的生活，一年之后还像第一天那样陌生，而且更加忧郁。她的"严肃"连公爵夫人也觉得惊异，有一次看见她愁眉不展，整整几个钟头坐在小刺绣架后面，便对她说："为什么你不活泼一点，出去玩玩呀？"孩子笑笑，涨红了脸，道了谢，但仍坐在那儿没动。

公爵夫人对她不问不闻，其实从未把她的忧郁放在心上，也没想过怎么才能让她快乐一些。到了节日，别的孩子会拿到玩具，谈论游戏和新衣服。孤儿从未得到过礼物。公爵夫人认为给了她栖身之所，待她已满不错了；有了鞋穿，还要什么洋娃娃！真的，这是不必要的——她不会玩，也没人跟她一起玩。

只有一个人理解孤儿的处境，这就是侍候她的老保姆，也只有她真实而纯朴地爱着这个孩子。晚上给她脱衣服时，她常常问她："我的小姐，您为什么这么忧愁啊？"小姐扑在她颈上，伤心地啼泣，老婆子噙着眼泪，摇摇头，拿着烛台走了。

这样过了几年。她没有埋怨，没有诉苦，十二岁的她只是想死。她写道："我总觉得，我生到这世上是个错误，我很快就要回家——但哪里是我的家呢？……离开彼得堡时，我在我父亲的坟上看到的只是一堆白雪；我的母亲把我留在莫斯科，从漫无尽头的大路上消失了……我伤心啼哭，祈求上帝快些让我回到他的身边。"

"……我的童年是那么悲伤、痛苦，我流过多少无人知晓的眼泪，在我还不懂得什么叫祈祷的时候，我已有多少个夜晚偷偷起床（我不敢在规定的时间以外祈祷），祈求上帝让人爱我和怜惜我了。我没有娱乐或玩具，可以供我散心和得到安慰；因为哪怕给我什么，也得责备几句，总是要说：'这是你不配得到的。'从她们手上拿到的每一块破布，对于我都是一场哭泣；后来我站得比这高了，心头燃起了对科学的兴趣，除了学问，其他孩子的任何东西都不再使我羡慕。许多人夸奖我，认为我有才能，同情地说：'如果对这孩子下一番工夫的话！'我知道它的下半句是：'她会使世界惊异。'于是我的脸发热了，我赶紧走开。我想象着我的图画，我的学生——可是我拿不到一张纸，一支铅笔……对另一个世界的向往越来越强烈，同时对我的监狱和残忍的狱卒也更加蔑视了，我不断反复吟哦《黑衣修士》的诗句：

这是个谜啊：在我生命的春天，

我已经尝尽了人世的一切苦难。①

"你可记得，有一次我到你们家去，那是很久了，还是在那所房子里，你问我，读过科兹洛夫的诗没有，你念的也正好就是这两句。我感到一阵颤栗，勉强忍住眼泪，笑了笑。"②

忧郁的音符经常从她的内心深处发出声响，它从未完全消失过，只是生活中欢乐的时刻使它暂时保持沉默罢了。

去世前两个月，她又一次回忆起自己的童年，写道：

"周围的一切是古老、丑陋、冷漠、阴森和虚伪的，我受的教育是从责备和侮辱开始的，它的后果是疏远一切人，不相信他们的怜爱，厌恶他们的同情，沉浸在自我之中……"

但是这种沉浸在自我之中，不仅需要心灵非常深邃，足以随时自由潜隐，而且得具备独立自主、巍然不动的惊人力量。在卑鄙龌龊、沉闷窒息、没有出路的环境中，能按照自己的方式生活的人是不多的。有时精神负担不了，有时身体遭到了摧残。

孤独无依的处境，在最弱小的年纪经历的粗暴待遇，这一切在她心头留下了一条黑色的伤痕，它永远也不会完全愈合。

1837 年她写道："我不记得，什么时候我曾自由地从内心喊过一声'妈妈'，我曾扑在谁的胸口，无忧无虑地忘掉一切。从八岁起，我周围的一切变得陌生了，我爱我的母亲……然而我们彼此并不了解。"

---

① 引自俄国诗人和翻译家科兹洛夫的长诗《黑衣修士》，这首诗是他的主要作品，曾得到普希金的高度评价。

② 以上几段话均引自纳塔利娅在 1837 和 1838 年间写给赫尔岑的信。

看了这十二岁小姑娘的苍白脸色，看了那双周围带黑影的大眼睛，看了那慵懒的倦意，那漫无止境的忧郁，许多人会以为，这是命中注定要作肺病牺牲品的那种少女，她们从童年起已盖上了死亡的烙印，出现了一种独特的美和早熟的沉思。她说："也许我也受不住这斗争的压力，如果不是由于我们的会见而得救。"

可我这么迟才了解她，解开她的谜！

1834 年前，我还不能对这个在我身旁展开的丰富的生命，作出正确的评价，尽管自从公爵夫人把穿长羊毛丧服的她介绍给我父亲已有九年之久。这是不难说明的。她孤僻，而我心不在焉。我同情这个老是伤心地孤独地坐在窗边的孩子，但是我们很少见面。我难得上公爵夫人家，而且每次都不是自愿去的；公爵夫人带她到我们家的次数更少。何况公爵夫人的拜访几乎总弄得不欢而散，她往往为一些小事与我父亲争论不休，在一两个月不见之后，两人重新互相挖苦，只是这种挖苦是在温文尔雅的词句掩盖下进行的，仿佛他们要给难以下咽的药物包上一层糖衣。公爵夫人说道："我亲爱的兄弟"，我的父亲则答道："我亲爱的姐姐"，然而争吵还是争吵。我们总是巴不得公爵夫人快走。此外，不该忘记，我那时完全沉浸在政治理想和科学中，生活在大学和同学中间。

然而在这黑暗漫长的九年中，她的周围只有一些愚昧无知的伪君子，自高自大的亲戚，枯燥无味的修士司祭，满身肥肉的神父太太，而女伴虚情假意，算是保护她，不让她越出长满青草的荒凉院子和屋后的小篱笆一步；处在这样的环境中，除了悲伤，她还能从生活中得到什么呢？

根据引用的那些句子已不难明白，公爵夫人收养了这个孩子，但并不想为孩子的教育特别破费什么。操行是她亲自监督的，这包括仪表训练和培养整套的虚伪作风。每天早晨孩子必须束腰，梳头，打扮得端端正正，这是可以的，只要它们对健康无害；但公爵夫人不仅束缚孩子的腰，也想束缚孩子的心，压制一切坦率纯洁的感情，在孩子忧郁的时候，要她装出笑容和愉快的表情，在她想哭的时候，要她讲亲切甜蜜的语言，迫使她对一切事物不分善恶一律表示好感，一句话，要她经常弄虚作假。

起先，公爵夫人借口过早读书无益，不让这个可怜的姑娘受教育；后来，就是在三四年之后，由于不耐烦听参政官，甚至外人的指责，才安排她读书，并注意花最少的费用。

为此，她利用一个年迈的家庭女教师教法文，这个女教师有时需要公爵夫人的接济，认为后者是她的恩人，因此学费降到了最低限度，然而教学效果也降到了最低限度。

俄语的情况也差不多；一个神父的遗孀，通过公爵夫人向总主教说情，使两个儿子在大教堂当上了教士，现在公爵夫人就把这两个教士的哥哥请来教俄语和其他一切课程，这当然不用花多少钱。这个教师是一个穷教区的教堂执事，家庭负担很重，衣食不周，因此不计报酬，而且他也不敢跟弟弟们的恩人讲条件。

难道还有比这更可怜、更不完善的教育吗？然而一切都不坏，产生了惊人的效果：一个人只要具备可能发展的条件，哪怕只有一点推动力也足够了。

教堂执事生得又高又瘦，秃顶，外表寒酸，属于热情洋溢的幻想家一类，这种人无论是年纪还是贫穷，都改变不了，相反，贫穷更助长了他们那种神秘主义的直觉意识。他的信念接近宗教狂热病，是真诚而带有诗意的。这个饥饿家庭的父亲和靠别人的面包过活的孤儿之间，很快形成了相互的了解。

在公爵夫人府上，教堂执事只是一个无依无靠而又温和恭顺的穷人，对他点一点头，说几句话，已经是抬举了他。甚至女伴也认为应该瞧不起他。可是他并不计较他们和她们的态度，仍热心教课，女学生的聪明伶俐感动了他，他也感动了女学生，使她伤心落泪。公爵夫人对此不能理解，责怪孩子哭哭啼啼，为了她的多愁善感对教堂执事很不满意："这实在太那个啦，完全不像个小孩子！"

然而老人的教育在年轻人面前打开了另一个世界，在这个世界中，宗教不是庸俗的教条，不是仅仅遵守斋期和夜间上教堂；恐惧造成的迷信观念也没有与欺诈同时并存，这不是那个一切受限制的、弄虚作假的、程式化的、狭隘得使心灵窒息的世界，而是完全不同的令人神往的世界。教堂执事给了女学生一本福音书，她如获至宝，一直爱不释手。这是她读的第一本书，她曾与她唯一的女友，保姆的侄女，公爵夫人的年轻使女萨莎一起，反复阅读它。

后来我对萨莎有了很深的了解。她生长在马车夫和厨子中间，从未离开过女仆房，她是在哪里和怎么受到教育的，我一直不能理解，但她的修养确实不同寻常。她是那种无辜的牺牲者之一，这种人被农奴地位扼杀在仆役室中，默默无声地死去，那一切往往是我们想象不到的。她们不仅没有过光明的日子，欢乐的回忆，得不到丝毫的补偿和同情便离开了人世，而且自己也不知道，她们的死带走了什么，造成的损失有多大。

太太烦恼地说："小丫头刚学会做事，突然躺下死了……"七十岁的女管家嘀咕道："如今那些使女哟，比小姐还娇嫩"，然后去吃葬礼后的蜜粥和酒宴了。母亲哭啊哭啊，也开始喝起酒来——一切便这么结束了。

而我们从旁边经过，却匆匆忙忙，对发生在我们眼前的这些可怕事实从不正视，傲慢地推说没有工夫，用几个卢布和几句好话应付过去。一旦惊异的我们蓦地听到骇人的呻吟声，那世世代代被摧残的灵魂的控诉，却像刚从梦中苏醒，连连追问，这心灵的呼声，这有力的控诉，来自哪里呀？

公爵夫人杀死了自己的使女，当然不是故意的，是无意识的；她用各种琐事折磨她，摧残和葬送了她的一生，她用侮辱、生硬粗暴的态度虐待她。她几年不让她出嫁，直到从她痛苦的面容上看出了肺痨的症状才同意。

可怜的萨莎，你是被农奴制玷污的、丑恶的、该死的俄罗斯生活的可怜的牺牲者，你用死获得了自由！但你还是比别人幸福得多，在公爵夫人家严酷的奴隶生活中，你遇到了一位好友，你无限爱她，在你死后，她的友谊一直伴送你到墓地。她为你流了许多眼泪，直到临终前不久，还在回忆你，怀念你，因为你是她童年生活中唯一光辉的形象！

……两个年轻姑娘（萨莎大一些）每天起得很早，大家都还睡着，她们就走到户外，在晴朗的天空下一起读福音书，一起祈祷。她们为公爵夫人和女伴祷告，祈求上帝打开她们的心灵；为了让自己经受考验，她们整整几个礼拜不吃肉，幻想着修道院和死后的生活。

这种神秘主义适合少年的特点，适合那种年龄，在这种年龄，一切都还是秘密，一切都还是宗教奇迹剧，逐渐苏醒的思想还没有透过清晨的迷雾，射出明朗的光芒，而雾也还没有被经验和欲望所驱散。

后来在恬静、安谧的时刻，我常爱谛听这种童年的祈祷，它是一个人的广阔生活的起点，又是另一个人的不幸生命的终点。在荒凉的院子中,那个被粗暴的恩惠所玷辱的孤儿,那个被毫无出路的地位所玷辱的奴隶,为了自己的压迫者的灵魂向上帝祈求,这情景使我心头充满了怜悯,罕见的平静降临到了我的心灵中。

这个纯洁优雅的少女,在公爵夫人那荒谬的家庭中,没有引起任何亲族的重视,然而却在教堂执事和萨莎那里,也在全体仆役中间,赢得了热烈的同情和爱护。这些普通人不仅把她看作一个善良和蔼的小姐,而且在她身上看到了一种崇高的气质,这使大家敬重她,信赖她。在公爵夫人府上,女孩子们出嫁时,都要求她亲手替她们别上一条丝带等等。一个年轻使女,我记得名叫叶连娜,突然感到胸口刺痛,后来发现是严重的肋膜炎,已无法治愈,于是去请神父。女孩子怕极了,问母亲是不是毫无指望了;母亲一边啼泣,一边对她说:上帝马上要召她回去了。这时病人扑在母亲怀中痛哭,要求见见小姐,让她亲自用神像祝福她超升天国。她来后,病人攥住她的手,按在自己嘴唇上,反复说:"为我祈祷吧,祈祷吧!"年轻的姑娘自己也泪痕满面,开始小声祈祷——病人就在祈祷声中逝世了。大家围住病床,跪在地上画十字,她替她合上眼皮,吻了冰冷的额角,这才走出房间。[①]

[①] 在我保存的旧书信中,有几封是萨莎在1835至1836年间写的。那时萨莎留在莫斯科,她的女友则随公爵夫人到乡下去了。这些单纯而热烈的发自内心的声音,使我每次读后都深为感动。她写道:"难道您真的要回来了吗?啊,如果您真的回来了,我简直不知道,我会怎么样。您不会相信,我怎样时刻想念着您,几乎我的所有希望,所有思想,我的一切,一切,一切全在于您……啊,纳塔利娅·亚历山德罗夫娜,您是多么美,多么和善,多么崇高,多么……我真不知道怎么说好。真的,这不是陈词滥调,这是直接出自内心的……"

在另一信中,她感谢"小姐"常常写信给她。她说:"这太多了,然而这是您,您啊。"信上最后说:"老是有人打搅;我怀着所有的真诚和无限的爱拥抱您,我的天使。祝福我吧!"——作者注除非枯燥无味、碌碌无能的人，才没有这种充满幻想的时期，这样的人与软弱无力、萎靡不振的病夫同样可怜，在这些病夫身上，神秘主义会越过青年时期而永远存在。但我们这个具有现实性格的时代，不会发生这种情形，只是19世纪的"世俗影响"怎么能渗入公爵夫人那密不通风的家呢？

裂缝终于出现了。

柯尔切瓦的表姐有时也到公爵夫人府上做客，她爱"小表妹"，正如人们特别爱不幸的孩子，但她并不了解她。后来发现了她不平凡的性格，才大为惊讶，几乎感到惶恐，她是容易激动的，马上决定改变不关心的态度。她向我要雨果、巴尔扎克或任何作家的新作品，对我说："小表妹是个天才，我们应该帮助她的发展！"

"大表姐"（提起这称呼，我想起她瘦小的身材，不能不哑然失笑）一下子把什么都讲给了她的小朋友听：她自己头脑中想过的一切，席勒和卢梭的思想，那种来源于我的革命观点，以及来源于她本人的钟情的少女的理想。后来她又偷偷把许多法国小说和诗歌拿给她看。这些书大部分是1830年后出版的，它们尽管有各种缺点，对思想却是强大的冲击，足以使年轻的心灵领受火与勇气的洗礼。在那时的小说和故事，诗篇和歌曲中，不论作者是否意识到，处处强烈地跳动着社会的脉搏，处处暴露出社会的疮疤，处处能听到饥寒交迫的无辜者被奴役被压迫的呻吟；那时这种呻吟和抱怨还没有被当作罪行而加以防范。

不言而喻，"表姐"给的书未经选择，她也未作任何解释。我认为，这没有什么害处；有些机体永远不需要外力的援助、支持和指导；没有樊篱，它们更能自由成长。

不久又出现了一个人，继续发展柯尔切瓦表姐的"世俗影响"。

公爵夫人终于决定请家庭教师，但为了省钱，她聘请了一位刚从女子中学毕业的俄国少女。

在我们那里，俄国家庭女教师是不受重视的，至少在 30 年代还是这样。然而，尽管有一切缺点，她们还是胜过大部分来自瑞士的法国女人，那种无限期处于休闲状态的卖笑妇和年老色衰的女戏子，这些人抢夺教书的饭碗，把它当作最后的谋生手段，因为这既不需要才能，也不需要姿色，只要说得几句法国话，具有女掌柜的风度就绰绰有余了——这种风度在我们外省各地常常被认为是"最佳风度"。学校或育婴堂出身的俄国家庭女教师，至少接受过某种正规教育，没有外国女人身上的市侩味道。

现在的法籍女教师，不能与 1812 年前来到俄国的那些人相提并论。那时法国也还很少市侩气息，到我国来的妇女完全属于另一阶层。她们一部分是流亡的和破产的贵族的女儿，军官的未亡人，也有不少是他们遗弃的妻子。拿破仑替自己的部下完婚，正如我们的地主替仆役完婚一样，不大考虑爱情和意愿。他希望通过联姻，让火药的贵族与世袭的贵族攀成亲家，也希望妻子们能陶冶他的斯卡洛祖布们 ① 的性情。这些人习惯于盲目服从，奉命成了亲，随即又抛弃了妻子，发现她们过于拘谨，不适宜参加军营和部队的晚会。可怜的女人们流浪到了英国、奥地利和俄国。那个时常出入公爵夫人府上的法国女家庭教师，就属于从前这类人物。她讲话含笑，谈吐文雅，从不疾言厉色。她各方面都表现出良好的风度，没有一分钟的疏忽。我相信，她夜里睡在床上，也主要是在教育人们如何睡眠，不是自己在睡眠。

---

① 斯卡洛祖布是喜剧《聪明误》中的人物，一个野蛮粗暴的军人。

年轻的女子中学学生是聪明勇敢、精力充沛的姑娘，具有寄宿学校学生的豪爽性格和与生俱来的磊落胸怀。她活泼、热情，在她的学生和朋友的日常活动中，注入了更多的生机和活力。

　　与日益憔悴的萨莎的友谊是伤心而悲惨的，它引起的反应也是忧郁而凄凉的。这种友谊加上教堂执事的教导，加上毫无乐趣的生活，使年轻的姑娘远离了世界，远离了人们。现在一个活跃、愉快、年轻的第三者，抱着对一切憧憬和幻想的同情态度，出现在她面前了，这是非常及时的，她把她拉回了人间，拉向了真实可靠的地面。

　　起先学生接受了埃米利娅①的某些表面形态，她的笑容增加了，谈话活跃了，但是过了一年时间，两个少女的性格在天平两端取得了平衡。随和而亲切的埃米利娅俯就了强有力的个性，完全屈服在女学生面前，用她的眼睛来看，用她的思想来想，以她的欢笑和友谊为生了。

　　大学毕业前，我上公爵夫人家的次数多了。我一到，年轻的姑娘似乎很兴奋，有时脸上红光闪闪，谈话也活跃了，但接着又立即恢复了平时若有所思的沉静状态，使人想起冰冷的美丽雕像，或者席勒笔下那位不让任何人亲近的"异邦少女"②。

　　这既不是落落寡合，也不是冷若冰霜，而是一种内心活动——别人不了解，她自己也不了解；与其说了解，不如说她只是预感到了自身的一切。她那美好的外貌总显得还没完工，还缺少什么，但是只要一点火花，只要再凿上一刀，就可以决定，她是注定要在沙漠中枯萎、凋谢，不了解自己，也不了解生活呢，还是会迸发出热

①　即那个俄国家庭女教师，她的全名是埃米利娅·米哈伊洛夫娜·阿克斯贝格。
②　指席勒的诗《异邦少女》中的人物。

情的光芒，沉浸在它中间，生活在它中间——也许不是生活，只是受苦，甚至无疑是受苦，但不论怎样，这是丰富的生活。

从她半童稚的脸上透露的生命的活力，直到阔别前夕，我才初次看清。

我忘不了那发亮的异样的目光，那突然改变了意义的整个面容，它仿佛已渗入了另一种思想，燃起了另一种火焰……仿佛谜已被解开，内心的雾已被驱散。这是在监狱中①。我们告别了十次，还是依依不舍；最后，与 Natalie②一起到克鲁季茨兵营来的我的母亲，坚决站了起来。年轻的姑娘哆嗦了一下，脸色有些发白，使出所有的力量握紧我的手，一边扭转头不让我看见她的眼泪，一边反复说："亚历山大，别忘了你的小妹啊。"

宪兵送走了她们，又在那儿踱来踱去了。我扑到床上，久久凝视着门外，那个光辉的形象便是从那儿消失的。我在心中默念着："不，你的哥哥不会忘记你。"

---

① 指 1835 年 4 月，赫尔岑流放前夕，纳塔利娅到监狱去探望他。

② 我很清楚，用法文翻译人名是多么不自然，但有什么法子，名字是习惯造成的，怎么改变呢？何况我们所有的非斯拉夫名字仿佛只有半截，不够响亮，于是我们这些部分地"不是按祖宗的规矩"教育大的人，在青年时期便把名字"罗马化"了，尽管当政者公力图使它们"斯拉夫化"。随着他们的升官晋爵，在朝廷上权力的扩大，名字中的一些字母也改变了。例如，斯特罗戈诺夫伯爵终生只是谢尔盖·格里戈里耶维奇，但戈利岑公爵总是被称为谢尔盖·米哈伊洛维奇。后面这个例子还可以在因 12 月 14 日事件而名重一时的罗斯托夫采夫将军那里看到：在尼古拉一世统治时期，他始终是雅各夫，正如雅各夫·多尔戈鲁基一样，但是亚历山大二世登基之后，他却变成雅各，像基督的使徒了！——作者注 按：Natalie 即"纳塔利娅"的法文译名，在本书中，赫尔岑谈到他的妻子时，大多用 Natalie 这字，不用俄文，这是他们习惯的称呼。俄国人的名字也像西欧人的名字一样，大多来自《圣经》，只是被"斯拉夫化"了，赫尔岑在这里谈的便是这些情形。雅各夫·罗斯托夫采夫是俄国反动官僚，因对十二月党人进行告密而出名。雅各夫·多尔戈鲁基 (1659—1720) 是彼得大帝的一个重要大臣。雅各是《圣经》中耶稣的门徒。"不是按祖宗的规矩"出自普希金的《努林伯爵》。

第二天我即被送往彼尔姆，但是在我谈到离别之前，我得讲一讲，入狱前妨碍我更好地理解纳塔利娅并与她更加接近的是什么。原来我沉浸在爱情中！

是的，我在恋爱。想起这青年时期纯洁的爱，我感到亲切，正如花香鸟语的春天在海滨散步一样。这是无限美好的梦，然而也像梦那么转瞬即逝！

我前面已经说过，我们所有的朋友中很少妇女，尤其是与我接近的妇女；我对柯尔切瓦表姐的友谊，起先是热烈的，后来逐渐平静了，在她出嫁后，我们很少见面，不久她便走了。我需要比我们男性的友谊更温暖、更柔和的感情，这要求在我心中漫无目标地徘徊。一切都具备了，只是缺少"她"。我们认识的一个家庭中，有一位年轻姑娘^①，我与她很快建立了友谊，一个奇怪的机会使我们接近了。她已订婚，突然发生争吵，未婚夫丢下她，跑到俄国另一个地方去了。她感到绝望，悲伤，屈辱。我怀着真诚而深厚的同情看到，忧愁怎样折磨着她；我不敢提到原因，但极力为她排遣愁绪，安慰她，带小说给她，亲自为她朗读，讲整个故事情节，有时为了多陪这个忧郁的姑娘一会儿，还忘记了温习功课。

她的眼泪逐渐少了，脸上也不时出现了笑容；她的绝望变成了苦闷忧郁，不久，往事开始使她感到害怕，她竭力挣扎，从良心和荣誉出发，保卫着它，与现实对抗，正如战士明知已经打败，仍在保卫旗帜。我看到天边残留的这最后几朵白云；觉得陶醉，怀着跳动的心，悄悄从她手中抽出了旗帜；她没有再举起它，于是我堕入了情网。我们相信我们的爱。她给我写诗，我给她用散文写长篇大

————————
① 指瓦季姆·帕谢克（柯尔切瓦表姐的丈夫）的妹妹柳德米拉。

论；后来我们一起幻想未来，幻想流放和地牢，她对一切都作了准备。生活的外表在我们的幻想中，从来不是绚丽多彩的，我们注定了要与骇人的力量战斗，对于我们，胜利几乎是不可能的。我在念圣第恩 ① 的《残废者》时对她说："做我的卡爱坦吧。"一边想象她怎样送我远赴西伯利亚矿坑。

"残废者"是著文抨击西克斯图斯五世 ② 的诗人，当教皇许诺不处死冒犯者时，他自首了。西克斯图斯五世下令砍断了他的双手，割掉了他的舌头。不幸的受难者头脑中装满了无法吐露的思想，这个形象那时不可能不引起我们的共鸣。受难者忧郁而疲惫的目光，带着感激和残余的欢乐，停留在一个少女身上，只有这时他才是平静的。这个姑娘从前爱他，没有因他的不幸而变节，她便是卡爱坦。

这爱情的初次经历一闪而过，但它是完全真诚的。也许，这爱情甚至是必须消逝的，否则它就会丧失它那美好的、芳香馥郁的性质，那十九岁的青春年华，那白璧无瑕的新鲜气息了。哪有铃兰而能过冬的呢？

我的卡爱坦，难道你不是同样含着安详的微笑，在回顾我们的约会？难道在二十二年后的今天，你回忆起我，还会感到辛酸惆怅吗？这对我是非常痛苦的。那么你现在何方？生活又过得怎样呢？

我的一生快完了，现在已走到了下坡路，我受尽创伤，精神上"残废"了，我不再寻找任何卡爱坦，只是回首往事，追念及你，我感到愉快……你记得那转角上的窗，它对着一条小胡同，我必须拐进这条胡同，而你总是伫立在窗口，目送我远去，如果

---

① 卜尼法斯（1798—1865）的笔名，他写过许多剧本和小说，但早已无人阅读。卡爱坦是"残废者"的情人。

② 1585 至 1590 年间的罗马教皇，以严厉著称。

你不在窗口出现，或者在我还没拐弯消失之前，便离开了窗口，那么我会多么伤心啊！

至于真的与你会面，我从未想过。你在我的想象中，始终保持着那年轻的面貌，那一头浅灰色的鬈发，让你就这样吧，不是吗？如果你回忆到我，你想起的也是风度翩翩的青年，闪闪发光的眼睛，热情洋溢的谈吐，那你就这么回忆吧，不必知道这双眼睛已经暗淡，人也已经发胖，额上已有皱纹，脸上早已失去从前那神采奕奕、生气蓬勃的表情——奥加辽夫曾称之为"希望的表情"，但现在希望已经消失了。

我们彼此应该保持当年的印象……阿喀琉斯和狄安娜①是永远不会衰老的……我不愿与你见面，免得像拉林娜会见阿林娜公爵小姐那样：

> 表妹，还记得你的格兰狄逊？
> 哪个格兰狄逊？……呀，格兰狄逊！
> 他在莫斯科，住在西米恩附近，
> 圣诞节前夕还来看过我，
> 他刚给儿子娶了亲。②

……正在熄灭的爱情的最后一点火光，曾把监狱的拱门照亮了一会儿，用昔日的幻想给心灵带来温暖，但随后便各走各的路了。她去了乌克兰，我流放到了外地。从此再没听到她的消息。

---

① 希腊罗马神话中的英雄和女神。
② 引自普希金的《叶夫根尼·奥涅金》第七章第四十一节。拉林娜是塔季扬娜的母亲，这里写的是她去探望多年不见的老姑娘阿林娜公爵小姐时的情形。

第二十一章

离　别

　　　　啊，人们，可恶的人们，你们拆散了他们……

　　我给纳塔利娅的第一封信是这么结束的，值得注意的是我不敢提到"心"这个字，我的信中没有它，在信尾我写的只是"你的哥哥"。

　　那时，"我的小妹"对我已多么宝贵，她如何不断出现在我的脑海中，从一件事即可看到：我在尼日尼，在喀山，在到达彼尔姆的次日，都写了信给她。"小妹"这称呼表达了我们之间一种完全自觉的感情，过去我无限喜欢它，现在也喜欢它，我用它不是表示一种界限，相反，它包含着各种意义：友谊，爱情，血缘关系，共同的志趣，亲族地位，难分难舍的习惯。以前我没有用这名称称呼过任何人，它对我是宝贵的，直到后来我还常常这么称呼纳塔利娅。

　　起先，我并不完全理解我们的关系，也许，正因为不完全理解，另一个诱惑在等待着我。它不像我与卡爱坦的相逢，没有成为我生活中一段光明的历程。它只是使我无可奈何，引起了我许多的苦恼和内心的歉疚。

我坐了九个月监牢之后，便被抛进了一个完全陌生的世界，那时我还很少生活经验。最初我漫不经心，轻举妄动，新的地方，新的环境弄得我眼花缭乱。我的社会地位变了。在彼尔姆，在维亚特卡，人们对我的态度与在莫斯科全然不同。在莫斯科，我是住在父母家中的年轻人，在这些地方，在这片沼泽中，我却得独立生活，我被看作一个官，虽然根本不像一个官。我不难发现，不必多花力气，我就可以在伏尔加河边和卡马河边上层社会的客厅中占有一席位置，成为维亚特卡社交界的知名人士。

对彼尔姆，我印象不深，我只为租房子接触过一位主妇，她问我要不要菜园，自己养不养乳牛！从这个问题，我就可怕地觉察到，我的地位已一落千丈，与高等学府学生的崇高身份不可同日而语了。但在维亚特卡，我结识了整个上层社会，特别是青年商人，他们比内地其他各省的商人修养高得多，虽然同样喜欢吃喝玩乐。公文事务使我不能从事心爱的工作，我不安地度着游荡生活；在这种情况下，特别敏感，或者不如说，容易激动的天性和缺乏经验，导致形形色色的冲突，是不足为奇的。

由于奉承巴结的心理作怪，我竭力左右讨好，不分是谁，一律争取好感，三言两语便成了朋友，甚至过分亲热，过了一两个月我才意识到自己错了，但碍于情面，只得默不作声，戴着虚情假意的锁链与人应酬，直到有一天荒谬的争吵使这种关系破裂为止，而在争吵中，我被指责为任性偏激，忘恩负义，反复无常。

开头我在维亚特卡不是一个人，一位奇怪可笑的先生跟随着我，他在我生命的每一个十字路口，每一个重大关节，总要登场：

他的落水使我认识了奥加辽夫，在我通过塔乌罗根①边境时，他站在俄罗斯土地上向我挥手帕，总之，卡·伊·佐年贝格与我一起住在维亚特卡。我讲我的流放生活时，忘了提到他。

事情是这样的：我给送往彼尔姆的时候，佐年贝格正预备去伊尔比特做生意。我的父亲总喜欢把简单的事弄得很复杂，提出要佐年贝格到彼尔姆走一趟，替我在那里"装置寓所"，路费由他付。

到了彼尔姆，佐年贝格热心执行任务，那就是替我购置不切实用的物品，各种家什，锅子，碗，玻璃器皿，食品等等，还亲自前往奥布瓦河边，直接从"产地"选购维亚特卡种马。可惜一切齐备之后，我却给调到了维亚特卡。我们只得把刚买的东西半价变卖，离开彼尔姆。佐年贝格忠实贯彻我父亲的意志，认为必须随往维亚特卡，也在那儿替我"装置"住房。他的忠实可靠和忘我精神，得到了我父亲的嘉许，因此在他与我一起时，我父亲给他一月一百卢布酬金。这比去伊尔比特更有利，更保险，因此他并不急于离开我。

到了维亚特卡，他已经不是买一匹马，却买了三匹，一匹是属于他自己的，虽然钱也是我父亲的。这些马大大提高了我们在维亚特卡人眼中的身份。我已经说过，卡尔·伊万诺维奇虽已年过半百，而且脸上缺陷不少，还是专爱在脂粉堆里讨生活，沾沾自喜地相信，每个女人或姑娘一接近他，就像灯蛾在火边飞行一样危险。马所引起的效果，他当然不肯白白放过，要在情场艳事方面加以充分利用。何况环境也对他有利。我家的阳台面对院子，它后面便是花园。每天早上十点起，佐年贝格就脚穿喀山软底便靴，头戴绣金

---

① 俄国边境的小镇，1847年赫尔岑出国时经过这里，见第三十四章。

小帽，身披高加索紧身外衣，衔着大琥珀烟嘴，在阳台上"值班"，装得仿佛专心读书似的。小帽和琥珀——这一切都是有目标的，那就是住在隔壁房子里的三位小姐。小姐方面也很关心外地来客，总是好奇地观看在阳台上吸烟的东方玩偶。卡尔·伊万诺维奇知道，她们什么时候和怎样偷偷掀起窗帘，认为他的事情大有希望，于是朝着神圣的方向优雅地喷出一缕缕轻烟。

　　不久，花园便提供了我们与女邻居认识的机会。我们的房东有三幢房屋，花园是共同的。两幢有人，一幢是我们住的，房东也住这幢房子，他只有一位继母——一个肥胖臃肿的寡妇，但她像亲生母亲一样对他管头管脚，关心备至，以致他只能背着她，偷偷摸摸与花园中的女士们交谈；另一幢房子便住着那些小姐和她们的父母。第三幢房子是空的。过了一个礼拜，卡尔·伊万诺维奇已成了花园中名媛淑女们的自家人，常常一天几个小时帮小姐们荡秋千，为她们取斗篷和阳伞，总之，做到了体贴入微。小姐们跟他逗笑，比跟别人多，正因为如此，他是比恺撒夫人更少嫌疑的①；看到他的模样，任何最大胆的谣言也只得退避三舍。

　　出于集群的天性，人们往往做他们根本不想做、而别人都在做的事，就因为这样，我傍晚也常出入花园。上那儿的除了住在这里的人，还有他们的朋友。大家在那里做的事，讲的话，主要只是打情骂俏，互相窥探。卡尔·伊万诺维奇带着维多克②的警觉性，从

① 据说，恺撒因怀疑妻子庞培娅不贞，向法院要求离婚。在法庭上，恺撒提不出罪证，只得说："恺撒的妻子甚至是不应该被怀疑的。"这便成了他要求离婚的理由。后来这话成了流行的"名言"。

② 维多克（1775—1857），法国冒险家和侦探，著名的保安警察，曾任法国警探署署长。

事感情的侦察工作，知道谁与谁常在一起散步，谁对谁心中有意。对于我们花园中的这些秘密警察，我成了讨厌的绊脚石，我的不露声色使女士们和先生们大伤脑筋，他们再三试探仍不得要领，查不清我在追求谁，对谁特别感兴趣。这确实不容易，因为我根本没有追求任何人，对任何小姐都没有特殊好感。最后，他们厌烦了，觉得受了委屈，开始认为我骄傲，说我玩世不恭，小姐们的友情也顿时冷落了——虽然她们每人单独与我在一起时，仍试图向我投送最危险的秋波。

正是在这种状况中，一天早晨，卡尔·伊万诺维奇告诉我，房东家的厨房一早就打开了第三幢房子的百叶窗，正在擦洗窗户。一家外地人已租下了这屋子。

新来者的一切细节成了花园内的唯一话题。陌生的夫人由于旅途劳顿，或者还没有收拾好，仿佛故意避不见面，没有在我们的游乐活动中露脸。大家寻机会从穿堂窥探，向窗口眺望，一些人有所发现，另一些人却白白守候了几天，有所发现的人说她脸色苍白，神态慵懒，总之，外表不错，动人心弦。小姐们说，她忧愁多病。省政府有个年轻官员，生得聪明伶俐，喜欢跟人打趣，唯独他认得这些来客。他从前在另一省供职，与他们有一面之缘，于是大家纷纷找他打听消息。

聪明伶俐的官吏很得意，因为他知道别人不知道的事，便没完没了地大谈新来者的优秀品质，把她捧上了天，称她为首都的夫人。

"她聪明，温柔，有学问，"他反复说，"咱们这些人根本不在她眼里。啊，我的天，"他突然转向我道，"我有个绝妙的主意，请您支持一下维亚特卡上流社会的荣誉，向她献献殷勤……要知道，您是莫斯科来的，流放到这儿，当然会吟诗——这是上天赋予您的才能呢。"

"您瞎说什么哟。"我对他笑道，然而脸蓦地红了——我真的很想见见她。

过了几天，我在花园里遇到了她，这是个淡黄头发的女子，确实惹人喜爱；那位谈论过她的先生把我介绍给她，我掩盖不住内心的激动，正如我的介绍人无法掩饰他的笑容一样。

出于自尊心的腼腆消失后，我与她熟悉了。她的身世是十分不幸的，她用虚假的平静欺骗自己，在寂寞空虚、无所寄托的心情中痛苦地打发日子。

P① 是那种把热情隐藏在心底的女性之一，也唯有淡黄头发的女子才会如此；她们用温和静谧的外表掩盖着火热的心，激动时脸色苍白，感情高涨时眼睛从不焕发光芒，反而有些暗淡。她的目光困倦，似乎已经精疲力竭，一直向往着什么却不能满足的心胸时时起伏不定，仿佛有一股不平静的电流正从她全身通过。在花园散步时，她往往会突然脸色苍白，内心彷徨无主或者惊慌不安似的，无心答话，立即匆匆回家了。我正是喜欢看她这种时刻的神情。

她的内心活动，我不久就明白了。她不爱丈夫，也不可能爱他；她才二十五岁，他已五十出头——对此她也许还能将就，但知识、趣味、性格的不同，那就太显著了。

丈夫几乎足不出户，是个枯燥无味、麻木不仁的老官僚，热衷于买田地当地主，像一切病夫和几乎所有失去家产的人一样，性情

---

① 指普拉斯科维娅·梅德韦杰娃，即作者在第十六章中提到过的那个与"沉重的忏悔感"有关的女子。

古怪暴戾。她出嫁时是十六岁，那时他还有些资产，后来赌博输光了，只是出外做官，靠俸禄生活。在迁居维亚特卡前一两年，他开始衰老了，腿上一个伤口发展成了骨疽，老人闷闷不乐，心事重重，担心自己的病，用不安而又无能为力的目光看着妻子。她伤心地、自我牺牲地照料他，但这只是履行义务。孩子不能满足她的一切，空虚的心灵总是渴望着什么。

一天晚上在东拉西扯闲聊时，我说我真想寄一幅画像给我的堂妹，可惜在维亚特卡找不到一个会画像的人。

"让我试试，"女邻居说，"我从前学过素描，画得还可以。"

"太好了。什么时候呢？"

"如果您愿意，就在明天午饭前吧。"

"一言为定。我一点钟来。"

这时她的丈夫也在场，他没有吭声。

翌日早晨，我收到女邻居一张便条，这是她第一次给我写信。她非常客气，谨慎地通知我，她要给我画像，她的丈夫有些不满，她要求我原谅病人的乖僻，说应该宽恕他，最后提出改日替我作画，不告诉她丈夫，免得打扰他的情绪。

我热烈地、也许过分热烈地感谢了她，没有要她秘密替我画像，但这两张便条使我们接近了许多。她与丈夫的关系是我从来不想触及的，现在由她讲出了口。我与她不自觉地建立了一种默契，联合一致对付他。

晚上我到他们家串门，只字未提画像的事。如果丈夫聪明一些，他应该猜到其中的奥妙，但他太蠢了。我用目光感谢她，她的回答只是微微一笑。

不久他们搬家了，住到了本城另一地区。我第一次去探望他们时，大厅还没布置好，女邻居正弹钢琴，眼睛哭肿了。我请她往下弹，但琴声不能协调，总是弹错，她的手发抖，脸色也变了。

"这里多么沉闷啊！"她说，蓦地从钢琴后面站了起来。

我默默握住她的手，那虚弱、发烫的手；她的头像沉重的花冠，痛苦地屈从着某种力量，弯向我的胸口；她把额角紧贴了一下，便倏地走了。

第二天，我收到她一张便条，看来她有些害怕，竭力想对昨天的事布下一层烟幕。她在信上说，我去时她正处在可怕的神经不安状态，又说，昨天的事她不大记得了，她很抱歉。但这一层薄薄的纱幕，掩盖不了字里行间鲜明透露的热情。

我又去探望他们。这一天丈夫轻松了些，虽然乔迁新居之后他已不能起床。我心情很紧张，便与他们逗笑，讲各种俏皮话，天南地北瞎扯，弄得病人笑个不停，当然这一切只是为了掩盖我和她的窘态。此外，我觉得，这笑可以令她沉醉，忘记一切。

……两三个星期过去了。丈夫的病越来越重，到晚上九点半他就要求客人离开，他虚弱，消瘦，痛得受不了。一天晚上九点左右，我向病人告别，P送我到外面。一轮明月照进客厅，把三条苍白的淡紫色月光铺在地上。我打开窗，空气新鲜洁净，向我迎面扑来。

"多美的夜晚啊！"我说，"真不想离开这儿。"

她走到了窗口。

"您在这儿待一会儿吧。"

"不成，这时候我得去替他换绷带了。"

"那就过一会儿来吧，我等您。"

她没作声，我拿起了她的手。

"您来吧，我求您……行吗？"

"真的不成，我先得换上短衫呢。"

"您就穿着短衫来好了，我好几次早晨看到您是穿短衫的。"

"万一有人看见您呢？"

"谁？您的仆人喝醉了，让他睡觉得啦；您的达里娅……看来她爱您超过爱您的丈夫，而且她对我也很友好。有什么可怕的呢？好了，现在已九点多啦——您就说想托我办件事，要我等一会儿……"

"没有蜡烛……"

"叫人拿来，何况有月光，跟白天一样。"

她仍迟疑不决。

"来吧，来吧！"我凑在她耳边说，第一次这么对待她。

她哆嗦了一下。

"我来，但只能待一会儿。"

……我等了她半个多小时……屋里静悄悄的，我可以听到老头儿的呻吟和咳嗽，他那慢条斯理的谈话，那桌子移动的声音……喝醉的仆人一边吹口哨，一边在前室的长凳上铺床睡觉，嘴里骂骂咧咧的，过不一会儿便鼾声大作了……使女离开卧室的沉重的脚步声是最后的音响……一切沉寂了，间或听到几声病人的哼哧，然后又万籁俱寂……突然传来了沙沙声，地板吱吱发响，轻轻的脚步声——白短衫在门口出现了……

她这么激动，起先简直说不出一句话，她的嘴唇是冷的，她的手像冰。我觉得她的心在剧烈跳动。

"我满足了你的要求，"最后她说，"现在放我走吧……再见……为了上帝，再见，你也回家吧。"她又用恳求的声音对我忧郁地说。

我抱住她，紧紧地、紧紧地搂在胸前。

"我的朋友……去吧！"

这是不可能的……太迟了……在她的心和我的心这么跳动的时候，哪怕放开她一会儿，也是超出人力范围的，非常愚蠢的……我没走，她也没走……月亮把几条光带转到了另一边。她坐在窗前伤心饮泣……我吻着她泪汪汪的眼睛，用一绺绺发辫拭干它们，发辫落到苍白幽暗的肩上，月光照在上面没一点反光，只是使那里泛出了一层白蒙蒙的柔和色泽。

我不忍心丢下她一人啼哭，絮絮叨叨地劝她……她抬头望着我，眼中透过泪花射出幸福的闪光，我释然笑了。她仿佛了解我的思想，双手掩面，站了起来……现在真的是时候了，我搬开她的手，吻了它们，也吻了她本人，然后便走了。

我经过使女身边，没敢看她的脸，她让我过去，没有出声。月亮显得沉甸甸的，像一个红红的大果核，正在沉落——朝霞开始升起了。空气非常清新，风吹在我脸上，我深深呼吸着，我需要新鲜空气。我走回家时，太阳出来了，善良的人们遇到我，为我这么早起身"享受良好的天气"感到奇怪。

我沉浸在爱情中大约一个月；后来心似乎疲倦和衰颓了，忧郁开始向我袭来；我尽量掩饰，不愿相信，对内心的这种变化感到惊异，可是爱情仍在一天天冷却。

在老人面前我变得很不自在，一种尴尬、厌恶的心情主宰着我。这不是由于我为自己感到内疚，那个经过世俗和教会批准归他私有的女人，不可能爱他，他要爱她也力不从心，但是我的双重角色使我觉得可耻：虚伪和心口不一是我最反对的两大罪恶。在感情炽烈，占据优势时，我无暇顾及其他，它一旦开始冷却，各种疑虑随即出现了。

一天早晨，马特维走进我的卧室报告道，P老爷"归天了"。这消息使我产生了一种奇怪的感觉，我翻了个身，却不急于起床穿衣；我不想看见死者。维特贝格进来了，他已穿戴整齐，对我说："怎么？您还在床上！难道您没听到出了什么事？我想，P夫人单独一人，怪可怜的，我们去看看，快穿衣服。"我穿上衣服，与他一起去了。

我们发现，P晕厥了，或者处在一种神经麻木状态。这不是装假；丈夫的去世使她想起自己无依无靠的处境，只剩下她一人，带着几个孩子，住在异乡客地，没有钱，没有亲戚。何况她以前一遇到强烈的震动，也会神志昏迷，几个小时不能苏醒。她的脸发冷，白得像死一样，双目紧闭，她便这样躺在那儿，有时喘一口气，有时连呼吸也几乎中断了。

没有一个妇女来帮助她，安慰她，照料孩子和家。维特贝格留下陪她，那位起过先知作用的官员与我一起料理后事。

老人又瘦又黑，穿了制服躺在桌上，皱紧眉头，仿佛还在生我的气。我们把他放进棺材，过了两天又葬进坟墓。殡殓后，我们回到死者家里，孩子们穿了缝丧章的黑衣服缩在墙角边，与其说忧愁，不如说是惊异和害怕；他们彼此喊喊喳喳说话，踮起脚走路。P坐着，一言不发，手支着头，似乎在想什么。

在这客厅中，我曾坐在沙发上等她，一边谛听病人的呻吟，仆人酒醉后的咒骂。现在一切都变得暗淡无光了……在丧葬的环境中，在神香的烟雾里，我又隐隐约约想起了那些话，那些时刻，我感到伤心，对它们我还是不能忘情的。

她的忧郁逐渐平息了，在自己的处境面前，她坚强了一些；后来她心神不定的凄恻脸色也逐渐开朗了，显露出了另一些思想。她的目光常常带着不安的探询神情，停留在我身上，似乎她在期待着什么——期待着问题和答复……

我沉默着，于是她害怕了，变得惊惶不安，疑虑重重。

这时我才明白，丈夫实际上充当了我自己原谅自己的理由——我的爱情之火熄灭了。我不是对她漠不关心，绝不是，但她需要的不是关心。现在另一种思想感情占有了我，那一阵热情的迸发，仿佛只是为了要向我阐明另一种感情。我只有一点可以为自己辩解，那就是我在热恋中是真诚的。

在我惊慌惶惑、不知所措的时候，在我忐忑不安等待机会，指望时间和环境来改变一切的时候，时间和环境却使我的处境更复杂了。

秋法耶夫眼见这个年轻貌美的寡妇身处绝境，无依无靠，给丢在遥远的陌生地方，作为真正的"一省之父"，自然不能不向她表示最温柔的体贴。起先我们都以为他是真心同情她，但不用多久，P害怕了，发现他的关怀绝不是单纯的。维亚特卡的夫人们得到过两三位荒淫无耻的省长的栽培，秋法耶夫对她们习惯了，因此没有浪费时间，直截了当向P提出了要求。P当然以冷漠的蔑视回答他，讥笑他人老心不老。秋法耶夫岂肯罢休，继续无耻地纠缠。然而看到事情极少进展，他就要她明白，她的孩子们的命运握在他的手中，没有他，他们休想享受官费补助；从他来说，如果她不改变对他的冷淡态度，他也不愿替她出力。被侮辱的妇女像一头受伤的野兽跳了起来。

"请出去，您的脚不准再跨进我的门槛！"她指着门口对他说。

"嘿，好大的脾气！"秋法耶夫说，仿佛刚才只是几句戏言。

"彼得，彼得！"她朝着前室大喊。秋法耶夫慌了，怕她声张，气得哼哼哧哧的，狼狈不堪地跑回了自己的马车。

晚上，P把发生的事告诉了维特贝格和我。维特贝格马上明白，老色鬼虽已自讨没趣逃之夭夭，但绝不会放过这个可怜的女人——秋法耶夫的性子我们全都知道。维特贝格决心冒一切风险搭救她。

迫害很快开始了。为孩子申请补助的呈文遭到拒绝是必然的；房东和店铺掌柜讨账也特别坚决；天知道还会发生什么事，把彼得罗夫斯基关进疯人院的人，是什么都干得出的。

维特贝格家庭负担很重，生活困难，但他没有片刻犹豫，建议等他的妻子到了维亚特卡，过一两天就让P搬到他家居住。P在他那里可以安然无事，这个流放者的道德力量就是这样，他那不屈不挠的意志，那崇高的精神面貌，那无所畏惧的语言，那蔑视一切的笑，连维亚特卡的舍米亚卡①本人也不能不有所顾忌。

我住在同一幢房子的另一部分，与维特贝格同桌吃饭。就这样，我们住到了一个屋顶下，可这正是在应该远隔重洋的时候。

在这么接近的生活中，她明白，往事一去不复返了。

为什么她偏偏遇到我这个意志薄弱的人？她应该得到幸福，也可以得到幸福，凄惨的经历过去之后，新的和谐的爱情生活对于她是可能的！不幸的、可怜的P！爱情的云朵不可抗拒地奔向了我，它来得这么炽烈，这么迷人，这么可爱，然后又消失得无影无踪，这是我的过错吗？

……我彷徨无主，预感到了不幸，埋怨自己，在惊慌不安中打

---

① 舍米亚卡（1420—1453），古俄罗斯一个残酷野蛮的王公。

发日子；我又开始喝酒，想从中排遣愁绪，寻求解脱，总觉得这也不是，那也不是，不知如何才好；我在污浊沉闷的炎热中等待清新的气流——纳塔利娅从莫斯科发出的信。在这种无所适从的情绪中，"孤儿"的亲切形象愈来愈明朗地升起了。我对 P 的爱只是一阵冲动，它让我看清了我真正的内心，揭开了它的秘密。

堂妹不在我身边，她对我的吸引力却越来越大，然而联系着我与她的感情是什么，我没有加以追究。我对它已经习惯，没有留意它已发生了什么变化。

我的信变得愈来愈焦躁不安了；一方面，我深深感到，我不仅对 P 犯了罪，而且我的沉默使我犯了新的罪——撒谎。我觉得我堕落了，不配得到另一个人的爱……然而爱情还是在增长。

堂妹的名字开始给我带来苦恼，现在友谊已不能令我满足，这种平稳的感情显得太冷静了。她信上的每一行都流露了她的爱，但对于我这已经太少，我需要的不仅是爱，而且是明确的表白，我这么写道："我要向你提出一个奇怪的问题：你是否相信，你对我的感情仅仅是友谊？是否相信我对你的感情也仅仅是友谊？我不相信。"

"你似乎在为什么事烦恼，"她回答道，"我知道，你比我更为你的信担忧。放心吧，我的朋友，它丝毫不能改变什么，我对你的爱已经不可能增加一分，也不可能减少一分了。"

但是话终于说出口了；她写道："雾消失了，天空又晴朗和明亮了。"

她兴奋而无所顾虑地忠于她所说的感情，她的信成了一首少年的爱情之歌，孩提的喁喁低语已上升为强有力的抒情诗。

她写道："也许你现在坐在书房里，没有写字，没有读书，只是出神地抽雪茄，目光注视着不确定的远方，对进屋的人的问候也没回答。你的思想在哪里呢？你的目光要奔向哪里呢？你不必回答——让它们飞向我这儿吧。"

"……让我们像孩子一样，约定一个时间，在这时间我们两人必须都在户外，这时我们可以相信，我们之间除了遥远的距离，没有任何间隔。在晚上八时你大概没事吧？我前几天走到了台阶上，但马上回屋里了，心想你这时一定在屋里。"

"……看了你的信，看了画像①，想到我那些信，想到那手镯②，我真想一步跨过一百年，看到那时它们的命运怎样。那些我们视为神圣的事物，那些医治过我们的身心，作过我们的话题，并在离别时多少能互相代替我们的东西，那一切我们曾用来防止人们的侵凌，防止命运的打击，防止我们自己的亵渎的工具，在我们死后，它们的命运将怎样呢？它们还会保存它们的力量，它们的灵魂吗？它们会唤醒、会振奋谁的心灵吗？会讲出我们的故事，我们的苦难，我们的爱吗？它们会获得哪怕一颗眼泪的酬谢吗？当我想到，你的画像最后会挂到不知谁的书房中，或者，一个孩子也许会玩弄它，打碎玻璃，磨损画面，我觉得多么伤心啊！"③

我的信不是这样④，在饱满的、热烈的爱情中间，流露出痛苦

---

① 指 1836 年维特贝格为赫尔岑作的画像。

② 指纳塔利娅 1837 年寄给赫尔岑作纪念的手镯。

③ 前面那些纳塔利娅的话，均引自她在 1835 至 1837 年间写给赫尔岑的信。

④ 纳塔利娅的信和我的信，笔法之相异是非常大的，特别在通信开始之时，后来由于相互影响，才逐渐接近了。在我的信中，除了真诚的感情之外，还有佶屈聱牙的句子，矫揉造作的文字，这显然是雨果和法国新小说家一流人的影响。在她的信中，这类缺点完全不存在，她的语言朴实，真诚，富有诗意，这里只能看到一种影响：《福音书》的影响。那时我总是竭力想写得高雅，实际上却写得很坏，因为这不是我的语言。生活在脱离实际的环境中，只知埋头读书，往

的声音，那种自怨自艾的忏悔的音调；P 的无声的谴责啃噬着我的心，折磨着明朗的感情，我觉得我是个伪君子，可是我实在没有撒谎。

我怎么能在 1 月份向 P 供认，向她说，我在 8 月份向她表白爱情表白错了；她怎么会相信我的话是真话——不如说另有新欢更合理，说变心更令人信服。一个人不在本地，她那遥远的形象怎么能与眼前的相抗衡，那另一股爱的热流在跋涉万水千山之后，怎么反而更鲜明、更强大——这一切我不理解，我只知道这都是真的。

还有，P 以蜥蜴的难以捉摸的机灵，躲避严肃的解释，她觉察到了危险，一面寻找谜底，一面又回避事实。似乎她已预见到，我的话将揭开可怕的真相，这么一来，一切都完了，因此她总在危险迫近的时候打断了话头。

起先她在周围观察窥探，有几天把一个活泼可爱的德国少女看作她的情敌。其实我只因那是个孩子才爱她，我与她在一起很轻松，她既不在我面前搔首弄姿，我也不必在她面前装模作样。过了一星期，P 才看到，保利纳对她根本并无危险。但我必须先谈几句她的事，才能继续写下去。

在维亚特卡社会救济处的药局里，药剂师是德国人，这没什么奇怪，奇怪的是他的助手是俄国人，名叫包尔曼。我早已认识这个人，他娶了维亚特卡一位官员的女儿，她的辫子又长又粗，是我见到过的所有辫子中最美的一条。当时药剂师费迪南德·鲁尔科维乌斯本人不在，我常与包尔曼一起喝各种"汽水"，以及经过药

往使一个青年人不能自然地、单纯地讲和写；一个人必须等到他的风格形成，取得了最后的形态以后，他的智力才算开始成熟。——作者注

剂员艺术加工的"健胃药酒"。药剂师到莱伐尔去了，在那里见到了一个年轻姑娘，向她求婚，姑娘刚认识他，便冒冒失失嫁给了他；凡是姑娘，尤其是德国姑娘，往往这样；她甚至从未想过，他要她去的是怎样一个荒凉所在。但是结婚后准备行装时，她害怕和绝望了。为了安慰新娘，药剂师邀请新娘的远亲，一个十七岁的少女，与他们一起前往维亚特卡，这个姑娘更加冒失，根本没弄清楚"维亚特卡"是个什么地方，便答应了。两个德国女子不会讲一句俄语，在维亚特卡也找不到第四个会讲德语的人。甚至中学的德语教师也不懂德语，这事曾使我大惑不解，我决定向他请教，他是怎样上课的。他回答道："照文法教，照会话课本教。"同时向我说明，他本来是数学教员，但暂时没有空缺，他才教德语，何况他只领半薪。[①] 德国女子寂寞得要死，看到一个人尽管德语讲得不好，至少可以交谈，便高兴极了，拼命请我喝咖啡，还有一种什么"加尔特沙尔"[②]，对我无话不谈，把她们的秘密、志愿、理想，统统告诉我，过了两天已把我当作好朋友，更加殷勤，请我吃肉桂甜糕饼了。两人都相当有知识，就是说能背诵席勒的诗，能弹钢琴，唱德国浪漫歌曲。然而她们的相似之处也仅此而已。药剂师太太是头发淡黄、皮肤苍白的女子，身材高大，长得颇有几分姿色，但懒洋洋的，整天像没睡醒似的；她非常善良，事实上，有了这种体质也很难是凶

---

① 然而"文明的"当局在同一所中学里，还派了一个著名的东方学家韦尔尼科夫斯基担任法语教师，他是科瓦列夫斯基和密茨凯维奇的同学，是因"菲拉列特社"案件而被流放的。——作者注

科瓦列夫斯基（1800—1878），俄国著名学者，后来曾任喀山大学教授和校长。"菲拉列特社"是波兰一个秘密组织，以维尔诺大学的学生为主。1822至1823年，这个团体的不少青年人被逮捕和流放到了俄国各地。

② 德国的一种清凉饮料。

恶的。一旦相信她的丈夫就是她的丈夫，她便死心塌地爱他，烧饭做菜，洗衣服，空闲的时候看看小说，并且及时给当家的生下了一位淡黄头发的小千金。

她的女友身材不高，皮肤黝黑，体质健康，眼睛又大又黑，具有独立自主的外表，显得粗壮结实，属于小家碧玉之类。她的举止谈吐都充满力量，有时，枯燥吝啬的药剂师对太太说话不太客气，太太听了嘴角含笑，眼泪却往肚子里咽，保利纳看见，马上涨红了脸，盯住不知检点的药剂师看，弄得他只好收起怒容，装作有事，溜进配药间，为恢复维亚特卡官员们的健康调制各种丸散了。

我喜欢这个天真的姑娘，她能够保卫自己。我不知道这是为什么，但我确实把我的爱情首先告诉了她，并把信上的话译给她听。只有长年累月住在异乡客地、举目无亲的人，才懂得这种促膝谈心的价值。我很少讲到感情，但有的时候忍耐不住，便想一吐为快，甚至现在也这样。何况那时我才二十四岁，刚才理解我的爱情。我可以忍受离别，当然也能保持沉默，但一旦遇到一个纯洁的、天真无邪的少女，我便忍不住要把心头的秘密向她吐露了。她为此多么感激我，又给了我多少帮助啊！

维特贝格的谈话总是那么严肃，有时叫我受不了，我与 P 的别扭关系又使我痛苦，在她面前我觉得不自在。因此到了晚上，我常常找保利纳，给她读些无聊的小说，听她响亮的笑声，听她特地为我唱的《异邦少女》①（我与她都是用它称呼另一个"异邦少女"的），于是乌云散开了，我的心变得轻松愉快，无牵无挂，我可以带着一

---

① 原文是德文。这是席勒的一首诗。

颗平静的心回家了；这时，药剂师已调完最后一瓶药水，涂好最后一块膏药，来向我提出各种荒谬的政治问题了，这使我厌烦，然而我还是得先喝了他的"药酒"，吃了药剂师太太用白白的手制作的鲱鱼色拉才走。

……P在痛苦，我怀着无可奈何的心情，等待时间来解决一切，听任半撒谎状态继续下去。我千百次想走到她的面前，跪在她脚下，讲出一切，忍受她的怒斥和蔑视……但是，我不怕愤怒（我甚至乐于接受这种惩罚），我怕眼泪。必须阅尽沧桑，才能忍受女人的眼泪，才能在它们还未冷却，还挂在红肿的眼睑下的时候对它们无动于衷。何况她的眼泪应该是真诚的。

这样过了不少时候。人们开始传说，我的流放即将结束，看来，我坐上马车飞往莫斯科的日子已不远了，我仿佛看到了一张张熟悉的脸庞，而出现在最前面的便是我朝思暮想的那张容貌。但是正当我陶醉在这些幻想中的时候，马车的另一边却出现了P那苍白阴郁的身影，那哭肿的眼睛，那流露着痛苦和谴责的目光，我的欢乐变成了烦恼，我觉得可怜她，非常可怜她。

我不能在虚伪的状态中继续生活，决心不顾一切摆脱这种处境。我写信给她，作了彻底的忏悔。我热烈地、坦率地说明了一切实情。第二天她托病没有出来。一个怕受责备的罪人可能忍受的一切，这一天中我都忍受了。她那种神经质的麻木状态恢复了——但我不敢去探望她。

我需要毫无保留地忏悔；我与维特贝格关在书房中，向他公开了我的全部爱情史。起先他吃了一惊，但后来，不是作为一个法官，而是作为一个朋友，他听完了我的话，没有提出质问来折磨我，没有作事后的说教，只是与我一起寻找减轻打击的途径——这是他一人也能办到的。他爱的人，他就热烈地爱他们。我怕他铁面无情，但对 P 和对我的友情终究占了绝对优势。是的，我可以把不幸的女人留在他手中，她那没有欢乐的一生是我最后摧毁的。现在她可以从他那里得到有力的精神支持，把一切交给他。她对他是像对父亲一样尊重的。

早上，马特维交给我一封信。我几乎一夜未睡，用颤抖的手不安地拆开信。她写得简简单单，光明正大，流露出深沉的忧郁。我那些娓娓动人的话不能掩盖蛇蝎的心肠，而从她和解的语言中，却可以听到一颗软弱的心在低声饮泣，用异常的毅力压制着痛苦的哀号。她向我祝福新的生活，希望我们幸福，称纳塔利娅为妹妹，还说，为了忘记过去，为了未来的友谊，她要向我们伸出手来，仿佛有罪的是她！

我一边哭，一边反复读她的信。她献出了怎样一颗心啊！

后来我还遇到过她，她向我伸出了友好的手，但我们总有些不自在，似乎二人都有什么话还没讲完，有什么事还要回避。

一年前我听到她逝世了。

离开维亚特卡后，对 P 的回忆一直使我感到痛苦。为了求得良心的平静，我动手写小说，它的女主人公便是 P。我写了叶卡捷琳娜时期的一位少爷，抛下了爱他的女人，与另一个女人结婚。她憔悴了，剩了奄奄一息。她去世的消息给了他沉重的打击，他变得闷闷不乐，沉默寡言，最后发疯了。他的妻是温柔和自我牺牲的典范，忍受了一切，在他平静的一个时刻，送他到新处女修道院，与他一起跪在不幸的女人的墓前，祈求宽恕和保护。从修道院窗中传出祈祷声，女性的柔和嗓音在歌唱赦罪的诗，于是少爷逐渐康复了。小说并不成功①。我写它时，P还没打算上莫斯科；只有一个人猜到了我与P之间的关系，这就是那位"无所不在的德国人"卡·伊·佐年贝格。自从1851年我母亲死后，我没有听到过他的消息。1860年，一个旅行家告诉我，他认识八十岁的卡尔·伊万诺维奇，掏出他的信给我看。在附言中，他讲到了P的去世，还说我的哥哥把她安葬在新处女修道院！

理所当然，他们两人都不知道我的小说。

---

① 指《叶连娜》，赫尔岑在1836年秋开始写这篇小说，没有完成，小说带有浓厚的神秘主义色彩。

第二十二章

我离开后的莫斯科

我在弗拉基米尔的平静生活，不久就被莫斯科来的消息打乱了。它们现在从各个方面向我冲击，把我弄得忧心忡忡。为了说明这一切，必须追溯到 1834 年。

1834 年我被捕后第二天是公爵夫人的命名日，因此纳塔利娅与我在墓园道别时，对我说："明天见。"她等着我；到了几位亲戚，突然我的堂弟来了，把我被捕的详情全部告诉了大家。这消息完全出乎意料，使她吃了一惊，她站起身，想躲进另一间屋子，但走了两步，便晕倒在地上。公爵夫人一切都看到了，一切都明白了；她决心用所有的办法阻止这刚露头的爱情。

为什么呢？

我不知道。最近这段时间，即我毕业之后，她待我非常好。但是我的被捕，关于我们的自由思想方式，关于我背叛正教教会，参加圣西门"教派"的种种传闻，激怒了她；从那时起，她总称我为"国事犯"或"伊万弟弟的不肖儿子"。多亏参政官的威望，她才允许纳塔利娅前往克鲁季茨兵营与我道别。

幸好我已流放外地，公爵夫人面前有的是时间。"这个彼尔姆和维亚特卡在哪里啊！他到了那里，自己不送掉性命，也准会给人害死，不过主要是他在那里会忘记她。"

但公爵夫人没有如愿以偿，我的记性很好。她与我的通信瞒了公爵夫人好久，最后暴露了，她严禁仆人和使女送信给年轻的姑娘，也不准替她寄信。过了两年，大家开始谈我回去的事了。"看来不定哪一天早上，弟弟的不肖儿子会打开门闯进屋子，不能再思前想后，迟疑不决，得赶快让她出嫁，从那个不信上帝、没有规矩的国事犯手里挽救她。"

从前公爵夫人谈到穷孤儿就唉声叹气，说她几乎一无所有，不能老是挑挑拣拣，但愿在自己有生之年能给她好歹找个归宿。确实，她和她那些女寄生虫，曾替一个没有陪嫁的远亲好歹找过一门亲事，嫁给一个书吏。温柔善良的姑娘很有修养，为了安慰母亲，出嫁了。过了两年她死了，但书吏仍活着，出于感激，继续为公爵夫人奔走办事。现在恰恰相反，孤儿根本不是穷新娘了，公爵夫人答应把她当亲生女儿出嫁，单单现钱就有十万卢布陪嫁，此外还打算留给她一份遗产。具备了这些条件，岂但在莫斯科，在任何地方都可以物色到未婚夫，何况还有公爵的头衔，以及女伴和云游四方的老虔婆们的帮忙呢。

公爵夫人关怀备至的情义，通过流言蜚语和窃窃私议，通过使女们，传进了不幸的牺牲者的耳中。她对女伴说，她绝对不接受任何人的求亲。于是不断的侮辱，毫不留情的粗暴迫害开始了；每一分钟，每做一件小事，每走一步路，每说一句话，她都会遭到指责。

"……你想，恶劣的气候，可怕的寒冷，风，雨，无法形容的阴霾天空，非常讨厌的小房间——仿佛有个死人马上会从那里抬出来……""这些孩子却在这里没有目的、甚至没有乐趣地唧唧喳喳，吵吵闹闹，破坏和侮辱周围的一切；如果可以单单作一个旁观者，那还好，可有时不得不参加她们的谈话。"这是她一封信上的话，那是夏季，她随公爵夫人到乡下去了。那封信继续道："三个老太婆坐在这里，讲的都是她们的先夫怎样得了瘫痪症，她们怎样照料他们——可是没有这些也已经够冷的了。"①

　　现在除了这种处境，又出现了有计划的迫害。已经不仅是公爵夫人，连那些卑贱的老婆子都不断折磨纳塔利娅，劝她出嫁，辱骂我了。她对她忍受的许多不快，在信上大多不提，但有时痛苦、屈辱和寂寞占领了她。她写道："我不知道，除了她们绞尽脑汁加给我的压力之外，还能使出什么其他花招？你知道吗，她们甚至不让我走出这间房子，甚至在这间房子里换个位置也不行。我已好久不弹钢琴，有时我要了一盏灯，走进客厅，心想，她们也许会发善心吧？不成，我给赶回房间结毛线。真的，哪怕坐在另一张桌边也好，在她们身边我受不了。然而这成吗？不成，一定得坐在那儿，坐在神父太太旁边，让你听，让你看，让你讲，可她们谈的无非是菲拉列特，另外就是议论你。一会儿我就厌烦了，气得脸色发红，沉重的忧郁蓦地压在我的心上，但这不是因为我必须对她们屈服，不……我非常可怜她们。"

　　正式开始说媒了。

　　"今天来了一位太太，她爱我，正因为这样，我不爱她……她竭力要替我安排终身大事，叫我太生气了，我在她后面唱道：

---

① 这些话以及后面所有的话，均引自 1837 年 1 月至 10 月纳塔利娅写给赫尔岑的信。

我宁可包上裹尸布躺进坟墓，

不愿没有爱情披上绣花头纱。"

过了几天，即 1837 年 10 月 26 日，她写道："我的朋友，你不能想象，我今天怎样受了一天罪。我给打扮整齐，送往 C 太太家，她对我的亲热，我从小就受够了。3 上校每星期二到她家打牌。想想我的处境：一边是围着牌桌的老婆子，另一边是一群丑恶的俗物和他。他们的谈话和外貌，对我都是这么陌生、荒谬、讨厌，这么阴暗、卑鄙；我自己与其说像一个活人，不如说像雕像；这儿发生的一切，在我看来只是一场痛苦的噩梦，我像一个孩子，不断要求回家，但没有人理睬。主人和客人的关心使我窒息，他甚至拿起粉笔，用花体组合字写我的名字，写了一半，我的天，我再也忍耐不住，没有一个可以依靠的人让我依靠；我独自站在悬崖旁边，一大群鬼怪用尽力气，要把我推下深渊。有时我感到疲倦，缺乏力量，你又不在旁边，在看不到的远方；但一想起你，我的精神又振奋了，我穿上了爱情的盔甲，准备重新投入战斗。"

然而上校获得了所有的人的欢心，参政官喜爱他，我的父亲认为"这样好的未婚夫找不到第二个，应该知足了"。纳塔利娅写道："甚至德·帕·戈洛赫瓦斯托夫①阁下对他也很满意。"公爵夫人没有直接对她说什么，但压力增加了，步伐加快了。纳塔利娅企图在他面前装成什么也不懂的"傻姑娘"，以为可以吓跑他。一点也不，他来得更勤了。

---

① 赫尔岑的表兄，即第一章中提到的赫尔岑的姑夫的儿子，1831 年起曾先后任莫斯科学区副总监和总监。

她写道:"昨天埃米利娅来看我,她这么对我说:'如果我听到你死了,我会高兴得画十字,为你感谢上帝。'她的话有一定道理,但不完全对,她心里只有悲伤,因此她完全理解我内心的痛苦,但是爱情给我心中带来的幸福,她却是无缘得知的。"

但是公爵夫人也不悲观。"为了安慰自己的良心,公爵夫人把3认识的神父请来,问他,违背我的意愿让我出嫁,是不是罪孽?神父说,为孤儿安排归宿,甚至是符合上帝的意旨的。我派人找我的忏悔神父,我要向他说出一切。"纳塔利娅最后写道。

10月30日。"这儿是外衣,明天的服饰,那儿是神像,戒指,大家忙于张罗,准备,可不对我讲一个字。纳萨金一家①和其他人都出动了。他们要给我准备意外的礼物——我也要给他们准备意外的礼物。"

晚上。"他们正在密谋策划。列夫·阿列克谢耶维奇(参政官)也来了。你劝我坚强一些,这是不必要的,我会摆脱这些骇人的丑恶把戏,即使用铁链把我锁住也不成。你的形象照耀着我,不必为我担心,我的忧郁和痛苦是神圣的,它们有力地、紧紧地搂住了我的心,拉开它们只会造成更大的痛苦,使伤口裂开。"

然而不论他们怎样掩饰,怎样遮盖事实,上校不能不看到,新娘对他毫无好感;他推说有病,来得少了,甚至暗示要增加嫁妆,这使公爵夫人非常生气,但她居然委曲求全,又给了莫斯科附近的一片庄园。这让步大概连他也没料到,因为从此他就不再登门了。

两个月平静地过去。突然传出了我移居弗拉基米尔的消息,于是公爵夫人为亲事作了最后的绝望挣扎。她的一个熟人的儿子是个

---

① 公爵夫人的女儿的夫家,在她女儿死后,仍与她保持着来往。

军官，刚从高加索回来；这人年轻有为，而且作风正直。公爵夫人撇开傲气，亲自托他的姐姐向弟弟"试探"，看他想不想求亲。他接受了姐姐的暗示。年轻的姑娘不愿再度扮演无聊的讨厌角色，看到事情发生严重的转折，便写信给他，直截了当地公开告诉他，对方爱着另一个人，信任那人的正直，要求别给她增添新的痛苦。

军官彬彬有礼地退了场。公爵夫人失败了，受了侮辱，决定调查事实真相。纳塔利娅亲自与军官的姐姐谈过，后者向弟弟保证，绝不向公爵夫人泄露半句话，但把一切告诉了女伴。当然，那个女人马上告发了。

公爵夫人勃然大怒，差点没气死。她不知怎么办，命令年轻姑娘回楼上房间，不想再看见她。但她觉得这还不够，吩咐锁上她的房门，还派了两名使女看守。然后她写信请几个弟弟和一个外甥去商量对策，说她太生气，太伤心了，没有心思对付她遭遇的不幸。我父亲拒绝了，说他自己事情繁忙，而且也不必这么大惊小怪，再说，他也不是婚姻纠纷的合适的法官。参政官和德·帕·戈洛赫瓦斯托夫第二天晚上应召去了。

他们商量了好久，没有取得一致意见，最后要见见被拘留的人。年轻的姑娘去了，但这已不是他们熟知的那个沉默寡言、羞羞答答的孤儿。她的脸色镇静高傲，透露了坚定不移和至死不渝的决心。这不是一个孩子，而是在保卫我与她的婚姻自主权的妇女。

"被告"的态度使神圣的法庭无能为力。大家有些尴尬，最后，德米特里·帕夫格维奇作为"家族发言人"，长篇大论地说明了他们聚会的原因，公爵夫人的忧虑，她安排养女终身大事的心愿，以及养女方面的奇怪反对，而这一切都是为了她的利益。参政官频频点头，伸出食指，表示赞成外甥的话。公爵夫人默默坐着，掉转了头闻嗅盐。

"被告"听完这一席话，简单地问，现在对她有何指教？

"我们根本不想强迫您接受什么，"外甥答道，"我们应姨母的邀请来到这儿，是为了向您提出真挚的劝告。您的对方各方面都是很出色的。"

"我不能接受这婚事。"

"请问原因何在？"

"您自己知道。"

家族发言人有些脸红了，嗅了嗅鼻烟，眯缝起眼睛，继续道：

"这件事有不少方面是可以反对的，我得请您注意，您的希望并不可靠。您与我们的亚历山大已经这么久没有见面，他这么年轻，偏激，您能信任他吗？……"

"我信任。而且不论他的心愿怎样，我不会改变我的心愿。"

外甥用尽了自己的口才，最后只得站起来说道：

"但愿上帝保佑您，不致后悔莫及！我非常为您的前途担忧。"

参政官皱紧了眉头；现在不幸的姑娘对他说话了。

"您一直是对我表示同情的，"她说，"我要求您救我，随您怎么办，但是不要让我再过这种生活。我没有对不起任何人，没有要求过任何东西，也没有要过任何手段，我只是不愿欺骗别人，毁灭自己，只是不愿嫁给他。我因此受的苦是无法想象的；我很抱歉，只能当着公爵夫人的面这么说。我不能忍受她的女伴的侮辱，那些气人的话和暗示。我不能，也不应该允许别人因我而侮辱他……"

她控制不住，眼泪潮水般涌出了眼眶；参政官坐不住了，激动地在屋里来回走动。

这时女伴恨得无名火三丈高，按捺不住，对着公爵夫人说道：

"好一个大家闺秀——这就是她对您的报答!"

"她在讲谁?"参政官厉声说。"啊?姐姐,鬼知道这个人是什么东西,您怎么能让她当着您的面这么讲您兄弟的女儿?再说,这个婆娘为什么要在这里?她也是您请来的?她与您是什么亲戚?"

"亲爱的兄弟,"惊慌失措的公爵夫人回答,"你知道她是我的什么人,是给我做什么的。"

"对,对,这很好,那么让她侍候您服药,替您办事好了;问题不在这里,姐姐,我是问您,为什么我们商量家庭事务,要她在场,而且她居然可以信口胡诌?由此可见,一切都是她在捣鬼,然后您却向我们诉苦。喂,吩咐套车!"

女伴哭哭啼啼,涨红了脸,跑出了屋子。

"为什么您让她这么放肆?"愤怒的参政官继续说道。"她以为她是在兹韦尼哥罗德的小酒店当掌柜呢,您怎么不觉得她讨厌?"

"别说啦,我的朋友,请别说啦,我的神经都快炸裂了——唉!……你可以上楼待着了。"她转身对侄女说。

"这种巴士底狱应该消灭了。这一切统统没有用,不会见效。"参政官说,拿起了帽子。

临走时,他上楼去了一次;纳塔利娅正为发生的事悲愤异常,坐在安乐椅上,掩住了脸痛哭。老人拍拍她的肩膀,说道:

"冷静一点,冷静一点,一切都会解决的。你要尽量克制,让姐姐不再生你的气;她有病,应该让她几分,要知道,她总还是为了你好;哦,我们不会强迫你出嫁的,这我可以担保。"

"不如进修道院,住寄宿学校,到坦波夫省找我哥哥,上彼得堡,什么都比忍受这种生活好!"她答道。

"噢，算了，算了，尽量安慰安慰姐姐，那个蠢婆娘给我教训了一顿，她不敢对你无礼了。"

参政官走过大厅时，遇到了女伴。他竖起一根手指吓唬她，厉声说道："记住，不要得意忘形！"她一边哭，一边走进卧室，公爵夫人已躺到床上，四个使女正在给她揉手脚，用醋擦太阳穴，往糖上滴霍夫曼滴剂。

家族会议就这么收场了。

很清楚，年轻姑娘的处境不可能好转。女伴变得谨慎了，但现在怀了私仇，要为自己受到的呵斥和侮辱向她报复，用种种琐碎的、间接的方法陷害她。不言而喻，公爵夫人参与了这种不光彩的行为，共同虐待无力自卫的姑娘。

这一切必须结束。我决定直接出面，写了一封长信给父亲，信写得心平气和，真诚坦率。我向他谈了我的爱情，我料到他会怎么答复，因此又说，我根本无意催他，他可以慢慢观察，看看这是不是一时冲动，我只要求他与参政官设身处地为不幸的姑娘想一想，希望他们记住，他们对她的事是与公爵夫人同样有权干预的。

父亲回信说，他不能干涉别人的事，公爵夫人在自己家中做什么，与他无关；他劝我丢掉这些荒唐的想法，它们是"闲散无聊之流放生活所造成"，最好还是准备出国旅行一次。从前我常常要求他让我出国游历，他知道我决心很大，便提出了种种困难，最后总是说："你不如先让我闭上眼睛，然后随你要到哪里都成。"流放后，我丧失了立即出国的一切希望，知道不易获得批准，何况在被迫离家之后，再坚持自动离家，未免太不近人情。我还记得，当我动身去彼尔姆时，在老人的眼睑上颤抖的泪珠……现在父亲却主动提出要我出国旅行！

我是坦率的，写信时怜惜老人，提出的要求这么低，他却用嘲笑和诡计回答我。我对自己说："他什么也不愿为我做，他像基佐 [①] 一样，宣扬不干涉政策 [②]；好，那我自己干，现在——一切让步再见吧。"我从未考虑过如何安排自己的前途；我相信，也知道，它属于我，属于我们，但把其他细节全都委诸命运；我们只要对爱情保持信念就够了，最大的希望不过是片刻的会见。父亲的信迫使我把未来握在自己手中。等待没有用——先下手为强！我的父亲不是感情脆弱的人，至于公爵夫人——

> 让她哭她的吧……
> 何必为她操心！ [③]

这时候，我的哥哥和凯切尔到弗拉基米尔看我。我与凯切尔通宵不眠，回顾往事，谈到了天明；我们含着眼泪笑，笑得流下眼泪。他是我离开莫斯科后见到的第一个自己人。我从他那里听到了我们小组这几年的变化，正在研究的问题，有些什么人参加，离开莫斯科的那些人又在哪里等等。一切谈完之后，我把我的意图告诉了他。他考虑了一会儿应该做什么，怎么办，最后提出了一个建议，它的荒谬我事后才发觉。原来他希望尽量采取和平办法，找我父亲（他与他几乎还不认识）认真谈一下。我同意了。

凯切尔这个人好事坏事都会干，唯独不擅长外交谈判，尤其不

---

① 基佐（1787—1874），法国资产阶级历史学家和政治家，七月王朝时期的著名外交家，1848 年二月革命后下台。

② 原文是法文。

③ 引自莱蒙托夫的诗《遗言》，引文与原文不尽符合。

是我父亲的对手。一切足以最后坏事的条件，他无不具备。他只要一露面，就势必引起一切保守派的忧虑和猜忌。他身材魁梧，头发杂乱无章，没有统一的梳法，脸上棱角分明，使人想起93年①国民议会的那些委员，尤其是马拉②，嘴那么大，嘴唇上那蔑视一切的线条那么刺眼，脸上也是一副充满仇恨的悲愤表情；此外，还有眼镜，宽边呢帽，非常暴躁的脾气，响亮的嗓音，而且不知道克制自己，火气一来，眉毛便越竖越高。他像乔治·桑的精彩小说《荷拉斯》中的拉腊维尼叶③，杂有一点"探路人"④和鲁滨孙⑤的气质，然而带有纯粹莫斯科人的特征。光明磊落的天性使他从小就与周围的世界直接发生冲突；他从不掩饰这种敌对态度，已习以为常。他比我们大几岁，却不断与我们吵架，对一切都不满，动不动训人骂人，只是他那孩子般的忠厚抵偿了这一切。他说话粗率，但感情温和，我们对他从不计较什么。

你们想象一下吧，就是这么一个人，这个最后的莫希干人⑥，面孔像"人民之友"马拉，居然登门拜访我的父亲。后来我多次逼他讲过他们会见的细节，因为我的想象力不够，无法勾勒这幅外交干涉的画面。原来，由于事情来得突然，老头儿起先莫名其妙，便向这位不速之客说明他的一切深谋远虑，为何反对我的婚事，但后来想明白了，立刻改变声调，问凯切尔，是何道理要劳驾他过

---

① 指1793年的法国，当时的国民议会由激进的革命民主派雅各宾派控制。
② 马拉（1743—1793），法国革命的左翼雅各宾派的领导人之一。
③ 《荷拉斯》中的一个革命家。
④ 指美国小说家库珀（1789—1851）的小说《探路人》的主人公。
⑤ 英国小说家笛福的小说《鲁滨孙漂流记》的主人公。
⑥ 北美印第安人的一支，原居住在新英格兰一带，因白人到来而逐渐消失。《最后的莫希干人》是库珀的一部小说。

问跟他毫不相干的事。谈话带上了怄气的性质。外交家看到事态恶化，试图用我的健康吓唬老人，但已经太迟；可想而知，会见的最后结局只能是我父亲方面的一连串尖刻讽刺和凯切尔方面的粗暴咒骂。

凯切尔写信给我道："不要对老人抱任何希望。"这是必然的。但怎么办，如何着手呢？我一天中考虑了十来个不同的方案，决不定哪个好。正在这时，我的哥哥打算回莫斯科了。

这是 1838 年 3 月 1 日。

第二十三章

1838 年 3 月 3 日和 5 月 9 日 [①]

上午我写信；写完后，我们坐下用膳。我没有吃，我们谁也不讲话，我心头沉重得受不了。这是四点多钟，七点钟马车就来了。明天午膳后他已在莫斯科，可是我……我的脉搏每分钟都越跳越快。

"您听着，"最后我对哥哥说，眼睛望着盘子，"您带我上莫斯科好吗？"

哥哥放下叉子，看看我，似乎怀疑他是不是听错了。

"您把我当作仆人，带我通过城门，其他就不用您帮忙了，同意吗？"

"可是我……好吧，只是你以后……"

这已经太迟了，他的"好吧"深入了我的血液，我的脑髓。本来只是一闪而过的思想，现在变得根深蒂固了。

---

① 这年 3 月 3 日是赫尔岑流放后与纳塔利娅初次会面的日子，5 月 9 日是他们在弗拉基米尔私自结婚的日子。

"这不必多谈，反正什么都可能发生——那么，您同意啦？"

"我没什么，真的愿意——只是……"

我从桌边跳了起来。

"您要走？"马特维问我，想说什么似的。

"要走。"我回答，口气那么坚决，他不敢再讲。"我后天回来，如果谁找我，你说我头痛，睡着，晚上在屋里点支蜡烛，现在把内衣和旅行包给我拿来。"

院子中响起了铃铛声。

"您准备好了？"

"准备好了。那么，动身吧。"

第二天午饭时候，铃声不再响了，车子停在凯切尔家门口。我吩咐叫他出来。一星期前，他从弗拉基米尔动身时我根本没打算上莫斯科，因此他见了我大吃一惊，开头说不出一句话，接着又哈哈大笑，但马上露出忧虑的神色，带我进屋。到了他的房间，他小心锁上门，问我道：

"出了什么事？"

"没什么事。"

"那你来干吗？"

"我不能待在弗拉基米尔，我想见见纳塔利娅——这便是一切，你必须为我安排一下，马上行动，因为明天我一定得回去。"

凯切尔看着我的眼睛，高高扬起了眉毛。

"真是胡闹，鬼知道这算什么，毫无必要，什么也没准备便到了这儿。你写过信，约过时间吗？"

"没有。"

"好家伙，老弟，叫我把你怎么办？简直糟透了，这是心血来潮！"

"问题在于现在不能浪费一分钟时间，必须马上想个办法才成。"

"你是傻瓜，"凯切尔斩钉截铁地说，眉毛扬得更高了，"我但愿你什么也干不成，我宁可这样，好给你一个教训。"

"如果我给逮住，这教训就会终生难忘了。听着，天一黑，我们就上公爵夫人家，你把仆人叫一个到街上来，至于叫谁，回头我会告诉你——嗯，这以后我们再相机行事。行不行？"

"好吧，没法子，就这么办吧，但我还是宁愿你不成功！为什么你昨天不写信给我？"凯切尔神气活现地戴上宽边呢帽，把帽檐拉得低低的，披上了红衬里的黑斗篷。

"嗨，你这家伙，唠唠叨叨的！"我一边出门一边说。凯切尔还是笑个不住，反复嘀咕道："难道这不滑稽？信也不写便跑来了，真是糟糕。"

我不能睡在凯切尔家，他住得太远，而且这一天他母亲有客人。我与他一起去找一个骠骑兵军官。凯切尔知道他为人正直，平时不问政治，因此没有警察监视。军官蓄着唇髭，我们进屋时，他正在吃饭；凯切尔讲了原委，军官给我斟了一杯红葡萄酒作答，感谢我们的信任，然后带我上他的卧室，卧室里挂满了马鞍和鞍鞯，使人觉得他仿佛是睡在马背上的。

"这个房间给您用，"他说，"在这里不会有人打扰您。"

然后他把勤务兵叫来，那也是个骠骑兵。他吩咐他，不论是谁，不论在什么借口下，一律不准放进房间。我又有了士兵守卫，不同的是在克鲁季茨，宪兵把我与整个世界隔开，在这里是骠骑兵把整个世界与我隔开。

等天完全黑以后，我和凯切尔出发了。我的心开始剧烈地跳动，我重又见到了那些熟悉而亲切的街道、地点、房屋，那阔别了四年的一切……铁匠铺桥，特维尔林荫大道……这是奥加辽夫的住宅，屋上竖起了一个大纹章，它已换了主人；我们少年时一起住过的底层，现在开了一家成衣铺……这是波瓦尔大街——我的呼吸急促了，在顶楼上，拐角的窗子里，点着一支蜡烛，这是她的房间，她在给我写信，她在想我，烛光明晃晃的，那么欢乐，它是为我点的。

我们正在考虑，怎样叫人传话，公爵夫人的一个年轻仆人正好迎面跑来。

"阿尔卡季。"我走到他身边叫他。他认不出我，我又道："怎么，你连自己人也不认识了？"

"啊，这是您？"他失声叫道。

我把手指按在嘴唇上，说道：

"我这儿有封信，不知你肯不肯帮忙，立刻递一下，越快越好，通过萨莎或科斯坚卡①，明白吗？我们在转弯的小巷子里等回音。你不能对任何人漏出半句话，说你在莫斯科见过我。"

"您放心，我马上一切照办。"阿尔卡季回答，快步跑进了屋子。

我们在小巷里来回走了大约半小时，便看见一个瘦小的老婆子匆匆忙忙、东张西望地来了，这就是那个在 1812 年为我向法国兵讨面包的勇敢使女，我们从小叫她科斯坚卡。老婆子双手捧住我的

---

① 即第二十章提到过的老保姆，也就是照料过赫尔岑的那个使女纳塔利娅·康斯坦丁诺夫娜。

脸亲吻。

"那么你终于飞来啦，"她说，"唉，你这大胆的小家伙，什么时候才能安生啊，这么胡闹，把小姐吓了一跳，差点没有晕倒。"

"回信呢，有没有带来？"

"有，有，瞧，好急的性子！"她给了我一张字条。

字条上是用颤抖的手写的几个铅笔字："我的天，难道这是真的——你在这里？明早五点多我等你，真不能相信！难道这不是梦吗？"

骠骑兵重又把我交给了勤务兵保护。到了五点半，我已靠在路灯柱子上等凯切尔，他已从边门溜进公爵夫人家。我不想谈我靠在柱子上等待时心情的变化，这纯粹是内心的活动，是无法描摹的。

凯切尔向我挥手。我走向边门，一个已经长大的小厮陪我进屋，脸上露出熟悉的笑容。我到了前室，从前我曾打着哈欠走进这里，现在却准备跪下去吻每一块地板了。阿尔卡季把我领进客厅后走了。我疲惫不堪，倒在沙发上，心突突乱跳，头脑发痛，而且很害怕。我拖长了叙述，好让这些回忆多逗留一会儿，虽然我看到，文字并不足以表达它们。

她进来了，穿着一身素白衣服，显得光彩夺目，十分美丽。三年的离别，斗争的经历，使她的容貌和表情变得成熟了。

"这是你。"她说，声音平静而亲切。

我们坐在沙发上，沉默不语。

幸福的表情在她眼睛中变成了痛苦。也许，欢乐的感觉发展到顶点，就会出现痛苦的反应，因为她也对我说："你的脸色为什么这么难看呀？"

我握住她的手，她用另一只手支着下颌，我们彼此没有谈什么……简短的句子，两三件往事，信中的话，关于阿尔卡季、骠骑兵和科斯坚卡的几句废话。

接着保姆走进屋子，说我该走了，我没有反对，站了起来，她也没留我……心中充满了要说的话。但是多讲一句，少讲一句，讲短一点，讲长一点，对眼前这丰富的内心而言，反正都一样……

到了城外之后，凯切尔问我：

"怎么样，你们决定什么没有？"

"没有。"

"你不是与她谈过了吗？"

"没有谈这件事。"

"她同意吗？"

"我没有问——当然，她是同意的。"

"见鬼，你的行动像小孩或疯子。"凯切尔说，扬起了眉毛，气得直耸肩膀。

"我会给她写信，然后写信给你，现在，再见吧！喂，快跑！"

外面是融雪天气，松软的雪有些地方发黑了，两边都是白茫茫的一片，无边无际，三三两两的村落在远处忽隐忽现，炊烟一缕缕升起，然后月亮冉冉上升，月光异样地照射着一切。只有车夫在我身边，但我还是仿佛与她在一起，仿佛她还在眼前；道路，月亮，林中的空地，似乎与公爵夫人的客厅混成一片。多么奇怪，我记得保姆和阿尔卡季，甚至送我到门口的使女的每一句话，偏偏不记得我对她说了什么，她又对我说了什么。

两个月在不断的忙碌中过去了，我得准备钱，弄到出生证；我发现它在公爵夫人手里。一个朋友^①靠行贿、说情、请警官和文书喝酒，总之，用不正当手段，从宗教事务所替我另外弄了一份。

一切就绪之后，我们，也就是我和马特维动身了。

5月8日黎明，我们到了莫斯科前面最后一个驿站。车夫去要马了。气候沉闷，雨淅淅沥沥下着，似乎还会出现雷电，我没有下车，催车夫快些。车篷外一个人在说话，声音有些奇怪，尖尖的，慢条斯理，像哭一样。我扭头一看，只见一个十五六岁的小女孩站在外面，她脸色苍白，瘦瘦的，衣衫褴褛，蓬头垢面，这是乞儿。我给了她一个小银币，她乐得哈哈直笑，然而非但不走，反而爬到驾车座上，对我唠唠叨叨讲些不连贯的话，眼睛盯着我的脸。她目光浑浊，怪可怜的，头发一绺绺披在面上。她那副生病的样子，那些不可理解的语言，在曚昽的曙光中引起了我一种神经质的不安心理。

"这家伙就爱这么装疯卖傻，是个小癫婆。"车夫说。"你往哪里爬？我抽你一鞭子，你才知道厉害呢！我真的要抽呢，你这捣蛋鬼！"

"你骂什么，关你什么事。你瞧，老爷还给了我一个银币呢，我碍你什么啦？"

"给了你钱，你就滚你的，回树林待着。"

"带我走吧，"小女孩望着我央求，"真的，带我走吧……"

"到莫斯科开展览会，让人参观？瞧，这个疯女人，这个海怪，呸！"车夫说，"喂，下车，听见没有？车子要走啦。"

女孩子不肯下车，还是可怜巴巴地瞧着我。我请车夫别欺侮

---

① 指阿斯特拉科夫，一个数学教师。

她，他把她轻轻一抱，放在地上。她放声大哭，我也伤心得几乎哭了。

为什么正是在这一天，正是在我进入莫斯科的时候，我遇到了这么一个人？我想起了科兹洛夫的《疯女》，他也是在莫斯科附近遇到她的。

车子离站了。空气中充满了电，又闷又热，十分难受。铁青的乌云低垂着，临近地面成了一团团灰色的雾，在原野上慢慢移动。猝然间，电光忽闪忽闪地划破长空，雷声隆隆，大雨倾盆。我们离罗戈日门十来俄里，然而还得走一个小时才能到达莫斯科的处女广场。凯切尔在阿斯特拉科夫的家中等我，车子抵达那里时我们已淋得像落汤鸡了。

凯切尔还没有到。他正守在一位弥留的夫人的床边，她名叫叶·加·列瓦绍娃①，属于俄罗斯生活中令人惊异的现象之一，这种人减轻了生活的压力，然而一生的功绩除了少数几个朋友，无人知晓。她流过多少眼泪，给破碎的心灵带来过多少安慰，鼓舞过多少年轻人，可是自己却经历了不少苦难。"她把所有的爱都给予了人们。"恰达耶夫②对我这么说，他是她最亲密的朋友之一，曾把自己论俄国的著名书信呈献给她。

凯切尔不能离开她，写信通知我，他九点左右到。这消息使我大为不安。被强烈的私欲吞没的人是最自私的。凯切尔没有如约前来，我便认为这是他的失信……钟鸣九下，传来了晚祷的钟声，又过了一刻钟，我急得像热锅上的蚂蚁，又沮丧又失望……九点半

---

① 列瓦绍娃（死于 1839 年），当时莫斯科的一位贵妇人，与许多文人交往密切，她的家成为著名的沙龙。

② 见第三章作者注。但《哲学书简》并不是献给列瓦绍娃的。

了，他还是没到；病人一定更危险了，我怎么办呢？我不能留在莫斯科，在公爵夫人家中，使女和保姆一句话不当心，就会败露机关。坐车回去是可能的，但我觉得我没有力量往回走。

到了九点三刻，凯切尔戴着草帽来了，他脸色憔悴，一夜未睡。我奔上前去抱住他，拼命责备他。凯切尔皱紧眉头，看着我问：

"难道从阿斯特拉科夫家走到波瓦尔大街半个钟头还不够吗？本来我可以在这儿跟你谈上整整一个钟头，不过，无论谈话怎么愉快，我不能为了它毫无必要地提早离开一个临终的人。"接着他又道："列瓦绍娃向你问好，她用她将死的手给我祝福，祝我们成功，还给了我一条暖和的围巾，以防万一。"

弥留者的问候对于我是非常宝贵的。暖和的围巾在夜间大有用处，可我不能向她道谢，也不能与她握手告别……她即将谢世了。

凯切尔和阿斯特拉科夫走了。凯切尔负责带纳塔利娅出城，然后由阿斯特拉科夫回来通知我，一切是否顺利，我应该怎么办。他的温柔美貌的妻子陪我在家中等他，她自己刚出嫁不久；这个具有热烈的、火一般的性格的女人，全心全意地关怀着我们的事，她装出乐观的样子，竭力让我相信，一切都会迎刃而解，其实她心里很不平静，脸色变化不定。我与她坐在窗前，无话可谈；我们像两个孩子因为做了错事给关在空房间里听候处理。这样过了大约两个钟头。

世界上没有比这种无所事事的等待更令人焦急，更无法忍受的了。朋友们包办了一切，不让我这个主要的病人有丝毫负担，这是个大错误。应该想些事给我做，如果没有，就找些体力劳动，让我忙得不可开交，才可忘记心事。

最后阿斯特拉科夫回来了，我们向他奔去。

"一切都很顺利，我是亲眼看他们的马车驶出的！"他从院子中向我大声喊道。"你马上从罗戈日门出城，在那儿桥边，离佩罗夫饭店不远，你可以看到一辆马车。祝你平安。只是半路要换一下车，使后面的车夫不知道你来自哪里。"

我像脱弦的箭飞快走了……到了离佩罗夫饭店不远的桥边，却找不到一个人，桥那边也没人。到了伊斯梅洛夫动物园，还是不见人影。我打发了车夫，步行走去，来回走了几次，才发现另一条路上停着一辆马车，一个年轻英俊的车夫站在车旁。

"有没有一位先生经过这里？"我问他，"身材高高的，戴顶草帽，不是一个人，跟一位小姐在一起。"

"我什么人也没看见。"车夫爱理不理地回答。

"你送谁到这儿的？"

"送几位先生。"

"他们叫什么名字？"

"您问这干吗？"

"嗨，老弟，你这人真有意思，如果没事，我就不会问你啦。"

车夫用探索的目光打量着我，忽然笑了，大概我的样子得到了他的好感。

"既然有事，您自己应该知道名字，您要找的是谁？"

"你真是像燧石一样硬，好吧，我要找一位老爷，他名叫凯切尔。"

车夫又笑了，用手指着墓园，说道：

"瞧那远处，黑黑的，这就是他；有位小姐在他旁边，她没戴帽子，凯切尔先生把自己的给她戴了，好像是草帽。"

这一次我们又是在墓园相见！

……她轻轻喊了一声，扑到了我的颈上。

"让我们永远在一起！"她说。

"永远在一起！"我跟着说。

凯切尔很感动，眼泪在眼中闪闪发光，他握住我们的手，用颤抖的声音说道：

"朋友们，祝你们幸福！"

我们拥抱了他。这实际上便是我们的结婚仪式！

我们在佩罗夫饭店的一个单间里等了一个多小时，马特维的马车还没有到！凯切尔皱紧了眉头。我们根本没想过可能出什么事。我们三个人在这里很好，像在家中一样，仿佛再也不会分开。窗外是一片小树林，下面传来音乐声，还有吉卜赛人的合唱；雷雨之后的天气是美好的。

我不像凯切尔，并不担心公爵夫人派警察追赶我们，我知道，她出于高傲，不会让警察干涉我们的家事。况且，没有参政官的同意，她不可能采取任何行动，而参政官不得到我父亲的允许，也绝不会干什么；我的父亲却绝对不愿让警察在莫斯科或莫斯科近郊找到我，我会因违反皇上旨意而被送往博布鲁伊斯克或西伯利亚。危险只可能来自秘密警察方面，但一切进行得这么快，他们很难得到消息，即使听到些风声，又怎么会想到，私自从流放地回来的人会带着新娘，平静地坐在佩罗夫饭店中，那儿从早到晚挤满了人呢。

最后，马特维坐着马车到了。

"再干一杯，"凯切尔命令道，"然后出发！"

于是只剩了我们两人，单独在弗拉基米尔大道上飞驰了。

在布恩科沃村换马时，我们走进一家客店。老板娘上前问，要不要吃点什么，她慈祥地端详着我们说道：

"你的太太多么年轻，又这么标致，愿上帝保佑你们小两口儿。"

我们脸红到了脖子上，不敢彼此看一眼；为了掩盖自己的窘态，我们要了茶。次日五点多钟，我们到了弗拉基米尔。不能浪费时间，我把新娘安置在一个有眷属的老官员家里，便赶紧去打听，一切是否已准备就绪。但是在弗拉基米尔，谁在替我准备呢？

到处都不缺乏善良的人。在弗拉基米尔，当时驻扎着一个西伯利亚枪骑兵团，我与这些军官并不太熟，但有一个人，我常在公共图书馆遇见，与他点头招呼；他彬彬有礼，人也温和。过了一个月，他向我承认，他知道我，也知道我 1834 年的经历，他说他也是莫斯科大学毕业的。我离开弗拉基米尔时，想物色一个人替我办事，我想起了军官，便找到他，把事情原原本本告诉了他。他为我的信任所感动，握住我的手，答应一切照办。

军官在等我，他全副武装；白领章，不带套子的高筒军帽，斜挂在肩上的子弹带，形形色色的穗带，什么也不缺少。他告诉我，主教已准许神父给我举行婚礼，但首先得查看出生证明。我把证明给了军官，又去找另一个年轻人，那人也是莫斯科大学毕业的，现在按照必须在外省服务两年的新规定，在省长办公厅供职。整日无聊得叫苦连天。

"您想当傧相吗？"

"给谁当傧相？"

"给我。"

"什么，给您？"

"对，对，给我！"

"好极了！什么时候？"

"就在今天。"

他以为我是开玩笑，但是当我匆匆忙忙把事情告诉他之后，他乐得跳了起来——在秘密婚礼上当傧相，凑热闹，可能还会受审问，这一切在毫无娱乐的小城市中太有趣了。他马上答应替我弄一辆马车，四匹马，还翻箱倒柜，看看有没有干净的白坎肩。

离开他家后，我又遇到了我的枪骑兵，他抱住神父，坐在车上。你们想象一下：穿得花里胡哨、全副戎装的军官，带着又高又胖的神父，挤在又小又窄的马车上，神父的大胡须迎风飘拂，那件绸僧袍钩住了军服上各种无用的装饰品。单单这幅情景，不要说在弗拉基米尔通往金门的街道上，就是在巴黎的林荫道或者摄政王大街上，也足以吸引不少人观看呢。但枪骑兵没工夫想这些，我也以后才想到。原来这天是尼古拉日①，神父正在挨家挨户做祈祷，我的枪骑兵半路截住，把他抓上了马车。我们便一同去找主教。

为什么还要打扰主教呢？我在这里把原因交代清楚。神父本来已经答应替我举行婚礼，到我临走前一天，忽然变卦，说未经主教批准，不能照办，因为他听到一些风声，有些害怕。不论我和枪骑兵怎样好言相劝，他坚持不肯。枪骑兵提议请他们团里的神父试一下。这神父没有胡髭，短头发，穿着下摆长长的常礼服，裤腿塞在靴筒里，寒碜地吸着士兵的烟斗。虽然我们的提议在细节方面他表示同情，但他拒绝替我主持婚礼，操着波兰白俄罗斯口音说，上面三令五申，不准他们替非军人举行婚礼。

---

① 指 5 月 9 日。尼古拉日一般在冬天的 12 月 6 日，见第七章，但在俄国，夏季的 5 月 9 日也是尼古拉日。

"可是我们不经批准，更严禁给人当证婚人和傧相呢，"军官对他说，"我还不照样当了。"

"那不同，在上帝面前是另一回事。"

"勇敢的人会得天助。"我对枪骑兵军官说。"我马上去找主教。再说，您为什么不申请批准？"

"不必。团长会告诉他老婆，他老婆又会告诉别人。况且他也很可能不准批。"

弗拉基米尔主教帕尔费尼是个聪明、严峻、粗犷的老人，雄才大略，与众不同；他本可以当省长或将军，据我看，他当将军比当教士更合适。但是机会不巧，他没有在高加索指挥军队，却管了一个教区。我从他身上看到的不是一个活的幽灵，倒大多是行政长官的气质。然而与其说他凶恶，不如说他严厉。正如一切能干的人一样，他对问题理解迅速，敏锐，如果谁对他废话连篇，或者不领会他的意思，他就会大发雷霆。跟这种人打交道，比跟温和的、但软弱无能的人打交道，一般说容易得多。我到达弗拉基米尔之后，按照外省的习惯，一天日祷后，曾专诚拜访过主教。他殷勤接待，祝福了我，还用鲑鱼款待我；最后请我有空常上他那儿坐坐，谈谈。他说他眼睛坏了，晚上不能看书。我去过两三回，他了解文学，知道一切新出的俄国书，也看杂志，因此我与他谈得很投机。尽管这样，我去叩主教府的大门时，心中仍不免惴惴不安。

这一天天气炎热。主教大人帕尔费尼在花园中接待我。他坐在一棵绿叶成荫的大椴树下，摘下了僧帽，披着一头白发。体格端庄的大司祭光着秃头，站在烈日下，给他大声念文件；大司祭的脸晒成了紫酱色，大颗的汗珠不断从额上渗出，给太阳照得耀眼的白纸使他睁不开眼睛，可是他不敢移动一步，主教也不叫他走开。

"请坐，"他对我说，一边画十字，"我们马上完了，这是我们宗教事务所的公事。念下去。"他又转身对大司祭说，那人用蓝手帕擦擦汗，别转脸清一下嗓子，重又往下念了。

他念完后，帕尔费尼问我："您有什么贵干？"一边把笔递给大司祭，后者利用这可靠的机会吻了主教的手。

我把神父拒绝主持婚礼的事告诉他。

"您有证件吗？"

我给他看省里的许可证。

"就这一份？"

"就这一份。"

帕尔费尼笑了。

"新娘方面呢？"

"有出生证书，结婚那天会带来。"

"什么时候结婚？"

"再过两天。"

"那么，您找好住宅了？"

"还没有。"

"嗯，您瞧，"帕尔费尼说，一边把一根指头伸进嘴唇，钩住嘴巴，把它拉向面颊，这是他的怪习惯之一，"您是聪明人，读书很多，不过，糠秕骗不了老麻雀。您这事有点不大对头呢；既然您来找我，最好干干脆脆，把事情老实告诉我。这样我才能明确对您说，什么可以，什么不可以。总而言之，我的忠告对您还是不会有坏处的。"

我认为我的行为光明磊落，因此全部告诉了他，当然略去了不必要的细节。老头儿仔细听着，不时看看我的眼睛。原来，他与公爵夫人是多年的朋友，有些部分他可以相信我讲的是实情。

"我明白，我明白，"他听完后说，"那么让我出面，写封信给公爵夫人吧。"

"您应该相信，一切和平办法都无济于事，任性，冷酷——这些已经根深蒂固。主教，我遵照您的要求，把一切报告了您，现在我得补充一句，如果您拒绝帮助我，那么，本来我不想声张，认为是光明正大的事，我只得秘密地、偷偷地花钱来办了。有一点我得向您声明，无论监狱或新的流放，都不能阻挡我。"

"哎哟，"帕尔费尼说，站起身子伸了个懒腰，"好厉害，您还没给彼尔姆吓怕，还没吃够苦头呢。难道我说过不准您结婚吗？您尽管结婚，在法律上这没什么好挑剔的；当然，最好有家人或亲属到场。您那个神父，您请他来见我，我会开导他。不过有一点您得记住：新娘那边没有证件，您休想办这件事。什么'无论监狱还是流放'，这都是废话，唉，谁想得到，现在这些人都变得这样！好吧，主与您同在，祝您成功，至于公爵夫人，她非跟我大吵不可。"

这样，除了枪骑兵军官，弗拉基米尔和苏兹达尔教区的主教大人帕尔费尼，也参与了我们的阴谋活动。

这以前，我向省长要求批准的时候，根本没提我的结婚是秘密的，这是避免人们议论的最可靠办法，至于我的新娘到弗拉基米尔成亲，这再也自然不过，因为我被剥夺了外出的权利。再说，在目前的状况下，我们希望婚礼尽量不引人注目，这是完全合乎情理的。

可是到了 5 月 9 日，我带神父面见主教时，一个见习修士对我们说，他一早就到城外的住宅去了，天黑前不会回来。这时已是晚上七点多，过了十点便不能举行婚礼，明天又是星期六。怎么办？

神父不敢做主。我们只得找修士司祭，主教的忏悔师。司祭在茶里掺了罗姆酒，正喝得兴致勃勃，心情很好。我把事情同他讲了，他给我斟了一杯茶，坚持要我加罗姆酒。然后他掏出大银边眼镜，查看证件，又翻到背面，看有没有写什么，折好后交还神父，说道："手续完全齐备。"神父仍犹豫不决。我对修士司祭说，如果我今天不能结婚，我会觉得非常失望。

"为什么要延期，"修士司祭说道，"我会报告主教阁下；给他们举行结婚仪式吧，伊万神父，给他们办理——以圣父、圣子、圣灵的名义，阿门！"

神父无话可说，动手写无血统关系证明了；我驱车去接纳塔利娅。

……当我俩坐的马车驶出金门时，本来给云朵遮没的太阳，向我们射出了最后一阵鲜红耀眼的光芒，气氛变得庄重而欢乐，我们不约而同出声喊道："这是我们的傧相！"我记得她说这话时含笑握住我的手。

驿站的小教堂离城三俄里，里边空空荡荡，没有唱诗班，也没点大吊灯。四五个普通的枪骑兵路过这儿，顺便进来看看便走了。老读经员用微弱的嗓音轻轻念诵经文，马特维含着兴奋的眼泪看我们，年轻的傧相们站在我们背后，捧着重甸甸的婚礼冠，这是弗拉基米尔驿站车夫结婚时戴的。读经员用颤抖的手把结合的银勺递给我们……教堂内逐渐暗了，那里只点着几支土蜡烛。这一切正因为单纯才显得优美，不同寻常——也许这只是我们的感觉。这时主教正好坐车经过，看到教堂的门开着，便派人查问，里边在干什么。神父一听，脸色有些发白，亲自出去回话，但过了不一会儿却满面笑容回来了，对我们说道：

"主教大人祝福新郎新娘，吩咐鄙人传话，他将为二位向主祈求保佑。"

我们回家时，秘密结婚的消息已传遍全城，太太们坐在阳台上等待，窗都打开了，我放下车窗玻璃，可惜暮色苍茫，不能让大家充分看清我的"美人"。

到家后，我们与傧相和马特维喝了两瓶葡萄酒，傧相们坐了二十分钟便走了，于是我们又像在佩罗夫饭店一样，只剩了两人，一切显得这么自然，这么简单，似乎是理所当然的，我们一点也不觉得奇怪，尽管后来整整几个月一直对此惊异不止。

家里一共三间屋子。我们坐在客厅中一张小桌旁边，忘记了几天来的疲劳，谈到半夜……

在婚宴上出现一大群人，我总觉得有些粗俗，不文雅，甚至不知羞耻。把爱情的帷幕过早揭开，让家庭的秘密袒露在冷漠的局外人面前，这是为了什么？一个可怜的姑娘以新娘的名义被当众展览，这时那一切陈词滥调的祝贺，鄙陋庸俗的举动，笨拙的暗示，对她该是多大的侮辱……没有一种纤细的感情获得宽容；豪华的合欢床，精美的夜礼服，不仅供宾客们啧啧赞赏，也成了一切庸夫俗子看热闹的目标。何况新婚生活的开始，本来是每一分钟都宝贵的，最好跑到没人的地方，越远越好，却偏偏要消磨在无休止的酒筵、虚掷精力的舞会和吵闹的人群中，这无异是对婚姻的嘲笑。

第二天早晨，我们在大厅中发现了两株玫瑰花和一大束鲜花。这是省长夫人尤利娅·费奥多罗夫娜送来的，她对我们的结合寄予了热烈的关怀。我拥抱和亲吻了省长家的仆人，然后又两人一起去向她道谢。由于新娘的嫁妆只有两套衣服，一套是路上穿的，一套是婚礼上用的，因此她只得穿结婚礼服出门。

拜访尤利娅·费奥多罗夫娜以后，我们又到了主教府，老头儿亲自带我们走进花园，摘了一束花，告诉纳塔利娅，我怎样用自己的毁灭来威胁他，最后教导她怎样当家。

"您会不会腌黄瓜？"他问纳塔利娅。

"会。"她笑笑回答。

"哦，我不大相信。不过这是一定得会的。"

晚上我写信给父亲，劝他不必为既成事实生气，"因为这是上帝让我们结合的"，我要求他宽恕我，祝福我。父亲通常一星期给我写几个字，这次既没提早复信，也没推迟，甚至信的开头也与以前完全一样："汝5月10日来信，已于前日五时半收到，得知上帝已使汝与娜塔莎结合，阅后余不无忧虑。上帝之意旨，余无意违抗，上帝赐予之磨难，余唯有无条件忍受而已。然因钱乃余本人所有，汝既认为无需考虑乃父之意愿，余亦只得宣布，除汝之生活费，即一年一千卢布，仍照旧支付外，其余不得增加分文。"

教会的权力和世俗的权力如此泾渭分明，使我们忍俊不禁，大笑起来。

可是我多么需要钱啊！我所有的钱已快告罄。我们什么都缺少，可以说一无所有，既无衣服床单，也无日常用具。我们像坐牢一样困守在小房间里，无法外出。马特维为了节约，只得想方设法当起了厨子，但是除了牛排和肉丸子，什么也不会煮，结果只能大多依靠现成食品：火腿，腌鱼，牛奶，鸡蛋，干酪，以及硬得不能下咽、早已失去新鲜香味的薄荷蜜糖饼干。我们的午膳成了笑料的无穷源泉，有时牛奶给当作汤，成了第一道菜，有时又给当作了最后一道的甜点。我们面对这斯巴达式膳食，不禁含笑想起公爵夫人府上和我父亲家中那朝圣似的长长行列：六七个侍役端了碗盏菜盘，从这边走到那边，仿佛这是一场庄严的祭典，实际上不过是一顿平常的午餐。

我们这么艰苦度日，挨过了一年。化学家寄来了一万现钞，其中六千多付了欠账，其余的解决了大问题。最后，父亲也厌烦了，不想再用饥饿战术攻占我们这个堡垒，虽未增加生活费，却馈赠了一笔现金，尽管自从得知他那著名的"区分法则"以后，我从无一句话提到过钱！

我开始另找寓所。在雷别杰河对面有一幢荒凉的大花园住宅出租，它属于一个什么公爵的寡妇，公爵是输光了家产死的。它的租金特别便宜，因为它远离闹市，交通不便，主要是公爵太太讲定要分一小部分本来不能分的房子，给她那个十三岁的宝贝儿子和他的仆人居住。这么交错使用房屋，谁也不会同意，我却马上答应了，我看中它房间宽敞，窗户高大，又有绿叶成荫的大花园。但这种宽敞和高大，和我们的毫无动产，缺乏最必要的用具，正好构成了可笑的对照。公爵太太的女管家，一个好心的老婆子，对马特维十分赏识，自愿承担责任，把桌布、碗盏、床单、餐叉刀子等等，借给我们使用。

我们在金门附近三个房间的小寓所中，在公爵太太的大公馆中，都过得像神仙一般怡然自得！……这里有一间大厅，家具极少，有时我们发小孩脾气，便在大厅上奔跑，从椅子上跳跃，把墙上的枝形烛台统统点亮，让大厅照耀得如同白昼，在那儿朗诵诗歌。马特维和年轻的希腊籍使女跟我们一起玩儿，闹得不亦乐乎。我们家中是"无法无天"的。

尽管有这许多孩子气的行为，我们的生活还是充满深刻的严肃性的。我们与世隔绝，住在安静和平的小城市中，彼此相依为命。

有时传来某一个朋友的一点消息，几句热情洋溢的话，然后又归于沉寂，仍是孤单地过活。但是在孤独中，我们的心没有躲进个人幸福的小天地，相反，我们的兴趣比任何时候更广泛。我们没有虚度年华，浪费光阴，我们思考和读书，献身于一切，然后又沉浸在自己的爱情中；我们检查自己的思想和憧憬，惊奇地发现我们的志趣是如此相同，即使在感情和思想、趣味和嫌恶的一切细微而遥远的曲折处和分歧处，仍有亲密的谐和音存在。不同的只是：在我们的结合中，纳塔利娅带来的是安静、亲切、优美的因素，一个少女充满柔情的诗意，而我带来的是精力充沛的活动，我的"恒动精神"，无止境的爱，还有种种严肃的思考、笑料和危险思想的混合物，以及一堆无从实现的计划。

"……我的希望停止了。我满足了——我生活在现在，对明天已无所期待，我无忧无虑，相信明天我也不致丧失什么。个人生活不可能再给我什么，这已是极限；任何变化，不论它来自哪个方面，只能损害它。

"春天奥加辽夫来了，他是从流放地回来小住几天。那时他正处于精力最旺盛的时期，但不久他也将经历沉痛的考验。有时他仿佛意识到，灾难已在身旁，但还能不当一回事，把命运伸出的手看作幻觉。我那时也认为，这些乌云就会消散；无忧无虑本是一切没有丧失力量的年轻人的特色，这表现了对生活和对自身的信心。充分掌握自己命运的感觉使我们沉醉不醒……可是黑暗势力和邪恶的人们却一声不作地把我们引向深渊的边沿。

"幸而人们或者未曾想到，或者视而不见，善于忘记。完满的幸福是无所牵挂的；它安详得像夏季风平浪静的海洋。激动只产生病态的、狂热的喜悦，它像赌博一样使人兴奋，但这绝非和谐的、无限宁静的感觉。因此不论是不是梦，我高度评价这种对生活的信心，尽管这只是由于生活还没有驳斥它，唤醒它……中国人靠吸食鸦片在陶醉中死去……"

1853 年我这么结束这一章[①]，现在我也这么结束它。

[①] 指 1853 年的初稿，前面引号中的最后几节曾作为"第三卷的片断"发表于 1855 年的《北极星》第一集上，后来于 1857 年全文发表第三卷时又把它们编入了本章。

第二十四章

1839 年 6 月 13 日 [1]

这是 1838 年末一个漫长的冬夜，我们照例坐着，没有旁人，我们读一会儿停一会儿，谈一会儿沉默一会儿，或者在沉默中继续谈话。屋外非常冷，屋内也不怎么暖和。娜塔莎觉得不大舒服，躺在沙发上，盖着一件披肩，我坐在旁边地板上；读书并不顺利，她心不在焉，琢磨着什么，似乎有心事，脸色变化不定。

"亚历山大，"她说，"我有个秘密，你走近一些，让我对着你的耳朵告诉你，哦，不——你自己猜吧。"

我猜到了，但要她自己告诉我，我希望她向我报告这个消息；她对我说了，我们互相望了一眼，心情激动，眼中噙着泪水。

……人的心对欢乐和幸福的感受能力是强大的，只要我们不为琐事所吸引，善于用整个身心迎接它们。妨碍当前的感受的，通常是外界的骚扰，无谓的忧虑，自寻烦恼的执拗心理，这一切尘埃都是在生命的中途，由追名逐利和庸人自扰的生活习惯所造成。我们

---

① 赫尔岑的长子亚历山大出生的日子。

浪费和虚掷了最好的年华，仿佛它们是取之不尽的。我们在必须用双手握住幸福之杯的时候，却总是想到明天，想到下一年，但生活是慷慨的，不必我们要求，就会把杯子斟满，送到我们面前，我们应该举杯痛饮，直到它被转移到别人手中。大自然是不爱把杯子长期留给一个人的。

我们的幸福似乎已达到饱和点，没有什么可以增加了，然而未来的婴孩带来的消息，又在我们心中打开了新的天地，那里充满着我们从未领略过的喜悦、忧虑和希望。

带点不安和焦急的爱情，变得更温柔、更体贴了，它关心着未来的生命；两个人的利己主义不仅变成了三个人的利己主义，而且两个人要为第三者作出自我牺牲；家庭是从孩子开始的。新的因素跨进了生活，一位神秘人物已在叩门；客人来了可以走，这个人却是不可少的，是热烈期待的。他是谁呢？没人知道，但不管他是谁，他是一个幸福的陌生人，在生命的入口处，他将受到多么热情的接待！

这里还有痛苦的焦虑——他能不能活着生下来呢？不幸的例子那么多。医生对问题笑而不答——他是不知道，还是不愿讲呢？一切对外人都还隐瞒着，没有谁可问，而且也羞于启齿。

但是孩子却在报告生命的消息。这未来的生命正向外挣扎，舒展自己还不完备的机体，这些最初的活动给心灵带来了一种感情，世上最崇高、最神圣的感情；父亲凭这最初的启示，祝福着新生命在未来的降临，要让他在自己的生活中占有一席位置。

有一次一个法国资产者对我说："内人，内人……"他向四周看了看，见既无女人也无孩子，这才小声继续道："她怀孕了。"

确实，一切道德概念就是这么混乱，怀孕被认为是有伤大雅的事；一边要求人无条件尊重母亲，不论她是怎样一个母亲，一边又掩盖分娩的秘密，而这又绝非出自尊敬的感情和谦虚的心理，只是为了维护礼法。这一切无非要把欲念理想化，给男女关系披上修道士的外衣，对肉体进行诅咒和排斥；这种不祥的二元论把我们当作马格德堡半球①，拖向两个相反的方向。让娜·德罗英②虽然信奉社会主义，却在《妇女文集》中提出，将来生孩子会改变。怎么改变呢？改得像天使下降一样。就是这么个意思。

正义和光荣属于我们的导师，老现实主义者歌德：他敢于把怀孕的妇人与浪漫主义的纯洁少女相提并论，用自己有力的诗句塑造未来母亲那起了变化的形体，把它与未来妇人那柔软的四肢同等看待。

的确，妇女在狂欢之后的甜蜜回忆中，还背负着爱情的十字架，它的全部重量都压在她身上，她牺牲了美和时间，忍受着痛苦，以自己的乳汁喂养幼小的生命；这是最优美感人的形象之一。

在《罗马哀歌》中，在《纺线女》中，在甘泪卿和她绝望的祈祷中③，歌德表现了大自然对正在成熟的果实所赋予的一切庄严，也表现了社会加在这个孕育着未来的容器身上的一切荆棘。

可怜的母亲像掩盖耻辱一样掩盖着爱情的痕迹；在她们最需要恬静和安慰的时候，世人却粗野无情地折磨她们，给她们那些不可代替的丰满时刻带来巨大的损害，使过多的幸福成了生活中的压

---

① 1654 年，在德国马格德堡举行过证明空气压力的物理实验，实验是用两个半球合在一起抽去空气后进行的，这就是所谓"马格德堡半球"。

② 法国政论家，圣西门的学生。

③ 《罗马哀歌》和《纺线女》都是歌德的诗。甘泪卿和她的祈祷，见《浮士德》第一部第十八场。

力，沉重的负担……

……秘密一天天显露，惊骇也随着到来，不幸的母亲起先竭力相信，这只是幻觉，但是疑惑很快消失了；孩子的每一颤动都给她带来了绝望和眼泪，她但愿生命的秘密活动得以停止和后退，她像等待仁慈和宽赦一样等待着不幸，然而不可违抗的自然规律仍在健步前进——她还强壮和年轻！

迫使母亲希望自己的孩子死去，有时甚至使她成为他的刽子手，然后用我们的刽子手惩罚她，或者，如果母亲的心占了上风，就让她蒙受耻辱——这就是我们聪明的道德安排！

当一个母亲在可怕的道路上一步步迈去的时候，谁会设身处地考虑一下她的心情，她怎样从爱走到恐惧，从恐惧走到绝望，又从绝望走到犯罪和疯狂，因为杀婴是生理上的荒谬现象。要知道，她也曾经陶醉过，曾如痴似狂地爱过自己的孩子，特别是他的存在对他们两人还是个秘密的时候；她也曾幻想过他那小小的脚，那天真的笑，在梦中吻他，看到他与她心爱的人如此惟妙惟肖……

"她们会感觉到这一点吗？当然，有些是不幸的牺牲者，但是……但是其他人呢，一般说呢？"

也许，堕落之深莫过于那些蝙蝠了，每到夜间，他们就在雾影笼罩、阴雨泥泞的伦敦街头川流不息，这是愚昧、贫困和饥饿的牺牲品，社会用她们来保护节妇烈女，免遭登徒子过剩情欲的侵凌……在这些人身上，无疑是最难设想母性感情的踪影的。但是真的这样吗？

让我讲一件小事给你们听，这是我亲身经历的。三年前，我遇到一个年轻美貌的姑娘，她属于体面的"青楼女子"，就是说她不作大众化的"人行道"，而是由某一个资产阶级商人所豢养。我在一家舞厅里遇到她，当时一个朋友与我在一起，他认识她，请她到敞廊上与我们喝葡萄酒，她当然接受邀请。这是个无忧无虑、活泼愉快的女子，大概与普希金写的《石客》中的劳拉差不多，在马德里听到守卒喊"天晴了"时，从不会想到遥远的巴黎如何寒冷[①]……喝完最后一杯，她重又投入了英国舞侣们狂热的漩涡中，从我眼前消失了。

今年冬天，在一个阴沉的晚上，雨越下越大，我穿过蓓尔美尔街[②]，躲到拱廊下避雨。在拱廊那边的路灯下，站着一个衣衫破陋的女人，冷得瑟瑟发抖，似乎是在等待主顾。我觉得她的面貌有些熟，她瞧了我一眼，便别转了头，想躲避我，但我还是认出了她。

"您怎么啦？"我怀着同情问她。

发亮的红潮堆在她瘦削的面颊上，这是羞怯还是肺痨，我不知道，但应该不是胭脂；在两年中她老了十年。

"我病了好久，倒霉透了。"她显得十分伤心，用目光示意，要我看她身上破旧的衣服。

"您的朋友在哪儿呢？"

"在克里米亚打死了。"

"他不是一个什么商人吗？"

她有些慌乱，没有回答，却说道：

"现在我的病还很重，可是又找不到职业。我大概已变得多了吧？"她突然问，不好意思地看看我。

"变得多了，那时您像一个小姑娘，现在我敢打赌，您有了孩

---

① 见普希金的诗剧《石客》第二场，这是劳拉谈自己的话。

② 伦敦的一条繁华街道，这时赫尔岑在伦敦。

子了。"

她脸红了，有些吃惊地问道：

"您这是怎么知道的？"

"我一看就知道了。现在您不妨对我直说，您究竟出了什么事？"

"没什么，不过您是对的，我有了孩子……如果您知道，"说到这里，她的脸色变得开朗了，"他是多么可爱，多么好啊，连邻舍也人人夸奖他呢。我那个人娶了个阔小姐，到大陆去了。孩子是以后生的。就是他造成了我目前的处境。开头我有钱，总是在最大的商店给他买东西，后来一天天不成了，我把一切都送进了当铺。有人劝我把孩子丢给乡下人，这样确实好一些，可我不能；我看到他，看到他就想，不，宁可一起死还好一些。我想找职业，但有了孩子，谁也不要我。我回家找母亲，她没什么，她心肠好，宽恕了我，也爱小家伙，喜欢他；可是她两腿瘫痪已五个月了，钱都给了医生和药房；再说，您也知道，今年煤和面包都涨了价，看来非饿死不可。真的，"她停了一下，"我还不如跳进泰晤士河……可是孩子太可怜了，我把他丢给谁呢？要知道，他实在太可爱了！"

我给了她一点钱，另外又掏出一个先令，对她说道：

"您用这钱给您的孩子买点什么吧。"

她高高兴兴接了钱，在手中掂了掂，突然把它交还我，露出惨笑说：

"您既然这么好，就请您在附近店里买点什么给他吧，玩具也好，可怜的孩子，自从出生以来还没人给过他礼物呢。"

我有些心酸，看了一眼这个堕落的女人，友好地握了握她的手。

热心于为一切珠光宝气的茶花女恢复名誉的人，如果可能，最好丢开那些天鹅绒覆盖的家具和罗可可式客厅，深入一步，看看这苦难重重、饥寒交迫的沉沦生活，那命运造成的堕落，它迫使它的牺牲者走上毁灭的道路、既不能悬崖勒马，也无从悔改自新。捡破烂的往往是在街头的阴沟中发现宝石，而不是在华丽的绣花衣服中找到它们。

这使我想起聪明而可怜的《浮士德》的译者热拉尔·德·奈瓦尔[1]，他在去年自杀了。自杀前五六天他不在家中，后来发现他是在城门附近最肮脏的小酒店，如保罗·尼凯酒家那种地方游荡。他在那里结识了不少流氓小偷，请他们喝酒，与他们赌钱，有时还在他们中间过夜。他以前的朋友规劝他，羞辱他。奈瓦尔温和地为自己辩护，有一次对他们说："听着，我的朋友们，你们的成见太深了；我告诉你们，这些人根本不比我所认识的任何一个人差。"大家怀疑他疯了；他自杀后，我想，这种怀疑就变成证据了！

不可避免的日子快到了，惶惶不安的心情也日益显著。我卑躬屈节地望着大夫，望着接生婆那神秘的脸。无论娜塔莎和我，还是我们的年轻使女，都毫无经验；幸好父亲从莫斯科请了一个老妇人来帮忙，她聪明，实际，办事能干，名叫普拉斯科维亚·安德烈耶夫娜。她看到我们束手无策，就独断独行处理一切，我像黑奴一样唯命是从。

一天夜间，我感到有只手推我，我睁开了眼睛。普拉斯科维

---

[1] 奈瓦尔 (1808—1855)，法国诗人拉布吕尼的笔名，早年曾翻译《浮士德》，一生穷愁潦倒，最后缢死在巴黎的路灯柱子上。

亚·安德烈耶夫娜戴着睡帽，穿着短上衣，拿了一支蜡烛站在我面前。她吩咐我派人请医生和接生婆。我愣住了，仿佛这消息完全出乎我的意料之外，我恨不得吸一筒鸦片，翻一个身，马上睡熟，躲过这危险……但是没有法子，我用颤抖的手穿上衣服，跑去叫醒马特维。

我在卧室和前室之间来回跑了十多次，想听听远处有没有马车驶来，但周围静悄悄的，晨风在花园中簌簌吹拂，这是暖和的六月天气。鸟开始鸣叫了，鲜艳的朝霞微微染红了树叶，我重又匆匆走回卧室，用各种愚蠢的问题打扰善良的普拉斯科维亚·安德烈耶夫娜，神经质地握住娜塔莎的手，不知怎么办，全身哆嗦，发热……啊，听，车声辚辚，正在驶过雷别杰河上的桥……谢天谢地，终于到了！

早上十一点钟，新生儿响亮的哭声传进了我的耳朵，好像有一道强烈的电流击中了我，我骤然一跳。"是个男孩！"普拉斯科维亚·安德烈耶夫娜一边向我喊，一边走向洗衣槽。我想从枕上抱起孩子，但不能，我的手发抖，危险的想法（它往往刚才开始）本来压在我的胸口，现在一下子消失了，狂欢控制了心房，那儿仿佛有千百口钟在鸣响，向我报告这喜事的降临！娜塔莎对我微笑，对婴儿微笑，含着眼泪微笑。只有起伏不定的痉挛性呼吸，衰弱无力的眼神，死一般苍白的脸色，令人想起不久前经历的痛苦和挣扎。

后来我再也忍不住，走出房间，回到自己的卧室，倒在沙发上；我没一点力气，躺了半个小时，说不出心中是什么滋味，什么感觉，只是仿佛既痛苦又幸福。

这疲惫而又兴奋的脸，这与死亡一起在产妇年轻的额边飞翔的欢乐，后来我在罗马科尔西尼画廊①中凡·戴克②的《圣母像》上看到过。孩子刚生下，抱给母亲，母亲精疲力竭，脸上没有一丝血色，显得软弱而困倦，她微微含笑，用充满无限的爱的、无力的目光注视着孩子。

应该承认，分娩的少女完全不符合基督教的独身精神。她必然使生命、爱和温情闯进永恒的丧礼、最后的审判和教会神正论的其他一切恐怖事物中。

正由于这样，新教独独把圣母排除在神灵的庙堂门外，排除在神学制造所外面。她确实有损基督教的尊严，无法摆脱世俗的性质，把温暖带进了冰冷的教堂，因为不论怎么说，她毕竟是一个女人，一个母亲。她用自然的分娩对不自然的怀胎作了报复，强使教士从诅咒一切肉体的嘴中发出对肚子的赞美。

米开朗琪罗和拉斐尔用画笔表明，他们懂得这一切。

在西斯廷礼拜堂的《最后的审判》上，在这阴森的巴托罗缪之夜③中，我们看到神之子走来主持审判；他已经举起了手……他一声令下，刑罚和折磨就会开始，可怕的号音就会发出，普天之下就会陷入浩劫；但是作为母亲的妇人在哆嗦，为一切生灵哀痛，惶恐地紧靠着他，要替罪孽的人们向他祈求；看到她，他也许会大发慈悲，忘记自己那句冷酷的话："妇人，我与你有什么相干？"④因而停止发出信号。

---

① 科尔西尼是意大利佛罗伦萨古老的王公家族，罗马的科尔西尼官内藏有大量名画。

② 凡·戴克（1599—1641），著名的佛兰德斯派画家。

③ 巴托罗缪（《圣经》译作巴多罗买）是耶稣的十二门徒之一，后因传教被处死，基督教定 8 月 24 日为巴托罗缪节。1572 年这一天夜间，巴黎的天主教徒对新教徒进行了大规模屠杀，造成非常恐怖的局面，历史上称之为"巴托罗缪之夜"。

④ 见《圣经·约翰福音》第二章。

西斯廷的《圣母像》①——这是分娩后的迷娘②；从未经历过的命运使她害怕，惊慌万状……

可怜的孩子，我把你怎么办呢？③

她内心的平静被破坏了。大家让她相信，她的儿子是神的儿子，她是神的母亲；她脸上露出神经质的亢奋情绪，眼中带着朦胧的先知的光芒，她仿佛在说："把他取走吧，他不是我的。"但同时她又把他紧紧搂在怀里，似乎只要可能，她要带着他远走高飞，不是把他当作救世主，而是把他当作普通人一样抚养，当作自己的儿子一样喂奶。这一切都因为她是母亲，是女人，根本不是伊西达④、瑞亚⑤和其他女神的姐妹。

正因为这样，她才能轻而易举战胜冷漠的阿佛洛狄忒⑥，这奥林匹斯山上的妮侬·兰克洛⑦；兰克洛的孩子是谁也不会关心的。马利亚抱着孩子，向他垂下亲切的目光，她的头上绕着一圈柔和的光轮，那母亲的圣洁的光辉，这形象是比那位金发的对手更能赢得我们的心的。

我认为，庇护九世⑧和主教会议宣布，圣母是非自然怀胎，或

---

① 拉斐尔的名作，在西斯廷礼拜堂内。
② 歌德的《威廉·迈斯特的学习时代》中的人物。
③ 原文是德文。这行诗引自《迷娘曲》，见《威廉·迈斯特的学习时代》第三卷。
④ 古埃及的女神，生育及母性之神。
⑤ 古希腊女神，众神之母，克洛诺斯之妻。
⑥ 希腊神话中的爱与美之神，即罗马神话中的维纳斯。
⑦ 兰克洛（1620—1705），巴黎著名的交际花和妓女。
⑧ 1846 至 1878 年间的罗马教皇，见第七章注。他于 1854 年发布《圣母无原罪成胎谕》，宣称："童贞圣母马利亚之成胎，是全能的上帝因预见人类救主耶稣基督的功劳而赐予的特殊恩宠，因此她仍是纯洁的，没有原罪的任何污点。"

者照他们的说法，是"无原罪成胎"，这是做得非常彻底的。马利亚是与你我一样诞生的，她自然要袒护人，同情我们；肉体与精神的和解，便会通过她而理直气壮地渗入宗教。如果她也不是像凡人一样诞生的，她与我们之间就没有什么共同点，她不必怜悯我们，肉体便应该再一次受到诅咒；为了拯救世人，教会也更不可缺少了。

可惜教皇迟了一千来年，庇护九世的命运总是这么不幸。太迟了，神圣的教皇，您总是不够及时[①]！

[①] 原文是意大利文。庇护九世是一个比较开明的教皇，他继位之初，欧洲革命形势正在形成，为了防止人民起义，他实行了一系列比较温和的措施，但已经太迟，未能挽回局势。

我写《往事与随想》这一卷的时候，手头没有我们以前的来往信札。它们在 1856 年才寄到。我读了一遍，订正了两三个地方，仅此而已。在这方面，我的记忆力还是可靠的。我本想附几封纳塔利娅的信在后面，但又有些担心，我不能决定，是否应该让生活显示得更多一些，那些我所珍爱的词句，会不会只是遇到一些无动于衷的微笑？

　　在纳塔利娅的书信中，我找到了我的几封信，一部分是入狱前写的，一部分是在克鲁季茨兵营写的。我把其中几封附在这一卷后面。也许，对于喜欢在个人的命运问题上追根究底的人，这些信不是多余的，他们会津津有味地读它们，正如我们在显微镜中观察机体的生长发展一样。

1[①]

最亲爱的纳塔利娅·亚历山德罗夫娜！

今天是您的生日，我非常想当面向您道贺，但是实在不可能。我很抱歉，好久没来看您，环境根本不允许我自由支配时间。希望您原谅我，并祝愿您的才能获得充分发展，使命运为纯洁的灵魂准备的幸福得以实现。

忠实于您的亚·赫

1835 年 8 月 15 日

2

纳塔利娅·亚历山德罗夫娜，您千万不要以为我只写一封信，现在我又在给您写信啦。跟志同道合的人通信是非常有趣的，这样的人很少很少，一年还用不了一刀[②]纸。

我是学士啦，这是事实，但金牌奖我没拿到。我拿到的是银牌奖——三个中的一个！

亚·赫

1833 年 7 月 5 日或 6 日

又，今天举行典礼，但我没参加，我不愿做第二名领奖者。

---

① 这些信是纳塔利娅保存的，许多信上有她用铅笔写的一些字。她寄往监狱的信，我一封也没保存。我必须看过后马上把它们销毁。——作者注
② 一刀，纸张量名，俄制一刀纸合二十四张。

3

纳塔利娅！我们焦急地等待着您。妈希望，尽管叶·伊[1]昨天提出了威胁，埃米利娅·米哈伊洛夫娜[2]一定仍会到我们家来。再见。

您的亚·赫

1834 年初

4

我今天给上校[3]写了封信，要求发许可证给你，还没得到答复。你家中比较难办，我只能拜托妈妈了。在我这件事上，你还算是侥幸的，你是我被捕前见到的最后一个朋友（我们分手时还坚信不久便能见面，那是在九点多钟，可是到两点，我已关进警察局了），你又将是第一个重新见到我的人。我一认识你就知道，这会使你感到满意，你可以相信，我也是这样。我是把你当亲姐妹一样看待的。

关于我自己，我没什么好谈，我已经过惯了，囚徒生活也算不了什么；对于我，最可怕的是与奥加辽夫分开，他是我不可缺少的。我一次也没见到他——这是指正式见面。有一天我独自坐在委员会的小房间里，审问已经结束，从窗口可以望见灯火通明的过道；一辆马车驶到门口，我本能地奔到窗边，打开通风小窗，看见司令部的一个副官带了奥加辽夫坐进马车，车子飞一般走了，他没

---

① 指赫尔岑的胞兄叶戈尔·伊万诺维奇。

② 即纳塔利娅的家庭教师阿克斯伯格。

③ 指克鲁季茨兵营的宪兵团长谢苗诺夫上校。

有发现我。难道我们注定要在无声无息中灭亡，谁也不知道吗？为什么大自然要赋予我们向往事业、向往荣誉的心灵呢？难道这是一种嘲弄？不，在我们的心中燃烧着信念——强有力的、朝气蓬勃的信念。这是天意！《每日读物月书》[①]使我感到兴奋，那些圣徒都是自我牺牲的典范，世上确实有这样的人！

答复到了，我没有如愿以偿——许可证的事没有批准。

再见，爱你的堂兄，不要忘记他。

1834 年 12 月 10 日于克鲁季茨兵营

5

你交给我的责任，我永远不会接受，永远不会！你有许多你自己的东西，为什么要把你交给我支配呢？我希望你成为你自己所可能成为的人，从我而言，我得帮助你向这方面发展，为你扫除各种障碍。

至于你的处境，它并不如你想象的那样不利于你的发展。你的条件比许多人好得多；你从懂事的一天起就处在孤独中，彻底的孤独中。许多人有慈爱的父亲和温柔的母亲，但你没有。谁也不来过问你，你只能自己管理自己。对于一个人的发展，难道有比这更好的吗？你要感谢命运，没有人干涉你，否则他们会把别人的东西强加给你，他们会歪曲一个孩子的心——而现在这已经太迟了。

1834 年 12 月 31 日

---

① 供东正教徒每日阅读的书，内容主要为圣徒言行录。

6

听说你想进修道院；不要以为我听到这话会笑，我理解它，但是应该郑重考虑。难道爱情没有激动过你的心灵吗？修道院意味着绝望，现在的修道院已经不是为了祈祷了。难道你不相信你会遇到既爱你，又为你所爱的人吗？我会愉快地紧握他的手和你的手。他将是幸福的。如果这个他没有出现，那么你进修道院吧，这比庸俗的婚姻好一百万倍。

我了解你信上那种兴奋的语调——你在恋爱了！如果你给我写道，你的爱是严肃的，我会只字不提——这已不是兄长所应过问。但是这些话必须出自你的口中，我才相信。你知道一般的人是怎么回事吗？他们确实能给人带来幸福，但是不是你所需要的幸福呢，娜塔莎？你太低估你自己了！与其和这类人在一起，不如进修道院。你要记住，我讲这话是因为我是你的兄长，因为我以你、也为你感到骄傲！

我又收到了奥加辽夫的一封信，他说：

"最近我回顾了我的一生。有一种幸福从未使我失望过，那便是你的友谊。在我所有的激情中，有一种激情是始终不渝的，那便是我对你的友谊——因为我的友谊也是一种激情。"

……最后还得说一下。如果他爱你，那有什么奇怪的？如果他不爱你，只是看到你对他有点意思，那他会怎样呢？但是我恳求你，不要向他谈你自己的爱——要慎之又慎。

再见。

你的堂兄亚历山大

1835 年 2 月 8 日于克鲁季茨兵营

7

世界上的事多么奇怪啊，纳塔利娅！在我收到你最近这封信之前，我已回答了你的一切问题。我听说你病了，心情不好。我劝你保重身体，那些乐善好施的人给你斟的酒，与其说是苦的，不如说是令人恶心的，但是你要坚强地喝下去。

（1835 年 2 月）于克鲁季茨兵营

接着在另一张纸上写道：

娜塔莎，我的朋友，妹妹，千万不要悲伤，不要怕这些卑鄙的利己者，你太迁就他们了，要蔑视他们——他们全是坏蛋！我看了你给埃米利娅的信，非常气愤。天哪，我处在这种状况，能为你做什么呢？我敢起誓，没有一个哥哥会像我一样爱他的妹妹——但是我能做什么呢？

我收到你的信，对你很满意。既然这样，忘记他吧，这是个试验，如果真的是爱情，它就不会这么表现了。

（1835 年 3 月）

8

我的心都碎了，自入狱以来，我还从未像现在这么烦恼，这么痛苦过。流放不是原因，彼尔姆或莫斯科对我都一样，莫斯科也是彼尔姆！让我把一切讲给你听吧。

3 月 31 日，我们被叫去听宣判。这是庄严的、美妙的一天。二十来人在那儿集合，然后直接被押往各地，有的进要塞坐牢，有的流放到边远城市，而所有的人都已关过九个月了。这些人坐在大客厅中，吵吵闹闹，大声谈笑。我一到，索科洛夫斯基就把满脸的胡髭扑到了我的脖子上；萨京也在这儿，过了好久，奥加辽夫也到了，大家拥上去欢迎他。我们噙着眼泪，含着笑，互相拥抱。一切都在我心头复活了，我又有了生气，恢复了青春，我跟大家握手，总之，这是我一生最幸福的时刻之一，没有一丝阴暗的思想。最后宣布了判决书。①

　　……一切都很好，但是昨天——那该诅咒的一天！它把我折腾得痛苦不堪。奥博连斯基与我关在一起。宣判之后，我要求齐恩斯基让我们见见面，他答应了。回来后我就去看他，然而齐恩斯基忘了把这事通知上校。第二天，混蛋军官C报告了上校，就这样，我连累了三个最好的军官，他们对我不知做过多少好事呢。他们都挨了骂，受了处分，现在必须连续值班三个礼拜（可这正是复活节期间）。宪兵瓦西里耶夫给用树条抽了一顿——这都是我造成的。我气得咬手指，大声啼哭，我头脑中出现的第一个思想便是报复。我告发了军官的一些事，这会使他遭殃（他押送犯人时常拐往别处）；我知道他也是个可怜的人，有七个孩子，但是应该宽恕告密者吗？难道他宽恕过别人不成？

（1835年）4月2日于克鲁季茨兵营

9

　　离出发只有几小时了，我还得给你写信——把远行者最后的声音传给你。分离是痛苦的，何况是被迫的分离，但我已把自己献给了这样的命运；它召唤我，我也听从它的召唤。我们何时再能见面？在哪里？一切都不清楚，唯有你的友谊留下的回忆是清楚的，

---

① 我略去了判决书。——作者注

流放者永远不会忘记他那位可爱的堂妹。

也许……但来不及写完了，已来叫我了，那么，再见，时间很长，但决不会是永别，我不相信我们不能重逢。

这一切都是当着宪兵的面写的。

1835 年 4 月 10 日 9 时

这信上留有泪痕，她在"也许"两字下画了两条线。纳塔利娅把它带在身边达数月之久。